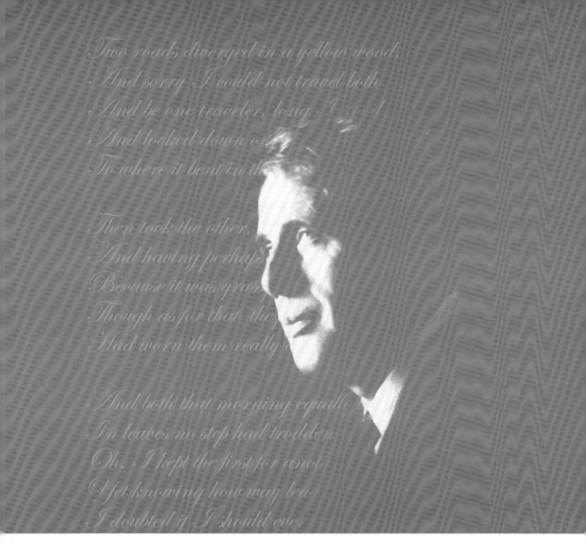

现代牧歌

罗伯特·弗罗斯特诗歌研究

汪翠萍　著

中国社会科学出版社

图书在版编目（CIP）数据

现代牧歌：罗伯特·弗罗斯特诗歌研究/汪翠萍著.—北京：
中国社会科学出版社，2017.8
ISBN 978 - 7 - 5203 - 0719 - 2

Ⅰ.①现… Ⅱ.①汪… Ⅲ.①弗罗斯特（Frost，Robert 1874 -
1963）—诗歌研究 Ⅳ.①I712.072

中国版本图书馆 CIP 数据核字（2017）第 170475 号

出 版 人	赵剑英
责任编辑	刘志兵
特约编辑	张翠萍等
责任校对	王佳玉
责任印制	李寡寡

出 版	中国社会科学出版社
社 址	北京鼓楼西大街甲 158 号
邮 编	100720
网 址	http：//www.csspw.cn
发 行 部	010 - 84083685
门 市 部	010 - 84029450
经 销	新华书店及其他书店

印 刷	北京明恒达印务有限公司
装 订	廊坊市广阳区广增装订厂
版 次	2017 年 8 月第 1 版
印 次	2017 年 8 月第 1 次印刷

开 本	710×1000 1/16
印 张	15.75
插 页	2
字 数	258 千字
定 价	68.00 元

目　　录

序 ………………………………………………………………… （1）

绪论　备受争议的罗伯特·弗罗斯特 ……………………………… （1）

第一章　弗罗斯特批评的回顾与反思 ……………………………… （8）
　　第一节　美国文学批评视野中的弗罗斯特 ……………………… （8）
　　第二节　中国文学批评视野中的弗罗斯特 ……………………… （18）
　　第三节　弗罗斯特诗歌研究与牧歌视角 ………………………… （30）

第二章　牧歌与弗罗斯特的诗歌 …………………………………… （35）
　　第一节　牧歌的定义及源起 ……………………………………… （36）
　　第二节　弗罗斯特的文学习得 …………………………………… （47）
　　第三节　弗罗斯特诗歌中的传统记忆 …………………………… （52）

第三章　阿卡迪亚与新英格兰 ……………………………………… （91）
　　第一节　农民诗人罗伯特·弗罗斯特 …………………………… （92）
　　第二节　乡土乐园与阿卡迪亚世界 ……………………………… （112）
　　第三节　新英格兰乡土想象的文化机制 ………………………… （128）

第四章　现代美国与黄金时代 ……………………………………… （143）
　　第一节　传统与现代交替时期的弗罗斯特 ……………………… （145）
　　第二节　从荒凉自然到现代美国 ………………………………… （148）
　　第三节　黄金时代的期待 ………………………………………… （170）

第五章　诗与大众 ……………………………………………（182）

　第一节　语言与诗 ……………………………………………（182）

　第二节　"有意义的声音" ……………………………………（188）

　第三节　诗人与大众 …………………………………………（200）

　第四节　"始于欢欣,终于智慧" ……………………………（211）

结语 ………………………………………………………………（218）

参考文献 …………………………………………………………（228）

后记 ………………………………………………………………（240）

序

美国现代诗人罗伯特·弗罗斯特（Robert Frost，1874—1963）在英美诗歌史上占据着重要的地位。弗罗斯特浸润于西方古典文学传统，同时也深受美国超验主义和英国经验主义哲学的影响，并以自己异乎寻常的个性气质与源远流长的西方传统审美资源和英美哲学的近代流派互动，予以融合创新，形成了别致超绝的弗罗斯特风格。自16岁开始写诗直到89岁去世，在半个多世纪里弗罗斯特笔耕不辍，以其独特的诗歌艺术和丰硕的创作成果引起了国内外文学研究者和爱好者的关注。但是弗罗斯特曾被烙上传统诗人、自然诗人和新英格兰农民诗人的印记，这在一定程度上是弗罗斯特在中国未引起足够重视的原因，也是中国较少出现系统的弗罗斯特研究专著的原因。汪翠萍博士的专著《现代牧歌：罗伯特·弗罗斯特诗歌研究》作为目前中国大陆尚不多见的专门以弗罗斯特为研究对象的中文著作，或许能抛砖引玉，为国内相对落后的弗罗斯特研究的综合与深化作出一些开拓性和铺垫性的工作。

汪翠萍博士在纵观国内外弗罗斯特诗歌研究取得丰硕成果和尚有不足之处的基础上，发现了弗罗斯特与众不同的创作视野和文学想象力，从中提炼出"牧歌"这一视角，借以研究罗伯特·弗罗斯特的诗作。她在这部专著里结合西方牧歌传统、美国思想史以及弗罗斯特个人特殊的社会文化经历，精辟地指出，弗罗斯特以"乡野之人"的身份描写农村，以远离尘嚣的自然界为大众读者提供一种乐园图示。这一典型形式至少在一定程度上修正了在现代工业化与城市化困扰之下的美国文学给予读者的印象。弗罗斯特着力描写新英格兰宁静的乡村景物和平凡的日常生活，以富于想象的方式建构了新英格兰乡村中的真善美，这似乎与严酷的现实格格不入。但是弗罗斯特也看到自然界并不完全是秀丽的景色，其背后隐藏着你死我活的生存竞争，他的诗歌流露出人类对自然界的这种矛盾心理。在他的笔下，自然界既富于魅力也潜藏着危险，既具有璀璨的景象又具有毁灭的力量。因而他笔下的乡野世界并非人类社会永恒的避难所，诗人在渲染西方文学传统中质朴清纯的牧歌情调的同时，也不加回避地描写乡野世界里存在的黑暗与罪恶。这足以表明诗人并没有一味神往与世隔绝的古希腊阿卡迪亚，而是头脑清醒地正视当代社会的严酷现实。

就具体的诗歌创作而言，弗罗斯特扬弃西方自启蒙主义时代以来一直曲高和寡的精英话语，而怀着众生平等的意识参与社会批评话语的建构，以清新简约的形式和切近读者的内容赋予人生诗意的启迪。弗罗斯特拆解了西方传统的阿卡迪亚世界，对牧歌文学作出了新的发展：他的牧歌不是引导读者走向自然当中的陶然乐土和童年岁月的纯真世界，而是启示人们冷静客观地正视现代文明和成年时代的理智世界，使之在喧嚣和纷繁当中克服现实的混乱，在世俗痛苦当中达到灵魂的安宁。汪翠萍博士的这本专著将牧歌的特质概括为传统性、乡土性、现实性和大众性等方面内容，以此将弗罗斯特各个时期的诗歌有机地融合起来，通过深入的分析，得出弗罗斯特是一位现代的牧歌诗人这一结论，此种见解独到，颇具说服力。

该书将弗罗斯特看似简单直白、平淡不惊的诗作放到西方牧歌传统中予以审视，聚焦于以下四个问题：第一，从内涵和外延不断被扩展的牧歌概念和弗罗斯特诗歌与牧歌的联系出发，揭示弗罗斯特的诗歌是西方牧歌这一整体形式中的一部分，并且指出读者只有立足于牧歌这一传统的文学样式才能全面而客观地发掘弗罗斯特诗歌当中蕴涵的深意；第二，结合阿卡迪亚与新英格兰地域的相似性，阐述弗罗斯特笔下的新英格兰地域所潜藏的文化内涵；第三，通过现代美国与维吉尔牧歌中的黄金时代的内在联系，论述弗罗斯特对当前社会现实的关注及其对人类理想社会"黄金时代"的期待；第四，分析弗罗斯特诗歌语言的特色并结合弗罗斯特的人生经历和时代环境等因素，探究弗罗斯特与主流现代派诗人相比的独特价值所在，以及诗人对传统牧歌的超越与发展。汪翠萍博士的专著在这几方面的论证深入透辟，充满独抒性灵的发现和不拘格调的洞见，十分有效地拓宽了弗罗斯特诗歌作品中的乡野景观在现代世界当中的深层意义。

该书并不囿于用新批评的方法从事文本的内部研究，而是结合中西方诸多研究成果，联系弗罗斯特的作品、他的人生历程及其所处时代和文学背景，综合考察弗罗斯特运用牧歌模式的缘由、表现以及他在牧歌文学发展历史进程中的独特建树。在分析弗罗斯特诗歌时，汪翠萍博士有意识地在弗罗斯特诗作与相关艺术作品的比较当中，按照牧歌文学的标准对其作出批评，同时结合有关的历史事件和现实事例，挖掘弗罗斯特诗作中的意义和内涵。阿兰·布鲁姆指出，诗歌所面向的对象往往涉及作为整体的知识。该书的建构符合诗歌的这一特点，也运用一种宏观的总体研究方式，以弗罗斯特的诗集、书信、传记、讲稿、随笔以及前人的研究成果为依据，对诗人运用的牧歌模式作出历时的概览和共时的分析，进而对弗罗斯特诗歌作出了完整而客观的认识。在具体研究中，汪翠萍博士采用分析批评的方法，尤其是在阅读弗罗斯特原作的前提下，从弗罗斯特运用牧歌模式的文化语境以及牧歌主题、意义等诸多层面进行论证，并结合现当代批评理论中的相关论述来充实这部专著中的观点。在这些方面该书有的放矢，颇具敦实醇厚的学术价值。

弗罗斯特既有大量描写乡村景物和农耕生活场景的诗歌，又有针砭时弊、嘲讽纤巧的作品。他的诗歌雅俗共赏，内涵深邃，在受到世界各地读者广泛赞誉的同时，也有批评家不肯将其纳入文学的尊贵殿堂。诚如汪翠萍博士指出的，弗罗斯特卓尔不群的人生道路和特立独行的诗歌追求不可避免地导致一些批评家对他及其作品产生误读和曲解，由此引发对他的诗歌言过其实的褒扬或带有偏见的贬低，导致他在批评视野中的形象若隐若现，难以聚焦。对于这样一位颇受争议的诗人，虽然有着充分的空间可供拓展探索深度和广度，但是在学界有不少方面尚无定论，在相关研究仍存在不确定性的情况下，全面而深入地研究弗罗斯特的创作思想和诗歌内涵诚非易事。"夜光之珠，不必出于孟津之河；盈握之璧，不必采于昆仑之山。"南朝宋文学家刘季伯此语不仅与别具一格的弗罗斯特诗歌创作本身恰好相符，也适用于像这部专著一样独辟蹊径的弗罗斯特诗歌研究。希望汪翠萍博士克服难点，进一步深入探析弗罗斯特的诗歌创作,在现有研究成果的基础上继续努力,不断探索,争取达到更高的学术造诣。

孙　宏

2016 年 12 月 18 日于北京

绪　论

备受争议的罗伯特·弗罗斯特

　　1961 年 1 月 20 日，在约翰·肯尼迪（John Kennedy）总统的就职仪式上，年届 87 岁的诗人罗伯特·弗罗斯特声音洪亮地朗诵了自己创作的诗歌《一无保留的奉献》（"The Gift Outright"）。这位出生在美国旧金山的贫穷诗人，历经少年时期初试锋芒的失败，成名后遭到无数评论家的误解甚至批判，却矢志不渝，苦苦奋斗，终于在这一天迎来了他一生中最辉煌的时刻。

　　罗伯特·弗罗斯特大器晚成，在他 38 岁之前，这位自幼在母亲的引导下熟读《圣经》、古希腊古罗马文学、英美传统诗歌的诗人，除了在美国几家杂志上发表过诗歌以及自己印制的薄薄两本小册子《曙光》（*Twilight*）之外，还没有公开出版过任何著作。1912 年，弗罗斯特怀揣诗歌文稿以及致力于诗歌创作的梦想从美国来到英国伦敦。弗罗斯特命运的转折正如他自己承认的发生在 1913 年 2 月 8 日晚上。这一天，弗罗斯特参加了哈罗德·门罗（Harold Edward Monroe）在伦敦德文郡街（Devonshire Street）的诗歌书店揭幕典礼，并在这晚的聚会上遇见英国文学主流社会里几位声名显赫的诗人。弗罗斯特受到弗兰克·弗林特（Frank Flint）的注意，被告知他应该去见见他的同胞，当时已在英国享有盛名的美籍诗人埃兹拉·庞德（Ezra Pound）。此后的一个多月，弗罗斯特前去拜访庞德。在庞德的帮助之下，弗罗斯特很快被英国文学界接受，当时英国的相关报刊纷纷刊登评论文章，称赞弗罗斯特的诗歌给英国人带来一种真挚、坦率、淳朴之风，英国评论家的热情赞扬又随即引起美国出版界的重视。1913 年，弗罗斯特终于幸运地在异域他乡步入英美文坛，而 1913 年在文学艺术史上是不平凡的一年，正如彼得·沃森所评论的：

"历史在每一个阶段上常给人以时间来品味那永久凸显的、真正确定性的转折点。1913 年乃是这种转折点。"①　1913 年，美国历史上最重要的艺术展 "军械库展览会"（The Armory Show）②　在纽约举行，印象主义、立体主义、表现主义和未来主义等现代艺术走进大西洋彼岸的美国，物理学、精神分析学、文学和绘画等领域的理论视野熔为一炉。面对一个技术爆炸的影响无远弗届的崭新世界，在这种传统与现代交锋的时刻，弗罗斯特发表了《少年的心愿》（A Boy's Will，1913），以明白晓畅的句子，传统的诗歌形式，贴近日常生活的语言描述新英格兰③地域。弗罗斯特的这部诗集奠定了他在评论家乃至读者大众心目中的基本形象，他常被称作"新英格兰的农民诗人"，是从威廉·华兹华斯（William Wordsworth）到威廉·威廉姆斯（William Carlos Williams）的中转站，是"朗费罗之后最孚众望的美国诗人"。④　这部诗集中的作品以其质朴而睿智的独特风格和宁静而秀丽的乡野景色受到人们与日俱增的青睐，也获得弗林特、庞德等重要评论家和诗人的好评。

　　此后，弗罗斯特的诗集纷至沓来。他的第二部叙事诗集《波士顿以北》（North of Boston，1914）以其简单明了而又寓意复杂的隽永风格使他一时之间立于英美文坛中的显著位置，成为与庞德、T. S. 艾略特

---

　　①　［英］彼得·沃森:《20 世纪思想史》，朱进东等译，上海译文出版社 2006 年版，第 141 页。

　　②　该绘画和雕塑展览会正式名称为国际现代艺术展览会（International Exhibition of Modern Art），于 1913 年在纽约市第 69 兵团军械库举行。展览会的举办由美国画家与雕塑家协会构思，原本仅选择美国艺术家的作品参展，后来兼收了欧洲现代派作品。在展出的 1300 件作品中，有三分之一来自欧洲。此次展览会展出了印象主义、象征主义、野兽主义和立体主义等艺术流派的作品，例如弗朗西斯科·戈雅（Francois Goyard）、马塞尔·杜尚（Marcel Duchamp）和瓦西里·康定斯基（Wassily Kandinsky）等艺术家的代表作品。

　　③　新英格兰是指位于美国大陆东北角，濒临大西洋，毗邻加拿大的区域。该区域包括美国的六个州，由北至南分别为缅因州、新罕布什尔州、佛蒙特州、罗德岛州、康涅狄格州和马萨诸塞州（麻省）。马萨诸塞州（麻省）首府波士顿是该区域最大的城市和经济文化中心。新英格兰不仅拥有大批一脉相承的文学杰作，这可以上溯到威廉·布雷德福（William Bradford）的《普利茅斯开发史》（Of Plymouth Plantation），而且还拥有拉尔夫·爱默生（Ralph Waldo Emerson）、纳撒尼尔·霍桑（Nathaniel Hawthorne）和亨利·梭罗（Henry David Thoreau）这样一批优秀作家，以及亨利·朗费罗（Henry Wadsworth Longfellow）、艾米莉·狄金森（Emily Dickinson）和弗罗斯特这样一批足以证明美国诗歌堪与英国诗歌相媲美的杰出诗人。

　　④　车成安主编:《外国文艺思潮辞典》，吉林教育出版社 1990 年版，第 34 页。

（T. S. Eliot）和华莱士·史蒂文斯（Wallace Stevens）并列的"现代主义的开创者之一"。① 这两部诗集确立了弗罗斯特这位诗坛新秀的地位，而与之相比，诗人回到美国后出版的第三部诗集《山间》（*Mountain Interval*，1916）却显得虎头蛇尾。尽管这部诗集包含了《一条未选择的路》（"The Road Not Taken"）、《一个老人的冬夜》（"An Old Man's Winter Night"）、《白桦树》（"Birches"）和《熄灭吧，熄灭!》（"Out，Out—"）等为读者熟知的诗歌，但是连弗罗斯特本人也对这部诗集感到失望。艾米·洛厄尔（Amy Lowell）在《现代美国诗歌趋势》（*Tendencies in Modern American Poetry*，1917）一书中认为弗罗斯特的第三部诗集并没有为诗人的成就增辉，路易斯·布谨（Louise Bogan）在《美国诗歌成就：1900—1950》（*Achievement in American Poetry*：*1900 - 1950*，1951）一书中回顾弗罗斯特的诗歌创作时甚至不予探讨这部诗集。就在评论家们预言弗罗斯特的诗歌创作将如昙花一现时，弗罗斯特出版了他的第四部诗集《新罕布什尔》（*New Hampshire*，1923）。在这部诗集的作品中，弗罗斯特怀着对新英格兰的地域之情娴熟地运用当地口语，将叙述与抒情融为一体，获得评论家们众口一词的称赞。约翰·法拉（John Farrar）甚至认为："这可能是弗罗斯特诗作中最完美的一部，是弗罗斯特收获的丰硕果实。"② 这部诗集为诗人赢得 1924 年的普利策奖（Pulitzer Award），并以其感染力确立了诗人在美国文坛的地位。诗人弗罗斯特一生可谓多灾多难，幼年丧父，中年丧妻，老年丧子，其间历经两次世界大战。但是在人生沧桑和社会巨变当中，弗罗斯特坚定地把诗看成生命、人格和信念的最宝贵的一部分，执着地在诗歌创作中苦苦思索，恬静平和地审视着尘世生活。自 16 岁写诗一直到 89 岁去世，在半个多世纪里弗罗斯特笔耕不辍，先后出版十几部作品，包括《西去的溪流》（*West-Running Brook*，1928）、《山外有山》（*A Further Range*，1936）、《见证树》（*A Witness Tree*，1942）、《绒毛绣线菊》（*Steeple Bush*，1947）和《在林间空地》（*In the Clearing*，1962）等诗集，以及《出路》（*A Way Out*：*A One Act Play*，

---

① Nancy Lewis Tuten and John Zubizarreta eds. , *The Robert Frost Encyclopedia*，Westport，Conn. : Greenwood Press，2001，p. 233.

② Ibid. , p. 230.

1929)、《在一家艺术品制造厂》(*In an Art Factory*,1952)、《理智假面具》(*A Masque of Reason*,1945)和《仁慈假面具》(*A Masque of Mercy*,1947)等戏剧作品。这些诗作异彩纷呈,有朴素无华、寓意深刻的抒情短诗,戏剧性浓烈、艺术性高超的叙事长诗以及无韵诗体、变体十四行诗和双行体诗等各种体裁。

弗罗斯特的作品虽然形式多样,但他始终不肯追随自由诗体的潮流,而以个人的兴趣探索出汇集传统的抑扬格韵律和日常生活话语,古典人文情怀和现代怀疑精神的新诗体,将独特的形象、瞬间的境界、丰富的情感和深邃的哲理巧妙地融合在一起。弗罗斯特对英美现代诗歌的独特贡献成就了美国诗歌史上的一个传奇——他四次荣膺美国普利策奖(《新罕布什尔》《诗歌选集》《山外有山》《见证树》分别获得1924年、1931年、1937年和1943年的普利策奖),并获得包括牛津、剑桥在内的多所大学授予的名誉学位,成为《时代》(*Time*)和《生活》(*Life*)杂志的封面人物,获得了除诺贝尔文学奖之外的大大小小各种荣誉称号。弗罗斯特也因其别具一格的艺术风格在英美诗歌史上占据着重要的地位。哈罗德·布鲁姆(Harold Bloom)就曾将其与拉尔夫·爱默生、沃尔特·惠特曼(Walt Whitman)、艾米莉·狄金森、华莱士·史蒂文斯和哈特·克莱恩(Hart Crane)等诗人并列,称之为"我们的大诗人"。[1] 各国的评论家纷纷称其为"最伟大的诗人之一"[2],以其杰出的诗才形成与艾略特诗风迥然不同的现代美国诗歌的另一中心[3],是20世纪美国诗坛五巨擘之一。[4] 弗罗斯特的艺术选择和丰硕的诗歌成就对英美诗人产生重要的影响。1987年美国文学史上第九位诺贝尔文学奖得主约瑟夫·布罗茨基(Joseph Brodsky)在其受奖词中向被诺贝尔文学奖错过而已逝世的现代杰出"幽灵"们致意,布罗茨基认为弗罗斯特以及曼德里

---

① [美]哈罗德·布鲁姆:《影响的焦虑》,徐文博译,江苏教育出版社2005年版,第137页。

② Robert Faggen ed., *The Cambridge Companion to Robert Frost*, Shanghai: Shanghai Foreign Language Education Press, 2004, p.1.

③ 参见杨金才主撰《新编美国文学史》第3卷,上海外语教育出版社2002年版,第139页。

④ 参见杨仁敬《20世纪美国文学史》,青岛出版社1999年版,第384页。

施塔姆、茨维塔耶娃、阿赫玛托娃、奥登比自己更适合站在诺贝尔奖颁奖典礼的讲坛上，而他自己虽然仿佛是他们的总和，但小于他们中的任何一个个体。① 1995 年诺贝尔文学奖得主、爱尔兰诗人谢默斯·希尼（Seamus Heaney）将弗罗斯特视为自己的艺术宗师。2005 年由依阿华大学出版社（University of Iowa Press）出版的诗歌集《访问弗罗斯特：受到罗伯特·弗罗斯特生活和创作启迪的诗歌》（*Visiting Frost：Poems Inspired by the Life and Work of Robert Frost*，2005）则汇集了受到弗罗斯特影响的100 位诗人创作的诗歌作品。不仅如此，弗罗斯特受到美国民众的广泛赞誉。在他晚年时期，美国公众称其为"圣哲"，在他 75 岁生日之际，美国参议院通过决议向他祝寿，尊其为"民族诗人"。1958 年至 1959 年，弗罗斯特受邀出任美国国会图书馆诗歌顾问，被誉为非官方的"桂冠诗人"。1998 年，前"桂冠诗人"罗伯特·品斯基（Robert Pinsky）从18000 份问卷调查中得知，罗伯特·弗罗斯特是当时美国诗坛"最受公众欢迎的诗人"。② 弗罗斯特也日渐享有跨国的名声，于 1952 年作为代表之一参加在巴西圣保罗举行的世界作家大会，于 1957 年作为友好使节重游英国，同时接受了牛津、剑桥和爱尔兰国立大学所授予的荣誉博士学位，于 1961 年访问以色列、雅典和伦敦，于 1962 年作为白宫的友好使者访问苏联。

弗罗斯特日渐超越空间的限制，受到世界各地读者的喜爱。在读者大众对弗罗斯特及其诗作热烈赞许的同时，以马尔科姆·考利（Malcolm Cowley）为代表的批评家却不肯将弗罗斯特的诗歌纳入文学的尊贵殿堂。他们对弗罗斯特获得如此多的赞誉提出质问，认为他所获荣誉带有极强的政治意味，他"经常被那些不喜欢诗歌的人过于热烈地称赞"。③ 以伊沃尔·温特斯（Yvor Winters）也相信弗罗斯特的诗作"既被过高地称赞

① 参见［美］约瑟夫·布罗茨基《文明的孩子：布罗茨基论诗和诗人》，刘文飞等译，中央编译出版社 2007 年版，第 5 页。

② Deirdre Fagan，*Critical Companion to Robert Frost：A Literary Reference to His Life and Work*，New York：Facts on File，2007，p. 378.

③ Philip L. Gerber ed.，*Critical Essays on Robert Frost*，Boston，Mass.：G. K. Hall & Co.，1982，p. 96.

又被错误地理解"。① 温特斯主张应该联系当时的文学风气来合理地理解弗罗斯特的诗歌，认为美国的读者并不严肃地对待诗歌也并不喜爱严肃的诗歌，而弗罗斯特创作的乡村主题以及简单朴素的诗歌风格正好迎合美国读者的喜爱，这使得弗罗斯特拥有众多的读者。温特斯因此认为弗罗斯特可能被描述为一位好诗人，但绝不是一位伟大的诗人。弗罗斯特成名后似乎好出风头，显然成为了一位名人、空谈家、公众人物和文化使者，这也在一定程度上损害了他作为诗人的身份，使他遭到学术评论界的刻意贬低。作为精英知识分子的代表，学术评论家们普遍欣赏庞德、艾略特和史蒂文斯等主流现代派诗人的艰深之作，讲究句子的碎片化、形式的不规则化和主题的跳跃化，而不那么看重弗罗斯特那些看似明白晓畅、通俗易懂的田园诗。正如约翰·莱伦（John Lynen）所指出的："弗罗斯特创作的诗歌与他同时代主要作家创作的诗歌截然不同……弗罗斯特的诗歌是明白晓畅的句子，传统的诗歌形式，接近日常生活的语言。诗歌中没有晦涩，没有拐弯抹角地提到但丁和启示录，没有深奥的知识或个人化密集的象征。"② 由于这些诗歌特征，弗罗斯特作为一位诗人在主流现代派风起云涌的时代，也很难得到学术界的承认和理解。

弗罗斯特一方面久负盛名，另一方面又遭人质疑，人们众说纷纭。而弗罗斯特的文学生涯也确实令人难以置信。试想，一位新英格兰乡村的农民却集美国文学家所能获得的荣誉于一身，一位悲剧式的人物却始终在众人前面带着圣诞老人般的微笑安静地朗诵自己的诗作，一位现代诗人却始终不渝地坚守传统，选择一条未被别人选择的路。弗罗斯特卓尔不群的人生道路和诗歌追求不可避免地导致一些批评家对他及其作品产生误读和曲解，由此引发对他的诗歌言过其实的褒扬或带有偏见的贬低，导致他在批评视野中的形象或明或暗，难以定论。弗里德里希·席勒曾指出："从感觉的被动状态到思维和意愿的主动状态的转移，只能通

---

① James Melville Cox ed., *Robert Frost: A Collection of Critical Essay*, Englewood Cliffs, N. J.: Prentice-Hall, 1962, p. 58.

② John Lynen, *The Pastoral Art of Robert Frost*, New Haven: Yale University Press, 1960, pp. 1 – 2.

过审美自由的中间状态来完成。"① 席勒认为感性的人不可能直接发展成为理性的人，必须首先变成审美的人，人在审美状态中得到净化提高，因而可以按照自由的法则从感性的人发展成为理性的人。有缘于此，在阅读弗罗斯特的诗歌作品时，需要现代读者遵从自由的法则，带着审美的愉悦，发现弗罗斯特在平凡中寻找诗意的态度，探索弗罗斯特在充满喧嚣的现代世界里化平乏为有趣、化腐朽为神奇的智慧，从而以理性的思维全面而客观地看待弗罗斯特诗歌，进而以诗意的眼光来看待这个世界。

---

① ［德］弗里德里希·席勒：《审美教育书简》，冯至、范大灿译，上海人民出版社 2003 年版，第 180 页。

第一章

弗罗斯特批评的回顾与反思

一些目光最为敏锐的批评家，例如兰德尔·贾雷尔（Randall Jarrell）和莱昂内尔·特里林（Lionel Trilling）等指出，弗罗斯特作为一位真正的诗人并非是一个向美国公众朗诵诗歌的慈眉善目的老人，而是一位堪与艾略特和威廉·叶芝（William Yeats）等媲美，其作品具有非凡感染力和复杂性的诗人。毋庸置疑，弗罗斯特其人其诗都有着丰富的内涵，对弗罗斯特诗歌的阐释永远不可能完全再现诗人自身及其作品的复杂性和多元性。那么，弗罗斯特到底是一位怎样的诗人？他的诗歌为什么受到读者大众的欢迎？弗罗斯特真是像众多评论家所说的那样是一位远离所处时代、超乎苦难现实的乡村自然诗人吗？弗罗斯特称得上一位现代派诗人吗？他的诗歌与主流现代派诗歌作品相比有哪些独特的价值？弗罗斯特在美国诗歌史上的贡献何在？要回答这些问题，我们有必要首先回顾近一个世纪以来东西方文学界对弗罗斯特诗歌的研究和评价，以期全面而客观地对弗罗斯特的诗歌作出历时的概览和共时的分析。

第一节　美国文学批评视野中的弗罗斯特

在美国文学史上，尤其是自 20 世纪 60 年代以来，弗罗斯特诗歌研究形成一股热潮，人们乐此不疲地探讨这位诗人和他的诗歌作品。继美国之后，中国学术界 2000 年以来也呈现出研究弗罗斯特诗歌的强劲趋势。在美国和我国，弗罗斯特及其诗歌得到了较为全面的研究。就目前所能掌握的资料来看，美国对弗罗斯特诗歌的研究主要体现在四个阶段。

第一个阶段是 20 世纪早期弗罗斯特研究的起步阶段。这一时期主要

是一些诗人、文学家、批评家以及学者对弗罗斯特作出的初步的介绍和
评论。

1913 年 4 月，弗罗斯特的第一部诗集《少年的心愿》正式出版，庞
德看过这本诗集后立即作出评论，该评论在 1913 年 5 月的《诗刊》（*Po-etry*）上发表。庞德认为，弗罗斯特长久以来遭到"伟大的美国编辑们"
的轻视，直到弗罗斯特逃离美国这片文化的沙漠。庞德同时指出，弗罗
斯特能够较好地自然而然地讲述和描绘他所看到的事物，他没有虚伪和
做作。在具体评论诗集中的《忽视》（"In Neglect"）一诗时，庞德认为
这首诗歌是弗罗斯特个人经历的写照，讲述"他的祖父和叔叔剥夺了他
对一笔数量可观的遗产的继承权，让他陷入贫困，因为他是一个无用的
诗人而不是一个会挣钱的人。"① 弗罗斯特对庞德的评论颇感不满，认为
庞德误解了他的诗歌甚至是故意曲解他的诗歌，一方面是为了抨击美国
编辑的大众化趋向，另一方面是以揭露弗罗斯特家庭的丑陋作为批判美
国庸俗化现实的一个例证。随后在 1914 年 12 月的《诗刊》上，庞德以
《现代农事诗》（"Modern Georgics"）为题评论了弗罗斯特的第二部诗集
《波士顿以北》。庞德认为弗罗斯特拿着一面镜子映照自然，是一位"有
意识地并准确地将自己熟悉的新英格兰农村生活写入诗中的诚实作家"。②
庞德的这两篇评论都在美国发表，虽未对美国读者产生什么影响，却引
起了英国读者及评论家的注意，成为批评界向世人推介弗罗斯特诗歌所
作出的最初的权威评论。从此，默默无闻的弗罗斯特开始在现代诗坛崭
露头角。1919 年，弗罗斯特一个忠实的朋友、美国诗人路易斯·昂特
梅耶（Louis Untermeyer）在他的专著《美国诗歌的新纪元》（*New Era in American Poetry*，1919）第一章的首要位置对弗罗斯特进行评价，赞
扬其诗集《波士顿以北》中的戏剧性对话是美国有史以来最新颖、最
具感染力的对话，认为与同时代其他诗人相比弗罗斯特找到一种现代表
达方式，更能展现平常生活的诗意。评论者普遍认识到弗罗斯特将人们
使用的话语变成了诗歌，认为在别的诗人笔下只能是日常琐事的故事素

① Philip L. Gerber ed. , *Critical Essays on Robert Frost*, Boston, Mass. : G. K. Hall & Co. ,
1982, p. 18.

② Ibid. , p. 19.

材,在弗罗斯特的诗中却因其朴实无华、真挚动人而具有了普遍意义。这一时期的评论使在英国寻找发展机会的弗罗斯特一举成名,并且使他在第一次世界大战爆发后回到美国时,受到了美国民众像对待英雄一样的欢迎。

美国民众将弗罗斯特视为本土英雄、理想主义者和乐观主义者,这使弗罗斯特在 20 世纪 20 年代比此前更为人瞩目。1927 年,戈勒姆·穆森(Gorham B. Muson)的弗罗斯特诗歌研究专著《罗伯特·弗罗斯特:情感与理智研究》(Robert Frost: A Study in Sensibility and Good Sense, 1927)对弗罗斯特的生平和诗歌创作技巧进行论述,指出弗罗斯特诗歌主题宏伟壮丽,但是他的诗歌语言却完全像日常对话。1938 年,美国作家伯纳德·德沃托(Bernard Devoto)在《星期六文学评论》(The Saturday Review of Literature)上发表题为《批评家与弗罗斯特》("The Critics and Robert Frost")的文章,认为弗罗斯特是"一位伟大的美国诗人",他"颠覆了美国诗歌中应该被颠覆的一些东西"。[①] 1942 年,劳伦斯·汤普森(Lawrance Thompson)在弗罗斯特诗歌研究专著《火与冰:弗罗斯特的艺术与思想》(Fire and Ice: The Art and Thought of Robert Frost)中认为,弗罗斯特的诗歌艺术牢牢地扎根于悠久的英诗传统之中,"在弗罗斯特微妙的诗歌表层结构之下,我们不仅可以看到诗人广泛而又娴熟的诗歌技巧应用,而且能够感受到诗人充满活力和理性的精神深度。"[②] 这些评论对弗罗斯特的诗歌内容及创作技巧给予好评,但是面对政治形势的纷繁复杂,作家们在 20 世纪 30 年代纷纷趋向于成为政治上的积极分子,评论家们也以政治因素作为评判作家及其作品的重要准绳。此时,弗罗斯特却坚持保守的政治立场,不肯参加任何左翼或右翼运动,因为在他看来这些都是无益于社会的群体性活动。这一政治立场引发了人们对弗罗斯特及其诗歌的批判。评论家们认为弗罗斯特是一个逃避主义者,他的传统价值观念是不合时宜的甚至是危险的。马克思主义文学评论家格

----

① Philip L. Gerber ed., *Critical Essays on Robert Frost*, Boston, Mass.: G. K. Hall & Co., 1982, p. 106.

② Lawrance Thompson, *Fire and Ice: The Art and Thought of Robert Frost*, New York: Henry Holt & Company, 1942, p. xii.

兰维尔·希克斯（Granville Hicks）率先在 1930 年 12 月的《新共和》
（*The New Republic*）上撰文攻击弗罗斯特，并且指出："弗罗斯特不能让
我们意识到我们属于这个工业的、科技的和弗洛伊德的世界，而在这个
世界里我们找到自己。"① 希克斯认为考察各个时期的文学成就需要考察
作者与其所处的社会现实的关系，而弗罗斯特诗歌不能代表美国的社会
生活，只能代表一种行将消逝的生活方式，让读者远离这个真实的世界。
此后，有学者从道德批评的角度否定弗罗斯特诗歌的价值，或者在肯定
弗罗斯特作为一流诗人的同时指出其作品的社会功能不足。在 1937 年弗
罗斯特凭借《山外有山》这部诗集获得普利策奖之后，评论家们尤其是
左翼政治思想家们纷纷在《新群众》（*New Masses*）和《党派评论》
（*Partisan review*）等刊物上发表文章批判弗罗斯特。例如，马尔科姆·考
利在 1944 年 9 月的《新共和》上发表题为《弗罗斯特：一点不同意见》
（"Frost：A Dissenting Opinion"）的文章。考利认为，弗罗斯特的诗歌艺
术及其致力于诗歌艺术的漫长生涯都无愧于他所获得的一切殊荣，但是
一些热情的崇拜者没有实事求是地评价弗罗斯特及其诗歌，仅仅是把诗
人当作他们进行一场道德和政治运动的旗号。考利也对人们把弗罗斯特
称作新英格兰的代表表示质疑，认为诗人过分地沉溺于过去的历史之中，
推崇一种古老、简朴和欢悦的生活方式而拒斥了现代性的诸多特征，"这
位诗人依靠传统，不能令人信服，他更多关注的是谨慎的智慧而非杰出
的美德，他几乎不关注罪恶和痛苦。"② 弗罗斯特备受人们的称赞，享受
各种荣誉，而考利等批评家们提出不同的观点，认为弗罗斯特歌颂的是
废弃的古董店，不应获得如此赞誉。

　　这一时期，诸多评论家们在报纸杂志上撰文，对弗罗斯特作出褒贬
不一的评论。詹姆斯·考克斯（James M. Cox）在《罗伯特·弗罗斯特：
一本批评文集》（*Robert Frost：A Collection of Critical Essay*，1962）中收录
了新老评论家自 1942 年至 1960 年有关弗罗斯特的评论。其中具有代表性
的文章有劳伦斯·汤普森的《罗伯特·弗罗斯特的诗歌理论》（"Robert

---

　　① Philip L. Gerber ed. , *Critical Essays on Robert Frost*, Boston, Mass. : G. K. Hall & Co. ,
1982, p. 91.

　　② Ibid. , p. 99.

Frost's Theory of Poetry")、马尔科姆·考利的《反对弗罗斯特先生的实例》("The Case Against Mr. Frost")、以伊沃尔·温特斯的《罗伯特·弗罗斯特：作为诗人的精神漂流者》("Robert Frost：The Spiritual Drifter as Poet")、莱昂内尔·特里林的《关于罗伯特·弗罗斯特的一次演讲：一件文化逸事》("A Speech on Robert Frost：A Cultural Episode")、乔治·尼奇（George Nitchie）的《遏制混乱的短暂片刻》("A Momentary Stay against Confusion")以及约翰·莱伦的《作为现代诗人的弗罗斯特》("Frost as Modern Poet")等。这些评论主要代表了两种立场：一种观点认为弗罗斯特是一个与时代和社会格格不入的逃避主义者，而另一种观点认为弗罗斯特是一个关注时代的现代艺术家。考克斯则致力于展现有关弗罗斯特评论的全貌，经过对这些评论的归纳和分析，考克斯在该书的序言中指出迄今为止有关弗罗斯特的评论只达到两个阶段，即对诗人的认识与接受，而目前弗罗斯特诗歌的研究需要达到第三个阶段，即对诗人的全面理解与进一步发现。考克斯相信弗罗斯特研究中的一个重要方面是发现和确定弗罗斯特是如何通过其诗歌意象呈现出诗歌结构的："在其诗歌世界中，人、诗人和诗歌是统一体。巧妙的设计揭示出诗人在言说诗歌，他的诗歌是一种游戏，这是他不经意间表现出来的，这是罗伯特·弗罗斯特的神话。"① 考克斯提醒评论者不应一味地贬低或者赞颂弗罗斯特的诗歌，而应该全面、深入地探讨弗罗斯特诗歌构建的神秘世界，找到弗罗斯特诗歌中的主要特性，这对后来的弗罗斯特研究具有重要的启示意义。

　　弗罗斯特研究的第二个阶段是 20 世纪六七十年代经历的兴盛时期。1961 年 1 月 20 日，数千万美国大众通过电视媒介看到弗罗斯特在肯尼迪总统就职典礼上朗诵诗作的画面。随着弗罗斯特的名气达到鼎盛阶段，美国学术界也掀起有关其诗歌研究的热潮。这一时期，涌现大量运用社会批评、道德批评和形式批评方法，探究弗罗斯特诗歌的创作特点、主题思想、艺术源流等方面内容的著作。

　　评论者普遍关注弗罗斯特诗歌的艺术特点。例如，约翰·莱伦在

---

① 　James Melville Cox ed. , *Robert Frost：A Collection of Critical Essay*, Englewood Cliffs, N. J. : Prentice-Hall, 1962, p. 15.

《罗伯特·弗罗斯特的牧歌艺术》（*The Pastoral Art of Robert Frost*，1960）一书中运用新批评方法突出研究弗罗斯特诗歌创作的独特性。作者结合弗罗斯特诗作中的叙述、音调、声音等要素，冷静、客观地分析其艺术风格，认为弗罗斯特对自然有一种不同寻常的理解，他不是一个栖居乡村的农民诗人，而是一个深奥微妙的艺术家，他最具代表性和最重要的作品都采用牧歌结构，将质朴简单的新英格兰乡村世界与现代城市世界作对比。作者进一步指出："尽管他描述的是一片森林或者一丛野花，但是他作品的真正主题是人性。他在偏远的自然中揭示出人类面对孤独时的悲剧，以及面临巨大的、非个人化力量时的脆弱性。"① 美国文学评论家理查德·波瑞尔（Richard Poirier）的著作《罗伯特·弗罗斯特：智慧之作》（*Robert Frost：The Work of Knowing*，1977）更加受人瞩目。在这部当时堪称最全面、最客观地褒扬弗罗斯特及其诗作的著作中，作者没有过多关注其诗歌呈现的政治思想或社会问题，而是探讨《在一条山谷里》（"In a Vale"）和《梦中痛苦》（"A Dream Pang"）这些此前很少被人关注的诗歌，甚至挖掘弗罗斯特诗歌中的一些敏感因素，例如《下种》（"Putting in the Seed"）和《被骚扰的花》（"The Subverted Flower"）中所涉及的有关弗罗斯特细致入微的性描写话题。与此同时，作者结合英美文学背景以及 20 世纪的社会现实探讨弗罗斯特的诗作，并在与其他诗人诗作的比较中拓展弗罗斯特诗歌批评的视野，进而指出弗罗斯特的诗歌艺术是一个有机整体，代表了 20 世纪文学发展的方向。这一时期，学者们还探讨了弗罗斯特诗歌中有关人与人、人与自然、人与社会、人与上帝、人与科学和人与历史等方面的主题。例如瑞德克里弗·斯奎尔斯（Radcliffe Squires）在《罗伯特·弗罗斯特的主题》（*The Major Themes of Robert Frost*，1963）一书中提出，弗罗斯特与其他现代派诗人一样关注人类社会，尤其关注资本主义迅速发展时期西方社会所面临的各种问题，并通过作品呈现人类陷于各种矛盾冲突的现代处境，思考人类究竟应该面对工业文明的矛盾冲突，还是应该在工业文明之外寻觅一片宁静天地这一两难境地。与此同时，学者们探讨了弗罗斯特思想的艺术渊源。罗

---

① John Lynen, *The Pastoral Art of Robert Frost*, New Haven：Yale University Press, 1960, p. 146.

本·布若尔（Reuben Brower）撰写的《罗伯特·弗罗斯特诗歌的情意丛》（*The Poetry of Robert Frost：Constellations of Intentions*，1963）被公认为早期弗罗斯特研究中的一本佳作。为了更加深刻理解弗罗斯特的诗歌，以及诗人在广阔的诗歌世界中的地位，布若尔从形式与内容方面考察和挖掘那些能够汇聚成弗罗斯特诗歌思想感情的情意丛。布若尔在这部专著里指出，弗罗斯特在思想艺术方面主要受到爱默生、亨利·梭罗和威廉·詹姆斯等作家的影响，其中华兹华斯和爱默生对弗罗斯特的影响最为深远。另外，这一时期还出现有关弗罗斯特生平的研究。伊丽莎白·萨金特（Elizabeth Shepley Sergeant）的传记作品《罗伯特·弗罗斯特：生存的考验》（*Robert Frost：The Trial by Existence*，1960）讲述这位受人爱戴的诗人弗罗斯特的一生。而作为弗罗斯特本人授权的官方传记作家，劳伦斯·汤普森洋洋洒洒地撰写了三卷弗罗斯特传记，依次为《罗伯特·弗罗斯特的早年岁月：1874—1915》（*Robert Frost：The Early Years 1874 - 1915*，1966）、《罗伯特·弗罗斯特的成功之年：1915—1938》（*Robert Frost：The Years of Triumph 1915 - 1938*，1970）以及在汤普森去世后由其学生威尼克（R. H. Winnick）遵照遗愿继续完成的第三卷《罗伯特·弗罗斯特的晚年时光：1938—1963》（*Robert Frost：The Later Years 1938 - 1963*，1976）。但这三本传记材料冗杂，叙述平淡，对诗人的生活及性格轻描淡写，对其诗歌作品的评论矛盾重重，这些给读者带来巨大的震惊，在一定程度上损害了弗罗斯特的诗人名声，遭到后来弗罗斯特传记作家的批评和质疑。

20世纪六七十年代的弗罗斯特研究向着纵深方向发展，在总体上呈现出以下特点：第一，批评家们以传统的文学批评方法探讨弗罗斯特诗歌的内涵及特征，注重分析其诗歌的主题、意象和表现手法等文学因素；第二，研究者在探讨弗罗斯特诗歌理论的同时追溯其思想艺术渊源，尤其注重分析弗罗斯特对华兹华斯和爱默生思想的继承与发展；第三，研究者往往从自身立场和主观理解来看待弗罗斯特及其诗歌，对弗罗斯特或批评或称赞，态度截然对立，这一时期的传记作品也有失客观。可以看出，这段时期的弗罗斯特研究取得了丰硕的成果，但还留下很多研究空间，为20世纪八九十年代的弗罗斯特研究奠定了基础也为之开辟了道路。

弗罗斯特研究的第三个阶段是20世纪八九十年代该领域的拓展阶

段。这一时期，弗罗斯特诗歌的艺术特征、思想渊源和诗人的生平研究依旧是学术界探讨的重点。

其中，研究者结合新的批评理论与研究成果，集中探讨弗罗斯特诗歌的艺术渊源。例如马里奥·达方佐（Mario D'Avanzo）在《罗伯特·弗罗斯特与浪漫主义诗人的相似性》（*A Clouds of Other Poets：Robert Frost and the Romantics*，1991）一书中，梳理了莎士比亚、爱默生、梭罗、华兹华斯、雪莱、柯勒律治和济慈等作家，以及古希腊文学、古罗马诗歌和《圣经》等经典文本对弗罗斯特诗歌创作的影响。结合弗罗斯特的书信、散文、谈话等资料，作者探讨了弗罗斯特诗歌中呈现的积极浪漫主义因素，并且指出："在弗罗斯特诗学的形成过程中，他受到很多诗人和诗歌的影响。这些与现实中的纷繁混乱汇合在一起，构成弗罗斯特诗歌的独特风格。"[1] 与20世纪60年代考察艺术渊源的研究成果相比，达方佐的研究不仅仅局限于华兹华斯和爱默生对弗罗斯特的影响，考察的视野更为广阔，并且结合具体诗作分析了弗罗斯特对前人艺术成果的继承与发展。此外，研究者还探讨了弗罗斯特诗歌与现实的关系。例如马克·理查森（Mark Richardson）在《罗伯特·弗罗斯特及其诗学的苦难历程》（*The Ordeal of Robert Frost：The Poet and His Poetics*，1997）一书里继承了美国文学史家范·布鲁克斯（Van Brooks）在其经典著作《马克·吐温的苦难历程》（*The Ordeal of Mark Twain*，1920）里率先采用的社会分析模式，将美国的现代诗学与文化批评结合起来。理查森认为，弗罗斯特诗歌风格的形成以及其关于诗学的论述，都受到诗人自身经历和所处社会的苦难历程的影响，而诗人在诗歌创作中又试图超越这些苦难，因此，读者"值得进一步将弗罗斯特界定为美国文学传统中的社会思想者"。[2] 理查森进一步指出，弗罗斯特比作为精英文人的庞德更愿意取悦读者。弗罗斯特本人对诗歌节奏与韵律等技巧的选择除了与主题表达相关外，还与美国文化的女性化趋势、美国的文化消费市场走向以及诗人

---

[1]　Mario D'Avanzo, *A Clouds of Other Poets：Robert Frost and the Romantics*, Lanham：University Press of America, 1991, p. 9.

[2]　Mark Richardson, *The Ordeal of Robert Frost：The Poet and His Poetics*, Urbana：University of Illinois Press, 1997, p. 161.

对自己所创作诗歌的定位等各方面的因素密切相关。这种关于主题与艺术特征成因的探讨开拓了弗罗斯特诗歌研究的新思路，成为这个阶段学术界所取得的一个显著成果。这些研究成果将弗罗斯特的诗歌置于更为广阔的文化背景中，有利于改变人们以往认为的弗罗斯特诗歌"过于简单"的成见，赋予弗罗斯特诗歌研究深厚的文化内涵。这一时期学术界在弗罗斯特生平研究方面也取得了重要进展。弗罗斯特传记作者重新审视和认识诗人，在很大程度上修正了以前传记中的错误，弥补以往有关研究的不足。这方面的代表著作先后问世，杰伊·帕瑞尼（Jay Parini）的《罗伯特·弗罗斯特的一生》（Robert Frost：A Life，1999）尤为客观翔实，该书对汤普森的三卷本弗罗斯特传记作出公正的评论，认为该传记"毫无选择地堆积细节"，以至于把这位诗人写成了"一个恶魔似的人物"。[①] 帕瑞尼撰写的弗罗斯特传记试图还原诗人的本来面目——他既非圣徒也非恶魔，而是一个囊括诸多内涵的活生生的人。尽管作者记述了弗罗斯特本人的一些缺点，但仍承认弗罗斯特作为伟大诗人的地位。更为重要的是，作者在这部传记中客观地运用诗人的生平资料来分析诗人的诗歌作品，充分体现了传记研究的学术价值。

可以看出，这期间的弗罗斯特研究继承以前的研究成果，弥补其中的一些不足。研究者不再停留在罗列现象的层面上，而是深入探讨现象形成的原因，从聚焦于个案推广到着眼于整体的文学传统，对弗罗斯特诗歌与相关作品作出横向比较的尝试，使弗罗斯特研究不断向前推进，为 21 世纪弗罗斯特诗歌研究的进一步发展奠定了更为深厚的基础。

弗罗斯特研究的第四个阶段是 2000 年以后该领域取得突破的时期。这一时期弗罗斯特诗歌研究的显著特点是一方面继承传统的文学研究思路，另一方面顺应当下文学理论和文学批评的特点和发展趋势，更加明显地转向文化研究。

由《罗伯特·弗罗斯特评论》（Robert Frost Review）杂志创刊主编厄尔·威尔科克斯（Earl Wilcox）和美国南密西西比大学乔纳森·巴伦（Jonathan N. Barron）博士共同编辑的论文集《未走之路：重读罗伯特·弗罗斯特》（Roads not Taken：Rereading Robert Frost，2000）对弗罗斯特

---

① Jay Parini, *Robert Frost：A Life*, New York：Henry Holt, 1999, p. 452.

进行了深入研究。在这部论文集中，马克·理查森的论文《冷战与弗罗斯特后期诗歌概观》（"Frost and the Cold War：A Look at the Later Poetry"）力图结合冷战这一文化背景来重新审视弗罗斯特的诗歌。乔纳森·巴伦在文章《两幢小屋的故事：弗罗斯特与华兹华斯》（"A Tale of Two Cottages：Frost and Wordsworth"）中指出，弗罗斯特的诗歌《黑色小屋》（"The Black Cottage"）继承华兹华斯《废弃的小屋》（"The Ruined Cottage"）中的写作风格，但是弗罗斯特立足第一次世界大战前后的文化背景，融入民族、宗教、政治等方面的内容，其诗歌具有更加丰富的意义。沃尔特·乔斯特（Walter Jost）的论文《弗罗斯特修辞研究》（"Rhetorical Investigations of Robert Frost"）则从修辞学和阐释学的角度认为，弗罗斯特对话式的诗歌是一场充满知性的革新，为美国民主开辟了广阔的道路。这部论文集视角独特，研究者通过关注弗罗斯特诗歌中较少有人提及的性别问题，阐释弗罗斯特诗歌中的文化背景，以及探讨弗罗斯特对诗学的革新，强调了弗罗斯特作为一位现代派诗人的地位。该论文集指出，人们在提及现代派诗人时往往津津乐道于庞德和艾略特诗歌的深奥玄妙，而忽视弗罗斯特对现代社会的独特理解，这为读者重新审视弗罗斯特的诗歌指明了方向。泰勒·霍夫曼（Tyler Hoffman）在其著作《罗伯特·弗罗斯特与诗歌政治》（Robert Frost and the Politics of Poetry，2001）中指出，弗罗斯特诗歌中的政治取向远比人们想象的复杂，诗人总是试图在其诗歌形式理论与诗歌的政治兴趣之间取得平衡。该书的作者还发现，弗罗斯特以其复杂的编码形式表达他的政治观点与文化身份，使我们完全可以将这位诗人纳入当下意识形态与诗学政治中，对其进行具有创新性、富于成效的研究。约翰·蒂莫曼（John Timmer-man）在《罗伯特·弗罗斯特：暧昧的伦理学》（Robert Frost：The Ethics of Ambiguity，2002）一书中认为，弗罗斯特诗歌在表达意念时，自觉或不自觉地产生双重或多重意义，诗意暧昧不明。作者详细分析了弗罗斯特诗歌中的美学伦理、理性伦理、宗教伦理和社会伦理等，认为弗罗斯特的诗作被十分微妙地包裹在含混与朦胧的外衣之下，其中确实贯穿着颇为深邃的伦理思考。与此同时，史蒂文·弗雷塔利（Steven Frattali）在著作《人物、地点和世界：弗罗斯特的后现代解读》（Person，Place，and World：A Late-Modern Reading of Robert Frost，2002）中着重探讨诗人的哲学思想。

作者指出，弗罗斯特阅读过法国现象学大师梅洛 - 庞帝和法国后现代哲学家德勒泽的著作，其诗歌主题深受两位哲学家的思想影响。诗人将深奥的哲理诉诸形象的比喻，通过意象的无限展现来反映现实在绵延时间中的流变，进而表达诗人对世界和人生的深刻理解。罗伯特·帕克（Robert Pack）在其专著《罗伯特·弗罗斯特诗歌中的信仰与怀疑》（*Belief and Uncertainty in the Poetry of Robert Frost*，2003）中以想象与现实、信仰与怀疑为主线，结合弗洛伊德理论和达尔文主义细读弗罗斯特诗歌文本。作者认为弗罗斯特相信信仰的巨大力量，同时在诗歌中又表达虚无的思想，弗罗斯特是一位存在主义诗人。作者还综述了自然与环境的生态观念，梳理自艾米莉·狄金森以来美国诗歌中的自然观。在此基础上，作者运用生态批评的方法分析弗罗斯特的自然诗作，进而指出弗罗斯特诗歌中的自然具有不确定性，既妩媚动人又对人构成威胁，在大自然当中美与毁灭共生，而自然超越人类的力量往往是诗人敬畏自然的原因。与此同时，弗罗斯特诗歌中的女性问题与生态主题是这一阶段研究的热点，学者们纷纷从精神分析、文化研究、女性研究和读者反应这些视角解读弗罗斯特诗歌中的女性形象和女性主题，认为弗罗斯特诗歌中的女性都是一些遭受挫折的形象，充分体现了诗人作为男性的自信。

从以上概述可以看出，美国的弗罗斯特研究已经持续了一个世纪，其研究的内容越来越全面，考察视角和所运用的方法也越来越新颖，充分展示弗罗斯特诗歌的研究价值和意义。

第二节　中国文学批评视野中的弗罗斯特

与美国相比，由于我国的弗罗斯特诗歌研究备受诗歌翻译不能再现原诗意境这一难题的困扰，弗罗斯特诗歌在中国的研究处于基础薄弱的境地。对弗罗斯特诗歌的译介从 1948 年开始起步，而弗罗斯特诗歌研究从 1980 年算起仅有三十多年的历史。诗人方平曾两次将弗罗斯特的对话体叙事诗《帮工之死》（"The Death of the Hired Man"）译成中文，并提及"第一次在解放前，蒋匪帮倒行逆施的时期，发表在臧克家先生主编的《文讯》上（1948），也许这是最早介绍过来的弗罗斯特的诗篇吧"。① 改革开放以后，国内翻译弗罗斯特的译者日渐增多，其中已有方平、梁实秋、余光中、非欧、江枫、曹明伦和赵毅衡等翻译的弗罗斯特诗歌出版，而国内的许多美国文学研究著作和英语教材中都有弗罗斯特及其诗歌的介绍。弗罗斯特诗歌研究方面的论文也不断涌现，由于各方面条件的限制，难以尽数掌握有关资料。仅据中国知识资源总库中的论文统计，从1980年至2016年底，以弗罗斯特为研究主题的中文期刊论文共有898篇，其中核心期刊论文有189篇。以弗罗斯特为研究主题的优秀硕士论文和博士论文多采用英文写作，在屈指可数的几篇博士论文中，李海明的《罗伯特·弗罗斯特诗歌研究》（华中师范大学，2010年）采用中文写作，黄宗英的《一条行人较少的路——论罗伯特·弗罗斯特诗歌简单外衣下的丰富内涵》（北京大学，1996年）、王素青的《加里·斯奈德和罗伯特·弗罗斯特诗歌中自然与人类的生态哲学观》（上海外国语大学，2011年）和傅筱娜的《超验主义与二元论：罗伯特·弗罗斯特诗歌的哲学研究》（上海外国语大学，2013年）均运用英文写作。关于弗罗斯特诗歌研究的专著数量也不多，已经出版的包括何庆机的《自我与信念：罗伯特·弗罗斯特诗歌研究》（科学出版社2010年版）、黄宗英的《弗罗斯特研究》（上海外语教育出版社2011年版）、肖锦凤和李玲的《生态批评与道家哲学视阈下的弗罗斯特诗歌研究》（西南财经大学出版社2016年版）以及徐新辉的英文著作《暂时遏止混乱的锐利思想武器：儒家思想观照下罗伯特·弗罗斯特诗歌研究》（*Something as a Momentary Stay against Confusion*）（暨南大学出版社2008年版）。

通过对已有论文及著作的整理归纳，我国对弗罗斯特诗歌的研究集中体现在以下几个方面。

第一，翻译并介绍弗罗斯特的诗歌。例如，赵澧先生在《现代英美诗四首》（《译林》1980年第2期）一文中翻译了弗罗斯特的《雪夜林边停留》（"Stopping by Woods on a Snowy Evening"），并在译后记中提到弗罗斯特是以描写农民和农村生活见长的诗人；李自修在《美国罗伯特·弗罗斯特诗二首》（《译林》1981年第1期）一文中翻译了《树在我窗

---

① 方平：《不是怜悯，是尊重——人道主义在〈帮工之死〉中闪现》，《外国文学研究》1983年第2期。

前》（"Tree at My Window"）和《进去》（"Come In"）这两首诗，并认为弗罗斯特将深邃的思想寓于朴素自然的语言之中；曹明伦翻译了《火与冰》（"Fire and Ice"）（《外国文学》1981 年第 11 期）；李文俊在《现代美国诗歌 1912—1945》（《外国文学》1982 年第 9 期）一文里简要介绍弗罗斯特的生平和作品，分析他的抒情短诗中的哲理性及其戏剧性叙事诗中的阴郁性，并将弗罗斯特归类为新英格兰诗人；方平在《一首小诗的翻译》（《外国文学研究》1984 年第 2 期）中翻译了《深情》（"Devotion"）一诗；非欧在《弗罗斯特抒情诗六首》（《国外文学》1987 年第 4 期）一文中翻译了《茅屋顶》（"The Thatch"）等六首诗歌，并指出弗罗斯特大量的田园抒情诗和叙事诗表现了诗人对美国现代社会的冷漠和异化备感失望，对自然和人生既有所怀疑又非常眷恋，对死感到十分迷惑的复杂心理；程爱民在《弗罗斯特诗选》（《外国文学》1994 年第 4 期）一文中翻译了《一条未选择的路》《修墙》（"Mending Wall"）、《白桦树》《风暴之歌》（"The Line-storm Song"）、《雪夜林边停留》《金色光华难长留》（"Nothing Gold Can Stay"）几首诗，此后又在《弗罗斯特诗歌艺术》（《外国文学》1994 年第 4 期）一文中提出比喻与象征是弗罗斯特诗歌艺术的两大手法，在传统中创新是弗罗斯特诗歌艺术的基色；罗若冰在《着墨自然导引情绪——读美国诗人弗罗斯特两首著名的"自然诗"》［《外国语（上海外国语学院学报）》1994 年第 4 期］一文里翻译了《荒凉之夜》（"In the Bleak Midwinter"）和《与黑夜相识》（"Acquainted with the Night"）两首诗，并指出自然景物在弗罗斯特诗作中是人的情感世界物象化的一种反映；李鑫华在《罗伯特·弗罗斯特诗三首》（《译林》1996 年第 4 期）一文中翻译了《春天的祈祷》　（"A Prayer in Spring"）、《牧场》（"The Pasture"）、《春潭》（"Spring Pools"）三首诗；黄灿然在《弗罗斯特:〈雪夜林边停留〉》［《福建论坛（社科教育版）》2004 年第 5 期］一文中翻译了《雪夜林边停留》，并提出弗罗斯特在歧义、情境和具体事物当中揭示人与物的关系及其深层矛盾，于平淡中透露出他独特深邃的洞见。

　　这类文章主要发表于 2000 年以前，其模式都是作者翻译弗罗斯特的一首或几首诗歌，然后对弗罗斯特本人及其诗歌进行总体性的评价，或者对所翻译的诗歌作出简要的评论。这些翻译加评论类的文章为推动弗罗斯特诗歌在中国的传播发挥了重要作用，但是其中的翻译没有统一的标准，以弗罗斯特的诗歌《雪夜林边停留》为例，汉译的诗名连同内容的表述在这些文章中各不相同。但难能可贵的是，面对国内出版物对弗罗斯特若干诗集书名的译文极不统一的现象，曹明伦在《关于弗罗斯特若干书名、篇名和一句名言的翻译》（《中国翻译》2002 年第 4期）一文中对这些现象作出简要的分析，并在此基础上提出较为贴切的中文译文。2002 年，曹明伦先生翻译的《弗罗斯特集：诗全集、散文和戏剧作品》由辽宁教育出版社出版，尽管这部译著中的某些译文仍未免失于牵强，但这本书是国内迄今出现的最完整也是最权威的翻译译本。弗罗斯特的诗歌具有一种音乐性，也正因为如此，他的译文很难传达原句的简洁、流畅、明快而富有音乐性的节奏。弗罗斯特诗歌在中国的遭遇如同余光中先生所说的"损失惨重"，因为日常语言性的诗歌经过翻译，往往精华丧失殆尽，即使被翻译出来也极有可能是以讹传讹，如果译得完全口语化会失掉原诗的简洁凝练，译得简洁凝练又不容易保持原有的语感，因此很难译得恰到好处。国内外很多学者包括弗罗斯特本人坚持诗歌具有"不可译性"的理论，认为诗歌是在翻译中会失去的东西。然而弗罗斯特诗歌在中国的传播不得不涉及翻译问题，诗文翻译有助于推动并规范弗罗斯特诗歌在中国的研究。因此，如何恰到好处地翻译弗罗斯特诗歌成为中国的弗罗斯特研究者所需要攻克的难题。

第二，解读弗罗斯特的一首或几首诗歌并研究其诗歌内容与艺术特点。例如方平在《不是怜悯，是尊重——人道主义在〈帮工之死〉中闪现》（《外国文学研究》1983 年第 2 期）一文中分析了《帮工之死》在日常生活中体现出来的人道主义精神，此后又在《两首佳作的赏析》（《名作欣赏》1986 年第 6 期）一文中对《一无保留的奉献》和《去找水》（"Going for Water"）两首诗作出评论解读，认为诗人在前一首诗里将美国独立战争称为"一无保留的奉献"，表达了感人的爱国主义精神，而《去找水》一诗里的"水"是幸福源泉的象征，悄悄地吐露了爱情的幸福感，这首诗歌是弗罗斯特少有的一首爱情诗；臧得顺在《岔路口前的抉择——论弗罗斯特诗歌中的选择主题》（《名作欣赏》2005 年第 14 期）一文中认为诗歌中的岔路既是实指林中的两条路，又虚指人生旅途中需要人抉择的岔路。而在文本细读上，有作者结合弗罗斯特艰难而荣耀的生活历程，将诗人的人生之路与其诗歌中"路"的意象紧密结合起来，进而认为弗罗斯特的成功不仅源于其清纯简朴的诗风，深邃悠远的意蕴，而且源于诗人对自己独特生活方式及创作视角的自觉选择和固守，诗人所走过的"路"与诗歌中的"路"都为我们昭示了人生无限丰富的可能性。

对弗罗斯特诗歌作出文本细读有助于开拓人们对弗罗斯特诗歌的认识，但这些研究往往局限在《未走之路》《雪夜林边停留》《修墙》《进入自我》和《火与冰》等作品上面。这些描写新英格兰乡村生活和自然风景的诗篇广为传颂，早已成为人们普遍研究的对象，而大量的弗罗斯特诗歌至今还没有完全进入人们的视野，这种局面一方面导致弗罗斯特诗歌研究的主观性和随意性，另一方面也形成对弗罗斯特诗歌认识的片面化和表面化。除了分析诗歌内容之外，总结弗罗斯特诗歌的艺术特点也是国内弗罗斯特诗歌研究的重要方面。许多论文从不同层面探讨弗罗斯特诗歌的艺术特征，并且普遍认为弗罗斯特在传统中创新，其诗歌在风格、意象、象征、听觉想象力和声韵艺术等方面都别具一格。例如刘爱英发表了《罗伯特·弗罗斯特"游戏"中的诗歌与人生》（《四川外语学院学报》2000 年第 3 期），程爱民发表了《论弗罗斯特的名诗〈修墙〉的结构与修辞手法》（《解放军外国语学院学报》2001 年第 4 期），李鑫华发表了《弗罗斯特诗歌复杂性探析》（《国外文学》2004 年第 3 期），罗尚荣发表了《论弗罗斯特的二元诗学观》（《江西社会科学》2005 年第 4 期），赵彤发表了《罗伯特·弗罗斯特：传统诗歌的守望者》[《西南民族大学学报》（人文社会科学版）2005 年第 12 期]，谢文妹发表了《简论弗罗斯特诗歌的艺术特点》（《作家》2009 年第 1 期），张长辉发表了《始于欢乐，终于智慧——试论罗伯特·弗罗斯特的诗歌艺术》（《作家》2009 年第 24 期）。近年来也涌现出一些研究弗罗斯特诗歌的硕士论文，例如李勤发表了《罗伯特·弗罗斯特诗歌中的传统与创新》（河北师范大学，2007 年），彭华发表了《弗罗斯特诗歌中的暗喻》（上海外国语大学，2008 年），王鹏发表了《罗伯特·弗罗斯特诗歌头韵分析》（山东大学，2009 年）。

尤其值得注意的是黄宗英在其博士论文《一条行人较少的路——论

罗伯特·弗罗斯特诗歌简单外衣下的丰富内涵》中，通过分析弗罗斯特诗歌的语言、"有意义的声音"或"句子的声音"理论、孤独主题以及诗人表达孤独主题所运用的隐喻方式等方面内容，指出弗罗斯特诗歌的语言简单直白和"非文学化"特征只是一种表面现象，实际上诗人能够娴熟地运用诗歌的节奏、发音和音调，使其作品的内容富于哲理，韵律充满戏剧性，因此弗罗斯特诗歌的独特魅力在于其自然、直白和朴素的形式下蕴含着丰富的内涵。作者将这一特征具体地概括为"简单之上的复杂"（complexity-beyond-simplicity），并指出："弗罗斯特在诗歌中描绘了一个绿色的新英格兰，向我们呈现了一个充满自然美景的世界，但他也向我们揭露在自然美景的外表下存在的真实世界中的'恐惧'。"① 而在其专著《弗罗斯特研究》中，黄宗英对弗罗斯特的生平、哲学、语言、格律和主题等方面进行了综合分析，全面展示弗罗斯特这位经典作家的诗歌创作特点，并指出："不论是作为一个人还是一位诗人，弗罗斯特生命中的核心问题就是要在无序中寻找有序，运用各种有序的方式进入自我，来解决那些深藏在自己内心或者与他人之间的各种矛盾冲突。因此，他的诗歌创作基本上是基于对他个人生活经历的忧思与冥想之上。"②

与此同时，人们开始运用新的文学批评理论及有关术语挖掘弗罗斯特诗歌的深层含义。例如，陶乃侃的《弗洛斯特与悖论——弗诗意象与语气之初探》（《外国文学评论》1990 年第 2 期）和范谊的《丰收的困惑——弗罗斯特的悖论》（《名作欣赏》1998 年第 3 期）等论文从悖论角度分析弗罗斯特诗歌。其中陶乃侃运用黑格尔的辩证法和克林斯·布鲁克斯（Cleanth Brooks）在《精致的瓮》（*The Well-Wrought Urn*：*Studies in the Structure of Poetry*，1956）一书中关于悖论的观点，以实例阐述弗罗斯特诗歌在意象和语气等方面的悖论。诸如《我的蝴蝶》（"My Butterfly"）中仁慈而残忍的上帝；《星辰》（"Stars"）中象征人类对灾难视而不见的"大理石的眼睛"；《割草》（"Mowing"）中"世事如梦"的感悟；《意志》（"Design"）中白蜘蛛、白花和白蛾失去白色的传统联想而具有的那

---

① Huang Zongying, *A Road Less Traveled By*：*On the Deceptive Simplicity in the Poetry of Robert Frost*，Beijing：Peking University Press，2000，p. 177.

② 黄宗英：《弗罗斯特研究》，上海外语教育出版社 2011 年版，第 350 页。

种咄咄逼人的"黑暗意志"；《外眺难及远方，内省何以深邃》（"Neither Out Far nor In Deep"）中万物静寂，人们漠然伫立在海岸的情景；《一个老人的冬夜》中以日常谈话的语气再现的暮年寂寥；组诗《山间妻子》（"The Hill Wife"）中以平淡直白的语气勾勒出妻子无法排解的孤独和空虚。通过这些分析，作者指出在诗歌作品中反映事物正反两个方面的矛盾是弗罗斯特思想艺术的基点。此外，苏晖撰写了《弗罗斯特诗歌的反讽策略及幽默效应》（《外国文学》2008 年第 4 期），区鉷撰写了《罗伯特·弗罗斯特诗歌的图征性》（《外国文学评论》2009 年第 3 期），这些文章都超越关于诗歌艺术鉴赏的传统表达话语，从而将弗罗斯特诗歌纳入现当代小说研究的学术理论与有关术语当中。其中，苏晖探讨弗罗斯特诗歌中的反讽策略及幽默效应，认为弗罗斯特善于运用苏格拉底式反讽、戏剧反讽以及由不可靠的叙述所引发的言语反讽等策略，造成表层语码与深层语码的矛盾甚至相悖，从而赋予其诗歌多重含义。作者进一步指出弗罗斯特善于把反讽提到形而上的高度，借助宇宙反讽思考世界是否存在终极真理，人类追寻自我价值的意义，以及如何使自我在充满悖论的人生旅途当中保持心理上的平衡等问题。作者认为弗罗斯特诗歌中的反讽策略造就其诙谐的风格，诗人以幽默作为洞察和理解世界的方式，同时也以其作为自我防御和解脱的方式，能够使自我的精神超越现实。何庆机在《文学市场、商业主义与弗罗斯特诗歌的杂合性》（《外国文学研究》2008 年第 6 期）一文中指出，弗罗斯特对商业主义与大众消费群体相对认同使他形成独特的杂合性诗歌特质，即融现实主义、现代主义与后现代主义要素为一体。何庆机在其专著《自我与信念：罗伯特·弗罗斯特诗歌研究》中指出，弗罗斯特深受美国实用主义哲学家威廉·詹姆斯的影响，其诗歌蕴涵"自我与信念"的主题。作者通过信念这一核心问题探讨弗罗斯特的自我危机如何影响他的诗歌创作，以及诗人如何得到拯救的思想轨迹，并且认为弗罗斯特与同时代的庞德、艾略特、史蒂文斯、威廉姆斯等大诗人一样，见证了现代社会的工业化、商业化和都市化历程，亲历科学发展与物质丰富的同时，也前所未有地遭遇各种危机和困惑。因此，作者指出："他的诗歌所呈现的新英格兰图景，绝不是诗人守旧、落伍的表征，不是逃避现实者的症候，而是对这些现实的书写，对各种危机和困惑的思考，贯穿始终的则是他的信念意志，是不懈的追求和探问。"① 总而言之，这些新的话语表达方式迎来弗罗斯特诗歌研究的新局面，表征着弗罗斯特诗歌研究在中国逐渐从主观的评论向规范的学术化方向深入发展。

第三，运用平行研究和影响研究的方法，对弗罗斯特诗歌与其他作家作品作出比较分析。例如，程爱民在《同是世外桃源里的耕耘——论陶渊明与弗罗斯特的自然诗》（《解放军外国语学院学报》1996 年第 2 期）一文中提出，陶渊明与弗罗斯特的自然诗都以乡村为背景，以乡间常见景物、日常生活和诗人躬耕后的感受为题材，或写景，或抒情，在艺术风格上都追求平淡、自然、朴素和清新。作者分析，两位诗人之所以有如此多的相似之处，主要原因在于他们有较为一致的个人经历和思想渊源，作者甚至认为陶渊明是弗罗斯特精神上的远祖。陈慧的硕士论文《同是田园中的哲人》（华中师范大学，2006 年）也对陶渊明和弗罗斯特作出比较分析。除了与中国诗人比较之外，国内一些学者还将弗罗斯特与西方诗人作比较。例如陈建国在《诗歌·自我·人生——弗罗斯特和威廉姆斯之比较研究》（《外国文学研究》1997 年第 1 期）一文中指出，罗伯特·弗罗斯特和威廉·威廉姆斯均为美国诗坛上享有盛誉的诗人，他们在各自的诗歌创作中深刻探讨了人性的真谛、现实的本质以及人与自然之间的辩证关系，但二者在对于自我、人生以及宇宙自然的认识与理解方面大相径庭。作者认为弗罗斯特视人生为冲突与对立面之间的一种微妙而又岌岌可危的平衡，以"冷漠超然"与"投身介入"这一似乎自相矛盾的诗歌形式作为在喧哗人生中追求自身意义的手段，而威廉姆斯则潇洒地认同人生和现实，认为意义和价值不是存在于遥不可及的过去或秘不可测的未来，而是存在于此刻，因此人生最重要的意义在于拥有现在。同样，杨凌雁在《庞德与弗罗斯特的现代派诗风》（《外国文学研究》1999 年第 1 期）中将弗罗斯特与庞德加以对比，认为庞德与弗罗斯特站在现代派诗歌的两极，庞德提倡从孔子语录中翻译出"革新"，弗罗斯特则要求"旧瓶装新酒"，庞德倡导意象派诗歌并倾心于"旋涡主义"，而弗罗斯特则强调听觉与视觉、耳朵和眼睛的对立，从而

---

① 何庆机：《自我与信念：罗伯特·弗罗斯特诗歌研究》，科学出版社 2010 年版，第 178—179 页。

发展为一场反意象派的小规模运动。这些文章将弗罗斯特与中西大诗人对比，尽管难免有些牵强附会，但有助于确立弗罗斯特在世界诗坛中的地位，丰富弗罗斯特诗歌的内涵，拓展弗罗斯特诗歌研究的广度。

国内运用平行研究方法研究弗罗斯特诗歌的论文还很少，范围也有限。而国内大量小说和散文与弗罗斯特诗歌风格有相似之处，在这方面，孙宏教授在其英文著作《城乡之间的神话与现实：中美两国乡土文学景色概观》（*Myth and Reality in the Rural and Urban Worlds*：*Survey of the Literary Landscape in American and Chinese Regional Literatures*，1997）中，将弗罗斯特与沈从文作出比较，这为弗罗斯特在中国的研究开启一个全新的方向。同时，随着全球化大背景下的中西文学理论和文化思想的开放与融合，国内的弗罗斯特研究出现从中国儒家、道家和佛家等传统思想文化角度来理解阐释弗罗斯特诗歌作品及艺术思想的趋势。这方面的代表作是徐新辉的著作《暂时遏制混乱的锐利武器——儒家思想关照下罗伯特·弗罗斯特诗歌研究》。该书以儒家的"仁爱"和弗罗斯特的"something"为切入点，将弗罗斯特诗歌中"暂时遏止混乱"的思想模式与中国儒家传统文化中的和谐思想模式联系起来，以儒家信念解析诗人在时间、空间、真爱、家庭、命名和凝视等方面的基本观点。作者认为，弗罗斯特试图通过诗歌形式最终赋予世界以规律和秩序，为人类在纷繁复杂喧嚣混乱的世界中找到一条通往心灵家园的道路。该书构建起东方儒家思想和弗罗斯特诗歌艺术之间的桥梁，为弗罗斯特诗歌研究开拓了新领域和新视角。

除了运用平行研究方法之外，国内学术界还运用影响研究的方法探讨弗罗斯特及其诗歌在国内外的影响。例如刘守兰在《弗罗斯特和当代美国诗歌》（《山东外语教学》2001年第3期）一文中以美国当代诗人理查德·威尔伯（Richard Wilbur）等为实例，论证弗罗斯特对美国当代诗歌的影响，这也为国内的弗罗斯特研究作出启迪。

第四，分析弗罗斯特诗歌中的主题。例如孙梅琳发表了《对罗伯特·弗罗斯特自然诗作的新认识》［《外国语（上海外国语学院学报）》1996年第1期］，何庆机发表了《自然与人生——论弗罗斯特自然诗的主题》［《兰州大学学报》（社会科学版）2000年第1期］，邓杉发表了《罗伯特·弗罗斯特对自然的哲学思考》（《思想战线》2009年增刊第1期），这几篇论文分别阐释了弗罗斯特诗歌中的自然主题。还有一些这方面的硕士论文，例如，杨春梅撰写了《论罗伯特·弗罗斯特的自然观》（广西师范大学，2005 年），吕齐亚撰写了《弗罗斯特自然观的复杂性》（合肥工业大学，2007 年），郭文正撰写了《弗罗斯特诗歌中的"自然"》（华中师范大学，2008 年），这些论文分析了贯穿于弗罗斯特大多数诗歌中的自然意象和乡村生活，进而提出弗罗斯特诗歌是以自然作为主题，阐述了人与自然的关系。然而，很多人认为弗罗斯特诗歌中的自然仅仅是背景，诗人在作品中所要展示的是潜藏在社会深层的死亡、孤独等主题。例如张叉在《罗伯特·弗罗斯特诗歌中的时代内涵》［《四川师范大学学报》（哲学社会科学版）1999 年第 1 期］一文中指出弗罗斯特诗歌包含了现代社会的黑暗混乱无序，现代人的虚幻感，世界大战的阴云，"美国梦"的破灭等时代主题。还有些这方面的硕士论文，例如郭心民撰写了《罗伯特·弗罗斯特诗歌的哲学隐意》（哈尔滨工程大学，2005 年），石颖撰写了《冲突：弗罗斯特诗歌的永恒主题》（河北师范大学，2006 年），李海明撰写了《罗伯特·弗罗斯特〈西流的小河〉：本体诉求与现象阐释》（华中师范大学，2006 年），王治焱撰写了《纯自然诗人还是象征主义诗人》（云南师范大学，2006 年），杨静撰写了《罗伯特·弗罗斯特诗歌中的悲剧主题》（合肥工业大学，2007 年），王典娇撰写了《论罗伯特·弗罗斯特诗歌中的忧郁色彩》（上海外国语大学，2007 年），刘妍莉撰写了《罗伯特·弗罗斯特诗歌中沉默的对话》（上海外国语大学，2008 年），陈小玲撰写了《罗伯特·弗罗斯特诗歌中的现代性反思》（贵州大学，2009 年），闻健撰写了《罗伯特·弗罗斯特——寻找黑色真理的诗人》（北京交通大学，2009 年）。

这些论文认为弗罗斯特不是一个乐观的自然主义诗人，而是关注残酷的社会现实并呈现出"黑色真理"的哲人。无论是挖掘诗歌中呈现的自然主题还是社会主题，这些论文都拓展了人们对弗罗斯特诗歌的认识，尤其是分析其诗作中的"黑暗性"有助于改变人们以往认为弗罗斯特是一个逃避主义者的片面看法。然而不容忽视的是，弗罗斯特诗歌的主题并不仅仅局限于上述这些方面，因此，国内学术界还需要结合美国现当代文学史、思想史和哲学史等方面的知识，进一步开拓弗罗斯特诗歌中蕴含的思想主题和艺术内涵。

第五,运用政治学、社会学、精神分析学、人类学等学科方法和现代兴起的批评理论分析弗罗斯特的某一首诗或某一组诗。例如李鑫华在《弗罗斯特诗歌复杂性探析》(《国外文学》2004 年第 3 期)一文中运用概念图式及动态概念语义学、合成空间理论以及概念整合理论分析了弗罗斯特诗歌中的复杂性。作者提出弗罗斯特诗歌的隐喻语言所表达的概念是一种有着空间与时间内涵的概念图式,这种概念图式的形成不是静态的而是动态的,不是单一的概念组合,而是经过整合而蕴涵着合成空间概念的多义复合体,这种多义复合体的概念图式为读者解读弗罗斯特诗歌提供了多义的文本依据。此外,李海明在《"西流的小河":爱情与时间的现象学阐释》(《外国文学研究》2009 年第 4 期)一文中从现象学的意向性与内在时间意识角度阐释了弗罗斯特的诗歌,指出《西去的溪流》一诗中的小河本身已不是客观的对象,而是人的意向性对象,作者进一步指出,从内在时间意识的视角来看,诗中小河的西流也不是指水的流逝而是指生命的流逝,此诗探索了人存在的本源性问题所具有的哲理内涵,具有震撼人心的哲学力量;王红卫在《从认知语言学的角度解读弗罗斯特诗歌中的隐喻》(《名作欣赏》2009 年第 15 期)一文中从认知语言学的角度分析弗罗斯特的诗歌,指出弗罗斯特诗歌中的隐喻其实来自我们日常生活中的基本体验,是诗人用灵心慧眼对一些基本概念隐喻的延伸和拓展;何庆机在《自我的追寻:罗伯特·弗罗斯特叙事诗的命名模式与张力》(《外国文学研究》2009 年第 4 期)一文中运用叙事学的方法分析弗罗斯特叙事诗歌的命名模式,认为弗罗斯特叙事诗的人物命名模式使得命名远远超越了指称人物的作用,弗罗斯特正是借助主人公的"无名"或"暂名"来书写人在现代社会中的自我迷失或身份悬置;何庆机在《弗罗斯特诗歌中家的隐喻及其社会伦理》[《温州大学学报》(社会科学版)2008 年第 5 期] 和《弗罗斯特诗歌中夫妻关系的伦理解读》(《天津外国语学院学报》2008 年第 6 期) 两篇文章及其硕士论文《罗伯特·弗罗斯特诗歌的家庭伦理研究》(华中师范大学,2008 年) 中从家庭伦理的角度分析弗罗斯特的诗作,认为诗人通过表现冲破性伦理底线的夫妻所饱尝的痛苦,呼唤传统婚姻伦理在现代社会的回归。

随着生态批评在国内的盛行,也有人运用这一新的文学批评方法探讨弗罗斯特诗歌。这方面的论文很多，其中具有代表性的论文是孙宏教授的《创世纪、进化论与弗罗斯特的生态诗歌》。该文章认为《圣经·创世纪》反映了人类要占有、统治万物和凌驾于自然之上的愿望，而弗罗斯特的生态诗歌体现达尔文进化论中的内在精神，摒弃二元论思维模式和人类中心主义价值观，渗透着一种新型的环境主义理念。作者进一步指出："弗罗斯特的诗歌有着生态主义恢弘视野，其中蕴含的诗学观念对当代人类从关注自身的繁衍发展走向关注天地万物的生存境遇有所启迪。"① 肖锦凤和李玲在著作《生态批评与道家哲学视阈下的弗罗斯特诗歌研究》中，结合哲学家阿伦·奈斯的深层生态学和老子、庄子著作中体现的道家思想，细致解读弗罗斯特具有代表性的诗歌文本，从而探讨弗罗斯特诗歌中蕴含的深层生态意识和道家思想。这些论文所表达的观点和运用的方法日益多样，有助于推动国内弗罗斯特诗歌研究进一步向跨文化和跨学科方向发展。

　　国内外的弗罗斯特诗歌研究日益呈现出百花齐放、欣欣向荣的总体趋势，这见证了弗罗斯特诗歌研究的巨大潜力。国内外的弗罗斯特研究已经取得丰硕的成果，这突出地表现在以下几个方面：第一，有关弗罗斯特诗歌中呈现出的自然主题的研究，认为他是一位反映新英格兰乡村景物和日常生活的杰出的自然诗人，或贬低弗罗斯特作为自然诗人的地位；第二，有关弗罗斯特诗歌特色的研究，认为他的诗歌平淡无奇、简洁朴实，或认为他的诗歌在简单的形式下蕴含着深刻的哲理；第三，有关弗罗斯特诗歌理论及其诗歌技巧的研究，着重分析其诗作中的意象、韵律、悖论、隐喻以及"有意义的声音"等要素；第四，有关弗罗斯特诗歌的思想艺术渊源及诗人生平的研究，尤其注重分析弗罗斯特对华兹华斯和爱默生思想的继承与发展。

　　但是目前弗罗斯特研究尤其是我国学术界的研究还存在以下不足：第一，在选择文本时往往只注意弗罗斯特那些广为流传的作品，而像《答复》（"An Answer"）、《爆炸的狂喜》（"Bursting Rapture"）这样富于哲理和关注现实的作品至今很少有人问津；第二，面对五花八门的艺术

---

① 聂珍钊、罗良功编：《20世纪美国诗歌国际学术研讨会论文集》，华中师范大学出版社2009年版，第448页。

创新,弗罗斯特为什么要从传统文学中汲取养分,并且有选择地对其加以继承和发展,有关弗罗斯特与古希腊古罗马文学尤其是与维吉尔的关系还需要进一步探讨;第三,弗罗斯特主要描写新英格兰的乡村世界,而新英格兰在美国文学历史上尤其在弗罗斯特诗歌中的意义何在,这也需要深入探讨;第四,尽管有人意识到弗罗斯特以自然为背景的诗作反映了现代工业文明的困境,认为他是一个现代主义诗人,但是关于弗罗斯特为什么是一位现代主义诗人方面的阐释还远远不够;第五,弗罗斯特一方面承继传统,另一方面在其创作中又有别于西方文学传统,那么弗罗斯特是否开创了一种新的文学样式,这还需要进一步界定。总而言之,弗罗斯特诗歌研究方兴未艾,还需要有志于这一领域研究的人们坚持不懈地拓展新的视野。

第三节　弗罗斯特诗歌研究与牧歌视角

评论家们普遍认为弗罗斯特的诗歌是他在新英格兰农村长期生活、劳动和思考的产物,富有真知灼见。但由于弗罗斯特的诗歌是用新英格兰通俗的口语写成,并且多采用十四行诗、抑扬格诗和无韵体诗等传统的诗歌形式,与推行诗歌试验的庞德、艾略特等现代派诗人奉行的诗歌风格截然不同,这使弗罗斯特诗歌很难成为学术界的研究对象,甚至因其留给人们通俗易懂的印象而被研究者们有意排斥在学术研究的大门之外。弗罗斯特曾被烙上传统诗人、自然诗人和新英格兰农民诗人的印记,这在一定程度上是弗罗斯特在中国未引起足够重视的原因,也是中国较少出现系统的弗罗斯特研究专著的原因。

而黄宗英在他的博士论文中首次提出了"简单之上的复杂"这一概念,深刻地概括弗罗斯特诗歌的特征,代表了中国学界近年来对弗罗斯特评论的总体趋势,也与国外评论界对弗罗斯特诗歌的研究相一致。中外研究者不再停留在弗罗斯特诗歌朴素自然的表面形式上,而是切入其深层,挖掘弗罗斯特诗歌所蕴藏的各种内涵和寓意,这就使得弗罗斯特日益被纳入现代派作家的行列,与庞德、艾略特等诗人齐名,甚至被布罗茨基认为："弗罗斯特是比艾略特更深刻的诗人。"① 2009 年 11 月 6 日至 7 日，太平洋古典与现代语言协会（The Pacific Ancient and Modern Language Association）第 107 届年会在旧金山州立大学召开，这次大会凸显了美国文学研究在进入 21 世纪第二个十年之际的新方向与学术亮点，即在生态研究领域以新近生态理论为指导展开对文学经典的重读，与此同时，在现代主义文学特别是现代主义诗歌中发掘美国文学发展的"另一传统"，即在詹姆斯·乔伊斯（James Joyce）和艾略特等主流现代派作家之外寻找别样的声音，建立这些声音与后现代文学主张的联系，以及发掘这些声音背后隐藏的深刻的社会政治内涵。② 顺应这一外国文学研究的新动态，罗伯特·弗罗斯特以其传奇的一生，在文坛毁誉参半的地位，独特的诗歌艺术以及丰硕的创作成果理应成为一个令人心仪的研究对象。

时至今日，当各种现代主义和后现代主义流派层出不穷、花样翻新时，当现代美国诗人在诗歌形式上的探索走入极端时，当纷乱、躁动的都市意象令人无以回避时，当人们在熙熙攘攘的闹市四处奔走，苦苦寻觅一片安谧的净土之时，重读弗罗斯特诗歌，了解诗人身边的平凡事物，重温其磨难与荣耀并存的生涯，分享其质朴而温馨的人性，以及在不尽如人意的生存状态中对生活始终不渝的自信和执着，不仅有助于弗罗斯特研究者在艾略特等主流现代派诗人之外发掘美国现代主义诗歌的"另一传统"，更有利于读者将被现实击碎的人生重新整合起来，以期实现内心的富足和完满，怀着诗意栖居在充满喧嚣的现代世界。

纵观弗罗斯特的主要诗作、书信和传记，无论弗罗斯特备受赞誉还是遭到批判，都与他一生独特的诗歌追求有关。艾略特认为："我们称赞一个诗人的时候，我们的倾向往往专注于他的作品中和别人最不相同的

---

① ［美］约瑟夫·布罗茨基、所罗门·沃尔科夫：《布罗茨基谈话录》，马海甸等编译，东方出版社 2008 年版，第 90 页。

② 参见吴晶《美国 PAMLA 第 107 届年会外国文学研究动态一窥》，《外国文学动态》2010 年第 1 期。

地方。"① 哈罗德·布鲁姆提到:"解释一首诗,你必须解释它与其他诗的差异。这种差异,正是该诗生气勃勃地创造意义的地方。"② 弗罗斯特在《致日本诗人》("To the Japanese Poets")一文中也曾指出:"一位诗人的存在价值就在于他与其他任何诗人都不同。"③ 弗罗斯特自 38 岁踏入英美文坛,笔耕不辍,直至 87 岁高龄时达到荣耀的顶峰,他一生中不断有优秀的作品问世。而弗罗斯特的诗歌作品与其他诗人作品最不相同的地方,其最为生机勃勃、最具创造性的地方在于,他的诗歌普遍运用牧歌(pastoral)这一西方传统的诗歌样式,具有贴近自然环境、关注时代问题、憧憬理想社会、采用日常语言等特征。诗人立足于新英格兰乡间,以一个地方来思考广阔的人类世界。

关于弗罗斯特是一位牧歌诗人的最初论述可以上溯到 20 世纪 30 年代。在早期的弗罗斯特评论中,英国批评家拉塞尔斯·阿伯克龙比(Lascelles Abercrombie)在 1937 年就意识到"弗罗斯特的诗歌总是呈现出我们在忒奥克里托斯的'牧歌'诗作中看到的愿望和冲动"。④ 但是阿伯克龙比的发现并未引起学界注意,此后很少有人考察弗罗斯特诗歌中的牧歌要素,直至约翰·莱伦在《罗伯特·弗罗斯特的牧歌艺术》这部著作里集中探讨弗罗斯特诗歌中的牧歌艺术。莱伦指出:"并非他所有诗歌都是牧歌。确实,我应该说的是只有小部分诗歌属于这种类型。尽管如此,牧歌却最有效地确立了弗罗斯特诗歌中的核心特征。"⑤ 莱伦进一步强调在弗罗斯特诗歌研究中必须注重其质量而不必一味计较其数量,重要的是"他诗歌中最根本的技巧是牧歌"。⑥ 莱伦据此坚信牧歌能够概括弗罗

---

① [英] T. S. 艾略特:《艾略特诗学文集》,王恩衷编译,国际文化出版公司 1989 年版,第 1 页。

② [美] 哈罗德·布鲁姆:《误读图示》,朱立元、陈克明译,天津人民出版社 2008 年版,第 75 页。

③ Richard Poirier and Mark Richardson eds. , *Robert Frost: Collected Poems, Prose, and Plays*, New York: Library of America, 1995, p. 817.

④ Richard Thornton ed. , *Recognition of Robert Frost*, New York: Henry Holt & Company, 1937, p. 28.

⑤ John Lynen, *The Pastoral Art of Robert Frost*, New Haven: Yale University Press, 1960, p. 7.

⑥ Ibid. , p. 189.

斯特诗歌艺术的总体性特征。莱伦的这部专著共有六个部分："牧歌模式：象征主义和视角"（"The Pastoral Mode：Symbolism and Perspective"）、"新罕布什尔和阿卡迪亚：地域的神话"（"New Hampshire and Arcadia：The Regional Myth"）、"美国人的习俗：作为象征的风格"（"The Yankee Manner：Style as Symbol"）、"牧歌体与戏剧性"（"Pastoralism and the Dramatic"）、"自然和牧歌体"（"Nature and Pastoralism"）和"作为现代诗人的弗罗斯特"（"Frost as Modern Poet"）。该书主要运用新批评的方法，从文本内部的牧歌视角、地域、风格和语言等方面论证弗罗斯特的诗歌内涵。莱伦认为，弗罗斯特采用了与众不同的象征形式，这种象征并非是暗示、隐喻、寓言或者直白的表述，而是一种特殊的视角，即诗人通过描述乡村世界来思考宇宙的内涵，这种诗歌视角即是牧歌视角。与此同时，莱伦提出弗罗斯特诗歌中的新英格兰并非真实的新英格兰，而是一种象征性的想象，诗人虽然描绘的是新英格兰的一隅，但是他心中所要思考的却是整个世界，弗罗斯特选用美国人的习惯用语不仅仅是为了反映美国人的讲话风格，也是诗人采取的一种对世界进行深入思考的象征方式。莱伦强调牧歌是读者分析弗罗斯特诗歌最有效的切入点，由此入手才能洞悉弗罗斯特在诗作中绝不仅仅限于对喧嚣世界之外一景一物的客观描绘，而是从始至终都在貌似恬静的自然当中投下了当前社会冷峻的影子，由此可以证明弗罗斯特是现代文学史上一位当之无愧的重要诗人。作为着重分析弗罗斯特牧歌艺术的开先河之作，约翰·莱伦的这部著作对该领域研究最主要的贡献在于，它不仅确认弗罗斯特诗歌与传统牧歌之间的联系，而且切实运用牧歌视角分析弗罗斯特的诗歌作品，有效地拓宽了弗罗斯特笔下的乡野景观在现代世界中的深层意义，令人信服地将弗罗斯特与艾略特等现代派诗人置于同等重要的位置。

作为弗罗斯特研究进程中的一座里程碑，莱伦的这部著作为该领域的研究者提供了弥足珍贵的启迪。但是随着牧歌这种文学样式在现代社会的消亡，研究者们很少再从牧歌这个视角探讨弗罗斯特的诗歌，以至于莱伦上述弥足珍贵的观点未免有成为绝唱之虞。然而，牧歌作为全面理解弗罗斯特诗歌的关键因素是不容忽视的。为此本著作将在莱伦研究成果的基础上，继续深入发掘弗罗斯特诗歌中的牧歌特征，以其为主线将弗罗斯特不同时期创作的诗歌有机地融合在一起，从而扩展弗罗斯特诗歌的思想跨度,分析弗罗斯特诗歌的内涵和意义。对于莱伦观点的主要发展和突破在于,本著作在全面梳理牧歌发展概貌的基础上,结合牧歌的传统性、乡土性、现实性和大众性等特征,切实有效地分析弗罗斯特对传统牧歌文学的继承与发展。

第二章

牧歌与弗罗斯特的诗歌

在人类历史上，每段文明都不曾离开对传统的记忆。孔子曰："述而不作，信而好古"（《论语·述而》），孟子言必称尧舜和周文王，荀子则"生于今之世而志于古之道"（《荀子·君道》）。同样，文学传统论在西方文论中源远流长。早在古罗马时期，以贺拉斯的《诗艺》为代表的论著使"言必称希腊"成为奥古斯都时代以及此后每一个时代的文人坚守的要义。尽管贺拉斯认为文学必须根据时代变迁和民族差异而有所创新，但是他在文学生涯中一直把希腊的范例奉为圭臬，热衷于改编古希腊时期的名篇佳作。贺拉斯对古希腊文艺中和谐、得体的审美理想尤为推崇，主张模仿古希腊文学的题材格式，要求延续古希腊传统，按照其相对固定的性格类型来描写人物。在贺拉斯的倡导下，古希腊文学成为一种楷模和标准，纵观西方历史，从古罗马到文艺复兴直至现代时期，文学传统论一脉相承。特雷·伊格尔顿（Terry Eagleton）分析："一部文学作品只有存在于传统之中才合法，正如一位基督教徒只有生活于上帝之中才能得救；一切诗都可以是文学，但只有某些诗是真正的文学，取决于传统是否恰好流过它。"[1] 哈罗德·布鲁姆也指出："一首诗、一部戏剧或一部小说无论多么急于直接表现社会关怀，它都必然是由前人作品催生出来的。"[2] 弗罗斯特简单质朴的诗歌作品存在于传统之中，不可避免地留下了西方传统文学的种种印记。这就需要读者在阅读弗罗斯特诗歌时突

---

① ［英］特雷·伊格尔顿：《二十世纪西方文学理论》，伍晓明译，陕西师范大学出版社1987年版，第45页。

② ［美］哈罗德·布鲁姆：《西方正典》，江宁康译，译林出版社2005年版，第8页。

破单一的知识范围，将其诗歌纳入西方文学的总体研究中，正如马里奥·达方佐所评论的:"应该在与传统诗歌的联系中阅读和理解弗罗斯特的诗歌。"①

多年以来，在弗罗斯特诗歌研究领域里，有许多人认为弗罗斯特就是一位描写牧场、泉源、摘苹果、收落叶等乡村图画的诗人，并且将他界定为描写新英格兰乡村的"农民诗人""乡土诗人"或"自然诗人"，甚至有评论者对弗罗斯特的诗歌创作技巧鄙夷不屑，认为那是一种毫无历史内涵的通俗化写作。有缘于此，现代读者有必要建立起弗罗斯特诗歌作品与西方传统文学文本的联系，尤其是与西方古典牧歌文学的联系，在此基础上以文学术语"牧歌"来概括弗罗斯特诗歌中的核心部分，以期全面而客观地探索弗罗斯特诗歌作品中的深意。

第一节　牧歌的定义及源起

作为一种源远流长的诗歌样式，牧歌（pastoral）从古希腊古罗马到现代社会，无论是在诗歌创作还是在文学评论中，都一直被诗人及批评家广为运用。亚历山大·蒲柏（Alexander Pope）曾说:"西方最古老的诗歌类型可能是牧歌。"② 在拉丁文中，"pastor"系指牧羊人，与"pastoral"意思相近的词语有"idyll"（出自忒奥克里托斯的牧歌标题）、"eclogue"（出自维吉尔的牧歌标题）以及"bucolic"（源自希腊词"牧人"）。而人们常用"pastoral"一词概括维吉尔（Virgil，公元前70年—公元前19年）之后的牧歌，系指那些以独白或者对歌形式描述世俗生活，常被赋予政治和宗教等方面意义的诗作。

人们对"牧歌"范畴的界定莫衷一是。例如《辞海》中的解释为:"牧歌译自拉丁文 pastoralis，一译'田园诗'。诗歌的一种。起源于古希腊的一种以表现牧人生活或农村生活为主的抒情短诗。代表诗人为古希腊的忒奥克里托斯。后泛指歌咏农村田园生活情景的抒情诗。叙事性文

---

① Mario D'Avanzo, *A Cloud of Other Poets*: *Robert Frost and the Romantics*, Lanham: University Press of America, 1991, p. 1.

② Bryan Loughrey ed., *The Pastoral Mode*: *A Casebook*, London: Macmillan, 1984, p. 50.

学作品和其他艺术作品表现或流露出乡村生活悠远恬适情调的，也常被称为牧歌式的作品。"① 《世界诗学百科全书》中的解释为："牧歌模仿乡村生活，通常描写想象中的黄金时代的生活，其突出的内容是男女牧人的爱情故事。"② M. 艾布拉姆斯（Meyer Abrams）在《文学术语词典》（*A Glossary of Literary Terms*，1957）中也指出："牧歌是一种精美的传统诗歌，它表达都市诗人对理想化的自然环境里的牧羊人和其他农人生活中的纯朴恬静充满怀旧气息的描绘。"③ 这些定义分别突出了牧歌表现田园生活、爱情故事、怀旧情绪等方面的特征。但是在西方历史上，牧歌是一个"模糊与矛盾的结合体"④，迄今为止，没有人能成功地为牧歌下一个统一而令人满意的定义。

具有漫长历史的牧歌虽然不是一种思想派别或哲学学说，却见证了自古希腊时期以来持续不断的论争，浓缩了人们在不同时代关于现实与理想的文学表达。在西方牧歌的发展历史上，古希腊时期的忒奥克里托斯（Theocritus，约公元前 310 年—公元前 250 年）被公认为"牧歌之父"。朗吉努斯曾指出："忒奥克里托斯，除了一些无关宏旨的缺点以外，在牧歌方面是最成功的。"⑤ 忒奥克里托斯写过各种体裁的诗歌，他的作品流传下来的有牧歌 30 首、铭辞 25 首和一些片段。⑥ 恺撒大帝（Gaius Julius Caesar，公元前 102 年—公元前 44 年）执政时期，一位希腊语教师将这 30 首牧歌编辑成《牧歌集》，虽然其中的作品是否全部出于忒奥克里托斯之手仍无定论，但这部诗集里的绝大部分作品仍被认为系忒奥克里托斯所作。2002 年，由英国达尔威奇学院（Dulwich College）的教育家、古典文化学者安东尼·维里蒂（Anthony Verity）翻译的忒奥克里托

---

① 夏征农主编：《辞海》（1999 年版缩印本），上海辞书出版社 2000 年版，第 1748 页。

② 周式中、孙宏编：《世界诗学百科全书》，陕西人民出版社 1999 年版，第 376 页。

③ ［美］M. 艾布拉姆斯：《文学术语词典》，吴松江等编译，北京大学出版社 2009 年版，第 405 页。

④ Elizabeth Harrison, *Female Pastoral*, Knoxville: The University of Tennessee Press, 1991, p. 1.

⑤ 章安祺编订：《缪灵珠美学译文集》第 1 卷，缪灵珠译，中国人民大学出版社 1987 年版，第 121 页。

⑥ 参见林焕文、徐景学主编《世界名人辞典》，黑龙江朝鲜民族出版社 1987 年版，第 236 页。

斯诗作《牧歌集》（*Idylls*）出版，收录了忒奥克里托斯的 22 首牧歌（其中未收录 8 首牧歌，即第 8、9、19、20、21、23、25、27 首）。忒奥克里托斯的牧歌主要展现诗人的家乡西西里岛的乡村场景，以及农夫、奴隶、渔民、牧羊人、牧牛人和家庭主妇等人的歌唱与辩论，他们尽情地享受乡村的悠闲生活，自在地倾听古代神话或民间传说中的故事，深情地哀伤恋人的别离或死亡。忒奥克里托斯牧歌中描写的人们生活在一个远离现实的世界里，他们无忧无虑地享受着精神境界的快乐。这种诗歌内容尽管并不完全是后来牧歌的典型代表，但不可否认的是，忒奥克里托斯的《牧歌集》"为后来牧歌的发展提供了一种原型"①，成为维吉尔等西方牧歌诗人日后模仿的对象。忒奥克里托斯经常采用日常生活中朴实生动的口语，运用写实与虚构相结合的手法描绘西西里岛牧人们的生活，借此表现诗人对理想的自然环境和生活状态的赞美，传达出当时市民们对城市生活的厌倦和对田园世界的向往。忒奥克里托斯歌颂了牧人田园诗式的生活，而在西方文学历史上，在纷繁复杂、瞬息万变的社会现实中，忒奥克里托斯牧歌作品中的人物在一定程度上是牧歌作者一厢情愿的想象，尽管牧歌是美丽的、富有诗意的幻想，但这种文学类型成为一种传统，在后世文学作品中得以继承和发展。

　　公元前 1 世纪，忒奥克里托斯的这种描写田园牧人生活、意境清新的诗歌传到罗马，对苦于连绵战乱、向往安宁生活的古罗马读者产生了很大影响。公元前 40 年代末和公元前 30 年代初，维吉尔的第一部诗集《牧歌集》（*Eclogues*）在直接翻译或套用忒奥克里托斯牧歌的基础上，对牧歌的形式和意境加以变化和创新。维吉尔曾写过诗句作为自己的墓志铭："我生于曼图阿，死于卡莱布利亚，安息于巴尔特诺佩，我曾经歌唱过放牧、农耕和领袖。"② 可见，歌唱放牧生活是维吉尔早期诗歌中的重要内容。维吉尔的牧歌与忒奥克里托斯牧歌的重要区别在于：维吉尔的牧歌从对牧羊人的外在描写深入牧羊人的内心世界，或通过牧羊人的对话和对唱表现田园生活之乐趣，或通过牧歌形式反映政治问题，赋予牧

---

① 　Bryan Loughrey ed., *The Pastoral Mode: A Casebook*, London: Macmillan, 1984, p. 8.

② 　[古罗马]苏埃托尼乌斯：《罗马十二帝王传》，张竹明等译，商务印书馆 2000 年版，第 373 页。

歌更具深意的内涵。例如，维吉尔的第 1、9 首牧歌真切地呈现了农人们流离失所的境况，而第 4 首牧歌则歌颂和平，歌颂"黄金时代"的重新降临。维吉尔的《牧歌集》成为一把打开欧洲文学传统大门的钥匙，确立了牧歌传统在欧洲文学中的基本形式，正如评论者所说："没有《牧歌集》，牧歌就不可能成为欧洲主要而典型的诗歌样式之一。"① 在维吉尔之后，牧歌多通过写实与虚构的手法描述乡村生活，但乡村生活仅仅是牧歌诗人表述思想的背景和媒介，作者更加注重的是牧歌所传达出的时代内涵。

　　此后牧歌逐渐成为各个时代的文人们竞相采用的诗歌形式。中世纪时期的牧歌是连接古希腊、古罗马牧歌与文艺复兴时期牧歌的一座桥梁，为英国文艺复兴时期牧歌的兴盛奠定了基础。海伦·库柏（Helen Cooper）在《牧歌：从中世纪到文艺复兴》（*Pastoral：Medieval into Renaissance*，1977）一书里指出中世纪的牧歌"是一门密切关注社会、道德或宗教问题的艺术"。② 西方中世纪常常被称作"黑暗时代"，当时封建割据导致战乱频繁，教会的统治要求人将一切献给上帝，个人的生活普遍受到压制，于是牧歌这种描绘在和平的田园世界里幸福地生活的文学样式成为人们对现实进行思索的一种表达方式。牧歌经历了中世纪但并没有失传，到文艺复兴时期获得进一步发展。沃尔夫冈·伊瑟尔指出："假如存在着一个明白现实虚构行为的文学话语形态的话，那么它便是文艺复兴时期的田园体。这个令人惊奇的现象贯穿着整个文艺复兴时期的文学。"③ 伊瑟尔所提及的田园体系指古希腊以来传承至今的牧歌体。伊瑟尔认为，牧歌中的牧羊人在文艺复兴时期几乎走进了每种文学类型，并在文学史上构成一个颇为罕见的、经久不衰的文学系统。在文艺复兴时期，人们对古希腊古罗马文学的兴趣十分浓厚，对古希腊阿卡迪亚地区恬静的牧民生活尤为向往，这种理想促使文艺复兴时期的田园诗融合了中世纪骑士文学中最富影响的浪漫爱情传统，进而使得牧歌在 16 世纪下

---

　　① Martindale Charles ed. , *The Cambridge Companion to Virgil*, New York：Cambridge University Press，1997，p. 107.

　　② Helen Cooper, *Pastoral：Medieval into Renaissance*, Ipswich：D. S. Brewer，1977，p. 1.

　　③ ［德］沃尔夫冈·伊瑟尔：《虚构与想像：文学人类学疆界》，陈定家、汪正龙等译，吉林人民出版社 2003 年版，第 42 页。

半叶风靡整个欧洲。从法国、西班牙、意大利一直到英国,牧歌式的梦
想被作家们纳入其他各种文学形式中。以英国为例,牧歌在其诗歌创作
中广为流行。1579 年,埃德蒙·斯宾塞(Edmund Spenser)匿名发表的
《牧人月历》(The Shepheardes Calendars)成为对几个世纪以来牧歌发展的
总结和扩充。这本著作既体现了古典牧歌和中世纪牧歌的一些特征,又
表现出新的创作灵感,在内容上既具有自维吉尔以来的赛歌、挽歌和失
恋情人的悲痛等一贯主题,又深刻地展现牧羊人将灵魂出卖给魔鬼的故
事,融入批判教会的黑暗、国家的腐败和城市人的贪婪等意义。这一时
期还出现菲利普·锡德尼爵士(Sir Philip Sidney)的长篇牧歌式传奇
《阿卡迪亚》(Arcadia,1590)、克里斯托弗·马洛(Christopher Marlowe)
的牧歌抒情诗《热情的牧人致情人》(The Passionate Shepherd to His Love,
1599)以及约翰·弗莱彻(John Fletcher)的牧歌剧《忠实的牧羊女》
(The Faithful Shepherdess,1609)等精美绮丽的著作。

　　由于牧歌在写实的基础上更多是一种幻想和虚构,呈现出的是淳朴
的世界和唯美的爱情,这使得牧歌与日渐纷繁复杂的现实格格不入。从
15 世纪末起,牧歌更多具有贵族化倾向,主要歌颂内心的平静和无忧
无虑的现实生活。到 17 世纪,牧歌成为贵族文学的重要体裁,直到 18
世纪,亚历山大·蒲柏的《牧歌集》(Pastorals,1709)成为最后一
部表现牧歌高超技巧的典型范例。此后,牧歌与田园诗作为两个概念
被分离开来,牧歌以一种优雅的形式成为学院里学者的研究对象,其
他人鲜有问津,而强调田园内容的田园诗成为人们日益熟知的诗歌
形式。

　　然而自忒奥克里托斯、维吉尔以来的古老牧歌并没有销声匿迹。在
17 世纪和 18 世纪,欧洲文人掀起一场复兴古希腊田园文学(包括诗歌和
小说)的热潮,这场复兴可被看作文艺复兴的余波。在这一时期,大量
的诗歌和艺术品具有田园情调,例如许多长诗、油画、舞台剧以及陶瓷
作品都呈现衣着别致的牧羊郎和牧羊女。从 17 世纪末到 18 世纪中叶,意
大利出现阿卡迪亚诗派,这些诗人要求以古典诗歌为楷模,创作朴素清
新的以田园生活为对象的诗歌。E. H. 贡布里希曾写道:“及至希腊化时
期,像忒奥克里托斯之类的诗人,一经发现了牧民的简朴生活富有魅力,
艺术家也试图为世故的城市居民呈现出田园生活的乐趣”,在这些诗作面

前，"我们确实感觉自己是在观看一个恬静的场面"。① 在西方艺术发展史上，忒奥克里托斯牧歌中所描述的田园情趣成为各种艺术反映的对象，文人和艺术家借以表达人们对平静恬淡生活的怀念和向往。随着城市化进程不断加快，人类对自然的破坏与日俱增，人们对田园生活的向往之情也日趋浓烈。例如18世纪，科学和技术革命的兴起使得古朴宁静的乡村越来越受到现代文明的冲击，人与自然的关系在很大程度上被改变，因而传统牧歌中那些远离宫廷城镇、腐化堕落、战乱争斗、物欲横流而回归人类淳朴恬静生活的情绪与人们的心灵祈望相契合。而人们对乡村景观和农耕生活的眷恋与此时方兴未艾的浪漫主义对理性的反叛相合拍，使得18世纪的文学日益流露出原始主义的情调，赋予牧歌式的梦想新的活力。18世纪以后，人们普遍称牧歌为田园诗。事实上，18世纪和19世纪的田园诗是传统牧歌的时代变形，只不过这一时期的田园诗更多注重内容，而不是对话或独白等诗歌形式。牧歌是一个含混的概念，它的内涵和外延比田园诗更为广阔，其宗旨主要是将一个地方的地理环境和人文生活理想化，借此与当下的生活形成鲜明对照，以表达诗人对严峻现实的关注和对理想生活的向往。由于牧歌的这种结构模式，使得牧歌不仅仅是一种诗歌形式，而且成为小说、散文等多种文学体裁的表达方式。到20世纪，牧歌这一回避现实社会矛盾，带有浓厚抒情倾向的文学类别在现实主义的夹缝中生存下来。牧歌作者借这一文学样式反抗现代城市迅速发展所造成的腐化堕落，从而赋予牧歌更多的理性色彩和社会批判精神。时至今日，随着当代环境运动的发展，人们日益抵制城市生活中的心理混乱和精神贫瘠，抗议人类对大自然的破坏，向往理想世界中人与自然和谐相处的纯真境界。这种对理想的乡村世界的怀念，对现实的城市生活的批判，使得当代的绿色政治运动在一定程度上成为西方牧歌从文学层面到具象实践的现代转型。

因此可以说，牧歌逐渐具有各个层面的引申意义，不仅是分析古希腊以来诗歌文本的一种方式，也是透析社会变化与人类思想意识发展的有效途径，是西方文学与文化研究中值得关注的一种形式。

————————

① ［英］E. H. 贡布里希：《艺术发展史》，范景中译，天津人民美术出版社1988年版，第62页。

　　牧歌这种文学类型具有悠久的历史，随着其内涵和外延不断被扩展，牧歌日益成为一种社会文化意义上的"解剖学"，被思想家和学者们引申出各种提法，成为受到学术界日益关注的一个研究对象。例如在公元 5 世纪，希腊哲学家们开始用牧羊人比喻统治者，以思考社会秩序和统治的本质。随后，牧歌出现在政治理论探讨中，例如柏拉图（Plato）在《法篇》（*Laws*）中描述山里的牧羊人在一次大洪水后栖居在一个岛上，柏拉图认为这些牧人"比现在的人更加单纯、更富有男子气，因此也更加自制、更加正义"。① 牧歌以理想的方式描述牧羊人和乡村生活，创造牧歌意象，这种稳定的模式使牧歌常常成为展现纯洁、质朴、正义、幸福和美满的理想方式。正如弗里德里希·席勒在《论朴素的诗与感伤的诗》（1796）一文中所述，牧歌是"以诗的形式描写天真而幸福的人群"②，"是一种优美的，一种使人兴奋的虚构"③。席勒认识到牧歌的优点，认为其中展现的境界是一片自然的乐土，只属于纯真的孩子和尤有童心的成年人，牧歌中虚构的理想能让那些信赖理性、脱离自然纯朴的人洗净铅华。与此同时，席勒也提出牧歌的缺点，他认为："牧歌只能凭否弃一切人为文明，只凭使人性简单化来达到它的目的，所以它尽管对我们的心灵有很高价值，对我们的头脑却无甚价值，它单调的领域很快就一览无遗。"④ 因而席勒认为牧歌中现实与理想等一切矛盾的对抗已消除，成为一种单调的没有"运动"的诗。席勒指出牧歌不可能完全达到平衡和安静，应在统一中有多样化，在满足中有奋斗，而牧歌理论的任务在于解决这些问题，"必须有最高的统一，但是不因此就削弱多样化；心灵必须感到满足，但是不因此停止奋斗"⑤。席勒指出牧歌需要扩展的观点，而威廉·燕卜逊（William Empson）在《牧歌的若干类型》（*Some Versions of Pastoral*，1950）一书中首次将牧歌作为探讨对象纳入意识形态

---

　　① ［古希腊］柏拉图：《柏拉图全集》第 3 卷，王晓朝译，人民文学出版社 2003 年版，第 431 页。

　　② 章安祺编订：《缪灵珠美学译文集》第 2 卷，缪灵珠译，中国人民大学出版社 1987 年版，第 269 页。

　　③ 同上书，第 272 页。

　　④ 同上。

　　⑤ 同上书，第 276 页。

领域。燕卜逊指出牧歌传统与阶级问题的关联，提出了"无产阶级牧歌"（proletarian pastoral）这个新的概念，并认为"好的无产阶级艺术通常是潜在的牧歌"。[①] 牧歌试图通过幻想描写一个理想世界，把人类一切复杂的问题和烦恼减少到最低限度，使牧童和牧羊女在温和恬淡的氛围中生活，不必去面对人性的险恶和现实生存的困境，而只需要追求爱情或比赛歌唱，至多是因爱人离去或死亡而陷入哀伤之中。燕卜逊进一步总结牧歌的一些基本特征：第一，穷人与富人、受过教育的和没受过教育的、智者和愚人等之间具有美好的人际关系；第二，以和解的方式解决人与人、人与环境之间的冲突；第三，作品中占支配地位的人物是豪爽慷慨的仙女（Nymphs）、森林之神（Satyrs）、酒神（Bacchus）以及牧歌中的男女主人公。马克思主义批评家雷蒙德·威廉斯（Raymond Williams）则与燕卜逊不同，他在《乡村与城市》（The Country and the City，1975）一书中对牧歌中美化的人际关系提出质疑。威廉斯认为，维吉尔的牧歌集中代表统治阶级和土地所有者的利益，以逢迎统治阶层兴趣的方式隐瞒乡村生活中充满压迫的现实，它以在统治者、地主与土地上的劳动者之间确立一种简单关系的方式，模糊了实际社会经济机构中的粗暴行为，达到迷惑读者的作用。作为反牧歌主义者，英国诗人乔治·克雷布（George Crabbe）甚至认为维吉尔以来的牧歌是一种欺骗世人的文学样式。人们对牧歌的看法尽管颇多争议，但不可否认的是，牧歌中的景象能使人想起阿卡迪亚或伊甸园中的绿色世界，表达人类意识深处逃避现实世界、向往理想世界的愿望。在现代文学中，牧歌被运用到各种文学著作中，成为表现人类在理想境界诗意地栖居的一种文学样式。

　纵观西方文学史，从古希腊到现代社会，牧歌走过漫长的历程。随着牧歌创作形式的不断发展，柏拉图、席勒等西方批评家们对牧歌的看法进一步推动学术界对牧歌概念本身的探讨。在西方文学史上，很多小说文本被纳入牧歌的范畴当中。例如理查德·蔡斯（Richard Chase）、亨利·史密斯（Henry Smith）、莱斯利·菲尔德（Leslie Fielder）和利奥·马克斯（Leo Marx）等学者以詹姆斯·库柏（James Cooper）的《皮袜子故事》作为开端对牧歌展开论述。伊丽莎白·哈里森（Elizabeth Harri-

---

①　William Empson, *Some Versions of Pastoral*, London: Chatto & Windus, 1950, p. 6.

son）在《女性牧歌》（*Female Pastoral*，1991）一书中运用女性主义批评方法区分男性牧歌和女性牧歌。哈里森认为，男性主导的美国学界在对美国文学中的经典牧歌进行探讨时，宣布了一种具体的牧歌传统，但是美国女性学者们开始质疑这种批评方法，因为她们注意到"这些经典牧歌中没有女性作家的位置"。① 与之针锋相对，哈里森着重探讨女性文学对大自然的描写，她认为薇拉·凯瑟（Willa Cather）的《啊，拓荒者！》（*O Pioneers*！，1913）、《我的安东尼亚》（*My Ántonia*，1918）以及艾丽斯·沃克（Alice Walker）的《紫色》（*The Color Purple*，1982）等美国文学杰作都是典型的牧歌作品。哈里森借这一文学形式探讨了美国文学中体现的北方与南方、男人与女人、白人与黑人之间的关系，确立了女性作家在牧歌创作中的地位。

与此同时，有关牧歌的提法日益多样化。例如彼得·马里内利（Peter Marinelli）在《重返童年》（"The Retreat into Childhood"）一文中提出了"童年牧歌"（the pastoral of childhood）的概念，他认为"同古代流传下来的牧歌和哀歌一样，小说这种形式中的童年牧歌是留给我们的遗产"。② 马里内利将牧歌概念引入小说领域，分析了托马斯·沃尔夫（Thomas Wolfe）的成名作《天使，望故乡》（*Look Homeward，Angel*）、理查德·卢埃林（Richard Llewellyn）的畅销小说《青山翠谷》（*How Green Was My Valley*）以及劳瑞·李（Laurie Lee）的自传式回忆录《罗西与苹果酒》（*Cider with Rosie*）等著作，并且认为这些是乡村童年牧歌的典型代表。劳伦斯·勒恩纳（Lawrence Lerner）在《牧歌世界：阿卡迪亚与黄金时代》（"The Pastoral World：Arcadia and the Golden Age"）一文中提出"弗洛伊德牧歌"（Freudian pastoral）概念，他认为"牧歌是幻觉之诗，黄金时代是实现理想的历史文献"③，他将牧歌诗人蒲柏的"幻觉"（Illusion）概念和牧歌体诗对黄金时代的渴望与弗洛伊德运用的幻觉意义联系起来。研究城市生活的马歇尔·伯曼（Marshall Berman）也提出

---

① Elizabeth Harrison，*Female Pastoral*，Knoxville：The University of Tennessee Press，1991，p. 2.

② Bryan Loughrey ed. ，*The Pastoral Mode：A Casebook*，London：Macmillan，1984，p. 130.

③ Ibid. ，p. 154.

"城市牧歌"（urban pastoral）概念，他认为现代主义的建筑和规划创造出一幅现代化的牧歌图景："一个在空间和社会上分割的世界：人们在这儿，车流在那儿；工作在这儿，家在那儿；富人在这儿，穷人在那儿；隔开两者的是草地和混凝土，在那里光环能够开始在人们的头上重新闪耀。"[①] 伯曼认为这种城市图景表现出资产阶级在工业、贸易和金融等方面的聪明才智、意志力和创造力，体现出物质的现代化与精神的现代化之间的亲缘关系。

不仅如此，牧歌还被视为文学中的一种虚构模式。例如伊瑟尔就曾将文艺复兴时期的牧歌体看作一种文学的虚构范式，并认为牧歌在文学史上的独一无二的地位可能是它改变了虚构行为的事实，因而使得文学虚构可被直观地认识。[②] 而诺斯罗普·弗莱（Northrop Frye）借用席勒《论朴素的诗和感伤的诗》一文中所提到的朴素（naive）和感伤（sentimental）两个词汇，将虚构型作品划分为悲剧的（tragic）和喜剧的（comic）两类。在具体探讨喜剧虚构型模式时，弗莱提到："与哀歌相对应的浪漫喜剧的模式最好称之为牧歌，其主要的媒介是田园。由于喜剧的特定社会趣味，牧歌不等于翻了个的哀歌，但它保留着逃离社会的主题，把农村或边疆的简朴生活理想化（现代通俗文学的田园生活是西部故事）。"[③] 弗莱认为理想社会是牧歌式的，展现的是农村或边疆简朴而理想的生活，描绘的是一群绵羊、羊羔、温驯的鸽子或其他鸟儿，或是一个花园，一处园林，一座公园，总之是一片绿色的世界。[④] 弗莱认为理想的人类社会和动植物世界的亲密关系等是喜剧虚构型作品就整体而言所呈现出的程式，他将这一程式概括为田园象征系统，认为整个田园系统从忒奥克里托斯到维吉尔再到斯宾塞，经过弥尔顿流传至今，并且，这种田园诗象征系统从文学扩展到喜剧、哀歌、绘画和音乐等领域中。弗

① ［美］马歇尔·伯曼：《一切坚固的东西都烟消云散了——现代性体验》，徐大建、张辑译，商务印书馆 2003 年版，第 216 页。

② 参见［德］沃尔夫冈·伊瑟尔《虚构与想象：文学人类学疆界》，陈定家、汪正龙等译，吉林人民出版社 2003 年版，第 43 页。

③ ［加］诺斯罗普·弗莱：《批评的剖析》，陈慧等译，百花文艺出版社 1998 年版，第 20 页。

④ 参见朱立元、李钧主编《二十世纪西方文论选》上卷，高等教育出版社 2002 年版，第 382—385 页。

莱的原型理论强调文学的程式性，他认为文学所依据的原型是神话，而神话所依据的原型是自然，文学与自然同构，在这个意义上，弗莱的原型批评理论突出了牧歌模仿自然所形成的文学经验与自然经验之间的种种联系。弗莱提出神话—原型批评的目的是了解一部文学作品在文学传统和文学整体中所处的背景和所占据的相应位置。而他总结出的田园象征系统提供了可贵的启示，引导我们不再局限于封闭的牧歌文本研究或作家研究，而试图赋予牧歌这种西方传统的文学样式一个完整和全面的阐述，使之成为人类集体无意识和原始经验的表现形式。

自古希腊以来，牧歌在读者的接受过程中积累了丰富多彩的表述，逐渐成为人们借以思考各种复杂问题的一种途径。无论牧歌的意义怎样被扩展，作为西方文学历史上一种重要的文学样式，牧歌在内容和特征上呈现出一些特定的规律，具体表现为：第一，与其他文学类型相比，牧歌这种文学类型更加依赖于传统。从忒奥克里托斯到维吉尔，再到英国的斯宾塞，现代美国有关作者普遍在继承传统牧歌样式和主题的基础上，结合时代需要作出牧歌形式的恰当转型。第二，牧歌作者运用写实与虚构的手法将一个地方理想化，该地并非原始荒野，也并非城市社会，而是处于荒野与城市之间的中间地带。这里既有城市生活的影子，又有简朴闲适的生活，牧人们悠然放牧，纵情歌唱，他们没有贪欲和野心，品性单纯，从不狂妄。牧歌作者将这样一个地方作为一种文学意象，表达了人们在荒野与城市、自然与社会等关系之间构建一种和谐的想象。第三，牧歌的重要特点是与城市形成对照，美化乡村生活，但乡村生活并不是牧歌所要表现的对象，而是牧歌作者阐述思想的背景和平台。牧歌具有隐喻的特征，牧歌文本在于其中所蕴藏的关于社会、文化和政治等方面的丰富内涵。第四，牧歌文笔质朴，风格清新。自忒奥克里托斯、维吉尔以来的西方传统牧歌描述的对象并非不食人间烟火的众神，也不是叱咤风云、功高盖世的英雄，而只是现实生活中的平凡人物。牧歌采用的语言从不深奥晦涩、渊博庞杂，并不属于精英话语体系，而是人们普遍运用的司空见惯的日常语言，正因为如此，读者需要结合西方的文学传统，在看似简单明了的牧歌文本底下发掘其中深邃、悠远的意义。

回顾牧歌的发展历程和以往批评家们对牧歌所作评论的历史可以看出，在西方文学史上，自忒奥克里托斯以来的牧歌是一个不容忽视的概念，它不仅是一种诗歌类型，也日益成为人们探讨社会、自然及真理等关键问题的重要方式。这种类型和方式对于探索弗罗斯特诗歌的意义尤其必要。哈罗德·布鲁姆曾指出："伟大产生于拒绝将目标与起源分离开来。"① 而正是通过探索弗罗斯特诗歌与西方传统牧歌之间的渊源关系，读者会发现弗罗斯特诗歌中所蕴含的伟大意义。因此，在分析处于传统与现代之间承上启下的诗人罗伯特·弗罗斯特及其作品的过程中，读者有必要建立起弗罗斯特诗歌与西方文学传统尤其是牧歌传统之间的联系，在此基础上运用"牧歌"这一文学术语对弗罗斯特诗歌作出较为全面而客观的研究，突破以往的研究者将弗罗斯特定位成"自然诗人"的常规，从而为弗罗斯特研究开启另外一扇轩敞之窗，借以展望一片更为广阔的天地。

第二节　弗罗斯特的文学习得

弗罗斯特与西方文学传统尤其是牧歌传统的联系并非凭空产生。美国学者罗伯特·斯比勒（Robert Spiller）曾指出："弗罗斯特作为一个终身研习希腊文和拉丁文的学者，他从根本上就是古典主义者和保守主义者。"② 尽管弗罗斯特在《巴黎评论》（*Paris Review*）的一次采访中强调他不想太多地认识自己，不想明确界定自己是古典主义者还是现代主义者，但他坦承自己在古希腊古罗马文学方面的知识是很渊博的："要说拉丁和希腊作品，也许我比庞德读得要多。"③

弗罗斯特熟悉西方的古典文学，他对文学传统的吸收和接受是自觉而别无选择的，这与他本人的经历有关。弗罗斯特的父亲威廉·弗罗斯特（William Prescott Frost）出身于新英格兰新罕布什尔州金斯顿村（Kingston Village）的一个农民家庭，于 1873 年与美丽大方、谈吐文雅的

---

① ［美］哈罗德·布鲁姆：《误读图示》，朱立元、陈克明译，天津人民出版社 2008 年版，第 80 页。

② ［美］罗伯特·斯比勒：《美国文学的循环》，汤潮译，北京师范大学出版社 1993 年版，第 200 页。

③ Richard Poirier and Mark Richardson eds. , *Robert Frost*: *Collected Poems*, *Prose*, *and Plays*, New York: Library of America, 1995, p. 878.

伊莎贝尔·穆蒂（Isabelle Moodie）成婚。婚后，威廉在旧金山找到一个社论撰稿人和速记记者的职位，每周至少可以挣 25 美元，小家庭的生活有了保障。[①] 1874 年，弗罗斯特在旧金山华盛顿街的一套小公寓里出生。父亲对小弗罗斯特关怀备至，也悉心培养，"外出采访时，经常把孩子带在身边，孩子又开窍得早，很能做些小差使，父子二人成为不可分离的伴侣"[②]。可父亲威廉虽然对政治有浓厚的兴趣，却处事不顺，罹患肺痨，无奈之下常常通过参加竞技赌博和酗酒来减轻病痛的折磨和情绪低落的痛苦。父亲喜怒无常、脾气暴躁、严厉苛刻、行为乖张，母亲曾多次在威廉喝醉酒后把小弗罗斯特从摇篮中抱出来，不得已逃向大街或躲到邻居家，以免遭受其暴力伤害。生活在老弗罗斯特的酗酒和暴力当中，弗罗斯特的母亲发现到教堂里祈祷才是她生活中的最大安慰与满足。母亲对宗教的依赖使弗罗斯特和他的妹妹从孩提时代就开始接受母亲传授给他们的关于宗教与真理的知识。劳伦斯·汤普森在《弗罗斯特的传记》（*Robert Frost，A Biography*，1981）一书中记述："他们反复听母亲讲亚当和夏娃、该隐和亚伯以及诺亚方舟的故事。弗罗斯特夫人用这些故事阐明一些相反相成的道德真理，诸如善与恶、混乱与秩序以及黑暗与光明，直到罗伯特自己养成了在一组相反意象当中思考问题的习惯。"[③] 除了讲《圣经》故事之外，弗罗斯特的母亲还给孩子们讲述许多英雄的传奇故事，包括苏格兰历史上以及美国内战中的一些英雄事迹。弗罗斯特从小形成孤僻的性格，在他 5 岁的时候，母亲送他到一位俄裔女士开办的私人幼儿园里学习，然而羞涩而敏感的弗罗斯特一到上学时间就肚子疼痛。由于弗罗斯特对学校产生了神经质的紧张，他在上小学的年龄依旧待在家里接受母亲的教育。弗罗斯特的母亲教导他注意自然的神奇和美丽，给他朗诵莎士比亚、爱默生、华兹华斯、威廉·布莱恩特（William Cullen Bryant）、乔治·拜伦（George Gordon Byron）、阿尔弗雷德·丁尼生（Alfred Tennyson Baro）、亨利·朗费罗和爱伦·坡（Edgar Allan Poe）

---

① Lawrance Thompson, *Robert Frost：The Early Years 1874 - 1915*, New York：Holt, Rinehart and Winston, 1966, p. 6.

② 吴富恒主编:《外国著名文学家评传》第 4 卷，山东教育出版社 1990 年版，第 200 页。

③ Lawrance Thompson, *Robert Frost：A Biography*, New York：Holt, Rinehart and Winston, 1982, p. 13.

等诗人的作品，讲述圣女贞德的故事，在他面前展现神话里形形色色的人物和童话中引人入胜的境界。弗罗斯特清晰地记得母亲在朗诵《致水鸟》（"To a Waterfowl"）时那沉思和陶醉的神情，多年以后，他发现自己能完整地背诵这首诗歌，而让他吃惊的是他从来没有学过这首诗。弗罗斯特的童年生活是不幸的，在他 11 岁时父亲去世，后又随母亲四处搬迁，但弗罗斯特又是幸运的，母亲的真诚、挚爱、勇气与理想对他产生了重要的影响，尤其是母亲通过朗诵诗歌，讲述浪漫传奇和英雄奇遇等故事来教导他，为他提供一种浓厚的学习氛围。这种知识的氛围使他既能直接而具体地感受西方传统文化中的要素，又能在母亲的人格魅力当中与传统文化达到比阅读更为深入的亲密接触，为他日后的诗歌创作提供一个艺术的摇篮。

随着年龄的增长，弗罗斯特逐渐克服了儿时每当有陌生人在场就感到恐惧和不安的心理，不仅进入学校求学，而且参加各种课外活动。弗罗斯特在 14 岁的时候通过劳伦斯中学的入学考试，开始上古典文史等方面的课程，包括拉丁语、希腊史、罗马史和代数，在 17 岁的时候通过哈佛大学预科考试，所考科目有希腊语、拉丁语、希腊史、罗马史、代数、几何以及英国文学。弗罗斯特在求学中所接受到的文化浸染也基本上是传统的，对弗罗斯特产生影响的作家诸如美国的朗费罗、爱默生和惠特曼，俄国的屠格涅夫，英国的莎士比亚、弥尔顿和华兹华斯，罗马的维吉尔和希腊的荷马。1958 年，弗罗斯特在《芝加哥论坛报》（*Chicago Tribune*）发表的一篇文章中列出五本他认为对自己最有意义的书：《旧约全书》（*The Old Testament*）、《奥德赛》（*The Odyssey*）、卡图卢斯（Gaius Catullus）的《诗集》（*Poems*）、爱德华·吉朋（Edward Gibbon）的《罗马帝国衰亡史》（*The Decline and Fall of the Roman Empire*）以及约翰·斯蒂文斯（John Stevens）的《尤卡坦之旅纪事》（*Incidents of Travel in Yucatan*）。[1] 除此之外，弗罗斯特还曾于 1936 年致信《我们喜爱的书》（*Books We Like*）中列举了《鲁滨逊漂流记》（*Robinson Crusoe*, 1719）、《最后的莫西干人》（*The Last of the Mohicans*, 1826）、《瓦尔登湖》

---

[1] Deirdre Fagan, *Critical Companion to Robert Frost: A Literary Reference to His Life and Work*, New York: Facts on File, 2007, p. 391.

(*Walden*，1854)、《英诗金库》(*The Golden Treasury*，1875) 以及爱默生的诗文选等。

除了弗罗斯特自己明确罗列的这些著作以外，大卫·图恬 (David Tutein) 在《罗伯特·弗罗斯特的阅读:一份附注的资料目录》(*Robert Frost's Reading: An Annotated Bibliography*，1997) 里研究了弗罗斯特的阅读兴趣。图恬不仅罗列弗罗斯特阅读、借阅或收藏的书籍，而且简要评价弗罗斯特对这些作家作品的态度。例如在考察弗罗斯特阅读埃兹拉·庞德的著作时，图恬首先列举弗罗斯特读过庞德的《人物》(*Personae*，1909) 和《诗章》(*The Cantos*) 等作品，进而指出:"庞德并不是弗罗斯特喜欢的诗人，但是弗罗斯特认为庞德是一个好诗人。当弗罗斯特阅读庞德《诗章》第三章的时候，他评论说这阅读起来让人感到多么含糊啊。"[1] 在论及艾略特的作品对弗罗斯特的影响时，图恬指出弗罗斯特阅读了艾略特的诗歌《荒原》(*The Waste Land*，1922)、《诗集 1909—1925》(*Poems 1909 - 1925*，1925)、《圣灰星期三》(*Ash Wednesday*，1930)、《四个四重奏》(*Four Quartets*，1943)，散文《圣林》(*The Sacred Wood*，1920) 以及剧本《鸡尾酒会》(*The Cocktail Party*，1950) 等。图恬也提到:"许多弗罗斯特的研究者认为弗罗斯特并不喜欢艾略特的诗歌，但弗罗斯特认为艾略特是整个晦涩诗人群体中最优秀的一个。弗罗斯特还曾在 1957 年告诉艾略特，在他阅读过其作品的诗人当中，艾略特是一位伟大的诗人。"[2] 这本书还阐述了弗罗斯特对忒奥克里托斯、维吉尔、柏拉图、蒲柏、爱伦·坡、康拉德、柏格森、布莱克、勃朗宁、薇拉·凯瑟、达尔文、哈代、狄金森和豪威尔斯等众多西方文化传统中的经典作家的态度。图恬的考证细致，反映了美国考据批评的实绩。图恬若能在书中更加具体地论述弗罗斯特阅读的这些作品对他诗歌创作的影响，并进一步考察弗罗斯特的这些阅读经历是否体现在诗人自己的作品中，肯定会使这本花费心血查阅众多资料写成的专著具有更大的意义。但是通过调查一个作家的阅读范围，从中寻找影响其创作的因素，以便更准确地把

---

[1]　David W. Tutein, *Robert Frost's Reading: An Annotated Bibliography*, Lewiston, N.Y.: Edwin Mellen Press, 1997, p. 187.

[2]　Ibid., p. 72.

握其作品的内涵，是文学研究中一种日益受到重视的方法。图恬的这本书是一个可贵的尝试，为后人研究弗罗斯特的文学习得和诗学追求提供了一些富有启发意义的资料。该项研究至少说明弗罗斯特是一个有着深厚知识背景的诗人，正如布罗茨基所评论的弗罗斯特的诗作渗透了古典文化，是"非常简约、浓缩的埃斯库罗斯文本"。①

　　或许是儿时受到母亲的熏陶，或许是天性使然，弗罗斯特对西方的文学传统似乎有一种天然的承接，这是他有别于其他现代派作家之处，特别是与同样带有浓厚传统色彩的庞德、艾略特等诗人不同的地方。庞德出身于富贵之家，从小被父母视为掌上明珠，他在宾夕法尼亚大学攻读美国历史、古典文学、罗曼斯语言文学、英国文学和数学等课程，获得哲学学士学位，又获得硕士学位，并继续攻读博士学位，这些教育背景使庞德以学问渊博而著称。在庞德的一生中，他始终崇尚古希腊、古罗马、意大利和英国文艺复兴等时期的经典文明，并从汉字、中国古典诗歌、儒家思想和日本诗歌等东方优秀文明中汲取丰富的营养。庞德在童年时代就对东西方古代灿烂的文化产生浓厚的兴趣，对法语、意大利语、西班牙语和葡萄牙语等拉丁语系的古典文学有着深刻的理解。庞德在诗歌创作中凭借博学的才能，将现实生活中的素材置于人类社会的大背景中进行审美观照，建立起各种文化的时空联系。从里米尼这样的小国到中华泱泱大国，从神话境界到现实世界，从经济政治到伦理道德，从文化高度发达的古希腊古罗马到以经济剥削和大规模战争为特征的现代社会，从遥远的希腊到令人向往的文艺复兴到乌烟瘴气的现代生活，从孔子、亚当斯时代到罗斯福政府，庞德总是厚古而薄今，孜孜不倦地从东西方的传统文化中汲取现代社会所缺失的文化资源，致力于在现实世界里重构理想的秩序和意义。艾略特的家境也十分优越，因此他能够正常地接受正规而优质的教育，顺利获得哈佛大学的比较文学学士学位以及英国文学硕士学位，在巴黎的索邦大学接受艺术领域里的各种前卫思想和学术精神，并到当时被誉为"哲学的黄金时代"的哈佛大学修哲学博士学位。艾略特所接受的良好教育使他得以在诗歌创作中尽显广博

① ［美］约瑟夫·布罗茨基、所罗门·沃尔科夫：《布罗茨基谈话录》，马海甸等编译，东方出版社2008年版，第84页。

的知识，在诗歌作品中大量运用悖论、典故、外来语、古奥生僻的词汇和古希腊古罗马传说等，使其作品被公认为"引用了许多第一流作者的著名诗句，囊括了西方诗歌最渊博的传统"。① 而与庞德、艾略特相比，弗罗斯特成长的背景十分寒酸，所接受的教育也很"简陋"。他只是在顽童时期接受母亲的启蒙教育，之后辗转各地，相继跨入几个校门间断地学习，即使他进入哈佛大学也因身体疾病和家庭困境而中途辍学。弗罗斯特对西方文学传统的理解和感受不拘形式，不是通过严格的教育体系和系统的学理认知来完成的，而是在正统教育之外，通过随意性的聆听、阅读和感知来接受传统智慧和美感的熏陶。

弗罗斯特对传统的理解、感受以及吸收无不出于自然、感性和诗性化的方式进行，这些显然都与庞德、艾略特等主流现代派作家刻意塑造庞大、晦涩的诗歌文本，一味追求博杂、深邃的文学系统的创作方式有所不同。然而，恰恰由于弗罗斯特这种较为苍白的教育背景和漂浮不定的人生经历，西方的文学传统成为他一生的慰藉，为他带来人类智慧的光辉，也为他的诗歌创作带来艺术的灵感和诗人的直觉。弗罗斯特以最为质朴、天然的方式承接西方文学传统，这使得源远流长的西方文学传统弥漫在其语言和精神的各个层面，为读者创造出一个浑然天成、内涵丰富的诗意空间，任凭他们在其中自由徜徉，发挥想象，体验无穷的感受。

第三节　弗罗斯特诗歌中的传统记忆

如果说弗罗斯特的诗歌以浑然天成的方式承接了西方文学和文化传统，那么他的诗歌文本作为一个整体，与西方文学传统之间有哪些联系，尤其是与牧歌传统之间有哪些直接或间接的联系呢？

为了深入探讨这个问题，我们有必要重温诺斯罗普·弗莱在其著作《批评的剖析》（*Anatomy of Criticism*，1957）中所阐述的一个论点：不应孤立地看待各类文学作品，而应着眼于其中各种相互关联的因素，将文

---

① ［英］T. S. 艾略特：《荒原》，赵萝蕤、张子清等译，北京燕山出版社2006年版，第72页。

学作品置于整个宏观的文学关系中，发现每部文学作品体现的人类集体的文学想象，寻找每部作品表现出的相当有限而不断重复的模式或程式，从而突破和超越传统英美文学批评对具体文本的描述和阐释，深化和发展对整个文学活动的理解。弗莱强调从整体上把握文学类型的共性和演变规律，并对整个西方的文学经验和批评实践作出独特的、富有启迪性的分类，这不仅结束了"新批评"独霸文坛的局面，开创了从总体上把握文学轮廓的新格局，而且为文学研究从整个文学系统的结构形式上进行多层面的精细分析提出了具有启示意义的途径。弗莱认为整个文学形式的发展和流变自成体系，遵循着一定的规律和模式，而"我们只要抓住一首程式化的诗篇，然后追究其伸展进文学的其他部分中的原型，就可以把握一种整个的文理知识"。[1] 弗莱倡导的"原型"作为一种抽象而普遍的范畴而存在，是整个文理知识内在活动的基本规律。以这一理论为前提，弗莱根据亚里士多德在《诗学》中提出的作家笔下的人物与普通人的比较标准，探讨了虚构型作品中存在的五种基本模式。[2] 弗莱认为在西方文学史上这五种模式循环往复，周而复始，从神话发端，然后转向浪漫故事和悲剧，继而演变为反讽或讽刺，最后又出现返回神话的趋势。弗莱指出："我用原型指一种象征，它把一首诗和别的诗联系起来从而有助于统一和整合我们的文学经验。"[3] 弗莱认为原型不断地重复出现，通过它能够将个别诗作纳入整个诗歌系统中去，因此，原型成为文学作品之间相互联系的纽带，也成为古今文学借以相互沟通的渠道。弗莱所说的"原型"也指一种文学传统，正如弗莱自己所说："说是一个原型，我的意思是指一个文学的象征，或者一组象征，由于它们在整个文学中

---

① ［加］诺斯罗普·弗莱：《批评的剖析》，陈慧等译，百花文艺出版社 1998 年版，第 100—101 页。

② 在《批评的剖析》第一篇"历史批评：模式理论"中，弗莱认为虚构型作品存在五种基本模式：（1）神话，其中人物的行动力量绝对高于普通人，并能超越自然规律；（2）浪漫故事，其中人物的行动力量相对地高于普通人，但得服从于自然规律；（3）高模仿，即模仿现实生活中其水平略高于普通人的文学作品，如领袖故事之类；（4）低模仿，即模仿现实生活中普通人的作品，如现实主义小说；（5）反讽或讽刺，其中人物的水平低于普通人。

③ ［加］诺斯罗普·弗莱：《批评的剖析》，陈慧等译，百花文艺出版社 1998 年版，第 99 页。

经常被运用,而变成具有传统性了。"① 弗莱所理解的文学传统侧重于形式,他认为文学形成自身,不是从外部形成,"文学的形式不能存在于文学之外,就像奏鸣曲、赋格曲、回旋曲的形式不能存在于音乐之外一样"。② 弗莱就此展开对文学传统的形式化研究,他认为具体文学作品背后的文学传统与种种外部条件无关,也与文学的内容无关,而只与文学本身的形式有关。弗莱的文学传统形式论只包括西方文学的文本传统的一面,即侧重于作品在体裁和叙述形式上的相互联系,这难免具有一定的局限性。

在弗莱之后,一批文论批评家相继扩展这种整个文学研究的认知结构。罗兰·巴特(Roland Barthes)就曾论述任何写作都无法走出文学传统的巨大投影:"一个文本不是由神学角度上将可以抽出单一的意思的一行字组成的,而是由一个多维空间组成,在这个空间中,多种写作相互结合,相互争执,但没有一种是原始写作:文本是由各种引证组成的编织物,它们来自文化的成千上万个源点。"③ 罗兰·巴特认为文本是由来自文本之外的众多引证编织而成的,而这些引证的归宿正是文学传统,这使得文学传统的多重性形成文本结构的多重性。巴特强调要依靠读者的解读行为来最终揭示文本结构的多重性,在《S/Z》(S/Z,1970)一书中,巴特注重的是读者主动参与的文本生产,他认为作者、读者和批评家的写作、阅读、理解、分析和阐释的能力,取决于他们对于不同文本的积累并将其置于特定文本中加以重组的能力。巴特突破弗莱的文本传统论的范畴,而将读者的阅读置于文本之中。罗兰·巴特的见解在乔纳森·卡勒(Jonathan Culler)的论著中得到更为清晰和深入的表述。卡勒指出,20世纪的结构主义宗旨在于:"人们不仅要描述其内在结构——其各部分之间的关系,还要描述该现象同与其构成更大结构的其他现象

---

① [英]戴维·洛奇编:《二十世纪文学评论》,葛林等译,上海译文出版社1993年版,第123页。

② [加]诺斯罗普·弗莱:《批评的剖析》,陈慧等译,百花文艺出版社1998年版,第97页。

③ [法]罗兰·巴特:《罗兰·巴特随笔选》,怀宇译,百花文艺出版社2005年版,第299页。

之间的关系。"① 这种"更大结构"即隐藏在文学意义背后，致使该意义成为可能的文学传统。而卡勒所强调的文学传统不是拘泥于具体的文本或文学传统体系，而是着眼于读者用以理解和阐释文本的一整套约定俗成的程式。在这方面卡勒反复强调："文学作品之所以有了结构和意义，是因为读者以一定的方式阅读它。"② 读者将一个文本作为文学来阅读时，总是把人们对文学的固有理解和阅读惯例带到阅读中来，因此，在阅读一首诗歌时，必须将这首诗歌与诗歌传统中的常规结合起来加以证实。卡勒着眼于读者，强调读者的"文学能力"和"阅读行为"，认定文本的意义由读者的阅读和理解程式所决定，这就剥夺了文本本身具有意义的可能性。随着结构主义批评不断发展，结构主义强调文本与文本之间、文本与读者之间发生扩散性影响的观点被法国文学批评家朱莉亚·克里斯蒂娃（Julia Kristeva）进一步扩展。克里斯蒂娃认为，文本的意义取决于它与其他文本之间的相互关系，文本就像许多引文的镶嵌物，它是其他文本的一种转换和衍生。而文本的生成和衍变有着厚重的历史记忆的积淀，所以，文本将历史、文化和传统引进了自身。克里斯蒂娃着重对互文性（intertextuality）加以阐释，使互文性成为后现代、后结构主义批评的标志性术语，不断引领文学批评超越只关注作者和作品关系的传统批评方法，而转向一种宽泛语境下的跨文本文化研究。

从以上论述可以看出，无论是弗莱的文学传统的形式研究，还是克里斯蒂娃的互文性研究，都强调文学研究应将具体的文学文本置于广阔而统一的文学传统中，寻找文学文本在形式与内容等方面所拥有的各种传统积淀，通过突破单一的文本内部研究进而发现和扩展文本的意义和内涵。

文学文本从来不是孤立地存在的，而总是同过去的文本或同时代的文本之间存在着种种联系，这种文学传统论在牧歌这种古老的文学类型中充分表现出来。查尔斯·西格尔（Charles Segal）在《古代牧歌中的诗

---

① 伍蠡甫、胡经之主编：《西方文艺理论名著选编》，北京大学出版社 1985 年版，第 533 页。

② ［美］乔纳森·卡勒：《结构主义诗学》，盛宁译，中国社会科学出版社 1991 年版，第 113 页。

与神话》(*Poetry and Myth in Ancient Pastoral*, 1981) 一书中就曾指出, 与其他文学样式相比要真正理解牧歌更应回到古代。他认为牧歌有着深厚的文学渊源, 后代的牧歌作品是对前人作品的传承和借鉴。牧歌的发展历史也表明, 被参照的牧歌文本激发后来牧歌文本的产生, 而同一牧歌文本也可能被不同时代的读者作出符合自身所处时代要求的与其他时代完全不同的阐释, 这就使得牧歌既成为在传统传承中不断延续的表现形式, 又成为不断颠覆传统, 具有新的意义和意象的文学样式。一个牧歌文本既可能通过模仿、拼贴和引言等方式明显地囊括其他语篇中存在的相关话语, 又可能存在一些观点、意象、文体或主题思想能让读者隐含地联想到其他语篇中所存在的相似成分。例如被人们称作 "牧歌之父" 的忒奥克里托斯笔下的绿色世界就隐含地存在着其他语篇中所存在的相似成分。忒奥克里托斯的《牧歌集》有着荷马史诗中的田园描写的影子。荷马在《奥德赛》中浓墨重彩地描写了阿基琉斯 (Achilles) 的盾牌, 上面刻着农人在柔软、肥美和宽阔的土地上耕耘, 割麦人手握锋利的镰刀正在收割, 收获季节里人们沿着曲折的小径采摘葡萄, 无忧无虑的少男少女心情欢畅地唱着丰收的歌曲, 还有羊群在景色优美的山谷间悠闲地吃草。[①] 荷马以同样的笔法刻画了阿尔基诺奥斯 (Alcinous) 国王的花园:

> 那里茁壮地生长着各种高大的果木,
> 有梨、石榴、苹果, 生长得枝叶繁茂,
> 有芬芳甜美的无花果和枝繁叶茂的橄榄树。[②]

《奥德赛》里描写的伊塔卡 (Ithaca) 也富于田园情趣:

> 经常雨水充足, 露珠晶莹,
> 有面积广阔的牧场适宜牧放牛羊,

---

① 参见罗念生《罗念生全集》第 5 卷, 上海人民出版社 2004 年版, 第 480—482 页。
② 参见 [古希腊] 荷马《荷马史诗·奥德赛》, 王焕生译, 人民文学出版社 2003 年版, 第 120 页。

林木繁茂生长，水源常流不断。①

　　这些宁静甜美的田园乐趣或多或少给亚历山大时代的忒奥克里托斯的牧歌创作带来影响。在忒奥克里托斯笔下，牧民们在西西里岛的蓝天下，到碧绿的小山丘上放牧，唱着动听的歌谣，吹奏优美的笛声，无忧无虑地生活。忒奥克里托斯牧歌中的有关描写与古希腊时期其他作品中的田园境界也颇为相似。例如在欧里庇得斯（Euripides）的戏剧《希波吕托斯》（Hippolytus）中，睿智的主人公希波吕托斯栖居在一片一尘不染的处女地上："在那里不曾有牧人敢于放牧羊群，也没有镰刀进去过，只有蜜蜂在这纯洁的，春的林野上来往。"② 忒奥克里托斯笔下的牧歌场景也与柏拉图的《斐德罗》（Phaedrus）开篇所设定的风景有相似之处：

　　　　你瞧这棵高大的梧桐，枝叶茂盛，下面真荫凉，还有那棵贞椒，花开得正盛，香气扑鼻。梧桐树下的小溪真可爱，脚踏进去就知道有多么凉爽！你瞧这些神像和神龛，想必一定是阿刻罗俄斯和某些仙女的圣地。呵，这里的空气真新鲜！知了齐鸣，好像正在上演一首仲夏的乐曲。要说最妙的，还是斜坡上厚厚的绿草，足以让你把头舒舒服服地枕在上面。③

　　作为古希腊亚历山大时期主要的诗人之一，忒奥克里托斯往往借助于希腊各民族的传统故事，例如他在诗中讲述了独眼巨人同海妖加拉提恋爱的故事，不过他笔下的独眼巨人已不是怪兽，而是一位颇具魅力的乡村少年。更为重要的是，忒奥克里托斯不仅汲取前辈作品和他同时代文学中对牧人、田园风光和乡村生活的描写，而且将其脱胎换骨，转化为一种纯文学体裁，使牧歌与讽刺诗、喜剧并列为亚历山大时期的主流

---

　　① 参见［古希腊］荷马《荷马史诗·奥德赛》，王焕生译，人民文学出版社 2003 年版，第 246 页。

　　② ［古希腊］欧里庇得斯：《欧里庇得斯悲剧集》，周作人译，中国对外翻译出版公司 2003 年版，第 722 页。

　　③ 参见［古希腊］柏拉图《柏拉图全集》第 2 卷，王晓朝译，人民文学出版社 2003 年版，第 139—140 页。

文学样式。

　　忒奥克里托斯的这种创新自然离不开他对先前文学传统的模仿和借鉴，而古罗马诗人维吉尔的《牧歌集》更为明显地表现出对希腊前辈的模仿。已有学者在这方面作出烦琐的考证，试图说明维吉尔在体裁和句子表达等方面整句甚至通篇抄袭忒奥克里托斯作品之嫌。古罗马文学是在希腊文化的影响下发展起来的，希腊诗人的作品自然而然地成为罗马诗人因循的范本，但"拟古"的诗作毕竟不同于古希腊时期的原作，维吉尔的牧歌在模仿前人的基础上确立起西方传统牧歌的基本模式，使之上升到了新的高度。在维吉尔之后，传统牧歌具有较为严格的指涉范畴，其种类包括：两个牧羊人因打赌或争获某样奖品而进行的赛歌，两个"乡下人"为一个女人或他们的羊群而相互攻讦的对话，为死去的牧羊人吟唱的哀歌，牧羊人为求爱所高唱或因失恋而低吟的情歌，以及用于迎合教会和政治集团的颂词等。维吉尔的牧歌确立了西方的牧歌传统，使后代诗人相继在这种传统中创造自己的诗篇，描述牧羊人怀着友善之情参加歌咏比赛，倾诉自己幸运或不幸的爱情故事，悲悼自己的牧羊伴侣的夭逝，或是表达对战争和城市的厌恶，对故土和田园自然景色的怀念，以及对所处时代社会的批判。

　　从牧歌文本自身到不同时期牧歌文本之间的互文当中可以看出，牧歌这种文学类型能够构建起各种文学文本之间的传统联系，将一个文本与其他文本连接起来。牧歌这种文学传统既具体地使田园意象、对话形式和牧人形象等构成要素在西方文学历史中传承，推动牧歌作品中的自然、质朴和简洁等审美特色在西方文学文本中自觉地呈现，又隐含地使批判现实社会和向往美好境界等主题思想在不同时期的作品中得到表达。

　　正如艾略特在其名篇《传统与个人才能》（"Tradition and Individual Talent"）中所强调的，传统是一个共时共存的秩序，在这个秩序中，每一件新作品的诞生无疑受到以前全部经典的影响。同样，弗罗斯特的诗歌作品也受到先前经典作品的影响，其诗歌文本广泛呈现出与西方传统文学之间的联系。在弗罗斯特所了解和阅读的众多文献中，有小说、戏剧和诗歌之类著作，也有《圣经》、威廉·詹姆斯的实用主义哲学和亨利·柏格森的心理学等非文学类知识传统。这些作品在弗罗斯特的孩提时代就唤起他对文学的浓厚兴趣，并在弗罗斯特一生的诗歌创作中产生重要的影响。其中，对弗罗斯特影响最大的也是最早的作品莫过于《圣经》《英诗金库》以及柏拉图和爱默生等作家的著作。《圣经》是基督教的经典，被认为是记录了上帝的启示和永恒的真理。《圣经》不仅是一部宗教经典，也是西方文化的重要支柱。弗罗斯特自幼接受母亲的宗教启蒙，听她读《圣经》中的故事。弗罗斯特一家在旧金山生活期间，母亲常常到当地的斯维登堡新教会教堂做礼拜，而小弗罗斯特也开始上斯维登堡新教会教堂的主日学校，并在他就读小学二年级时到母亲做礼拜的教堂里受洗礼。虽然弗罗斯特不是一个正统的基督徒，但是他从小的生长环境使他熟读《圣经》，并以个人的艺术家气质对《圣经》中的故事和人物塑造、精神和道义维度以及信仰和真理的知识等深有感触，使弗罗斯特在诗歌创作中得以经常借用《圣经》中的典故、语言和象征色彩。

　　弗罗斯特在诗歌文本中常常吸收和转化《圣经》中的语言和意象。例如在《太平洋岸边感怀》（"Once by the Pacific"）一诗中诗人写道：

> 怀着恶意的黑夜即将来临，
> 来临的不仅是黑夜还有时代，
> 有人最好想到大洪水的到来，
> 这儿将有比海啸更大的灾难
> 在上帝说出熄灭那光之前。[①]

　　而在《圣经·创世纪》中，"神说：'要有光。'就有了光。神看光是好的，就把光暗分开了。神称光为昼，称暗为夜"（创世纪1：3）。光是温暖的，明亮的，神在创世纪的第一天认为光是好的，于是就有了光。正如美国斯坦福大学教授罗本·布若尔所认为的，这首诗歌是对《圣

---

　　① See Robert Frost, *Complete Poems of Robert Frost*, New York: Holt, Rinehart and Winston, 1958, p. 314.

经·创世纪》的一个仿讽①，弗罗斯特将上帝"要有光"转化成上帝
"熄灭那光"，这是诗人自己在情感上对《圣经》故事所作出的转化。据
劳伦斯·汤普森的传记记载，在弗罗斯特五六岁的时候，每当他的父亲
赌博赢钱或者政治事务上得意顺畅的时候，便会兴高采烈地带全家到太
平洋边的克利夫饭店（Cliff House）用餐。有一次，弗罗斯特饭后与父母
走失，独自被留在海边的悬崖之下，目睹了太平洋沙滩上的狂烈风暴。②
弗罗斯特的好友路易斯·默丁斯（Louis Mertins）也详细记录弗罗斯特晚
年的一次回忆：

> 我记得我在沙滩上玩弄着一棵又黑又长的海草，把它当作一根
> 鞭子，在沙滩上抽打着。突然，天空乌云密布，夜幕降临。大海似
> 乎开始涨潮，让我感到恐惧。接着，我被惊呆了，想象到我的父母
> 本来就在我周围，可这会儿他们已经走远了，把我独自一人甩在后
> 面，去接受危险的人生考验。我孤身一人，目睹汹涌的潮水一浪高
> 过一浪。我被那澎湃的浪潮吸引，但同时极度惧怕，因为当巨浪朝
> 着我打来的时候，我仿佛觉得自己要被它完全吞噬并且冲走。多年
> 之后，我仍然清晰地记得这个经历，心中有一种完全被征服的感觉，
> 于是我写下了这首题为《太平洋岸边感怀》的诗。③

这首诗歌开篇处展现诗人听到的声音以及看到的情景，即海水发出
轰鸣，巨浪翻滚，汹涌澎湃，拍打着岸边。于是诗人表达自己的感受，
仿佛知晓巨浪的心思，那就是大海似乎要洗劫陆地的海岸。而诗人紧接
着将视线从地面转向天空，天空低垂的乌云令人毛骨悚然，像黑色的乱
发被风吹到眼前。此刻，天地之间组成一幅令人恐惧的画面。喧嚣的海
水、翻滚的巨浪、低垂的乌云以及即将到来的怀着恶意的黑夜，这些意

---

① Reuben Brower, *The Poetry of Robert Frost*: *Constellations of Intention*, New York: Oxford U-
niversity Press, 1963, p. 89.

② See Lawrance Thompson, *Robert Frost*: *The Early Years 1874 – 1915*, New York: Holt,
Rinehart and Winston, 1966, p. 35.

③ See Louis Mertins, *Robert Frost*: *Life and Talks-Walking*, Norman, OK: University of Okla-
homa Press, 1965, p. 6.

象令人不安。最后所有的恐惧和不安汇聚在一起，那就是将有比海啸更大的灾难，在上帝说出熄灭那光之前。在此处，"上帝熄灭那光"成为一种重要的暗示，在某种程度上预示人类从创世纪之后的光明沦入创世纪之前的混沌和黑暗。而诗人不仅披露了幼年时孤身一人看到巨浪汹涌的恐惧，而且执意将这种个人的恐惧变成永恒的心理状态，即令人恐惧的黑夜和一场淹没世界的大洪水正在来临，而即将来临的不仅仅是黑夜，还有一个时代，从而让人们意识到自身处于在上帝说出熄灭光之前、世界末日到来之际那片刻而持久的恐惧状态中。在这首诗歌中，诗人模仿上帝说出"熄灭那光"，运用《圣经》中的语句在简单的诗句中融入深邃的内涵。联系《圣经》这一宗教和文学经典，可以明白批评家莱昂内尔·特里林敏锐地将弗罗斯特界定为"一位令人恐惧的诗人"。①

　　在《熄灭吧，熄灭！》一诗中，诗人描绘了一幅劳动的画面。场院里的电锯正在锯木条，发出响声，溅起锯末，微风拂过散发出阵阵清香。此时：

> 人们举目眺望
> 有五座山脉一字排开
> 在夕阳下伸向拂蒙特州的方向。②

　　电锯继续咆哮，人们想当然地认为可以提前结束劳作，给那个孩子半个小时的玩耍时间。那孩子的姐姐系着围裙站在一旁，告诉他们晚餐已准备好。这是普通劳动者所经历的最为平常的一个傍晚，紧张地劳作，然后等待休息时刻的到来。可是平常而简单的劳动场景突然出现令人惊恐的一幕，电锯锯到了孩子的手，一声惨叫，然后血肉模糊。此时孩子央求姐姐，等医生来了别让医生砍掉他的手，男孩知道在农村失去一只手意味着在生活上不得不依赖他人。可是，男孩的生活已经发生了意外

---

①　James Melville Cox ed.，*Robert Frost：A Collection of Critical Essay*，Englewood Cliffs，N. J.：Prentice-Hall，1962，p. 151.

②　See Robert Frost，*Complete Poems of Robert Frost*，New York：Holt，Rinehart and Winston，1958，p. 171.

的、根本的变化，还想留住手的孩子鼓起双唇拼命喘息，后来却没有了心跳。诗中最后几行写道：

> 然而他们
> 不是那死去的人，
> 转身忙着各自的事情。①

这里具有极强的讽刺意味，由于人们向山举目，分散对锯木材工作的注意力，导致小男孩的手被电锯所伤，最终葬送了性命。一个男孩干着大人的活，受伤后渴望保留手却没有留住自己的性命，一个热爱生命的男孩遇到的是劳作的麻木的人。诗人冷静客观地讲述整个事件，其中较少流露诗人主观的感情，而越是平静冷淡的诗句，越让人感到痛彻心扉。这种痛在与《圣经》的联系中显得更为浓烈。人们向山举目之后，迎来的是一个鲜活生命的逝去，而《圣经·诗篇》中有类似的诗句：

> 我要向山举目，
> 我的帮助从何而来？
> 我的帮助
> 从造天地的耶和华而来。(诗篇 121：1—2)

弗罗斯特的诗句似乎是对这几句诗的刻意模仿。然而，在《圣经》描述的时代，当向山举目时可望有耶和华的帮助降临，与此形成强烈对照的是，在小男孩死后，人们却冷漠地转身而去，只管忙忙碌碌地做自己的事情。同样是向山举目，古今两个文本中的结局却截然不同。在弗罗斯特的这首作品里既没有神灵显示奇迹，也没有凡人流露同情，诗人将《圣经》里的"来"改成"去"，然而正是凭借这一看似不经意的改写，深切揭示出人类的极度冷漠和诗人的绝望之情。

---

① See Robert Frost, *Complete Poems of Robert Frost*, New York：Holt, Rinehart and Winston, 1958，p. 172.

同样，在《指令》（"Directive"）一诗中，诗人写道："假如你失丧够多，你将得着自我。"① 这也与《圣经》中的诗句极为相似：凡要救自己生命的，必丧掉生命；凡为我和福音丧掉生命的，必救了生命（马可福音8：35）。得着生命的，将要失丧生命；为我失丧生命的，将要得着生命（马太福音10：39）。《指令》这首诗歌的开篇揭示了在支离破碎的年代里人们所面临的严峻现实：

> 如今房子不再是房子
> 农场不再是农场
> 城镇不再是城镇。②

在诗歌的结尾处，诗人却写道："这儿不是游戏室，而是一所真正的房子。"③ 从"不是房子"到"是一所真正的房子"这种转变看似平淡无奇，但是如果与《圣经》中的意义结构联系起来，就可以探寻弗罗斯特这些简单的诗句中所蕴含的哲理，即人类应该丢弃外在诱惑，寻找本真的自我，在混乱中放弃该放弃的，超越自我。

有评论者认为，在弗罗斯特诗歌中"隐喻很简单，但并不简单化"。④ 倘若读者要避免陷入将弗罗斯特诗歌简单化的误区，联系《圣经》等前文本来分析其诗歌中的词汇、句子、意象和主题等内容，这是挖掘弗罗斯特诗歌内涵必不可少的途径。

从批评理论的角度看，对于文学文本的互动理解在英美文学传统中由来已久，早在18世纪初，蒲柏就在维吉尔的作品中发现荷马文本的痕迹。蒲柏认为，诗人凡是善于模仿古典作品者，必然能更好地模仿自然。同样，我们也在弗罗斯特的诗歌文本中发现西方文化传统中的《圣经》等经典作品的痕迹。弗罗斯特善于将《圣经》中的语句演化成精练的诗

---

① Robert Frost, *Complete Poems of Robert Frost*, New York: Holt, Rinehart and Winston, 1958, p. 521.

② Ibid. , p. 520.

③ Ibid. , p. 521.

④ Nancy Lewis Tuten and John Zubizarreta eds. , *The Robert Frost Encyclopedia*, Westport, Conn. : Greenwood Press, 2001, p. 112.

句，这使他的诗歌与《圣经》文本之间呈现出互相交错的若干表现形式。例如在《火与冰》一诗中，弗罗斯特借"火"与"冰"的意象唤起读者的思考：宇宙会在冰冷的荒漠内终结，还是会葬身于一片火海之中？弗罗斯特提出这个问题与《圣经》中的预言异曲同工。据《圣经·诗篇》所述：火与冰雹，雪和雾气，成就他名的狂风（诗篇148：8）。而弗罗斯特在诗中再现了这种火与冰的威力：

> 有人说这世界将毁于火，
>
> 有人说将毁于冰。
>
> 据我对欲望的体验，
>
> 我赞同毁于火的观点。
>
> 但如果世界必得毁灭两次，
>
> 我自知对于恨有足够的认识，
>
> 可以说在破坏方面，冰
>
> 同样威力巨大，
>
> 足以将一切摧毁。①

据天文学家推测，数十亿年之后，太阳将耗尽氢储备而演化成一颗红星，以其火焰吞没地球，但等不到那个年代，地球先将经历一个冰河时期，毁灭于冰。而弗罗斯特探索"欲"与"恨"这两大力量，发现对人类最大的危险来自人类自身。法国诗学理论家加斯东·巴什拉（Gacheton Bachelard）认为："诗的批评就是要认识诗意想象与空气、火、水和土四种元素的特征相遇，即要在每个诗人那里揭示物质的四重想象。"②巴什拉从理性精神分析的角度看待火，他认为火在人类社会的原始阶段里只是作为一种具体的、能够供人们取暖和烧烤食物的自然元素而存在，而火在人类的精神世界里代表着福祉，正是普罗米修斯冲破神界禁忌盗

---

① See Robert Frost, *Complete Poems of Robert Frost*, New York: Holt, Rinehart and Winston, 1958, p. 268.

② ［法］加斯东·巴什拉：《火的精神分析》，杜小真、顾嘉琛译，三联书店1992年版，第4页。

取的天火让人类摆脱了寒冷和黑暗，走向肉体上的温暖和精神上的光明。火从具体的物质元素中迸发出精神的光辉，使人产生幻想和激情，而火发出热量，热能够深入人类的灵魂，这使火进一步升华到一个新的高度：它代表诚挚的爱，刻骨的恨，并且在运动中产生无与伦比的强大创造力。因此，巴什拉指出对火的召唤是诗歌永恒不变的基本主题之一，火能够提供"一种引起无穷回忆、造成个人普遍而具有决定性意义的经历的机会"，火在一切现象中"能够获得两种截然相反的价值：善与恶。它把天堂照亮，它在地狱中燃烧"。[1] 巴什拉进一步对欲望作出阐释，他认为："人是一种欲望的创造物，不是一种需要的创造物。"[2] 巴什拉从科学认识论出发，对火作出理性的精神分析，试图把知识与对物质的想象统一起来，把诗的遐想与科学的理解结合起来，这为诗学理论的创新与发展作出了贡献。而弗罗斯特在《火与冰》一诗里将火与冰（水）这两种元素与人类的欲望和仇恨联系起来，使自然的物质世界与人类的社会世界结合起来，既为诗歌文本营造出广阔而富有诗意的空间，又为读者揭示诗人的想象提供了最为恰当的范例。巴什拉指出火具有两面性，包含着爱与善、仇恨与欲望。在《火与冰》这首诗歌中，弗罗斯特对火的认识与巴什拉从精神层面上对火的分析不谋而合，只不过与之相比弗罗斯特以更为鲜明的态度选择了火所代表的"仇恨与欲望"方面的含义。火引起了诗人的回忆，他以"有人说这世界将毁于火"这样一个近乎直白的语句唤起人们对火的记忆。"有人"一词看似平淡，却在不经意间被诗人从时间和空间层面扩展了其中容纳的范围，使之不确指某个人，而是泛指人类历史延续中的无数群体，或同时代超越疆界的众多人类群体，于是"世界将毁灭于火"的预言就成为古往今来每个历史时期的每个群体所不得不面对的困境，恰似一个咒语，被人类无奈地传承。在这种意义上，火的世界是一个恶毒的魔怪世界，如鬼火或者从地狱里冒出来的幽灵，它的具体表现既有现实世界里人们焚烧异教徒的暴行，也包括《创世纪》中上帝发出让所多玛城毁灭在火海之中的天威。这里的"火"不是指给

---

① ［法］加斯东·巴什拉：《火的精神分析》，杜小真、顾嘉琛译，三联书店1992年版，第13页。

② 同上书，第21—22页。

人们带来温暖和舒适的炉中之火，也不是在燃烧中发出细微而悦耳的声响，陪伴孤独者度过黑暗夜晚的烛火，而是毁灭整个世界的战火，是人内心熊熊燃烧的欲望之火，是在地狱中燃烧的火。在这种意义上，火为诗人提供了一个阐释以往历史与认识时代弊端的机会，所以诗人说："据我对欲望的体验，我赞同毁于火的观点。"同巴什拉一样，诗人肯定人是欲望的创造物，弗罗斯特将人类的欲望与对火的想象联系起来，将自己与具有普遍意义的"有人"连接起来，这表明，对世界毁灭于火的认识并非是诗人率性而短暂的感性想象，而是他在多年观察与思考的基础上对人类历史的理性总结。

诗人让"世界将毁于火"的预言以一种近乎具象的、实体的方式存在，而诗人进而残酷地假设世界若毁灭两次，冰同样威力无比。冰即是水，从神启的角度看，水在宇宙的躯体内循环，犹如血液在个人的躯体里流动，基督教的洗礼仪式就有从水中再生或用水洗去罪恶的含义。古希腊哲学家泰勒斯（Thales）认为水是万物的本源，弗莱在《伟大的代码》一书中认为水既提供了惩罚的手段，也是拯救的方式。而巴什拉在《水与梦：论物质的想象》中指出水与死亡无法分开。水是活着的山林水泽仙女的天地，也是去世的仙女的天地，这使得"水把具有生与死的双重意义的象征物混杂在一起。水是一种充满模糊回忆和预见性遐想的实体"。① 而"封闭的水域把死亡拥抱在怀中。水使死亡成为本源。水同死者一起在它的实体中死去。水便成为实体的虚无。在无望中无法再进一步。对于某些心灵来说，水是绝望的物质"。② 弗罗斯特在诗作里多次阐述绝望，在这首《火与冰》中，他将冰与绝望和仇恨相连，并预言冰同样具有毁灭世界的威力，冰在这里已被去除了生的意义，而纯粹成为象征死亡的实体。

弗罗斯特凭借"火"与"冰"之类自然元素扩展诗意的想象，但这样展现的景象并不优美，却很残酷。艾略特在《荒原》中通过第三章"火诫"和第五章"水里的死亡"使火与水象征恶欲、苦难和死亡，

---

① ［法］加斯东·巴什拉：《水与梦：论物质的想象》，顾嘉琛译，岳麓书社2005年版，第100页。

② 同上书，第103页。

但是，荒原中的人终究能在净化之火中解脱，在圣杯显现和渔王病愈之后重获雨水，得到新生，因此在艾略特的荒原世界里，火与水依然是拯救人类文明的象征。然而，弗罗斯特在《火与冰》中赋予火与水以毁灭性的意义。诗人怀着绝望阐述世界毁灭的主题，这与《圣经》中尼尼微古城的覆灭一脉相承。《圣经·约拿书》中多次提及尼尼微古城：

　　约拿进城走了一日，宣告说："再等四十日，尼尼微必倾覆了！"（约拿书3：4）

　　人与牲畜都当披上麻布；人要切切求告神。各人回头离开所行的恶道，丢弃手中的强暴。（约拿书3：8）

　　于是神察看他们的行为，见他们离开恶道，他就后悔，不把所说的灾祸降与他们了。（约拿书3：10）

　　据这段经文所述，约拿进城宣告"尼尼微必倾覆"的预言后，人惧怕严厉的神谕，远离恶道，丢弃强暴，神看到人们的悔改之意，对其产生爱惜和怜悯，于是神最终并没有把所说的灾祸降于他们。与之形成对照的是，有人说世界毁于火，或毁于冰，人们却没有远离恶道，丢弃强暴。诗人虽然没有阐述毁灭的事实，但是借助想象表明人类自身的恶道和强暴倾覆世界的可能性都很大，因为"火"与"冰"都威力无比。这首诗歌发表于1920年，诗人见证了第一次世界大战摧毁生命的残酷和战后人们日益膨胀的贪欲，诗人借用《圣经》文本让读者明白：《圣经》中的道德训诫在人类的冷酷本性和膨胀的欲望面前显得苍白无力，现代人类的尼尼微古城再也得不到神的爱惜和怜悯，世界终将倾覆。诗人的满腔悲情跃然纸上，令人警醒。

　　弗罗斯特直白的诗歌语言中隐藏着来自《圣经》等多种文学传统的内涵，这使他的诗歌意义看似简单明了，实则纵横交错，枝叶蔓延。除了自幼熟读《圣经》外，弗罗斯特还熟悉古希腊时期的哲学思想。图恬在《罗伯特·弗罗斯特的阅读：一份附注的资料目录》中指出："当提到柏拉图时，弗罗斯特表现得并不热情洋溢，他还宣称柏拉图所表述的人生智慧他或许已经在他的一些朋友身上找到了。"① 尽管很少有学者在弗罗斯特诗歌中发现柏拉图的痕迹,但图恬的考据表明弗罗斯特与柏拉图之间有着一定的联系。

法国学者蒂费纳·萨莫瓦约在《互文性研究》一书中指出:"引用(citation)、暗示(allusion)、参考(reference)、仿作(pastiche)、戏拟(parodie)、剽窃(plagiat)、各种各样的照搬照用,互文性的具体方式不胜枚举,一言难尽。"② 弗罗斯特的诗歌创作显然运用了这些方式,建立起他的诗歌文本与各种文学传统的联系,包括在他的诗歌世界里留下柏拉图这位西方哲人的影子。

在《熊》("The Bear")这首平白如话的叙述诗里,弗罗斯特通过描述关在笼子里的熊来表达一种深邃的意蕴。熊张开双臂把头顶的树拽弯,接下来摇晃石墙上的一块卵石,然后它那笨重的身躯使铁丝网吱嘎作响,这头熊在笼子里无拘无束地进行。在对熊的行为进行客观描述之后,诗人表达了感想:这个世界有空间让熊感到自由,但是对于人来说,你我都会觉得宇宙都显得狭窄。从熊过渡到人,这一转变令读者感到惊讶。诗歌的标题为《熊》,弗罗斯特诗歌的奇特之处恰恰在于从简单平常或者看似无关紧要的事物中阐述一种只可意会不可言传的哲理。诗歌开篇纯粹描述笼子里的一只熊,这里运用了中国古代诗歌常用的比兴技巧。比者,以彼物比此物,即通过对人或物加以形象的比喻,使人或物特征更加鲜明突出。兴者,先言他物以引起所咏之词也,即借助其他事物作为诗歌发端,以引起所要歌咏的内容。可以说,弗罗斯特诗歌中关在笼子里的"熊"也是生活于钢筋水泥之间人的真实写照,不仅如此,通过熊尚且在笼子里感到自由而突出表达人在宇宙中都会显得狭窄,因为人的愤怒淹没了理智与情感,只剩下一身笨重的皮囊,在笼子里走来走去。紧接着,诗人进一步阐述关在笼子里的"熊"的所作所为。笼子的一端摆着一架望远镜,另一端则有一台显微镜,熊即便停下其科学性的踱步,

---

① David W. Tutein, *Robert Frost's Reading*: *An Annotated Bibliography*, Lewiston, N. Y. : Edwin Mellen Press, 1997, p. 184.

② [法] 蒂费纳·萨莫瓦约:《互文性研究》,邵炜译,天津人民出版社 2002 年版,引言第 2 页。

坐在它坚如磐石的臀上，它也只会在一个九十度的弧内摇晃脑袋。在弧的两端似乎是两个哲学极端，熊坐在那儿：

> 朝向一端赞同一位希腊人，
>
> 朝向另一端赞同另一位希腊人，
>
> 可以想象，不过我要直言：
>
> 不管走动还是坐着，他都是个
>
> 可怜而又丑陋的形象。①

　　笼子是文学中的一种常见意象。例如在威廉·福克纳（William Faulkner）的短篇小说《献给爱米丽的一朵玫瑰花》（*A Rose for Emily*，1930）中，爱米丽躲在豪宅里，试图逃避现实，却无法解决生存中的矛盾，最终画地为牢，身处其中，豪宅成为她一生的牢笼，而她自己成为这座牢笼里可怜又丑陋的形象。尤金·奥尼尔（Eugene O'Neill）在其戏剧《毛猿》（*The Hairy Ape*，1922）中，多次使用笼子这一意象，揭示资本主义社会中下层人物扬克所面临的精神困境和异化现实，笼子中可怜的扬克成为现代人在工业文明中丧失自我的悲剧写照。笼子也是弗罗斯特常常思考的对象，杰伊·帕瑞尼在《罗伯特·弗罗斯特的一生》中就曾提到："事实上，人类被他人以及各种常规关在笼子中。"② 例如在弗罗斯特的《仆人之仆人》（"A Servant to Servant"）这首叙事长诗中，女主人公是一位绝望的农村家庭妇女，她的痛苦在于"忍受太多的孤独"。③ 女主人在开篇处便向"你们"倾诉，期望到南方看看你们怎样过日子，但现在难说。她受自己家庭劳役的束缚，为空肚的雇工们做饭，给他们洗碗，有似乎永远都做不完的杂事。她的丈夫起早贪黑，揽事太多，镇上的事样样插手，他贪图小利，无视妻子的弱小，接连不断招来修路的帮工，让他们到家里吃住，他们总是一拨一拨来来去去，而她不知道他

---

① See Robert Frost, *Complete Poems of Robert Frost*, New York：Holt, Rinehart and Winston, 1958, p. 347.

② Jay Parini, *Robert Frost：A Life*, New York：Henry Holt, 1999, p. 247.

③ Mordecai Marcus, *The Poems of Robert Frost：An Explication*, Boston, Mass.：G. K. Hall, 1991, p. 50

们姓甚名谁。此外，她还要受娘家以往家庭不幸的刺激，她父亲的兄弟很年轻时就疯了，被关在楼上用木头做的笼子里，死在她出生之前，但是她似乎徘徊在清醒与疯癫之间，常说该是自己进楼上牢笼的时候了。结婚后，她不得不忍受现在的生活，一切辛勤劳作都不能给他们带来幸福，家庭已经把她牢牢地囚禁在无形的笼子里。女主人从婚前恐惧的牢笼搬到了婚后孤独寂寞的牢笼，终年劳碌，看不到生命的意义。弗罗斯特的《熊》和《仆人之仆人》借关在笼子里的熊和底层女性的不幸人生来思考世上活着的人。卢梭认为，人生而自由，却无往不在枷锁中。在这首《熊》的诗歌中，熊自以为在笼子里自由行走，却也无往不在枷锁中。

　　弗罗斯特对人的思考也与柏拉图对真理的认识如出一辙，有评论家认为弗罗斯特在诗歌中提到的两位希腊人暗喻理智与情感，也有学者认为这代表着诗人"赞同柏拉图与赞同亚里士多德之间的差别"。① 柏拉图认为先验的理式是永恒不变的，人们只有在理式中才能找到事物的真实，而亚里士多德认为，理式存在于具象事物中。弗罗斯特将柏拉图与亚里士多德的思想融会在熊晃脑的举动中，无论熊是静坐（sedentary）还是走动（peripatetic）都是一个丑陋可怜的形象。诗人在这里使用了亚里士多德创造的哲学学派"逍遥学派"（The Peripatetic）中的"peripatetic"一词，暗指亚里士多德在林荫道上一边散步一边讲授知识的情形。弗罗斯特在这首诗歌中参考了柏拉图和亚里士多德两者的哲学思想，并以戏拟的方式刻画了熊的形象，诗人借笼子中熊的形象表明：无论是在先验的理念世界里，还是在具象的现实世界里，人类都无法超越笼子的束缚，人类试图拓展笼子，但永远在各种有形或无形的笼子中摇晃脑袋，形象丑陋可怜。在建立与柏拉图和亚里士多德的互文性关系中，这篇作品的内涵得到升华，使它不再是一首描述熊的诗歌，而成为一首依据现实题材思考人类处境的哲理诗，其诗性的空间因此被扩大，历史文本的记忆也在这种互文性关系中得以传承。

　　在《匆匆一瞥》（"A Passing Glimpse"）这首诗中，弗罗斯特同样暗

---

　　① Deirdre Fagan，*Critical Companion to Robert Frost：A Literary Reference to His Life and Work*，New York：Facts on File，2007，p. 398.

示了柏拉图的理式观。诗人写道：

> 我常从火车的窗口看见野花缤纷，
> 可不待细看它们就早已无踪无影。
>
> 我总想下车回到刚才见花的地方，
> 看究竟是些什么花开在铁路两旁。
>
> 我用明知不对的花名称呼那些花；
> 因为火菊不喜欢树林烧掉的山崖，
>
> 蓝铃花绝不会去装饰隧道的洞口，
> 紫狼花也不会生长在干旱的沙丘。
>
> 一个朦胧的念头忽然闪过我脑际：
> 它们莫非是这人世间难觅的东西？
>
> 天国往往只在某些时候偶尔闪现，
> 即当观者位置只能远看不可近观。①

　　诗人从火车窗口看见窗外野花缤纷，他试图全神贯注地观看真实存在的野花，但是火车一闪而过，还来不及细看，窗外的野花早已无影无踪。真实的野花变成一种并不清楚的观念，于是诗人根据花的观念给所有花命名，但是他确信它们不是自己所命名的野花。野花是花这种理式在现实生活中的投影，诗人凭窗匆匆瞥见的野花并不是真实存在的对象。联系柏拉图对美的理解，诗人从火车窗口领略到的美也并不是真正的美。在柏拉图看来，人世间具体的个别的美的事物，诸如美的野花，是多样的、易变的、相对的，它们又美又丑，不是真实的、绝对的，只有世界

---

① ［美］理查德·普瓦里耶、马克·理查森编：《弗罗斯特集：诗全集、散文和戏剧作品》，曹明伦译，辽宁教育出版社2002年版，第318—319页。

的美的理念才是美本身。对于美本身，柏拉图的《会饮篇》指出这种美是永恒的，无始无终，不生不灭，不增不减的，"一切美的事物都以它为泉源，有了它那一切美的事物才成其为美，但是那些美的事物时而生，时而灭，而它却毫不因之有所增，有所减"。① 据此，按照柏拉图所认为的美的理念，火车窗外的野花是一种假象，是对绝对的、唯一的美的理式的模仿，所以诗人要说天国的偶尔闪现在于观察者的位置只能远看而不能近观。诗人对自己近观的事物表示了怀疑，知晓用明知不对的花名称呼那些花，因为火菊不喜欢树林烧掉的山崖，蓝铃花绝不会去装饰隧道的洞口，紫狼花也不会生长在干旱的沙丘。在对具象事物的怀疑之际，一个朦胧的念头忽然闪过"我"脑际，诗人探问它们莫非是这人世间难觅的东西？而这种难觅的东西或许是柏拉图所认为的无始无终、不生不灭、不增不减的永恒的美。从具象美到永恒美，诗人提及观察者的位置，并在只能远看而不能近观的感悟中表明，人需要逃避感性的知觉，从而在匆匆一瞥的具象观察中获得知识和真理的抽象性观念。

在西方文学史上，柏拉图的理式观作为一种记忆不断以各种方式被传承，而弗罗斯特以诗歌的话语，在日常的凡俗事物中追随柏拉图的足迹。有评论者指出："作品本身的独立和个性取决于它和整个文学之间可变的联系，在这种变化中，作品描画出自己的位置。"② 弗罗斯特的诗歌文本与柏拉图的哲学之间有隐秘的联系，并在传承柏拉图思想记忆中形成在简易当中表达深邃寓意，在具象中探讨抽象个性的创作风格，描绘出弗罗斯特诗歌文本在文学史上的位置。

在与柏拉图文本的互文性关系中，弗罗斯特诗歌的魅力还体现在诗人对柏拉图的洞穴譬喻的借用。柏拉图在《国家篇》（The Republic）中讲述一群人从小就被囚禁在一个地下洞穴里，他们的两腿和脖子因被锁链束缚而无法转动头颅，在他们的身后燃烧着一堆火，火和他们中间有一个高台，不断有人带着木刻或石雕的动物造型以及各种器物在高台上走

---

① ［古希腊］柏拉图：《柏拉图文艺对话集》，朱光潜译，人民文学出版社 2008 年版，第215 页。

② ［法］蒂费纳·萨莫瓦约：《互文性研究》，邵炜译，天津人民出版社 2002 年版，第58 页。

过，他们只能看着前方，所以囚徒一生所能看到的只是后面的火将高台上经过的种种造型映在对面洞壁上的影子，而他们以为这便是真实的世界。只有爬出洞穴的人站在阳光下才能知道真实世界的样子，爬出去的人便是哲学家，但哲学家在看到世界的真实之后还须重返洞穴，为困在洞穴中的囚徒启蒙。柏拉图认为感官感知的物质世界就是映在墙壁上的影子，是虚假的，不真实的，只有理念世界才是物质所表现的一切现象的依据，是最真实的存在，柏拉图也因此认为哲学家适合统治国家。柏拉图的思想对弗罗斯特产生影响，虽然弗罗斯特自己并没有直接流露出对柏拉图的兴趣，但图恬在阐述弗罗斯特的阅读书目时罗列了柏拉图的《国家篇》和《对话集》，这在一定程度上可以直接证明弗罗斯特从柏拉图的《国家篇》中吸收洞穴譬喻，并在自己的诗歌创作中加以转用。诗人在《外眺难及远方，内省何以深邃》中套用柏拉图的洞喻说：

> 沿沙滩而立的人们，
> 都转身朝向同一个方向。
> 他们背对着陆地，
> 整日凝视海洋。
>
> 若有船在海天相接处出现，
> 总是慢慢露出船头；
> 如镜子般明亮的沙滩上，
> 矗立着一只只海鸥。
>
> 或许陆地变幻无常，
> 但不论真理在何方——
> 海水依旧涌向岸边，
> 人们依旧凝视海洋。
>
> 他们既无法看得深远，
> 也无法看得透彻，

但何曾有什么障碍,

遮挡过他们的双眼?①

　　这首诗歌最初于 1934 年发表在《耶鲁评论》(*Yale Review*)上,据弗罗斯特自己说,这首诗歌是在 1932 年奥林匹克运动会召开期间写成的。有评论者据此认为该诗表达的是人类的乐观态度,"陆地"意味着变化,"海洋"代表着永恒和希望,诗中的叙述者暗示"尽管人类不可能确立真理,甚至不可能承认真理的存在,但是诗中的人们至少满怀着希望或期待凝视着海洋"。② 兰德尔·杰瑞尔(Randall Jarrell)则断言,这首诗在微妙中隐藏着力量,他指出:"当我们在陆地与海洋之间,在人类与非人类之间,在有限与无限之间作出选择的时候,海洋是无限的,洪水在我们面前奔腾不息,我们永远无法与静默的宇宙相比——宇宙中的每一件事物我们既不能看得很深远,也不能看得很透彻,但我们只能看,千篇一律地看到宇宙万物的表象。"③ 杰瑞尔指出了弗罗斯特在这首诗歌中所蕴含的隐秘意义,而结合柏拉图的洞喻说,我们能够更加深刻地明白该诗所隐藏的意义所在:人们整日凝视海洋,并不是在等待希望或期待,而是在看着海洋这面"墙"上所映出来的虚幻的影子。人类只能看到真理的影子,而不能看到真理的本来面目,这是诗人传达给读者的淡淡忧思。如何揭示出真理,柏拉图认为哲学家在阳光下才能看到真实,哲学家担负着启蒙的使命。弗罗斯特则与之不同,他致力于以诗歌描述宇宙中每一种存在的事物。在这首诗歌中,人们沿着沙滩,面朝大海凝视着海洋,看船头的出现,看沙滩上停滞的海鸥,可一切不过是宇宙的表象。人们依旧凝视海洋,无法看得更为透彻深远,也没有什么遮挡过双眼,而一切不过转瞬即逝,看不见真理的方向。如果说柏拉图在哲理中表明现实存在的事物是对理念的模仿,是虚假的,弗罗斯特同样在诗歌中通

---

① See Robert Frost, *Complete Poems of Robert Frost*, New York: Holt, Rinehart and Winston, 1958, p. 394.

② Nancy Lewis Tuten and John Zubizarreta eds., *The Robert Frost Encyclopedia*, Westport, Conn.: Greenwood Press, 2001, p. 226.

③ James Melville Cox ed., *Robert Frost: A Collection of Critical Essay*, Englewood Cliffs, N. J.: Prentice-Hall, 1962, p. 86.

过人们凝视海洋这一行为表明，没有什么障碍遮挡双眼，但人们依旧无法看得透彻深远。弗罗斯特追求抽象的深邃，但着眼于具象中的真实，他擅长在习以为常的事物中阐述哲理，因而将启蒙的使命赋予诗人。正如弗罗斯特指出："我不是柏拉图主义者，我不同意柏拉图那种应由哲学家当统治者的观点。在诗人应受压制这一点上我也不同意他的说法。诗人应该比哲学家更适合当统治者。"①

雷蒙·威廉斯曾指出："传统不是过去，而是对过去的一种解释：一种对先辈的选择和评价，而不是中立的记录。"② 威廉斯要求文化学者关注传统与现代之间的联系，而弗罗斯特同样在文本中对传统作出符合现代需求的解释。在对柏拉图思想的传承中，弗罗斯特的诗歌文本不是作一种中立的记录，而是多处表现出对这一先辈的选择和评价。作为诗人，他表达了自己的判断，尽管他说他绝不轻视哲学，但他认为诗人应该比哲学家更适合当统治者，并充分肯定诗人的地位和诗歌的意义。在《比奥夏》（"Boeotian"）一诗中，弗罗斯特表明："我喜爱玩味柏拉图式的观念。"③ 这种"玩味"恰如一种学识的游戏，诗人以轻松、幽默的姿态对柏拉图的文本和思想作出或改头换面或拐弯抹角的仿制。例如，柏拉图追求先验的、理性的和系统化的知识，而诗人在《比奥夏》这首诗里表明：

> 智慧并不非得那么阿提卡，
> 可以拉哥尼亚甚至比奥夏。
> 至少我不会让智慧系统化。④

依据曹明伦先生在翻译弗罗斯特诗作时所做的注释，阿提卡、拉哥尼亚和比奥夏均为古希腊地名，它们派生的形容词分别是古雅的（attic）、

① Richard Poirier and Mark Richardson eds., *Robert Frost: Collected Poems, Prose, and Plays*, New York: Library of America, 1995, p. 846.

② ［英］雷蒙·威廉斯：《现代悲剧》，丁尔苏译，译林出版社 2007 年版，第 7 页。

③ Robert Frost, *Complete Poems of Robert Frost*, New York: Holt, Rinehart and Winston, 1958, p. 494.

④ Ibid.

间接的（laconic）和愚笨的（boeotian）。这几行诗句表明，诗人认为智慧并非必须是柏拉图所推崇的那般古雅，智慧可以是简洁的甚至是愚笨的。诗人在"玩味"柏拉图思想的同时以近乎调侃的方式提出自己的理解，这种方式也充分体现在《造物主的笑声》（"The Demiurge's Laugh"）这首诗中。造物主（Demiurge）一词在柏拉图的对话篇《蒂迈欧篇》中指世界的创造者："创世把四种元素中的每一种全部都用上了，因为造物主用了所有的火、所有的水、所有的气、所有的土建构宇宙，不让任何一种元素有一点儿微粒或能量遗漏在外……造物主把宇宙造成一个整体，完全拥有每个部分，从而使宇宙完善，既不会衰老，也无病痛。他赋予宇宙适当而又自然的形体。"① 在柏拉图笔下，造物主用尽善尽美的本性进行工作，将灵魂和理智赋予宇宙。弗罗斯特在这首诗歌中借用柏拉图笔下的神，即这位改变宇宙混沌状态的造物主，但诗人并没有表现出对神祇的敬畏，反而听到了这位造物主的笑声："是种似睡似醒半嘲半讽的声音。"② 赋予宇宙灵魂和理智的神祇竟然发出似睡似醒的笑声，这种转变显得不可思议，但弗罗斯特正是以这种方式对柏拉图的先验论体系提出质疑。与此同时，在《致〈阿默斯特学生报〉的信》（"Letter to *The Amherst Student*"）的结尾处弗罗斯特提到："如果我是个柏拉图主义者，我想我就不得不认为，与万事万物相比它真不知少多少。"③ 这里的"它"指的是任何形式，弗罗斯特强调我们这个时代渐渐陷入巨大的混乱之中，而在这个混乱的世界上，万物高于形式。在《生存考验》（"The Trial by Existence"）一诗中，弗罗斯特甚至将实体形式作为肉体实现自我满足的重要力量，诗人认为人世间祸与福相互交织，这是人世间生存的本质，而人的生存考验和灵魂的再生不是来自天国或上帝，而是来自这种"受苦受难的生活"。

---

① ［古希腊］柏拉图:《柏拉图全集》第 3 卷，王晓朝译，人民文学出版社 2003 年版，第 283 页。

② Robert Frost, *Complete Poems of Robert Frost*, New York: Holt, Rinehart and Winston, 1958, p. 35.

③ Richard Poirier and Mark Richardson eds., *Robert Frost: Collected Poems, Prose, and Plays*, New York: Library of America, 1995, p. 740.

　　由此可以看出，弗罗斯特的诗歌多处以戏拟和仿作①的方式作出对自柏拉图以来建构的西方形而上体系的反讽，而这与解构主义思想有异曲同工之处。20 世纪 60 年代，以德里达为代表的西方思想家举起解构柏拉图以来的西方形而上学传统的大旗，他们反对一切封闭、僵硬的体系，挑战几千年来种种不容置疑的哲学信念，大力宣扬意义延异、主体消散和能指自由，强调语言和思想的自由嬉戏。如果说德里达等哲学家以深邃而抽象的哲学方式解构形而上学体系，那么弗罗斯特早在 20 世纪初期就以轻松而幽默的诗歌方式开始对这种体系的解构。德里达等哲学家的解构思想是精英化的、艰深的，而弗罗斯特的诗歌却是大众化的、优美的。巴什拉提出："哲学可能是糟糕的，而诗歌却是优美的。"② 从这个角度理解，可以说弗罗斯特的诗歌文本保留了柏拉图思想的历史记忆，成为诗与哲学、简单与深邃的结合体，并以优美的形式超越了前人文本所限定的象牙塔世界，呈现出独特的风格。

　　联系和转换是互文性理论的基本命题，而弗罗斯特以不拘一格的方式承接西方文学传统，在他诗歌作品中又以不拘一格的方式留下西方传统文学文本的印记。正如蒂费纳·萨莫瓦约所说："文本离不开传统，离不开文献，而这些是多层次的联系，有时隐晦，有时直白。"③ 弗罗斯特的诗歌创作离不开传统，他以诗性的，或隐晦或直白的方式将《圣经》和柏拉图思想记载在自己的诗歌文本中。除此之外，评论家们还普遍关注弗罗斯特与爱默生、梭罗、华兹华斯、柯勒律治、济慈和雪莱等浪漫主义诗人之间的直接联系，并认为"浪漫主义诗人塑造了弗罗斯特的心

---

　　①　萨莫瓦约在《互文性研究》一书中指出，"戏拟是对原文进行转换，要么漫画的形式反映原文，要么挪用原文。无论对原文是转换还是扭曲，它都表现出和原文有文学之间的直接联系"。而"仿作"主要是模仿原作，"在仿作的情况里，关键不是一篇特定的文本，而是一位作者特有的写作风格"。而弗罗斯特强调诗歌创作是一种"谐戏"，因此，戏拟和仿作最符合弗罗斯特强调的幽默观和写作风格。

　　②　[法] 加斯东·巴什拉：《火的精神分析》，杜小真、顾嘉琛译，三联书店 1992 年版，第 51 页。

　　③　[法] 蒂费纳·萨莫瓦约：《互文性研究》，邵炜译，天津人民出版社 2002 年版，第 33 页。

智"。① 弗罗斯特的诗歌文本对前人文本的吸收和转化这方面的例子不胜枚举,这既体现出弗罗斯特对西方文学传统的继承,也展现了其诗歌文本内涵的丰富性。萨莫瓦约在《互文性研究》中提到:"诗应该由众人写成"②,这一论点强调了诗人在诗歌创作中应该避免艺术的唯一性,运用暗示和引用等技法汲取自己所读过的诸多诗文当中的精华,容纳他人的素材,从而使文本产生新的内容,达到更高的境界,使文学成为对人类集体记忆的延续与更新。弗罗斯特就很善于从他人的作品中汲取素材,他曾坦言精致的文学改写是他进行诗歌创作的根基:"我要告诉你们的是,我的每一首诗歌可能是我所作出的一项改写。无论你给我什么素材,我都能将它改写成我所希望创作的作品,那就是每首诗歌的本质所在。"③弗罗斯特改写他人的素材并不是在诗歌中大量引用或重重堆砌多种资料,他曾对一些现代派诗人颇有微词:"从庞德到艾略特之流都一直靠炫耀学问求得殊荣。庞德炫耀他的古法语,艾略特则卖弄四十种语言。"④ 弗罗斯特不肯认同于这种旁征博引、炫耀知识的精英风格,而是主张凭借简单而直白的表达方式,在诗歌文本中直接或间接地留下前人文本的痕迹。弗罗斯特走的是一条从传统到现代的传承之路,在继承传统中创新。诗人没有卷入20世纪初美国诗歌试验的旋涡中,正如他在《巴黎评论》的采访录中提到:"我本能地对属于那些派别中的任何一个都很反感。"⑤ 仅以未来派为例,弗罗斯特面对为现代人的欲望和创新精神高唱赞歌的未来主义诗人感到震惊,他在惶恐与不安中选择回到传统,回到属于自己的新英格兰乡村世界中去。诗人的选择不仅为自己求得宁静,也为读者大众带来了安慰。在具体创作中,弗罗斯特通过引用、戏拟和杂糅等手段,将诗人头脑中停留的感受、断语和意象等与新英格兰的乡村景物和

---

① Mario D'Avanzo, *A Cloud of Other Poets*: *Robert Frost and the Romantics*, Lanham: University Press of America, 1991, p. 3.

② [法]蒂费纳·萨莫瓦约:《互文性研究》,邵炜译,天津人民出版社2002年版,第70页。

③ Lawrance Thompson and Edward Lathem, *Robert Frost*: *Poetry and Prose*, New York: Holt, Rinehart and Winston, 1972, pp. 420 – 421.

④ Richard Poirier and Mark Richardson eds., *Robert Frost*: *Collected Poems*, *Prose*, *and Plays*, New York: Library of America, 1995, p. 736.

⑤ Ibid., p. 876.

日常生活结合起来，从而在微言中蕴藏大义，确立了他在西方文学史上的位置。

而在与传统文学文本的互文性关系中，忒奥克里托斯尤其是维吉尔的牧歌作品对弗罗斯特的诗歌产生了最为显著也最为深远的影响。1980年获得诺贝尔文学奖的波兰裔美籍诗人切斯瓦夫·米沃什（Czesiaw Miiosz）在其著作《米沃什词典》（*Miiosz's ABC's*，2004）中感叹："很难理解一个国家怎能产生三位如此不同的诗人：沃尔特·惠特曼、艾米莉·狄金森和罗伯特·弗罗斯特。"① 米沃什充分意识到这三位诗人在美国诗歌历史中的地位，以及他们之间存在的种种差异。惠特曼与狄金森追随爱默生和爱伦·坡的诗歌道路，以新的诗歌题材和形式探索具有美国本土特色的诗歌样式。栖身于用钢铁水泥建造的大都市纽约，惠特曼创作出《草叶集》（*Leaves of Grass*，1855），以狂放、豪迈、热烈、雄浑的笔调，朴实、清新、自然的语言，纵情讴歌美国的自由、平等、民主和新时代的新事物。与惠特曼同为美国现代诗歌的开创者和先驱者的狄金森则沉浸在自己的隐逸生活之中，以近乎婉约的气质关注生与死、爱与爱人、美感与自然等神秘的内心情感。弗罗斯特在这条探索美国本土诗歌特色的道路上继续前行，他在写给友人的信中时常谈到诗歌语言与美国的国家特性之间的联系，他坚信民族性是一切思想和文化的根基，并号召美国作家聚集自己的文学资源，创作符合美国特色的诗歌，为此他提出："务必为美国争取一切。"② 米沃什认为弗罗斯特在这方面"是一个自造的天才，一个与自然和季节打着日常交道的乡村圣贤"。③ 米沃什的评论具有一定代表性，他指出弗罗斯特在探索美国本土诗歌特色时选择了一条与惠特曼、狄金森等不同的创作道路，他的诗歌所表现的境界不是惠特曼歌颂的城市世界或狄金森呈现的内心世界，而是一片乡村自然世界。但弗罗斯特不是一位纯粹远离尘嚣，隐逸于自然之中的乡村圣贤。

---

① ［波兰］切斯瓦夫·米沃什：《米沃什词典》，西川、北塔译，三联书店 2004 年版，第116 页。

② Richard Poirier and Mark Richardson eds. , *Robert Frost：Collected Poems，Prose，and Plays*，New York：Library of America，1995，p. 736.

③ ［波兰］切斯瓦夫·米沃什：《米沃什词典》，西川、北塔译，三联书店 2004 年版，第117 页。

弗罗斯特曾谈到,一位诗人若要赢得读者发自内心的喜爱,他必须"善于探究人类的本质"。[①] 弗罗斯特努力成为一位受大众欢迎的诗人,他试图通过乡村景物和日常生活展现个人与社会、简单与复杂、现实与理想等相互关联的概念当中的张力,进而探究人类生存的本质。有评论家指出:"弗罗斯特同前人维吉尔和忒奥克里托斯一样,从乡村的、'纯朴的'角度去评论更广大的世界。他诗中的象征、乡村神话和戏剧性事件具有丰富的寓意,这使他能通过作品中狭隘的时空去评论普遍意义上的人类状况。"[②] 上述评论明确指出弗罗斯特与古希腊古罗马诗人的联系。弗罗斯特同这些前辈诗人一样,栖身乡村,在自然界当中寻找代表象征、意象的具体事物,借此扩展意义,使一个具体的地方含蓄地象征普遍意义上的人类社会,从而表达对现实的焦虑和对社会的美好设想。

把弗罗斯特定位为一位牧歌诗人,这得到批评家们的肯定。例如罗本·布若尔指出,弗罗斯特诗歌与牧歌的关系"十分深厚而广泛,以至于几乎不可能用几句话就可以描述出来"。[③] 尽管难以全面表述弗罗斯特与西方传统牧歌之间的直接联系,但评论家们总是试图寻找弗罗斯特诗歌文本与传统牧歌之间的一些具体联系。约翰·莱伦在《罗伯特·弗罗斯特的牧歌艺术》这部长篇论著里集中探讨了弗罗斯特诗歌中的牧歌样式,他认为:"弗罗斯特最具代表性和最重要的作品中的基本结构是牧歌。"[④] 罗伯特·法根(Robert Faggen)在其编著的《罗伯特·弗罗斯特剑桥文学指南》(*The Cambridge Companion to Robert Frost*, 2004)一书中指出,假如牧歌是一种强调美与简易乡村生活的文学样式,那么弗罗斯特的诗歌复活了这一文学样式,使"牧歌与农事诗传统在弗罗斯特的想

---

① Richard Poirier and Mark Richardson eds. , *Robert Frost: Collected Poems, Prose, and Plays*, New York: Library of America, 1995, p. 782.

② [美]埃默里·埃利奥特主编:《哥伦比亚美国文学史》,朱通伯等译,四川辞书出版社1994年版,第786页。

③ Reuben Brower, *The Poetry of Robert Frost: Constellations of Intention*, New York: Oxford University Press, 1963, p. 156.

④ John Lynen, *The Pastoral Art of Robert Frost*, New Haven: Yale University Press, 1960, p. 7.

象中融为一体"①，并借此探讨了"关于现代民主、科学和真理的复杂的态度"。② 也有评论家认为弗罗斯特就是生活在现代世界上的维吉尔："如果弗罗斯特生活在古代的意大利或者希腊，他很可能在放牧羊群，并且很可能只有他的羊群能倾听他的诗歌。"③ 美国当代文化史家利奥·马克斯甚至在《花园里的机器》（*The Machine in the Garden*，1964）一书中明确指出弗罗斯特在西方牧歌历史上的重要位置："假如我要按时间顺序讲述所有牧歌理想的重要细节，我应该以美国思想进入欧洲思维的时刻开始，以现在即 1963 年罗伯特·弗罗斯特的去世结束。"④

　　弗罗斯特自幼阅读古希腊古罗马时期的著作，在哈佛大学求学期间研究过维吉尔，通晓维吉尔的大部分著作，他也喜欢忒奥克里托斯，弗罗斯特对忒奥克里托斯和维吉尔的偏爱使评论家称其为"古希腊古罗马文学尤其是维吉尔《牧歌集》的一位才华横溢、满腔热情的学生"。⑤ 除了评论家们的这些肯定之外，弗罗斯特也坦陈自己的诗歌创作受到维吉尔牧歌的影响。在 1930 年弗罗斯特的《诗歌选集》（*Collection Poems*）出版后不久，他确认了自己的作品与牧歌之间的联系，并且表示与城市相比他的诗歌经常关注的是乡村。弗罗斯特曾将自己比作维吉尔，阐明他的诗作《黑色小屋》《当家人》（"The House-Keeper"）和《帮工之死》等与维吉尔的牧歌有关。他还指出自己在《修墙》和《山》（"The Mountain"）等诗歌中，"第一次听到了来自维吉尔的牧歌和《哈姆莱特》的声音"。⑥ 弗罗斯特宣称："在以后任何可能的情况下，我最情愿做的事情

---

　　① Robert Faggen ed. , *The Cambridge Companion to Robert Frost*, Shanghai：Shanghai Foreign Language Education Press，2004，p. 54.

　　② Ibid. , p. 49.

　　③ Philip L. Gerber ed. , *Critical Essays on Robert Frost*, Boston, Mass. : G. K. Hall & Co. , 1982, p. 57.

　　④ Leo Marx, *The Machine in the Garden：Technology and the Pastoral Ideal in America*, New York：Oxford University Press, 1964, p. 4.

　　⑤ Robert Faggen ed. , *The Cambridge Companion to Robert Frost*, Shanghai：Shanghai Foreign Language Education Press, 2004, p. 101.

　　⑥ Philip L. Gerber ed. , *Critical Essays on Robert Frost*, Boston, Mass. : G. K. Hall & Co. , 1982, p. 86.

是与忒奥克里托斯共进晚餐。"① 他也曾明确地对弗林特说:"你知道我偏好维吉尔的《牧歌集》。"②

无论是批评家的评论还是弗罗斯特自己的言谈话语,都证明了弗罗斯特的诗歌与忒奥克里托斯和维吉尔的牧歌作品有种种直接或间接的联系和契合。

作为弗罗斯特的诗歌文本与牧歌之间有诸多联系的实例之一,《培育土壤——一首政治牧歌》("Build Soil—A Political Pastoral")这首诗直接套用了维吉尔《牧歌集》第一首牧歌中的主人公的名字,并同样采用对话形式。维吉尔的牧歌通常采用牧羊人之间的对话或唱歌竞赛方式来暗指政治,他的第一首牧歌则假借两个牧人的对话道出当时百姓被士兵夺去土地后的痛苦:

> 我并非嫉妒,只是惊奇,整个农村
> 是这样混乱,看,我虽是有病在身,
> 还要赶着羊群,而这头简直跟不上,
> 因它方才在丛榛里生下一对小羊,
> 我们所希望的,但却弃给光光的石岩;
> 我要不糊涂,就该预料到这个灾难,
> 记住那次天降霹雳打坏了栎树的先兆。
> 但那位神祇是谁,提屠鲁,请你见告。③

在维吉尔的诗歌中,梅利伯(Meliboee)看到提屠鲁(Tityre)在榉树的树荫下悠闲,用纤纤芦管吹奏着山野的清歌,而他自己却要离开故乡和可爱的田园,逃亡他国,于是梅利伯向提屠鲁道出了自己流离失所的缘由。在弗罗斯特的诗歌中,梅利柏斯(Meliboeus)首先对提提鲁斯(Tityrus)说时世艰难,自己一直为生计奔波,被迫卖掉河边的农庄,到

---

① David W. Tutein, *Robert Frost's Reading: An Annotated Bibliography*, Lewiston, N. Y.: Edwin Mellen Press, 1997, p. 228.

② Ibid. , p. 240.

③ 参见〔古罗马〕维吉尔《牧歌》,杨宪益译,上海人民出版社 2009 年版,第 9—11 页。

山上的树林子和草场去牧羊，期望备受缪斯照顾、以写诗为生的提提鲁斯写写农耕生活，同情劳动者，或者凭借诗人作家的天赋为劳动者带来好处。梅利柏斯提及自己的不幸遭遇，渴望境况有所改观，但是这个牧羊人却从个人的不幸扩大到社会的不幸，马上要求提提鲁斯写首诗来谈谈政治。紧接着提提鲁斯说：

> 啊，梅利柏斯，我倒是真有点想
> 用手中的笔来谈谈政治。
> 千百年来诗歌一直关注战争
> 何为战争？战争即政治
> 恰如顽疾转成暴病的血腥的政治。①

　　弗罗斯特对维吉尔牧歌的借用方式，为我们了解这首诗歌的要旨提供了线索。提提鲁斯认为顽疾转变成暴病这是身体的恶化，而由政治演变成战争这是血腥的现实。梅利柏斯也感觉到这个时代似乎很糟。当诗歌不再表达爱的主题，当生活充满悲剧，诗人将如实叙述生活。于是梅利柏斯和提提鲁斯便探讨各种现实问题，诸如发明创造为少数人谋利，世界上充满贪婪与野心，在商业贸易与市场经济中农民失去土地。作为诗人的提提鲁斯认为，除了农民，政府不应让别人去假装种地，没有什么比贫瘠的土壤更糟糕。弗罗斯特借诗中提提鲁斯和梅利柏斯的对话表明，政治家和经济学家正在侵吞土地上的生命，剥夺千百年作为平民百姓最后避难所的土地，流露出诗人对 20 世纪 30 年代美国大萧条时期出现的一些政治思潮的担忧。在第一次世界大战之后，美国趋于繁荣，创造了资本主义经济史上的奇迹。此时，政治腐败，精神生活浮躁粗鄙，实利主义盛行，大部分财富集中在少数人手里。而农业一直没从战后萧条中恢复，农民始终贫困，随着经济危机的大爆发，农民的处境更为悲惨。面对这种境遇，美国作家约翰·斯坦贝克（John Steinbeck）创作了美国现代农民史诗《愤怒的葡萄》（*The Grapes of Wrath*，1939），描写美

---

① See Robert Frost, *Complete Poems of Robert Frost*, New York：Holt, Rinehart and Winston, 1958, p. 421.

国 20 世纪 30 年代经济恐慌期间大批农民破产、逃荒的故事,反映了惊心动魄的社会斗争的图景。斯坦贝克通过农民的失业、饥饿、困苦、血泪、愤慨和斗争表明,乐土的梦想之所以破灭,并不是因为土地自身的先天不足,而是因为人的贪婪和暴力。德尼·狄德罗(Denis Diderot)指出:"真正的财富只有人和土地。人离开了土地就一文不值,土地离开了人也一文不值。"①而在西方轰轰烈烈的工业化时代,在不可逆转的现代化进程中,少数人垄断土地所有权,农民一生追求的拥有一块真正属于自己的土地这一目标日益成为梦幻泡影。弗罗斯特同样直面农民的生存现实,在《培育土壤》这首诗歌中,诗人提提鲁斯渴望诗歌关注爱的主题,然而诗歌却表达恰如顽疾转成暴病的血腥的政治,牧羊人梅利柏斯对土地充满深情,却在失去土地的遭遇中满怀悲伤。两个底层人物在看似轻松幽默的对话中探讨严肃的现实问题,寄托了弗罗斯特对劳动群众疾苦的同情和改变百姓贫困境遇的善良愿望。可以说,正是对维吉尔牧歌作品中的对话形式的有效借用,弗罗斯特这首平白如话的叙述长诗闪耀着批判现实主义的锋芒。

除此之外,弗罗斯特的诗歌还有许多运用牧歌中的对话和独白形式的实例,他的第二部诗集《波士顿以北》中的诗歌作品就是典型的对话体长诗。在《波士顿以北》扩编版的序言里,弗罗斯特坦陈其中的诗作"是受维吉尔牧歌的启发,以田园诗的形式零零星星写出来的一些自成一体的诗作"。②例如《家葬》("Home Burial")一诗同样以农村田园为背景,也有农夫和他的妻子这两个人物,这套用了牧羊人和牧羊女对话的模式。诗歌中的农夫看到妻子正要下楼,但是她迟疑地走了一步,接着又退回,然后又踮起脚张望,随即坐在地板上,表情呆滞。于是农夫爬上楼,问妻子看到了什么,妻子一声不吭,农夫不经意地向远处张望。妻子问农夫看到了什么,农夫说那块小得只有窗户大小的墓地埋着他挚爱的人,那是夭折的孩子的坟。这对夫妻的内心深处都隐藏着失去孩子

---

① [法]德尼·狄德罗:《狄德罗文集》,王雨、陈基发编译,中国社会科学出版社 1997 年版,第 572 页。

② Richard Poirier and Mark Richardson eds., *Robert Frost*: *Collected Poems*, *Prose*, *and Plays*, New York: Library of America, 1995, p. 849.

的痛苦，所以在对话中刻意避免谈到孩子的话题，可是失去孩子的痛萦绕在周围，夭折的孩子又是他们交谈的中心。当男人看到妻子木然地坐在地板上，他知道妻子又在痛苦地想起他们夭折的孩子，于是便说出了妻子的心事。可是妻子却十分愤怒地对丈夫嚷道："别说！别说！别说!"在对话中，妻子痛恨丈夫不该说起夭折的孩子，并将失子之痛化作对丈夫及旁人的怨怒：

> 一个人病入膏肓，
> 他是孤独的，死后更孤独。
> 人们装模作样走进墓地，
> 还未安葬，他们的思绪已不在这里，
> 迫不及待回到活着的人中，
> 去做他们认为理所当然的事情。
> 假若我能变换世间的灾祸，
> 我不会如此悲伤。哦，我不会，我不会!①

　　妻子怨恨丈夫，怨他亲自挖掘坟墓，埋葬了夭折的孩子，鞋底还沾着孩子坟头上的新土，却还能谈论白桦树条多久才能烂掉这样无关紧要的事情。妻子也怨恨亲朋好友，怨他们即使去了墓地，却迫不及待要离开，然后回到现实生活中，转眼之间谈笑风生，忙碌着自己的事情。于是妻子痛苦地悲叹，若能改变世间的灾难，她也不会如此长久的痛苦。至于人情人性，生人作死别，恨恨那可论，世间多少语言，又有哪些话语能够表达与至亲作别呢？向来相送人，各自还其家。亲戚或余悲，他人亦已歌。余悲还在，歌也响起，皆是自然人情。在弗罗斯特的这首诗歌里，字里行间流露出与至亲作别的痛苦，在不幸的母亲和并不那么悲伤的旁人的对照中，也有着对人性的深刻描述。妻子虽埋怨丈夫不该提及那夭折的孩子，却也知道丈夫同样承受着丧子之痛。如果说维吉尔笔下的牧羊人和牧羊女欢快地歌唱爱情，那么弗罗斯特笔下的农夫和妻子在失去孩子的痛苦中同样有着爱情的流露。当妻子宣泄出来依旧不能减

---

① See Robert Frost, *Early Poems*, New York: Penguin Books, 1998, p. 76.

轻痛苦,要出门走走时,丈夫说:

> "假如——你——走!"她正把门推得更开。
> "你要去哪里?首先告诉我。
> 我要跟着去把你拽回来。我会的! —— "①

有论者认为:"从丈夫对孩子夭折的态度中看出两人之间的巨大差异,处于理性极端的他无法理解情感对妻子、对女性的重要性;而从丈夫害怕别人听到两人的争吵,不让妻子出门,甚至威胁'我要跟去把你拽回来'来看,丈夫更关心的是自己男性尊严和男性的权利。"② 在评论者看来,诗歌中的妻子成为工业文明进程中农场家庭主妇生活现状的缩影,她面对家与心的双重藩篱,有着冲破樊笼走出家庭的强烈欲望,但是面对男性的"潜暴力",她活在对丈夫的厌恶、绝望和深深的恐惧之中。这种理解自有其道理,但正如黄宗英在《弗罗斯特研究》中所提及的:

> 它描写了弗罗斯特及其妻子对他们的长子埃利奥特夭折所表达的悲痛心情以及他们两人之间对这一不幸事件所产生的明显误解和矛盾。弗罗斯特再一次将自己的亲身经历融入他的诗歌创作,用诗化的语言道出了诗人自己深切悲痛。从表面上看,这首诗歌是描写孩子夭折的故事,但实际上是在挖掘 20 世纪初西方文学中的一个常见主题,即人与人之间,甚至是夫妻之间失去相互理解、相互沟通的能力。诗歌中的那位农村丈夫看上去不如他的妻子那么敏感、那么悲伤,但是诗人通过运用其惟妙惟肖的戏剧性讽刺手法,使得诗中的丈夫比他的妻子更加受到读者的同情,因为两个主人公表达自己的悲痛心情的形式不同。③

---

① See Robert Frost, *Early Poems*, New York: Penguin Books, 1998, p. 77.

② 何庆机:《自我与信念:罗伯特·弗罗斯特诗歌研究》,科学出版社 2010 年版,第 122—123 页。

③ 参见黄宗英《弗罗斯特研究》,上海外语教育出版社 2011 年版,第 356—357 页。

　　这段论述提及因两个主人公表达悲痛心情的形式不同，丈夫比妻子更受读者同情。在这首诗歌中，当妻子提出要出去透透气，伸手去抽门闩时，丈夫对妻子说自己或许能学会跟她说话，不提她特别介意的事情。当妻子还要抽动门闩时，丈夫甚至带着乞求的神色要求分担妻子的忧伤，认为妻子作为失去第一个孩子的母亲，总是在伤心中想着悲痛的事，丈夫甚至感慨一个男人竟不能说起他夭折的孩子。这首诗歌描绘了丈夫与妻子面对夭折的孩子所呈现的矛盾和误解，但正如弗罗斯特对妻子充满深深的愧疚一样，诗歌中的丈夫对妻子同样充满怜惜。丈夫并非冷酷无情，当他看到妻子愤怒时，他甚至充满温情，安慰妻子虽然他们失去孩子但他们之间的爱情还在，劝慰妻子不要总是想着伤心的事。因此，从妻子痛苦地说"I won't!"到丈夫最后坚定地说"I will!"交谈的中心从夭折的孩子转向了要出门的妻子，对话中呈现的内容从生死转向关爱，诗歌的风格从沉重到轻松。《家葬》是诗人遭受身心痛苦的过程中深思死亡的产物，诗歌的主题"家葬"本身是不快乐的，但在弗罗斯特笔下却能够令读者感到一丝温暖。诗人借用牧羊人与牧羊女歌唱爱情这种幽默喜乐的对话形式来写丧子之痛，又在诗歌结尾处用幽默喜乐的对话内容化解痛苦悲哀。弗罗斯特正是如此将严肃悲痛交织在幽默喜乐之中，用幽默粉饰悲哀，用喜乐掩埋痛苦，留给读者品味的除了这对乡野之人的不幸，还有农夫在"我会的"三个字中流露出的对妻子淡远而深切的爱情。

　　弗罗斯特擅长从乡间景色和日常生活中取材，并在笔下人物情真意切的对话中体现牧歌要素。事实上，自 1914 年庞德在《诗刊》上以"现代农事诗"为题评论《波士顿以北》这部诗集以来，人们已经意识到弗罗斯特的诗歌与维吉尔的牧歌之间或隐秘或直接的联系。例如，对弗罗斯特充满敬意的俄罗斯裔美籍诗人布罗茨基就认为："弗罗斯特是一名维吉尔式的诗人。"[1] 布罗茨基还具体指出《波士顿以北》这部诗集中的《家葬》"不是一首叙事体诗，而是一首以牧人对话形式写成的牧歌"。[2]

---

　　[1]　［美］约瑟夫·布罗茨基：《文明的孩子：布罗茨基论诗和诗人》，刘文飞等译，中央编译出版社 2007 年版，第 230 页。

　　[2]　同上书，第 229 页。

除了借鉴牧歌中的对话形式外，弗罗斯特的诗歌还充分呈现牧歌中常见的对比方式。W. W. 格雷格（W. W. Greg）指出："作为一种显著的文学样式，牧歌呈现出一种永恒的因素，即牧歌世界与一些更为复杂的人类世界之间或含蓄或直白的对比关系。"① 弗罗斯特的诗歌普遍采用这种对比手法，例如《与我们同在的潘》（"Pan with Us"）一诗就是探讨美国从农业社会转向工业社会后所陷入的困境。潘是希腊神话中的牧神，他照顾羊群和一切牧人，以荒野、丛林、森林、群山为家，喜欢音乐，善于用芦笛吹奏美妙的乐曲。在维吉尔的阿卡迪亚世界里，牧人们愉快地在树林中学山神歌唱：

> 带来了满篮的百合花，那纤白的水中精灵
> 也给你采来淡紫的泽兰和含苞欲放的罂粟，
> 把芬芳的茴香花和水仙花也结成一束，
> 还把决明花和其他的香草都编在一起，
> 金黄的野菊使平凡的覆盆子增加了美丽。②

但是在弗罗斯特笔下，当潘走出山林来到现代社会后，他感到音乐灵感逐渐枯竭：

> 事过境迁，今非昔比，
> 这种芦管已不具魔力，
> 还比不上毫无目的的柔风，
> 吹不动杜松挂果的树枝，
> 吹不动一簇簇娇弱的野菊。
>
> 它们是多神教徒寻欢的乐器，
> 而这个世界已找到新的价值。

---

① Walter Wilson Greg, *Pastoral Poetry and Pastoral Drama*, Montana: Kessinger Publishing, 1906, p. 4.

② 参见［古罗马］维吉尔《牧歌》，杨宪益译，上海人民出版社2009年版，第21页。

他在太阳烤热的土地上躺下，

揉碎一朵花，然后极目远望——

吹奏？吹奏？他该吹奏什么？①

　　维吉尔牧歌中的牧羊人与牧神和山林女神为邻，各种花竞相开放，呈现出一片蓬勃的生命力。而弗罗斯特笔下的牧神潘则与"我们"同在，这里的"我们"已不是山林女神和单纯的牧羊人，而是现代社会中世俗的人们。从充满生机的山林世界到潘的芦管已不具有魔力，现代社会已今非昔比，远离了宁静闲适的生活，虽然这个世界已找到新的价值，但是这一价值并未带来欢乐，以致牧神都不知道吹奏什么。诗人通过牧神命运的对比，巧妙而清晰地表达出对现代社会的哀伤情绪。

　　弗罗斯特的诗歌文本留下了西方经典文学的印记，成为西方牧歌这一源远流长的文学传统当中的一部分。事实上，弗罗斯特的诗歌形式多样，有《仆人之仆人》《帮工之死》等以独白和对话为典型特征的戏剧诗，有《一簇野花》（"The Tuft of Flowers"）、《白桦树》《一条未选择的路》和《修墙》等以自然界中的一个景物或人类生活中的某个事件为象征，深入浅出地阐述情理的冥想诗，有《部门分工》（"Department"）和《小虫不小》（"A Considerable Speck"）等借某些动物乃至虫类评说世事的讽刺诗，以及《火与冰》和《金色光华难长留》等涉及抽象概念的哲理诗。而读者要全面把握这些诗歌的内在本质和基本特征，就需要将弗罗斯特的诗歌作为一个整体进行考察，并将诗人纳入整个西方文学传统中加以审视。

　　艾略特认为："艺术作品作为艺术作品是无法阐释的；没有什么可阐释；我们只能在同其他艺术作品的比较中，按照某些标准对它进行批评；而'阐释'首先要向读者提供他不一定知道的有关历史事实。"② 结合艾略特的观点，读者在分析弗罗斯特诗歌时，需要有意识地在弗罗斯特诗

---

　　① 参见［美］理查德·普瓦里耶、马克·理查森编《弗罗斯特集：诗全集、散文和戏剧作品》，曹明伦译，辽宁教育出版社2002年版，第42页。

　　② ［英］T. S. 艾略特：《艾略特诗学文集》，王恩衷编译，国际文化出版公司1989年版，第9—10页。

作与其他艺术作品的比较中，按照牧歌文学的标准对其作出批评，同时结合有关历史事件和现实事例，挖掘弗罗斯特诗作中的意义和内涵。阿兰·布鲁姆（Allan Bloom）也指出："诗歌要面对的对象，涉及整体的知识。"① 因此，研究弗罗斯特的诗歌不仅要从文学内部出发探讨诗歌文本本身所具有的意义，更需要在西方整个文学系统的结构形式上，分析弗罗斯特的诗歌文本所呈现出的内在程式。这样，既可以通过许多作品扩展成作为文学整体的一种原型象征，又可以丰富弗罗斯特诗歌在文学整体中的价值和意义。但文学传统作为一种"成规"必须得到每一代人的文化观念的理解和解释，被不断赋予新的意义，西方牧歌作为一种内涵和外延不断被扩展的文学传统，也正是在弗罗斯特笔下获得继承与重铸。弗罗斯特的诗歌作品不是通过模仿古人的牧歌类型来刻意充实口头语言或提升表达技巧，而是在充分阐释牧歌的基础上，凭借诗人个人的创作才能和自身生活经验，从正视美国本土的社会万象出发，发挥诗人的作用，努力在新英格兰的田园生活中返回牧歌传统，以便在瞬息万变的现代社会构建推陈出新的表达方式。

① ［美］阿兰·布鲁姆：《巨人与侏儒》，秦露等译，华夏出版社 2003 年版，第 53 页。

第三章

阿卡迪亚与新英格兰

纵观西方文化史及其文学史，从《圣经》中的伊甸园到柏拉图的理想国，直到古今文学作品中的乌托邦，人类对美好社会的想象和构思代代相承。在中国文学史上，《诗经·魏风》里的《硕鼠》一诗寄托了人们对没有剥削、没有压迫的"乐土"的神往；老子构想了远古时代"小国寡民"的社会，"甘其食，美其服，安其居，乐其俗，邻国相望，鸡犬之声相闻，民至老死，不相往来"（《老子·八十章》）；庄子构建了"至德之世"，"彼民有常性，织而衣，耕而食"（《庄子·马蹄》）；陶渊明也在《桃花源记》中构建了一个"童孺纵行歌，斑白欢游诣"的社会。人们普遍将社会的理想放在过去或者未来，以表达对当下现实的疏远和背离，尤其在世事纷乱、社会动荡的年代，人们越发怀有对没有争斗杀戮，大地欣欣向荣，万物茁壮成长的环境的向往。对美好社会的构想成为一种传统积淀在人们的内心深处，这或许也是弗罗斯特诗歌能够持久地赢得读者推崇的原因所在。

阿兰·布鲁姆认为："对诗歌的需求，是人类灵魂中最有启示性的因素。"① 弗罗斯特的诗歌超越时空、文体和作家的限制，备受世人的青睐，这也源于人类对诗歌的需求。尤其是在工业化、城市化和现代化进程中，农村正在被主流社会抛弃和遗忘，诗一样的田园正在现代人的生活当中消失。弗罗斯特却不肯迎合这股潮流，而是以他笔下的诗歌重塑一种乡土想象，这正迎合了人类灵魂深处对启示意义的需求。

---

① ［美］阿兰·布鲁姆：《巨人与侏儒》，秦露等译，华夏出版社 2003 年版，第 46 页。

第一节　农民诗人罗伯特·弗罗斯特

在文学艺术史上，"农民"曾是备受称赞的对象。马丁·海德格尔（Martin Heidegger）就曾赞扬乡村和农民给予他的启迪："我的工作整个儿被这群山河人民组成的世界所支持和引导。"① 如果说农民给海德格尔留下朴素的令人难以忘却的记忆，戴维·劳伦斯（David Lawrence）在《查泰莱夫人的情人》（*Lady Chatterley's Lover*，1928）等著作中对农民质朴的天性、健康的体魄和勃勃的生机流露出更加深挚的崇拜。就连向来蔑视大众，主张超人哲学的弗里德里希·尼采（Friedrich Nietzsche）也发现农民身上具有令人敬佩的纯朴和智慧。尼采在《查拉图斯特拉如是说》（*Thus Spoke Zarathustra*，1883—1885）一书中借查拉图斯特拉之口说："今天，我觉得更好、更可爱的还是健康的农民，粗野、狡黠、顽强、坚韧：这是今天最高贵的种族。今天，农民是最优良的：农民种族应当做主人!"② 弗吉尼亚·伍尔夫（Virginia Woolf）则在《达洛维夫人》（*Mrs. Dalloway*，1925）一书中塑造了一个引人注目的农民形象，那是一个在摄政公园地铁车站外的人行道上边唱歌边乞讨的老妇人。伍尔夫运用诗意的想象描写这个老妇人，将她的形象与土地的意象联系在一起，使她那张"下里巴人"的嘴仿佛地上的泥土形成的一个洞，同纷乱的杂草和树根纠结在一起，从那里像"气泡一样冒出的古老歌谣"恰似小河流水般从马里勒伯恩大街上流过。在伍尔夫笔下，这个老妇人不再是令人同情的行乞者，而是一个与土地和树根等意象融为一体，凝聚着永恒生命意义的对象。农民在哲学家和作家的笔下获得这样的推崇，一方面是因为农民身上具有寡言少语、吃苦耐劳等传统品质，另一方面是因为在知识分子看来农民与土地的关系更为深厚，农民依然生活在前商业时代，与现代社会中泛滥的、纯粹的经济关系相比较而言，他们代表了知

---

① ［德］马丁·海德格尔:《人，诗意地安居:海德格尔语要》，郜元宝译，广西师范大学出版社 2000 年版，第 67 页。

② ［德］弗里德里希·尼采:《查拉图斯特拉如是说》，钱春绮译，三联书店 2007 年版，第 290 页。

识分子对过去社会的怀念。在诗人笔下，农村和农民作为一个与现代工业城市和产业工人相对立的意象，浓缩了诗人对人生和社会的理解，正如华莱士·史蒂文斯所说："每个诗人身上都有一点农民气。"① 这种农民气或许就是对城市生活的厌恶，对土地、乡村自然的热爱和对纯朴品性的追求和向往。

对农民的尊崇尤其明显地反映在处于传统与现代之交的诗人罗伯特·弗罗斯特的诗作中。米沃什曾说弗罗斯特："换上了他的衣服，戴上了面具，热衷于把自己打扮成乡巴佬，一个新英格兰农夫，使用简单的口语化语言写他身边的事和生活在那里的人们。"② 米沃什在这里委婉地告诉读者弗罗斯特有意将自己塑造成人们喜爱的角色。事实上，弗罗斯特不仅带着农民气，他本身就是一位农民，一生抗拒大城市的繁华，迷恋新英格兰的乡村生活。弗罗斯特出生在旧金山，他的童年是在旧金山的纳帕谷（Napa Valley）和加利福尼亚乡村度过的。诗人在晚年时曾对旧金山市民说："我熟悉旧金山就像熟悉我自己的脸。那是我出生的地方，是我真正了解的第一个地方。人们总是了解自己出生的地方，不是吗？"③ 这个大城市不仅保留着他对父亲的记忆，也保留着童年时期他的感官对城市的直接印象。弗罗斯特的父亲是一位新闻记者，常常带着他穿过旧金山的大街小巷，父亲也时常到酒馆和娱乐场所去浪费金钱，喝得酩酊大醉之后滥施暴力，殴打家人。这种童年的经历既使诗人从小感受到城市生活的丰富多彩，也使他意识到城市生活中包含着罪恶，至少父亲在城市生活中沉迷于酗酒、赌博表现出的恶劣品性使弗罗斯特幼小的心灵蒙上了阴影。多年之后，弗罗斯特仍然能够清楚地想起那些令他儿时感到恐惧的人和事，那些街道上打架斗殴的流氓和暴徒，泛滥的各式各样的枪支弹药，以及成群结队的陌生人。弗罗斯特在一次演讲中提到自己的故乡："旧金山是一座疯狂的城市，大部分地方居住着极度疯狂的人。空气中散发着鲁莽和愚蠢，我不知道这是从哪里来的，但它就是

---

① ［美］华莱士·史蒂文斯：《最高虚构的笔记：史蒂文斯诗文集》，陈东飚、张枣译，华东师范大学出版社 2008 年版，第 260 页。

② ［波兰］切斯瓦夫·米沃什：《米沃什词典》，西川、北塔译，三联书店 2004 年版，第 117 页。

③ Jay Parini, *Robert Frost：A Life*, New York：Henry Holt, 1999, p. 3.

在那儿。太平洋刮来的咆哮的风让你开始酗酒,让你烂醉如泥,而只要你有钱,各处炫耀性的奢华也让你永远的纸醉金迷。"① 弗罗斯特从小性格阴郁敏感,他随父母不断迁居,在各旅馆之间辗转,并且从小看到人们在淘金热中对金子的狂热,这些在旧金山生活中的种种惨淡记忆或多或少对弗罗斯特成年后形成的乡村情结带来影响。

弗罗斯特的出生地旧金山给他留下终生难忘的印象,而与这个大都市相比,弗罗斯特更熟悉自己成长的地方——新英格兰。在弗罗斯特 11岁那年,父亲去世,母亲带着全家离开旧金山,来到新罕布什尔州边界附近的马萨诸塞州劳伦斯城,搬进祖父家里。弗罗斯特的祖父及亲戚似乎对这个寄人篱下、贫穷凄凉的家庭并没有给予过多同情,弗罗斯特后来回忆:"起初,我并不喜欢这些新英格兰人。他们对人十分冷漠。在我看来,他们似乎心胸狭隘,我很不习惯他们那种样子。"② 大约半年以后,弗罗斯特和妹妹随母亲搬到距离劳伦斯城不远的塞勒姆市 (Salem)。白天,弗罗斯特帮人干些装卸马车、劈柴、耙草等粗活,听这些干粗活的人讲述他们身边的故事;晚上,弗罗斯特与妹妹珍妮听母亲讲故事和朗诵诗歌。在这里,虽然他们的日子过得清贫,但这时的生活是弗罗斯特童年时代的甜美记忆,也是诗人后来创作诗歌的素材来源。来到新英格兰之后,让弗罗斯特永远铭记于心的是他在新罕布什尔州阿姆斯特 (Amherst) 他姑姑萨拉 (Sarah) 的农场上度过的几个夏天。诗人开始体会到新英格兰农村那宁静美丽的景象:"大榆树掩映着一条条弯弯的乡间小道,道道低矮的石头墙围绕着肥沃的牧园,田野里随处可见成群吃草的牛羊。"③ 大自然丰富了弗罗斯特的少年生活,也正是在这一时期,弗罗斯特第一次学会当地孩子们常玩的游戏,"爬上一棵白桦树,一直朝着树顶爬,直到它支撑不起我的重量,然后弯下树身并将我荡回地上。孩子们这么玩着"。④ 这正如他在《白桦树》一诗中所写:

---

① Jay Parini, *Robert Frost: A Life*, New York: Henry Holt, 1999, p. 4.

② Ibid., p. 20.

③ Ibid., p. 22.

④ Ibid.

他嗖的一下蹬脚向外跳出，
踢着双腿从半空中落下。
我曾是这样的孩子，在白桦树枝上摇荡，
我多么梦想回到那段少年时光。①

　　诗人在开篇处写道，每当自己看见白桦树在一排排较直较黑的树木间或左或右地弯下时，他便想到有位男孩在摇荡它们。而白桦树弯下可能是被冰凌压弯，在重压之下，它们触到枯萎的蕨丛，一旦被长久压弯，就再也不会长直，在以后的岁月中，树干弯曲，树叶垂地，就像姑娘趴在地上披散着长发。而诗人感慨，与其让冰凌压弯白桦树，他更喜欢有个孩子弄弯它们。这个孩子远离城市里的棒球运动，但他独自也能玩得开心，因为每当他走出农舍去林中牵牛的时候有自己的游戏。无论是夏天还是冬日，男孩一遍遍地制服林中的白桦树，也渐渐增加了他荡白桦树的技艺，他总是迅速地爬向树梢，保持身体平衡，然后向外蹬脚，树梢就像往酒杯斟酒一样，从半空弯向地面。在这首诗歌中，诗人用诗一般的语言翔实描述一个活泼好动的孩子荡白桦树的过程，尽管男孩和冰凌都将白桦树压弯，但是冰凌具有破坏性，白桦树长久被压弯就再也长不直，而孩子荡白桦树却像斟酒一样，以一颗纯真无邪的童心与白桦树相伴成长。诗人梦想回到那段少年时光，当诗人细致地回忆童年的快乐时，却充满了成年人的忧伤。诗人紧接着写道：

当我厌倦了操心世事
生活像一片没有小径的森林
在里面摸索，一头撞在蜘蛛网上，
脸上灼热发痒，
一根嫩枝迎面袭来，
打中眼睛流泪不止。
我真想暂时离开世事，

---

　　①　See Robert Frost, *Complete Poems of Robert Frost*, New York: Holt, Rinehart and Winston, 1958, p. 153.

　　然后再回来，重新开始。①

　　这首诗歌写于1913—1914年，当时诗人正旅居英国，异国的陌生环境常常唤起弗罗斯特对新英格兰故土和亲人的眷恋，而这种思念之情也拨动了诗人想象的心弦。在诗人看来，成年的世界像一片没有小径的荒野森林，生活于其中让自己满脸受伤流泪不止。于是诗人回味过去，并通过儿时在白桦树枝上摇荡这个简单的往事表达对生活的感想，渴望人生就像荡白桦树一样，脱离地面片刻，自由地伸向空中，直到那棵树没法承受重量把自己放回地面，诗人感叹这样来来回回该有多好。但是正如梦里无论走多远，醒来还是面临昨日的终点，弗罗斯特梦回童年，却终需面对成人的现实，诗人感慨那个顽皮的孩子让白桦树来来回回弯曲，但是与男孩荡白桦树相比，任何人都可以做更糟糕的事。诗人对白桦树饱含深情，在《一株幼小的白桦树》（"A Young Birch"）中歌颂幼小纤细的白桦树变得高大无畏，诗人写到有次顺着墙根砍伐灌木之时，砍掉其他树木偏偏留下白桦树，因为它是美的化身，是上天的恩赐。诗描绘人生世相，哪怕是纤草弱枝，在诗人笔下都有可能成为宇宙之谜的启示，使人心动、欢喜。但诗不能把这漫无边际的广袤自然统统模仿过来，所以诗歌对于人生世相必有所取舍和创造。而弗罗斯特面对万千世界，在他的作品里留下了白桦树的身影，尽管诗人笔下的白桦树并不具有奇异丰富的色彩，却因为有了诗人性格和情绪的渗透，白桦树散发出灿烂光芒，成为快乐童年的见证和上天恩赐的美好事物的化身，令读者深感惊异和欣喜。

　　弗罗斯特的少年和青年时代都是在乡村度过的，而这正是他获得生活经验和形成个性心理的关键时期。随着弗罗斯特成名后盘桓在一个个大城市，历经来自家庭和社会的种种坎坷和磨难，早年的乡土感情逐渐沉到心灵深处，构成弗罗斯特一生抹不掉的乡土情结。这种乡土情怀对诗人的创作起着潜移默化的作用，无论世界怎样随着时空的推移而变化，新英格兰乡土中富于象征性的事物始终能给予诗人启迪。正因为如此，

---

① See Robert Frost, *Complete Poems of Robert Frost*, New York: Holt, Rinehart and Winston, 1958, p. 153.

作为一位步入诗坛的成年人，弗罗斯特常常以少年记忆中的白桦树、暴风雪、爬树以及在树枝上摇荡等印象作为诗歌的表现对象，塑造一个个温馨的意象。诗人也曾宣称《白桦树》是在瞬间的灵感中创作完成的①，这表明少年时期的生活作为一种显意识，不仅仅是诗人创作的源泉，更是诗人在异国或都市生活中一种取之不竭的精神慰藉。弗罗斯特沉浸在新英格兰的乡村景物中，在这里逐渐克服了童年时期形成的容易紧张甚至有些神经质的习惯，并且在这里耕耘稼穑，教书作诗，结婚生子。

但弗罗斯特在新英格兰的日子并不总是阳光灿烂的，他们一家的生活依旧艰辛，不幸接踵而至。对他最为沉重的打击是 1900 年长子的夭折。《卡拉马佐夫兄弟》（*The Brothers Karamazov*，1880）中的伊凡·卡拉马佐夫曾说，没有什么东西比孩子的死亡更加使他想把自己的入场券还给这个世界的了。而对弗罗斯特而言，也没有什么事件比长子的夭折更使他感到身心疲惫的了。弗罗斯特几度想到自杀，但值得庆幸的是，在悲痛中务农的生活带给他安慰。1900 年，弗罗斯特一家搬到祖父为他在新罕布什尔购置的德里农场（Derry Farm）。他们居住的地方倚靠着景色秀美的山丘，房子周围景色迷人，远处有一大片长满枫树、橡树、山毛榉树的树林，近处有干草地、清泉小溪、果园菜地。弗罗斯特在这里有更多独立思考的时间和自由行动的空间，正如他自己所说："那些日子，虽然我是一个贫穷的农民，可是我也很富有，有足够的食物和时间，很多很多时间。我简直是一个时间的富翁！"② 弗罗斯特在劳动间隙创作大量的诗歌，他也坦陈其诗歌创作中所涉及的地域大体都是德里农场。③ 诗人接受祖父赠予他的财产，暂时衣食无忧，可以在这里安心种田，与朋友卡尔·伯勒尔（Carl Burrell）一起修建鸡舍，采摘苹果。弗罗斯特的传记作家杰伊·帕瑞尼提到："他善于让自己适应这种生活方式，以让自己每日有充裕的闲暇时间从事创作。"④ 弗罗斯特是农夫，也是诗人，德里农场的生活不但有益于他的身心健康，也催生了他从事诗歌创作的想象和激

---

① See Nancy Lewis Tuten and John Zubizarreta eds., *The Robert Frost Encyclopedia*, Westport, Conn.: Greenwood Press, 2001, p. 31.

② Jay Parini, *Robert Frost: A Life*, New York: Henry Holt, 1999, p. 75.

③ Ibid., p. 73.

④ Ibid., p. 84.

情,使得他的诗歌作品留下了果园、耕地、牧场、树林、清泉等乡间景色,以及割草、取水、摘苹果、耙树叶等农事劳作的记忆。例如在《割草》中,诗人将长镰写入诗中:

> 林边一片安静,只有一个声音,
> 那是我的长镰在对大地低吟。
> 它在说些什么,我也听不清,
> 也许在诉说炎炎烈日,
> 也许在诉说四周寂静无声——
> 难怪它说话声音那么轻。
> 它并不梦想不劳而获的赠品,
> 也不奢望仙女精灵施舍的黄金。
> 凡事超越真实就会显得脆弱,
> 怀着诚挚的爱割下垄垄牧草,
> 也难免夹杂柔嫩的串串花穗,
> 还把那鳞甲闪亮的绿蛇惊退。
> 真实乃劳动所知的最甜蜜的梦,
> 我的长镰低吟,留下垛垛干草。①

对新英格兰农民来说,割草是最为平常的农活,农民们割草,晒干,以备牲畜的冬粮。而在诗人笔下,安静的树林,艳阳高照,四周悄然无声,芬芳的泥土似乎扑面而来,为读者呈现一幅令人心旷神怡的画面。诗人描述劳动场景,但又不仅仅简单记录,总是在意象组合中蕴含丰富的感想与想象。在这首诗歌中,诗人在收割者、镰刀、地面和青草这些平常的农事事物中歌颂劳动,长柄镰刀发出咝咝的响声,仿佛是对着大地低吟:真实乃劳动所知的最甜蜜的梦。弗罗斯特曾告诉他的朋友西德尼·考克斯(Sidney Cox)这首诗歌可能是《少年的心愿》中最好的一首诗歌,通过镰刀表现人在劳动中获得的快乐。弗罗斯特在《一簇野花》中也提及"我"听见镰刀对大地低语的声音,因为诗人的重复使用,长

---

① See Robert Frost, *Early Poems*, New York: Penguin Books, 1998, p. 24.

镰在诗歌中的意义比这个词语原有的意义更为重要，给人以多方面的启示和联想，仿佛长镰被赋予一种神韵，具有了人的情感，懂得怜惜花草，知晓劳动的甜蜜，诗的含义由此变得更为丰富饱满。

弗罗斯特不是将农民作为一个相对立于知识分子的他者形象来描述，而是亲身融入农业劳动当中。弗罗斯特曾说他最喜欢的工具是镰刀、斧头和笔，这三者代表了他的三种生活方式——用镰刀割草、用斧头伐木和用笔写作。① 弗罗斯特很早就对农耕生活产生兴趣，在十几岁时，每逢周末和放学以后他就到马萨诸塞州沙连镇，在一个养鸡场帮工。为了帮助家里解决生活困难，他还做过补鞋匠、农场工人等各种零工，从哈佛大学辍学后，他边教书边务农，并在第二个孩子出生后开始饲养家禽。1903 年到 1905 年，弗罗斯特为新英格兰的杂志《家禽农场》（*Farm-Poultry*）撰写很多关于家禽的故事和文章。爱德华·拉西姆与劳伦斯·汤普森编纂的著作《罗伯特·弗罗斯特：农场家禽饲养者》（*Robert Frost: Farm-Poultry Man*, 1963）收集了 11 篇早已被人们遗忘的弗罗斯特撰写的家禽散文，同时细致地讲述弗罗斯特在新罕布什尔德里农场的生活。他们将诗人描写成一位农场的养鸡者，提到弗罗斯特"被这些毛茸茸的小生命深深迷住了"②，认为"在弗罗斯特作为一位散文作家和诗人的文学生涯中，弗罗斯特饲养家禽的那些年月给读者留下难忘的印象"。③生活的艰辛和磨难加深了弗罗斯特作为农民的感受，而他选择在德里农场做一位农民，正如他在《新罕布什尔》（"New Hampshire"）这首诗歌中所阐明的：

> 好吧，如果我不得不作出一种选择，
> 我选择当个平凡的新罕布什尔农民。④

---

① See F. D. Reeve, *Robert Frost in Russia*, Boston: Little, Brown and Company, 1964, p. 5.

② Edward Lathem and Lawrance Thompson eds. , *Robert Frost: Farm-Poultry Man*, Hanover, NH: Dartmouth College Press, 1963, p. 9.

③ Ibid. , p. 11.

④ Robert Frost, *Complete Poems of Robert Frost*, New York: Holt, Rinehart and Winston, 1958, pp. 211 – 212.

　　这首诗中的叙述者和弗罗斯特本人一样，也住在新罕布什尔，他遇到南方来的女士、阿肯色州的旅游者、一位加利福尼亚人和另一州的狂热者，听他们讲述种种见闻之后，这位叙述者平静地选择做一个平凡的新罕布什尔农民。诗人在诗中表明了他想当一名农民的意愿，在现实生活中，他也一直实践这种选择，当 1915 年诗人成名后回到美国，他依旧选择在新罕布什尔的农场里生活。弗罗斯特一生与农耕生活结缘，尽管他在德里农场生活期间表现得并不像是一位擅长务农的行家里手，但他辛勤劳作，逐渐从痛失长子和母亲患病去世的不幸中解脱出来，勇敢地面对贫困生活，并且执着地追求从事诗歌创作的梦想。尽管长子的夭折永远令弗罗斯特感到不安，但是可爱的女儿给弗罗斯特夫妇带来极大安慰。随着 1902 年、1903 年和 1905 年三个孩子的出生，弗罗斯特似乎尽享天伦之乐。诗人努力让自己在各方面表现得像一位理想的父亲，常常在春天带孩子们出去采摘野花，在冬天每逢雪后就和孩子们一起堆雪人，或者带着孩子们到林子里去，一边沿着河边漫步，一边详细介绍各种花草树木，而孩子们总是陶醉于大自然的景色和弗罗斯特天才般的讲解之中。弗罗斯特的外孙女莱斯利·弗朗西斯（Lesley Lee Francis）曾提及这种散步生活对她母亲的影响：“我妈妈不仅从自然环境中学到东西，而且从她父亲那种感受自然的独特方式中吸收养分：欣赏种满松树、槭树或者栗树的牧场，荡白桦树，坐在石墙上，与城里的朋友长时间聊天，想象邻居树林里的妖精和仙人，或者跟着她父亲学习应对诸如寒冷的夜晚、漆黑的地窖、林中动物忽然发出的响声、枪声、暴风雪等等恐惧。”[①] 新英格兰对于弗罗斯特的一生至关重要，是那里的乡村景物和日常生活改变了他童年时的阴郁性格，给他的少年时期留下欢乐的记忆，在他成年后，同样是新英格兰的乡野缓解他的痛苦，让他享受与孩子们在一起的快乐时光，并在感受自然的过程中积累诗歌创作的灵感源泉。从 1900 年秋天到 1911 年 11 月德里农场被卖掉为止，弗罗斯特体验了长达 11 个年头的农民生活，这些生活经历深深根植于他的脑海之中，为他后来的诗歌创作提供了取之不尽、用之不竭的新英格兰农村生活题材，《少年的心

---

① Lesley Lee Francis, *The Frost's Family's Adventure in Poetry*, Columbia: University of Missouri Press, 1994, p. 19.

愿》《波士顿以北》等诗集里的绝大部分作品是这时期的丰硕成果。

诗歌的创作离不开茫茫宇宙、滚滚红尘，每位诗人又因个人的兴趣和情感的选择，诗歌中撷取的生活内容各有不同。对于农夫弗罗斯特而言，新英格兰的乡村生活为他日后走向诗坛奠定了坚实的基础。劳伦斯·勒纳（Laurence Lerner）在《牧歌世界：阿卡迪亚与黄金时代》（"The Pastoral World：Arcadia and the Golden Age"）一文中提到："每一个世纪都有一个或几个社会的、艺术的和道德的中心地带，这里居住着有教养的人们，他们作出政治上的决定。在 16 世纪和 17 世纪，这种中心是宫廷，在 19 世纪是城市。大多数文学都是描写这种中心，或是为这种中心作出描写。但总有一些文学远离这种中心，而描写乡村地带、社会的底层和普通百姓的日常生活。"① 作为一位"农民诗人"，弗罗斯特虽然在英国的文学中心伦敦成名，但他的大部分诗歌以真实朴素的笔调描写乡村地带、社会的底层和普通百姓的日常生活。例如《修墙》提到墙裂开的原因，有自然因素，墙的泥土被冻得膨胀，垒墙的石头掉了下来，也有人为因素，猎人们掰开垒墙的石头，把野兔赶出藏身的石缝，自然界的力量和人类的活力都在试图拆毁隔阂在邻里与邻里之间的墙。"我"也质疑墙存在的必要性，认为墙有可能把谁的感情挫伤。可是，邻居虽然渴望邻居情久长，但他只会遵循陈旧传统中的条条框框，以至于一个劲儿垒墙，就像旧石器时代的野蛮人手持武器一样。邻居没有恶意，却加剧彼此的隔膜。诗人叙述乡村猎人们的狩猎行为，让墙、野兔、猎犬构成一幅乡村所特有的风景图画，也以乡间常见的墙为情感流露的对象，表达一种深邃的思考。例如《摘苹果之后》（"After Apple-picking"）一诗将采摘苹果这样司空见惯的寻常之事纳入诗中，并且没有做任何诗性的装饰和美化，而是以白描式的手法，借木桶、梯子和苹果这些静物来阐述一种劳作的过程。在《雪夜林边停留》一诗里小马的抖摇动作与林中的寂静相互映照，更加衬托出这片冰雪覆盖而迷蒙幽深的林子的寂静。在《规矩》（"The Code"）一诗中，诗人讲述雇工们在河边的草场上干活，他们把摊晒的干草收拢起来，堆成草垛。弗罗斯特往往以乡村中的具体事物为诗歌表现对象，例如《山》《黑色小屋》《蓝果酱》（"Blue-

---

① Bryan Loughrey ed.，*The Pastoral Mode：A Casebook*，London：Macmillan，1984，p. 135.

berries")、《一堆木柴》（"The Wood-pile"）、《暴露的鸟窝》（"The Exposed Nest"）、《灶头鸟》（"The Oven Bird"）、《豆棚》（"Pea Brush"）、《下种》《苹果收获时节的母牛》（"The Cow in Apple Time"）、《一个姑娘的菜园》（"A Girl's Garden"）、《采树脂的人》（"The Gum-Gatherer"）、《斧柄》（"The Ax-Helve"）、《野葡萄》（"Wild Grapes"）、《春潭》《茅屋顶》和《最后一片牧草地》（"The Last Mowing"），这些诗歌的标题就已显示出诗人从乡村世界里取材。弗罗斯特这些表现劳动生活及描写田园风光的诗歌，只要在农村生活过的人，无论什么时候读来都倍感亲切。而弗罗斯特既有诗人的情趣，又有哲人的智慧，以诗歌中蕴含的微妙情感引领读者享受审美的愉悦。

弗罗斯特的绝大多数自然诗以乡间常见景物、日常生活中的经历或诗人躬耕后的感受为题材，或写景或抒情，无不以乡村为背景。可以说，弗罗斯特的诗和生活完全交织在一起，他似乎无意写诗，只是从生活中领悟到一点道理，产生一种感情，蕴含在心灵深处，当看到一片风景，或者想到少年时光，便采用诗的形式，把所观所感的内容表达出来。所以，弗罗斯特把农村生活的简朴、邻人的亲切以及乡间风俗的淳厚等内容全都呈现在纸上。诗人描写的对象往往是些在别人看来最为平常的事物，他的诗歌里也很难找到奇特的意象、夸张的手法和华丽的辞藻，全都是明白如话、娓娓道来。但是白桦树、割草这些乡村景观一经诗人笔触却具有盎然生趣，以淡淡的朴素美感使人赏心悦目。例如，诗人在《一簇野花》里通过自我与自然的交流，找到了未泯的童心，窥见了一种永恒的契机，并把一时的劳动快乐和深远的启示意义结合起来，作为精神食粮留给读者去品尝。诗歌中的"我"去翻晒已经割下的牧草，到了草场，露水已经消散，割草的人早已离开。"我"待在草场里感到孤单一人，并感慨人注定孤单。正在伤感时，一只蝴蝶挥着翅膀从身旁飞过，于是"我"猜测，这只蝴蝶怀着牵挂，正在寻找昨天使它快活的野花。蝴蝶在草间一朵枯萎的花上飞舞盘旋，又抖着翅膀飞到小河岸边的一丛高高的野花上。在《割草》诗中，镰刀割下的是垄垄牧草，但也割掉些娇嫩的花穗。但是在《一簇野花》里，割草人出于清晨的欢喜，割掉牧草，却留下这丛野花，让它在晨露中昂首怒放。对此，"我"和飞舞的蝴蝶得到启示：

　　那启示使我听见周围有晨鸟啼鸣，

　　听见镰刀对大地轻轻低语，

　　感到一种精神与我共鸣，

　　从此劳作不再孤身一人。①

　　弗罗斯特偏爱自然风景及朴实的乡村生活，他的诗歌里有自然当中各种十分常见却富于魅力的事物，例如花草、繁星、树木和牧场。此处诗人写到牧场上一只蝴蝶在"我"身边舞动翅膀，然后把"我"的目光引向河边一丛高高的野花上。作为自然界当中颇具魅力的生物之一，蝴蝶以花草为家，在自然界的万物之间翩翩飞舞，令人想到永恒的快乐。而此处诗人将蝴蝶作为自然本身的一种象征，使"我"、蝴蝶与花丛融合在一起，令"我"找到精神的共鸣，与自然为友，今后劳作不再孤单一人。这首诗歌与华兹华斯的《我孤独地漫游，像一朵云》（"I Wandered Lonely as a Cloud"）有相似之处，都通过诗歌表现出自己孤独精神的游历和在自然中的觉醒。华兹华斯写到"我"在山丘和谷地上孤独地漫游，忽然看见金色的水仙花在湖边迎着微风翩翩起舞，"我"与欢欣的水仙相伴，满心欢乐，水仙赋予"我"宝贵的财富，成为"我"孤独中的福祉，每当"我"想到与水仙翩翩起舞，心里便涨满幸福。此处，弗罗斯特使"我"在蝴蝶飞舞和野花绽放的自然界中排解孤独，用平白如话的诗歌语言来写普通生活里的事件和情境，令读者发现一丛野花里也有一个世界，平淡的生活里其实处处充满诗意。

　　诗人不仅在自然界当中得到慰藉，而且从自然界里获得创作的动力和灵感源泉。在《等待——暮色中的一块土地》（"Waiting—A Field at Dusk"）一诗里，"我"在洒满月光的晚上来到一片收割之后只剩草茬的土地，在充满枯草香味的空气中想到夜鹰、蝙蝠、燕子以及《英诗金库》中的诗行，听到夜鹰发出的声音，感觉到蝙蝠的滑稽哑剧，这与《英诗金库》中人类的声音形成回应。诗人将自然的声音与人类的情感联系起

---

　　① See Robert Frost, *Complete Poems of Robert Frost*, New York: Holt, Rinehart and Winston, 1958, p. 32.

来，使这片白日劳作之后夜晚洒满月光的田野为叙述者提供了一系列可供反思的对象，而"我"渴望在大自然的感召下创作自己的诗歌，使那些古老的诗歌重新焕发生命力：

> 我会梦见那本用旧的《英诗金库》，
> 我虽没有把它带上，但它仿佛在手边，
> 在充满枯草香味的空气中清晰可见。①

　　"我"来到洒满月光的干草堆旁边，在草垛中间坐下，这里的"我"可以是诗人自己。对弗罗斯特而言，诗歌创作的灵感不是来自神圣的天国或是遥不可知的玄奥异国，而是来自现实当中真实存在的劳动场景。诗人站在割过草的田里，月光、夜鹰、蝙蝠和燕子这一切构成他的诗歌所要表现的世界，以致那本《英诗金库》在充满枯草香味的空气中清晰可见。艺术的灵感在自然界中闪现，《在一条山谷里》这首诗歌同样表达了缪斯女神在山谷里清晰可见。诗人描述"我"年轻时曾住在雾霭缭绕、彻夜虫鸣的沼泽旁，观看匆匆走过眼前的美丽少女，长夜里用心倾听她们带来的各种消息，因为有她们的存在，"我"才知悉花儿为何芳香、鸟儿为何啼鸣。有读者认为这首诗歌里涉及有关弗罗斯特的敏感因素，其实，诗歌本来就具有多义性，这里的"她们"既具有从文字得到的字面意义，又能通过文字所表示的事物本身获得一种神秘的意义。诗中的"我"居住在多雾并彻夜有声的沼泽旁，而希腊神话中的九位缪斯女神是赫利孔山的水泽神女，是艺术的代表，也是艺术本身，同样居住在水泽边，因此"她们"可以认为是艺术女神。"我"身处大自然中，在山谷沼泽旁与缪斯女神相伴，沼泽边绮丽的风景以及"她们"的美丽风采都和"我"的倾听联系在一起，听鸟儿鸣叫，看鲜花盛开，便收获了通往幸福生活的秘密。弗罗斯特居住在乡村，远离尘嚣，他一边劳作，一边在自然的安谧中寻找一种本真的生存状态，寻求一种诗意的生活。他在牧场割草，与自然交朋友，在林中观察动物和植物，闲暇时记下自己的日常

---

　　① 参见［美］理查德·普瓦里耶、马克·理查森编《弗罗斯特集：诗全集、散文和戏剧作品》，曹明伦译，辽宁教育出版社2002年版，第30页。

生活状态以及所思所想。无论是在充满枯草香味的空气中，还是在彻夜有声的沼泽旁，弗罗斯特都在日益强大的现代化机器轰鸣声中，在愈益紧张的世界里，以诗人的态度感受着世间万物，并用那行云流水般的文字将其述诸笔端，这不仅是弗罗斯特的生活方式，也是他保持人间诗意和生命憧憬的艺术选择。

在弗罗斯特笔下，乡间自然景物或日常生活，不过是人生哲学的一种启示，是抒情表意的一种媒介，通过简单的诗歌形式和语言，缩短和读者之间的距离，通过可观可感的意象，呈现深层次的朴素美感。翻开诗歌的画卷，每位诗人都有表现自己情感的意象。关于意象，庞德认为意象是"在一刹那时间里呈现理智和情绪的复合物的东西"①，袁行霈先生在《中国古典诗歌的意象》一文中也指出，意象是"融入了主观情意的客观物象，或者是借助客观物象表现出来的主观情意"。② 由此可见，作者凭借意象从而使主观的思想意识和情感观念与自然或社会中的各种客观物象有机地融合在一起。每一位成熟的诗人都有自己独特的意象体系。例如屈原以香草、美人及鬼神展现他高洁的品格；李白以大鹏、长风和明月等意象体现他那奔放不羁、潇洒豪迈的气质；叶芝从读者不大熟悉的爱尔兰神话中找到郭尔王等神秘魔幻的人物来表达他复杂的情感；拉宾·泰戈尔（Rabin Tagore）选择了母亲、儿童和花草；斯特凡·马拉美（Stephane Mallarme）从《圣经》或古典作品里汲取莎乐美或罗马神话；机械化时代的诗人哈特·克莱恩则选择布鲁克林大桥来构建美国当代熙熙攘攘的生活场景。而与这些诗人所不同的是，弗罗斯特抽取大千世界里的诸多实物作为诗歌表现的意象，无一遗漏地描写新英格兰乡村的牧场、树林、河流、溪水、落叶、花草、鸟儿和乡间小道等普通事物，以及刈草、撒种、修墙、摘苹果等日常生活中的诸多细节和琐碎小事。对维吉尔及其同代人而言，在农事诗中采用养蜂、养牛等题材是成功的，但是20世纪的现代作家们却不再致力于表现这些题材。例如以艾略特为代表的象征主义诗人们强调主观世界象征化，用隐喻、象征、暗示等手段创造朦胧、神秘的效果，并打乱一切感觉的界限，强化诗歌语言的多

① ［英］彼得·琼斯编：《意象派诗选》，裘小龙译，漓江出版社1986年版，第152页。
② 袁行霈：《中国诗歌艺术研究》，北京大学出版社1987年版，第63页。

义性和立体性。艾略特提出诗歌应提供一种"优等的娱乐",应具有更多纯粹和崇高的审美功能。作为一位学者型诗人,艾略特对远古的神话传说、历史故事、宗教人物、古典文学、历史故事信手拈来,并且把久远的历史和现代西方的生活片段奇妙地拼贴在一块儿,反对文学作品采用直接抒情达意的方法把作家的情意赤裸裸地强加于读者。在具体创作中,艾略特选择通过种种意象设置,运用客观对应物表达主观情感,达到以古喻今、以彼喻此、以我喻人的艺术效应,使作品提供的世界图景虚幻神秘、晦涩玄奥、模糊而混乱,而人们无法从中探寻出规律,这种模糊和混乱则成为近代理性在西方走向衰落的标记。以安德烈·布勒东(André Breton)为代表的超现实主义作家们以超现实、超理智的梦境、幻觉等作为艺术创作的源泉,摒弃理智的一切控制,排除一切美学和道德的考虑,寓于各种怪诞、晦涩和不可理解的比喻,追求奇特的艺术效果。以菲立浦·马里内蒂(F. T. Marinetti)为代表的未来主义诗歌则用新的世界景观取代原来的田园牧歌式的家庭生活、自然观点和乡井观念,激情地讴歌现代工业文明,歌颂由现代工业文明所带来的一切都市、机械、速度、竞争、喧嚣和力量,不屑于回顾往昔,不屑于再现现实,而是向着未来挺进。所以,当人们膜拜 20 世纪西方诗歌的深奥玄妙,对农事诗表现出鄙夷不屑时,弗罗斯特这些描写乡土生活的诗歌不可避免地遭受到很多人的非难,难入大批评家的法眼。但是弗罗斯特义无反顾地选择一条"行人稀少的路",他在诗歌创作中努力将传统的乡村题材升华到纯粹的审美境界。弗罗斯特对乡村环境的热爱和对农耕生活的称赞树立起他在公众形象中的典型特征,这也成就了弗罗斯特与众多主流现代派诗人相比的截然不同之处。

在西方文学史上,热情、灵感和天才这些主观因素被认为是作诗的必备条件。柏拉图在《伊安篇》中就强调诗人应有神力凭附着的灵感,达到一种迷狂、酒神般狂欢的境地。朗吉弩斯在《论崇高》(On the Sublime)中也提出天才应是一匹脱缰的野马,创造出庄严伟大的思想和惊心动魄的诗歌。如果执意从这个角度理解诗歌创作,弗罗斯特远远不能被认为是天才,他的诗歌更不能使读者达到披发裸祖、狂歌欢呼和如醉如狂的境地。然而,师法自然和真情实感也是中西诗学中一直强调的内容,正如庄子强调"法天贵真",钟嵘的《诗品》中反对用典故来"补假",

"伤其真美"，提倡诗歌吟咏性情，只需"直寻"。华兹华斯在《抒情歌谣集》（1800）序言中也提出："从日常生活中选取一些事件和情景，自始至终尽可能选择人们实际运用的语言，来叙述或描写，并且同时替它们敷上某种想象的色彩，从而把寻常的事物以不寻常的样子呈现给读者的心灵。"① 华兹华斯阐明了他对诗歌题材、语言风格和想象幻想等方面的要求，他明确地选择以低微贫贱的田园生活为题材，因为他认为在这些生活情况下，心灵的激情可以找到更好的土壤，可以说出更明白有力的语言，传达出更纯真无邪的感情状态。弗罗斯特同样以平凡的日常生活特别是田园生活为题材，他的诗歌创作在某种程度上成为中西诗学的集合体，因为他"法天贵真"，选择在田园生活的题材中效法自然，吟诵性情。

弗罗斯特选择观察自然，也深受爱默生思想的影响。哈罗德·布鲁姆曾提到："罗伯特·弗罗斯特是爱默生矢志不渝的捍卫者中最狂热的一位。"② 1958 年 10 月 8 日，弗罗斯特被美国艺术与科学学院（American Academy of Arts and Sciences）授予首届"爱默生—梭罗奖章"（Emerson-Thoreau Medal），他在答谢词中说道："我想我某一天要说出四个最伟大的美国人的名字：乔治·华盛顿，将军和政治家；托马斯·杰斐逊，政治思想家；亚伯拉罕·林肯，烈士和救星；第四位就是爱默生，诗人。我选这几个名字是因为他们遍及全世界。他们不仅仅是本地的。爱默生的名字已经成为诗化的哲学家或者哲学化的诗人了，这两种当中我都最喜欢他。"③ 弗罗斯特谈到母亲对爱默生的喜爱使她成为一位唯一理教徒（Unitarian），诗人也提及自己从出生开始就觉得自己是唯一理教徒，是在爱默生的庇护下长大的。唯一理教"一直将研究自然视为学习、敬仰上帝无边智慧的途径"④，作为该教教徒，爱默生很早就在日记中研究自然，写满他从阅读科学作品中发现的事实。爱默生认为自然可能是一个大仓

---

① 章安祺编订：《缪灵珠美学译文集》第 3 卷，缪灵珠译，中国人民大学出版社 1990 年版，第 4 页。

② 范圣宇主编：《爱默生集》，花城出版社 2008 年版，第 370 页。

③ 同上书，第 350 页。

④ ［美］萨克文·伯科维奇主编：《剑桥美国文学史》第 2 卷，史志康等译，中央编译出版社 2008 年版，第 380 页。

库,现实世界中的每一件事物都与道德世界中每一个真理相对应,不仅如此,他还以泛神论的方式将上帝和自然融合在一起。对爱默生而言,自然是通向精神世界的途径,例如他称树林是"种植园的神"(the plantations of God),视农场为一个"沉默的福音"(mute gospel)。与此同时,爱默生认为:"幻想,气质,连续性,表面,差异,实在,主观性——这些都是时间这部织机上的线,这些又是生活的主宰。我不敢贸然将它们定级排队,而只是按我看见它们的顺序一个个地给它们命名。"① 在爱默生看来,诗歌存在于世界、人和事物当中,诗人的职责就是捕捉它们并将其记录下来,运用诗歌语言将他所见到、所感知的客观与主观对象恰当地命名,从中酿造出美。爱默生的思想为弗罗斯特带来深远的影响,正如弗罗斯特自己所说:"我对自己的语言一些最初的想法显然是爱默生式的……他在'Monadnock'里关于我们的古老言辞的段落,几乎使我变成一个反对词汇的人。"② 弗罗斯特的这些言论表现出他对爱默生诗歌观念的崇敬和继承,但批评家伊沃尔·温特斯对此提出质疑。温特斯认为:"弗罗斯特曾说爱默生是他最喜爱的诗人,并说他自己在某种意义上是爱默生主义者。爱默生是一个浪漫的泛神论者……弗罗斯特则相反,我们发现弗罗斯特是一个没有爱默生式的宗教信念的信徒:弗罗斯特相信冲动的合理性,但是并不谈论使冲动合理存在的泛神论理论;由于他对冲动的信念,他也必定是一个相对主义者,但是他的相对主义明显因为没有强烈的宗教信念而产生出不同寻常的怪癖和日益增多的忧郁。"③ 温特斯认为弗罗斯特没有爱默生式的宗教信念,因此他不是一个爱默生主义者,而只是一个精神的漂流者,日渐产生出怪癖和忧郁。这种看法具有一定合理性,但不可否认的是,就诗歌创作而言,弗罗斯特在某种意义上仍然是爱默生对自然悉心观察,进而对观念加以命名这一创作方式的继承者。事实上,弗罗斯特很多诗歌正是他自己生活、经验和心灵的再现,是一种观察和命名的结果。

---

① 范圣宇主编:《爱默生集》,花城出版社 2008 年版,第 153 页。

② 同上书,第 351 页。

③ James Melville Cox ed. , *Robert Frost:A Collection of Critical Essay*, Englewood Cliffs, N. J.:Prentice-Hall, 1962, pp. 60 – 61.

弗罗斯特贴近自然，将其视为人类智慧的宝库，正如有些评论者所说："自然世界自始至终影响着弗罗斯特及其诗歌创作。"① 在《小栖》（"Time Out"）一诗中，诗人站在山峦上发现：

> 他脚下的山坡倾斜
> 仿佛在眼前展开的书卷
> （上面的文字皆由草木写成）。②

朱东润在《诗心论发凡》中论及《诗经》时说道："盖诗三百五篇之作者，其言皆切于人事，有及日月山川草木虫鱼者，无往而不融景入情。"③ 朱东润指出："通常所称为诗之主题者曰自然，曰恋爱，曰战争，此所谓诗歌永远之主题也。"④ 对弗罗斯特而言，自然是他诗歌的永恒主题。他善于以现实作为诗歌创作的依据，运用自然科学中的"观察实验法"，这使得罗伯特·哈斯（Robert Hass）将弗罗斯特称作"达尔文和唯物主义的第一代子嗣"⑤，迈克·梅尔（Michael Meyer）也认为"弗罗斯特的著作仿佛是摄影似的"。⑥ 弗罗斯特将诗作的根深深地扎在新英格兰的土壤中。他细心观察现实世界里真实存在的人事、日月、山川和草木，正如弗罗斯特的外孙女所指出的："花卉、树木、星座、星辰和印度的箭头还有石头——无论是追溯到圣经时代的石头，还是在耶路撒冷地区史前的悬崖住所，巴西、印加、玛雅和阿兹特克遗迹上未开采的次等宝石，有关这些事物的直接知识都让他激动不已。"⑦ 弗罗斯特认真阅读乡村自

---

① Nancy Lewis Tuten and John Zubizarreta eds., *The Robert Frost Encyclopedia*, Westport, Conn.：Greenwood Press, 2001, p. 224.

② See Robert Frost, *Complete Poems of Robert Frost*, New York：Holt, Rinehart and Winston, 1958, p. 479.

③ 刘小枫、陈少明主编：《诗学解诂》，陈陌等译，华夏出版社 2006 年版，第 187 页。

④ 同上。

⑤ Robert Bernard Hass, *Going by Contraries：Robert Frost's Conflict with Science*, Charlottesville：University Press of Virginia, 2002, p. 20.

⑥ Michael Meyer, *Poetry：An Introduction*, Boston：Bedford Books of St. Martin's Press, 1995, p. 359.

⑦ Lesley Lee Francis, "Robert Frost and the Majesty of Stones upon Stones", *Journal of Modern Literature*, Vol. 9, No. 1, 1981 – 1982.

然这本书,并在诗歌里真诚地书写这本书,这与都市诗人描写城市生活的诗歌内容迥然不同。

或许正因为如此,在走向工业化城市化的现代美国,弗罗斯特与主流诗人难以相容,受到许多批评家的指责。例如乔治·尼奇和马尔科姆·考利等批评家把弗罗斯特视为时代的落伍者,认为他不能正视现代人的各种问题。阿瑟·桑普雷(Arthur Sappley)明确指出弗罗斯特为了逃避当代生活的复杂性,"总是回到业已逝去的往昔",并且"以新英格兰农民那套最简单的生活方式看待世界"。[1] 哈瑞斯·格雷戈里(Horace Gregory)在《罗伯特·弗罗斯特的新诗歌》("Robert Frost's New Poems")一文中甚至指出:"弗罗斯特不是一位诗人,不是主要的诗人或其他什么样的诗人,认为弗罗斯特是诗人那不过是评论家们对他的想象而已。"[2] 这些批评家对弗罗斯特的诗歌成就带有偏见,甚至持否定的态度,但弗罗斯特对这些见解不予苟同,他曾阐明自己的观点:"我不喜欢故弄玄虚的晦涩,却非常喜欢我必须花时间去弄懂的微言大义。"[3] 这句话是诗人对自己的定位,也为读者阅读弗罗斯特诗歌提供了准则。而诗人创造这种微言大义以及读者在他的诗作中发掘这种微言大义都离不开与新英格兰乡土世界的联系和对其的理解。例如诗人在《摘苹果之后》一诗中赋予农民采摘苹果这个普通的工作一种哲理性意义,在《规矩》中将城市场景与乡村生活并列,为人们设定协议与规范,在《糖槭园之夜》("Evening in a Sugar Orchard")和《收落叶》("Gathering Leaves")等诗歌中使农村生活的内涵得以升华。这些实例都说明弗罗斯特在平凡的生活中发现了诗,"是一位在土壤中寻求力量的清教徒,而他作为诗人赢得世界的认可是因为他在土壤中找到自己的情感,在斧柄上找到宇宙的真谛"。[4] 弗罗斯特在《一条未选择的路》中表明自己要选择一条人迹稀少

① Philip L. Gerber ed. , *Critical Essays on Robert Frost*, Boston, Mass. : G. K. Hall & Co. , 1982, p. 189.

② Ibid. , p. 86.

③ Richard Poirier and Mark Richardson eds. , *Robert Frost: Collected Poems, Prose, and Plays*, New York: Library of America, 1995, p. 863.

④ Lawrance Thompson, *Robert Frost: The Early Years, 1874 – 1915*, New York: Holt, Rinehart and Winston, 1966, p. 78.

的路行走，诗人也早已在《进入自我》（"Into My Own"）中提到"我"的心愿之一是那黑沉沉的树林伸展延续，直到地老天荒，而"我"溜进那茫茫林间，哪怕没有友人沿着"我"的足迹前行，"我"还是自己，"只是更加坚信我思索的一切是真理"。[①] 弗罗斯特坚信这种选择，他的诗歌没有形式上的华丽，却饱含个人的感情以及与社会的联系，洋溢着勃勃的生机和充沛的活力。

现代主义作家往往远离乡村的温情，而将笔墨用在城市生活和人性深处，发掘出一幅幅令人灵魂战栗的景象，但光怪陆离的城市又不能为他们提供精神的居所，于是现代主义者常常陷入苦闷彷徨和永无尽头的流浪之中。例如艾略特的《荒原》指出了现代西方文明世界是一个没有信仰、精神空虚、情欲泛滥、世态炎凉的荒芜原野，刻画出第一次世界大战西方文明的现实状态，表现出一代人的迷惘幻灭心理。《荒原》是继《恶之花》之后又一部以都市罪恶为题材的重要诗作，诗歌中出现大量代表现代世界的"恶"的事物，例如龟裂的大地、干涩的岩石、枯死的树干、流油的长河、昏黄的城市、昏暗的工厂、嘈杂的饭店、肮脏的鼠窝、阴沉的钟声、飞舞的尘土、萎靡的乐曲以及淫乱的生活。通过这种描写，我们可以形象具体地认识到现代人精神的空虚、道德的堕落、社会的腐败和文明的崩溃。现代主义作家普遍以清醒的理性态度来直面人生的一切痛苦和丑陋，并且不加美化地将其赤裸裸地表现出来。而弗罗斯特与此有所不同，伯纳德·渥托（Bernard Voto）在《批评家与罗伯特·弗罗斯特》（"The Critics and Robert Frost"）一文中提到："毫无疑问的是，艾略特的诗歌与奥登的诗歌不同，弗罗斯特的诗歌与他们两者都不同。但是理解的目的是试图发现诗歌中存在的美和智慧，不论这位诗人是谁，不论读者想当然地运用什么理论。"[②] 当人们都把目光集中在大城市的喧嚣时，弗罗斯特却选择乡村和田园，将《波士顿以北》诗歌中的背景放在新英格兰北部的一个具体位置上。波士顿是美国 19 世纪时期的文化和

---

① Robert Frost, *Complete Poems of Robert Frost*, New York: Holt, Rinehart and Winston, 1958, p. 5.

② Philip L. Gerber ed., *Critical Essays on Robert Frost*, Boston, Mass.: G. K. Hall & Co., 1982, p. 111.

文学之都，代表着文雅、清教教义和旧美国的风格。当庞德、艾略特等去伦敦和巴黎，史蒂文斯、克莱恩等去纽约创作现代诗歌时，弗罗斯特一个人把诗歌创作带到波士顿北部。弗罗斯特这样做有助于扭转每个人都到现代工业城市中阐述现代性理解的趋势。诗人试图通过乡村生活和自然景色更好地面对和回应那个时代所面临的问题，这或许是弗罗斯特创作诗歌时所选择的策略所在。弗罗斯特回到波士顿以北，从某种意义上来说，他走向了一个和同时代美国人完全相反的方向，这就更需要读者跳出艾略特和奥登等主流现代派诗人设定的框架，而以真诚的心情去品味弗罗斯特诗歌中存在的美与智慧。

　　弗罗斯特在新英格兰乡村世界中思索真理，从描述斧柄、木材和白桦树等事物的"微言"之中思索"大义"。诗人也一直喜欢在新英格兰购置农田，将生命的根须扎在这里，当他晚年独自居住在弗蒙特的农场，在自己营建的小屋门廊里眺望落日时，这种归依故乡的热情仍然不减当年。弗罗斯特是一位乡间的农民诗人，他在诗歌创作中通过实实在在的观察将故乡平淡无奇的事物用诗歌的语言表述出来。可以说，同牧歌诗人维吉尔[①]一样，弗罗斯特首先不是一位只知耕耘的农民，而是一位兼营农事的诗人，一位从熟悉的生活、广袤的田野和土地上的人们之中取材的诗人。弗罗斯特将农民的朴实与诗人的气质发挥得淋漓尽致，在都市化一路高歌猛进、席卷大地的时代，他怀着对乡土的情感与记忆，立足于新英格兰的乡土世界，将乡村景物和农耕生活作为一种独特的诗歌审美对象，创造出简朴、平淡、自然的诗歌，从而树立起有别于主流现代派诗人的独特风格。

第二节　乡土乐园与阿卡迪亚世界

　　随着社会现代化进程的加快，欧美乡土作家们逐渐凭借对社会风俗的描写蜚声文坛。例如詹姆斯·库柏创作出一首首西部牧歌，为了表现

---

　　①　维吉尔出身于农村小土地所有者，他出生的地方位于意大利北部的一个小城曼徒阿（Mantua）附近的安迭斯（Andes）村，父亲以种田和养蜂为生。维吉尔有过农村生活的亲身体验，也受过良好的教育，在《牧歌集》中流露出对故乡自然景色的怀念和对土地的热爱。

现代人类文明进程对乡土自然的破坏，库柏在《皮袜子故事集》中回避甚至无视美国过去西部农业文明中的野蛮、丑陋和落后的负面特性，而竭尽全力地颂扬昔日西部的处女地，呼吁人们在回归过去中面向未来。汉姆林·加兰（Hamlin Garland）在乡土文学的创作中将乡土这一对象由西部边疆转变成为西部农村。而在威廉·福克纳的小说作品中，乡土地域又从西部农村转移到南方种植园中的神话王国。弗罗斯特一生中的大部分时间在新英格兰乡村中度过，他的诗歌作品也具有很强的地方特色。利奥·马克斯在《花园里的机器》一书中指出，弗罗斯特等美国作家"援用一片绿色风景的图像———一个或是荒野或是乡村的地方——作为意义和价值的标志性宝库"。[①] 有评论者认为："弗罗斯特与新英格兰之间的关系是理解他诗歌的关键所在，而他诗歌的意义在这种联系中蔓延出来。"[②] 劳伦斯·布依尔（Laurence Buell）也指出："如果将弗罗斯特看作是一位传统的新英格兰诗人，就会错误地理解或者不恰当地理解弗罗斯特的全部诗歌。"[③] 这些评论表明弗罗斯特是新英格兰诗人，但值得注意的是新英格兰在弗罗斯特笔下不再是一个狭隘的地域，而是一个具有独特意义和价值的标志性宝库。

　　新英格兰的林木花草、风雨雷电和日月星辰丰富了弗罗斯特的世界，而诗人的作品也多以这片土地上的自然风光和田园生活等为表现对象。其中有描写春天的诗歌，例如在《蓝蝴蝶日》（"Blue-Butterfly Day"）里，会飞不会唱的野花在四月的和风中停下，依恋泥淖中刚留下车辙的地方。有描写夏季的诗歌，例如在《丝织帐篷》（"The Silken Tent"）中，当夏日正午时一阵和煦的柔风吹过，丝织帐篷在绳索怀中悠悠地晃动。有涉及秋天的诗歌，例如《十月》（"October"）描述静寂而柔和的十月清晨，落叶飘飞，乌鸦啼叫，淡云薄雾遮住太阳，紫霞碧蔼迷住平原山丘，墙头的葡萄已经成熟，蔓叶已被严霜烧透；《不等收获》（"Unhar-

---

① Leo Marx, *The Machine in the Garden: Technology and the Pastoral Ideal in America*, New York: Oxford University Press, 1964, pp. 362 – 363.

② Deirdre Fagan, *Critical Companion to Robert Frost: A Literary Reference to His Life and Work*, New York: Facts on File, 2007, p. 394.

③ Robert Faggen ed. , *The Cambridge Companion to Robert Frost*, Shanghai: Shanghai Foreign Language Education Press, 2004, p. 101.

vested") 讲述当一阵成熟的芳香飘过墙头，"我"离开惯常走的那条大路，看到一棵果实落了一地的苹果树。有关于冬天的诗歌，例如《觅鸟，在冬日黄昏》（"Looking for a Sunset Bird in Winter"）写到冬日寒冷，白雪茫茫，树枝端枯叶残留，苍茫碧空，流星划过苍穹；《荒野》（"Desert Places"）描述大雪和夜迅速降临，田野几乎被雪盖成白茫茫一片，只有少数荒草和麦茬探出积雪；《风与窗台上的花》（"Wind and Window Flower"）则通过冬日里的微风和窗台上的娇花来表达爱情，他是冬日里的一阵寒风，关心的是白雪与坚冰、枯草与孤鸟，他吹过窗台的娇花，但花儿只微微倾身，风已远去，在诗人笔下，冬日情景本身仿佛有了情感，有相遇，也有了分离。弗罗斯特注重观察季节，尤其是秋天和冬天。他不仅着眼于自然风光，也描述这片土地上繁衍的乡村农民，刻画这些人物的性格。尽管弗罗斯特在新英格兰的生活常常捉襟见肘，他迫于生活的压力不得不到德里农场附近的平克顿学院（Pinkerton Academy）教书或者亲自辛苦劳作，但弗罗斯特对乡村生活充满了乐观的期待。例如诗人在《春天的祈祷》（"A Prayer in Spring"）这首诗歌里写道：

> 啊，让我们欢愉在今日的花间；
> 别让我们的思绪飘得那么遥远，
> 别想未知的收获；让我们在此，
> 就在这一年中万物生长的春日。

> 啊，让我们欢愉在白色的果林，
> 像昼夜欢喜的阳光与精灵；
> 让我们欢愉在欢快的蜜蜂群中，
> 蜂群正嗡嗡围绕美丽的树丛。

> 啊，让我们欢愉在疾飞的鸟群，
> 蜂群之上的鸟鸣声悦耳动听，
> 忽而用喙划破空气如流星坠下，
> 忽而静静盘旋半空如一树繁花。

　　因为这是爱，是世间唯一的爱，

　　是注定要由上帝使之神圣的爱，

　　上帝圣化此爱是为了他的宏愿，

　　但此爱此愿却需要我们来实现。①

　　罗伯特·法根认为这是弗罗斯特最美丽最文雅的诗作之一。② 这首诗创作于 1903 年，诗中景物有静有动，静者如花间、果林和树丛，动者如蜜蜂、鸟群，诗人的视觉和听觉由开篇伊始地面花丛间蜜蜂的嗡嗡声，移到头上划破长空犹如流星坠落的鸟群疾飞。诗人将春日原野的欢愉表现得淋漓尽致，而自然界当中的这一切欢乐也让诗人感到无比惬意，他体会到了爱，并认为这是上帝的神圣之爱。但是诗人并没有寄希望于上帝的爱，而是从天堂转移到人间，认为爱要由人类自身来实现。诗人从自然当中升华到上帝的爱又回到了人类自身，这种转变突出了诗人对人类自身的自信和满足。诗人在《地利》（"The Vantage Point"）一诗中也写到叙述者在拂晓之前：

　　去一片有牛羊守护青草的坡地，

　　斜躺在枝丫低垂的杜松树林间，

　　别人看不见我，而我可以看得更遥远。③

　　叙述者来到一片牛群与青草相依的坡地，嗅着泥土和草木的气息，感到逍遥自在，眼前的坡地安静祥和。这与维吉尔第一首牧歌中提屠鲁"在榉树的亭盖下高卧，用那纤纤芦管试奏着山野的清歌"的情景何其相似。在《去找水》一诗中，作为第一人称复述的叙述者在迷人的秋夜迎着月亮披着月色，穿过田野的树林，听到远处传来潺潺的流水声，像从

---

　　① Robert Frost, *Complete Poems of Robert Frost*, New York: Holt, Rinehart and Winston, 1958, p. 17.

　　② See Robert Faggen, *Robert Frost and the Challenge of Darwin*, Ann Arbor: University of Michigan Press, 1997, p. 249.

　　③ Robert Frost, *Complete Poems of Robert Frost*, New York: Holt, Rinehart and Winston, 1958, p. 24.

一个地方传来的音乐,细水潺潺,叮咚奏响。秋夜的寂静与溪流的低吟相互烘托,使月光、树林和田野与徜徉其间的"我俩"融合在一起,共同组成一个远离世事纷扰、清净淡泊、美丽闲适的乡村图景。弗罗斯特的诗歌中没有宏大的时代画面,也没有重大的历史事件,他所营造的是古朴自然当中的乡村面貌。在这样的背景下,诗人所展示的是众生栖居其间的平淡画面,表现了人性的古朴光辉和人与人之间自然纯真的情感。诗人也在《美好十分》("Good Hours")中写道:

> 我独自漫步在冬日的黄昏——
> 身边没有做伴交谈的友人,
> 但我有那排小小的木屋
> 和它们在雪地里闪亮的窗户。
> ……
> 我在雪地上嚓嚓作响的脚步
> 惊扰了已入睡乡的村中道路,
> 请你们原谅我亵渎安宁,
> 在一个冬夜,在十点时分。[①]

叙述者不再穿过树林,而是穿过乡间道路。尽管叙述者一人在晚间漫步形单影只,但是并不感到孤独,有农舍里的乡村人与之为伴,尽管他们并不知道叙述者就漫步在他们的屋外。这首诗歌写于 1915 年,诗人历经旅居异国他乡的孤独和身处繁华都市当中的落寞,深切体味到人与人之间的疏远和隔膜。试想诗人曾伫立在城市的街头,看到熙熙攘攘的人群从身旁川流而过,人与人之间的距离很近,而心与心的距离却那样遥远。当年在喧哗的都市里诗人并不是独自一人,却从内心深处感受到孤独的滋味,而在这首诗歌中,叙述者在一个冬日的黄昏独步在村中的道路上,但因为有村民的木屋和雪地里闪亮的窗户,即使在这冬日的雪夜,叙述者的内心仍然感到温暖与幸福。正如泰勒·霍夫曼指出:"这首

---

① Robert Frost, *Complete Poems of Robert Frost*, New York: Holt, Rinehart and Winston, 1958, p. 128.

诗以隐喻的方式传达了一个晚间漫步者克服社会疏远关系的努力"①，诗人就此表达了对故土乡间生活的留恋和对城市里人与人之间冷漠关系的摈弃。评论者普遍认为弗罗斯特笔下的自然充满恐怖与不安，例如迪尔德丽·费根（Deirdre Fagan）认为弗罗斯特与自然的关系源于他对混乱的关注，"他在自然景物中绝不感到轻松自在，他以怀疑和带着些许偏见的眼光来看待自然。他在自然中找到痛苦和悲哀，并且常将这种痛苦和悲哀极其微妙地传达出来"。② W. W. 罗伯森（W. W. Robson）在《罗伯特·弗罗斯特的成就》（"The Achievement of Robert Frost"）一文中也指出："罗伯特·弗罗斯特的感染力显而易见。他能够将真实的感觉、对象、地点和内涵呈现在我们眼前。他诗歌中的雪冰冷刺骨，他笔下的山贫瘠荒芜，他描写的森林僻静幽深。"③ 这些评论表达了读者对弗罗斯特诗歌的总体认识。在《荒野》和《一个老人的冬夜》等作品里，诗人的确在自然中发掘出死亡的真相，在黑夜里听到了孤独之声。但是，弗罗斯特的诗歌尤其是那些描述新英格兰乡村景物和人情的诗歌并不完全充斥着邪恶，也同样表现出乡村自然世界给人类带来的希望与欢乐。

诗人肯定并赞美大自然明亮美好的一面，在诗人笔下，大自然是冷酷的，但也是仁慈的。《冬日伊甸》（"A Winter Eden"）、《树在我窗前》（"Tree at My Window"）和《致解冻的风》（"To the Thawing Wind"）等诗作都较好地呈现大自然给人类带来愉悦、安慰和希望。在《冬日伊甸》中，诗人描写冬日的菜园，积雪覆盖大地，雪兔在玩耍嬉戏，红浆果在阳光下发亮，雪尚未融化，树木还在休眠，而此时的菜园最接近天国伊甸。雷金纳德·库克（Reginald Cook）注意到："一系列相反的事物融入在这个伊甸的生态园中，不仅仅有白昼，还有冷热，依照季节的冬天和记忆中的春天，动物的冬眠和交配。"④ 这个菜园的美景被诗人看作冬日

① Tyler Hoffman, *Robert Frost and the Politics of Poetry*, Hanover, NH: University Press of New England, 2001, p. 79.

② Deirdre Fagan, *Critical Companion to Robert Frost: A Literary Reference to His Life and Work*, New York: Facts on File, 2007, p. 393.

③ Philip L. Gerber ed., *Critical Essays on Robert Frost*, Boston, Mass.: G. K. Hall & Co., 1982, p. 217.

④ Reginald Cook, *Robert Frost: A Living Voice*, Amherst: University of Massachusetts Press, 1974, p. 257.

的伊甸园，诗人写到冬日的白昼似乎太短，不足以让众生醒来游玩片刻。诗人感叹美景稍纵即逝，但是诗中的"似乎"一词暗示了天堂实现永恒的状态，令诗人在瞬间显现中感受到美所带来的无限愉悦。在《树在我窗前》这首诗歌里，诗人描写窗外的树拔地而起，树冠耸入云天，风吹起时，树叶摇曳不定，而诗人在窗内难以入眠。诗人用"你"来称呼窗外的树，当夜幕降临，"你"的枝叶沙沙作响，那是"你"片片轻巧的舌头喧嚷不停。诗人也将自己与树等同起来，"我"看见"你"一直摇曳不安，"你"看见"我"彻夜难眠。在"你"与"我"之间，诗人想到：

> 命运女神融合了我俩的思想，
> 她也有她自己的想象，
> 原来你挂念着屋外的气候冷暖，
> 我忧虑着内心的风云变幻。[1]

据汤普森在弗罗斯特的传记中解释，诗人住在新罕布什尔的德里农场时，"正好他卧室的窗外长着一棵白桦树，长长的躯干，被风吹起时足以刮到墙上甚至窗户的玻璃上"。[2] 这首诗可以被视为诗人自身感受的真实的写照，诗人的思想与窗外的树互相交融，即使在最艰难的日子里，当诗人陷入混乱纷扰的境地时，他只要看到窗外的树，总是能与之进行有益的类比，从中获得内心的平静。当树叶发出嘈杂的响声，诗人可以将其等同于内心不安的反映，从而在与树的同构关系中获得安慰，达到人与自然、内心与外界的和谐统一。《致解冻的风》这篇诗作描述冬天过后春风带来的种种欣欣向荣的自然景象，一场西南风送来歌唱的鸟，送来筑巢的蜂，为枯死的花儿带来春梦，让路边冰冻的雪融化流淌。柔和的风也吹进叙述者狭窄的房间，墙上挂着的图画随之翻转，书页被吹开，诗篇散落一地，诗人再也无法坐在室内。诗人怀着喜悦的心情描述春风，

---

① Robert Frost, *Complete Poems of Robert Frost*, New York: Holt, Rinehart and Winston, 1958, p. 318.

② Lawrance Thompson, *Robert Frost: The Early Years, 1874–1915*, New York: Holt, Rinehart and Winston, 1966, p. 309.

赋予其拟人化的色彩。整个诗篇告诉读者：春天来了，万物复苏，诗人要到屋外，迎接春的来临。这首诗充满热情，洋溢着意志和激情的力量，彰显出一种蓬勃的生机和美好的希望。

弗罗斯特的诗歌并没有一个思想体系，而只是关于一个在乡间生活的思考者的记录，或表现叙述者在乡间的漫步，或描写窗边的树，或刻画春风冬雪。例如，诗人在《深秋来客》（"My November Guest"）中把传统的悲秋之情写成爱秋之意，使秋天灰暗的天空所赋予人们的无限烦恼化解在"她"柔和的眼神和快乐的性格中：

> 她的快活不容我停留片刻，
> 她嘤语婉转我倾耳细听；
> 她欢喜那些鸟儿都已飞离，
> 她欢喜那朴素的灰色毛衣，
> 被薄雾浸染成一片白银。①

接着，诗人又巧妙地把叙述者和"她"进行对比，叙述者似乎在为自己的浅薄而自惭形秽，因为他不具备超尘脱俗的眼光和心境，因此顾影自怜，让烦恼充斥心间而不能自拔。通过对比诗人诠释了自己的观点：美存在于每一个平凡的日子中，只要怀着对自然的热爱，我们便能发现萧瑟秋景中的可爱之处，认识到只要有爱，即使秋雨绵绵、晦涩暗淡的日子也会变成明朗轻快、美丽动人的春天。弗罗斯特的诗作充分表现了恬淡闲适的乡间生活。例如在《黄昏漫步》（"A Late Walk"）一诗里，"我"穿过收割后的草场，草茬上发出新芽，茅屋顶半掩着通往花园的小道，"我"漫步走进那座花园，听见了从枯草中传出的鸟鸣声。墙边立着一棵光秃的老树，树上的枯叶悠悠荡荡地飘落下来。"我"没有走多远就停下脚步，从正在凋谢的紫花翠菊上采下一朵蓝色的小花，"要再次把花献给你"。② 诗歌中有草场、老树、枯叶，这一秋景给人以生理上的寒感，引发人心中固有的种种悲秋之情，然而秋景中有新芽、小花、鸟鸣，静

---

① Robert Frost, *Early Poems*, New York: Penguin Books, 1998, p. 6.

② Ibid., p. 9.

中有动,给人以欢快之感。而"我"采下一朵蓝色的小花,将黄昏漫步时感受到的美与"你"联系在一起,于是景中有情,情中有景,"我"与"你"仿佛共同步入一块草场、一片秋叶、一朵小花组成的简朴清新的世界。据弗罗斯特的传记记载,弗罗斯特常常与妻子在农场周围的树林和牧场散步,由于妻子怀孕后不能长时间走路,弗罗斯特不得不离开妻子独自一人漫步在林间。虽然诗人在《采花》("Flower-Gathering")一诗中流露出"使我感到别的悲伤"①,表达离开妻子独自散步的不安情绪,但是诗人常常在散步时采集鲜花带回家送给妻子。因此,这首诗歌写的是黄昏时的景色,带有黄昏时分的萧瑟、暗淡和朦胧的意味,但是在弗罗斯特笔下的一花一草的世界里,朴素的自然景物中又饱含温情,诗里激荡着对爱情的甜蜜追求,并通过"我"与"你"的对话传递给读者,诗歌意味变得更为深长。在《红朱兰》("Red Pogonias")一诗里,"我们"置身于一片浸透水的草地上,闻到那儿的花芬芳馥郁,在炎热中俯身采撷红色朱兰,在离开那地方之前,"我们"祈祷每年割草的季节,那里被人遗忘,若不能如此,也盼望割草者出于欢欣而刀下留情。诗人在《一簇野花》里看到芦苇丛生的河边寸草不留,而长镰却对一簇野花高抬贵手。诗人出于对自然真诚的爱,也祈祷长镰下的红朱兰依旧灿烂绽放。在《现在请关上窗户吧》("Now Close the Windows")一诗中,叙述者静静地凝视窗外,只见万物在风中摇曳;《在阔叶林中》("In Hardwood Groves")的叙述者看落叶为大地披上一件褪色的金衣;《接受》("Acceptance")一诗描述日落时分,鸟儿停止鸣叫,开始寻找栖息的树梢,呈现出陶渊明笔下那种"山气日夕佳,飞鸟相与还"的宁静场景。

　　而在弗罗斯特诸多描写乡间生活的诗歌中,《牧场》这首诗歌颇具代表性。此诗共8行:

> 我将出门清理牧场的泉源;
> 我只是想耙去水中的树叶,
> (也许我会等着看水变清冽)
> 我不会去太久——你也来吧。

---

①　Robert Frost, *Early Poems*, New York: Penguin Books, 1998, p. 16.

　　我将出门牵着那头小牛，

　　它站在母亲身旁，如此幼小。

　　母亲舔它时它偏偏倒倒。

　　我不会去太久——你也来吧。①

　　这首诗歌在弗罗斯特诗集里占据重要的地位，整首诗充满浓郁的人情味、情思性和审美感，最初作为《波士顿以北》这部诗集的开篇诗，随后被放在弗罗斯特《诗歌选集》（*Collected Poems*，1930）的正文之前。《牧场》被置于卷首，这种安排显然自有深意。作为一首卷首题诗，《牧场》在一定程度上首先表明作者的创作宣言，为读者奠定对弗罗斯特诗歌的最初印象。在这首看似简单直白的诗歌里，弗罗斯特以充满诗情画意的笔调描写清泉、树叶和小牛，营造出一种典型的牧歌神韵和境界，其中洋溢着爱与新生。景是各人性格和情趣的反照，翻开诗歌画卷，每位诗人都有自己观察事物的角度，凭借独特的性格和情趣，构成笔下独具个性的意境，例如陶渊明笔下的菊，李白笔下的月，陆游笔下的梅，都是表现诗人个性特点的意境。同时，因为诗人的主观情绪不同，客观事物相应呈现出独具特色的象征意义，例如在象征主义诗人笔下，巴黎这座大都市的事事物物都流淌着"恶"，伦敦的漫漫黄雾扩散着"死寂"，信天翁联系着诗人的悒郁，青鸟包含着人类的幸福，白桦渗透出青年的爱意，大树注入了磅礴的生命，大海澎湃着的是无限的自由，醉舟徜徉于失望的海洋。而在弗罗斯特笔下，牧场这一意境所具有的象征意义并未直接表述，而是以轻快的节奏流露出来，让人感到轻松和喜悦。在这一情境里，叙述者邀请诗中的"你"一起来到他的乡村事务中，他将要牵着小牛，前去清理牧场的泉源。诗中的泉源等意象在读者眼前展现的是一片林木葱茂、牧草萋萋的景象，这里的小牛和它的母亲相互依赖，代表着波士顿以北沃野上绵延不绝的生命，暗示了牧场的光明前景。而叙述者牵小牛，去把净飘落在水中的树叶，这种简单而温馨的场景表

---

　　① Robert Frost, *Complete Poems of Robert Frost*, New York: Holt, Rinehart and Winston, 1958, p. 1.

明人与自然相互依赖，自然秩序与人类秩序之间建立起一种和谐的氛围。这首诗歌里呈现的牧场不是原始的荒野，而是处于茫茫荒野与现代都市之间的乡村地带，它既不受工业文明带来的压抑，也没有成为原始状态下暴戾自然力的受害者，这里宁静安闲，人们可以牵着小牛，无忧无虑地去看田间流淌的清冽泉水，实现人类与自然之间的默契与和谐。而诗人强调"我不会去太久"，邀请"你也来吧"，这一直白陈述流露出叙述者步入自然的愉快心情。而诗人将作为叙述者的"我"与作为被邀请者的"你"并列放置，使叙述者与"你"乃至读者大众形成一种诗内诗外浑然一体的语境。在这种气氛轻松、充满自信的语境中，叙述者与"你"对话，在保持诗人自己独特声音的同时发出了一种亲切的召唤。而诗中所召唤的"你"既可以指弗罗斯特的妻子、家人或朋友，也可以指诗歌的读者，更可以指在现代都市中生活的广大人群。这首诗歌也代表了自然对人类的召唤，它隐含地表明大自然在召唤都市里熙来攘往的人们从纷繁琐碎的生活中脱身片刻，来到这片静谧的世界。无论是诗人对读者的召唤，还是自然对人类的召唤，都迎合了现代读者的心理期待。作为生活于都市中的现代人，或许每个人的内心深处都渴望享受简单纯朴的生活，从而驱除内心的紧张、筋骨的疲劳，减轻俗事的困扰、琐务的繁杂，摆脱无谓的烦恼、无尽的凄惶，远离精神的焦虑、命运的惆怅，使人生多一些审美的乐趣，多一些自由的想象，多一些浪漫的希冀，多一些潇洒的徜徉，以期实现内心的富足和完满，怀着诗意栖居在这喧嚣的世上。正因为如此，弗罗斯特的这一卷首诗为读者打开一扇大门，展现一个光明而简单的世界，让现代人在"你也来吧"的呼唤中，在诗人的引导下步入其中，抖落原来的苦恼困惑，暂时忽略周围的一切，整个心灵沉浸到一片绿色的宁静里，在这里得到美的满足。

弗罗斯特直接或间接地描述新英格兰世界，展现了这里的景物和人情，以及叙述者在其中体味到的欢乐。但诗人并没有同威廉·福克纳一样，构建出一个像约克纳帕塔法体系那样代表地域特征的神话王国。在弗罗斯特的诗歌里，我们只是隐约看到新英格兰地区的影子。在地方志式的诗篇《新罕布什尔》里出现一些新英格兰城镇的真实名字，《蓝浆果》中提到的帕特森农场也并非虚构，那里也确实出产诗中那种泛着天青色泽、沉甸甸的蓝浆果，《一堆木柴》中提到的冰冷沼泽也确有其地。

除了这些真实场景之外，读者在这些诗作中只有对新英格兰的模糊印象。审视弗罗斯特的诗歌，我们会发现诗人笔下的新英格兰世界仅限于波士顿以北的地方，诗人主要描写这一带的农场村庄，或是偏僻荒野上的一座木屋，或是一座孤零零的灰色谷仓，或是附近用篱笆围起来的地窖口和一条伸向远方的道路。弗罗斯特笔下的新英格兰并不完全是一个真实的地域，而是诗人运用写实与虚构的手法构建出的一个地点相对封闭、时间相对停滞的诗歌中的"新英格兰世界"。伊瑟尔曾提到文本世界的二重性："一方面，文学文本是极为具体的，它足以让人们感知大千世界和芸芸众生的存在，另一方面，这世界和众生不过是一个具体化的标本，一个貌似真实的替代品而已。因为它毕竟只是虚构的产物。"① 弗罗斯特的牧歌世界一方面是真实的新英格兰，另一方面又是一个虚构的、隐喻的世界。这个兼具真实性与虚构性的世界在读者面前展现了一个富于象征意义的画卷，相对于文明和自然这两种力量来说，它作为连接荒野与城市的中间地带，代表着一种超然的关系。

中间地带是美国人所向往的理想状态，这种状态也代表了近代众多美国作家的理想。例如在《瓦尔登湖》中，瓦尔登湖边的茅屋是一种象征性风景的中心，茅屋的一边是康科德村，另一边是未经人工修饰的自然界。亨利·梭罗聚焦在这个中间地带，他在这里盖房子，种庄稼，阅读荷马的《伊利亚特》，并且探索湖泊的深处。梭罗显然把瓦尔登湖周围看作理想的牧场，他像牧人一样在那里过着简朴的生活。作者进而写到铁路：

> 真的啊，我们的村庄变成了一个靶子，
> 给一支飞箭似的铁路射中，
> 在和平的原野上，它是康科德——协和之音。②

---

① ［德］沃尔夫冈·伊瑟尔：《虚构与想像：文学人类学疆界》，陈定家、汪正龙等译，吉林人民出版社 2003 年版，第 30 页。

② ［美］亨利·戴维·梭罗：《瓦尔登湖》，徐迟译，外文出版社 2014 年版，第 107—108 页。

梭罗也描述了火车出现后的变化:

> 市镇的僻处,人迹罕到的森林,从前只在白天里猎人进入过,现在却在黑夜中,有光辉灿烂的客厅飞突而去。居住在里面的人却一无所知;此一刻它还靠在一个村镇或大城市照耀得如同白昼的车站月台上,一些社交界人士正聚集在那里,而下一刻已经在郁沉的沼泽地带,把猫头鹰和狐狸都吓跑了。列车的出站到站现在成了林中每一天的大事了。它们这样遵守时间地来来去去,而它们的汽笛声老远都听到,农夫们可以根据它来校正钟表,于是一个管理严密的机构调整了整个国家的时间。自从发明了火车,人类不是更能遵守时间了吗?在火车站上,比起以前在驿车站来,他们不是说话更快,思想不也是更敏捷了吗?火车站的气氛,好像是通上了电流似的。对于它创造的奇迹,我感到惊异;我有一些邻居,我本来会斩钉截铁地说他们不会乘这么快的交通工具到波士顿去的,现在只要钟声一响,他们就已经在月台上了。"火车式"作风,现在成为流行的口头禅;由任何有影响的机构经常提出,离开火车轨道的真心诚意的警告,那是一定要听的。这件事既不能停下车来宣读法律作为警告,也不能向群众朝天开枪。我们已经创造了一个命运,一个 Atropos,这永远也不会改变。①

人迹罕至的森林、沉郁的沼泽地带出现了火车的身影,而林中的农夫们怀着欢喜的心情迎接这一新事物的到来,"我"对火车创造的奇迹感到惊异,尽管"我"的房子在一个较大的森林的边缘,在一个苍松和山核桃的小林子的中央,但"我"也并没有生活在世界之外。湖畔的铁路暗示着机器和自然之间的关系,一面是人工建造的火车,它喷射着浓烟与烈火,发出雷鸣般的吼声,另一面是瓦尔登湖,一泓清水,深沉纯净,与周围不断变换的美丽景色相映相辉。火车与湖水的并列使瓦尔登湖成为连接文明和荒野的绿洲,体现出近代美国人试图将人类与自然融合为一体的理想。这种中间地带反映了人类在进入现代社会之际为创造美好

---

① [美]亨利·戴维·梭罗:《瓦尔登湖》,徐迟译,外文出版社2014年版,第110页。

生活环境所作出的努力，至今仍然值得探讨。

弗罗斯特笔下的新英格兰世界是美国文学史中的一种中间地带，也是西方文学历史中的阿卡迪亚世界。忒奥克里托斯的牧歌主要描写诗人的家乡西西里岛的生活，而维吉尔创造了阿卡迪亚[①]，对后世产生深远的影响。阿卡迪亚不同于伊甸园，它的重要特征在于它不是神话的杜撰，而是一个现实的地方，诗人结合现实与虚构的表现方式将其理想化，使其成为美好的牧人王国。在《牧歌集》第一首牧歌中，维吉尔创造了一个象征性场景，诗中的人物梅利伯来自一个汇聚权力、压抑、痛苦和混乱的罗马大城市，他被剥夺了土地，即将流落他乡，面对十分堪忧的人生前景，他渴望多年以后看到一个他可以称之为自己家园的地方。而诗歌中的另一个人物提屠鲁则躺在山毛榉的亭盖下，他放牧的牛羊逍遥自在，他对美貌情人的称赞也在山林里回荡。诗歌中"没有良知的城市"与"熟悉的水滨""圣洁的泉水"和"丛榛上的繁花"形成鲜明的对照。在两个人物的对话中，读者意识到提屠鲁所在的地方和梅利伯所向往的地方是一个饱含温柔情感的绿洲：树林之间回荡着牧笛的音响，这里的牧羊人超凡脱俗，优美而深邃，他们以诗歌来表达真切的情感。这片绿洲是一个理想之地，既远离像罗马那样的都市，也有别于原始荒野，是处于城市和荒野之间的中间地带。布鲁诺·瑟尔（Bruno Sell）在《忒奥克里托斯与维吉尔牧歌中的阿卡迪亚》（"Arcadia in Theocritus and in Virgil's Eclogues"）一文中指出："在古希腊诗歌中神与人是对立的关系，而维吉尔笔下的阿卡迪亚则是神话故事与现实经历交融，神与现代人不分彼此的地方。对罗马诗人维吉尔和他的罗马读者而言，阿卡迪亚世界事实上既不是虚构的地方，也不是真实的场景，阿波罗和潘也很少像忒奥克里托斯和他的希腊读者那样作为真理的象征表现出他们的神性。"[②]可以看出，维吉尔笔下的阿卡迪亚一方面继承了古希腊诗歌中的神话传统；另一方面更多地打上了现实的印记，正如评论者所说："从维吉尔以

----

① 原文"arkadia"，"ark"原来的意思是躲避、避开，后指方舟，"adia"指阎王，"arcadia"就是指躲避灾难的意思，现在被西方国家广泛用作地名，引申为"世外桃源"。

② Bryan Loughrey ed., *The Pastoral Mode*: *A Casebook*, London: Macmillan, 1984, p. 183.

后，牧歌一直关注于现实世界与想象世界之间的张力。"① 与此同时，布鲁诺·瑟尔指出：

> 维吉尔诗作中的阿卡迪亚是由温柔的情感所主导的。他笔下的牧人既没有乡下农民的粗鲁无礼，也没有城市人的狡黠世故。在他们的田园生活中，和平、宁静、休闲的傍晚时光显然胜过了生计而劳作的时间，树荫下的清凉显然要比炎炎烈日更为真实，柔软的草地显然要比荒野高山、悬崖峭壁更有意义。牧羊人更加注重的是吹奏牧笛，高唱歌曲，而不是生产牛奶和乳酪。所有这一切都始于忒奥克里托斯，这位亚历山大帝的臣民对真实生活中的细节兴趣盎然。而维吉尔更看重的是温情、热忱以及精致的情感。②

沃尔夫冈·伊瑟尔也认为，牧歌中的世界是指代自身之外的他者，必须以隐喻的方式去阅读。③ 这表明牧歌中的世界与现实世界之间存在着一种隐喻式的关系，表达的是人们对现实的构想。由此可见，阿卡迪亚不是一个一般的地域，而是一个诗意的景象，一个以隐喻的方式构想出来的世界。维吉尔重视阿卡迪亚世界中的经验现实部分，但并不是为了突出现实生活中的细节，而是为了在阿卡迪亚世界中追求一种既源于现实生活又远离残酷现实的真切情感。

这种情感正是弗罗斯特诗歌一直强调和追求的。他的诗歌并不是为了刻画新英格兰乡村世界的真实生活细节，而是向读者道出一种婉转、细腻而沁人心脾的情感。弗罗斯特诗作最显著的特征是牧歌，最初这一点受到人们的质疑，因为他的诗歌并没有牧歌这种文学类型的一些明显特征。例如他的诗歌中没有忧伤的牧羊人、美丽的牧羊女、漫游的羊群，原野上的雏菊或一丛丛紫罗兰，而这些是牧歌的基本因素，从忒奥克里托斯开始，中间经过蒲柏，直至 19 世纪，历代牧歌文学莫不如此。然而

---

① Bryan Loughrey ed. , *The Pastoral Mode: A Casebook*, London: Macmillan, 1984, p. 9.

② Ibid. , p. 187.

③ 参见 [德] 沃尔夫冈·伊瑟尔《虚构与想像：文学人类学疆界》，陈定家、汪正龙等译，吉林人民出版社 2003 年版，第 64 页。

约翰·莱伦在《弗罗斯特的新英格兰与阿卡迪亚》（"Frost's New England and Arcadia"）一文中强调，我们在研究弗罗斯特的牧歌时必须认识到，它不是也不可能是从以往牧歌文学的框架中发展而来的。莱伦指出："弗罗斯特作为一位牧歌诗人所取得的成功，就像彭斯和华兹华斯的成就一样，显然是一种个人的成功。这源于弗罗斯特在牧歌结构中发现了一种新的基础，可以用来探讨乡村的现实。"① 弗罗斯特采用牧歌这种视角，并且从一个真实的新英格兰农民的角度进行创作，这是弗罗斯特的独特之处，也是他获得成功的原因所在。弗罗斯特没有从文辞与句法方面继承牧歌传统，而是继承了牧歌借乡村景物传达诗人对理想社会和真挚情感的向往之情这种诗歌模式。维吉尔的牧歌描绘出一幅幅美丽的田园画面，有黄昏景象，譬如"现在远处的炊烟从村里屋顶上升起，更长的暗影从高山上落下来"，有正午时分，譬如"赤日如焚，甚至蜥蜴也藏在阴暗处"，有春天景色，譬如"绿草信赖春天的骄阳"，也有黎明、秋天和冬天时光，这一切为后世确立了一种关于乡村世界的想象。与之相似，弗罗斯特对农村生活的亲身体验培养了他对乡村的特殊感情，这使得他不仅描写乡村而且认同那里的生活，以最纯粹简洁的方式道出来自乡村世界的邀请，以一句"我不会去太久——你也来吧"引领读者进入这片牧歌世界。

在这样一个世界里，尽管自然不能总是提供一种抚慰和解药，但是凡有自然存在之处就存在着希望。在这里有天真烂漫的主人公，例如，作为思考者的叙述者、采摘野花的少女或是去泉边汲水的"我们"，有郁郁葱葱的景色、林间绿地、隐蔽的山谷、潺潺的溪水和明亮的月光。这些事物构成弗罗斯特笔下的新英格兰，使之成为一种地域的神话。如同维吉尔笔下的阿卡迪亚，安德鲁·马维尔（Andrew Marvell）笔下的绿色世界，威廉·莎士比亚作品中充满魅力的森林，弗罗斯特笔下的新英格兰代表人类与自然世界的融合，也成为一种精神的象征，在弗罗斯特诗歌作品中呈现出丰富的意义。

---

① Bryan Loughrey ed. , *The Pastoral Mode*: *A Casebook*, London: Macmillan, 1984, p. 247.

第三节　新英格兰乡土想象的文化机制

弗罗斯特一生或隐含或彰显地将新英格兰乡村视为理想中的遥远地域，同传统的牧歌诗人一样，将这个乡村世界作为整个人类生活的代表。诗人强调这片乡土世界的独一无二性，并且在与 20 世纪都市的对比中，赋予他笔下的新英格兰浓郁的文化价值和思想意义。

对弗罗斯特而言，新英格兰的乡土是他确立个人身份的源头。1912年，他卖掉德里农场，携全家漂洋过海去寻求伦敦文学界对他诗歌的评鉴和承认。弗罗斯特从堪称文化荒漠的美国到达当时文化相对繁荣和稳定的英国伦敦。尽管美国文化是英国文化在新大陆上的延续，但弗罗斯特作为美国人的身份与英国特定的历史语境形成复杂的关系。有些评论者认为："身份认同主要指某一文化主体在强势与弱势文化之间进行的集体身份选择，由此产生了强烈的思想震荡和巨大的精神磨难。其显著特征可以概括为一种焦虑与希冀、痛苦与欢悦并存的主题体验。"[①] 弗罗斯特等美国知识分子在英国的经历必然对这些旅居者的思想产生复杂的影响。当作为主体的英国文化与处于弱势的美国文化相碰撞之际，庞德发表了《我的祖国》（*Patraia Mia*, 1912 – 1913），一方面不遗余力地鞭笞美国和美国诗人，痛斥美国的文化商业系统和"枯死的杂志"，另一方面以意大利文艺复兴运动为楷模，希望在美国再创一个意大利的威尼斯，发起一场美国复兴运动。与庞德相比，弗罗斯特在面对文化冲击时则选择"退隐"。弗罗斯特将旅居英国期间居住的地方视为他在德里农场的家，他在这里创作了《修墙》《摘苹果之后》和《白桦树》等大量诗作，流露出对新英格兰乡村的温馨想象和强烈的思乡之情。弗罗斯特与庞德之间的重要差别不仅仅在于两者性格上的差异，也在于他们对自我身份认同的不同表现方式。庞德在与英国特定的文化认同过程中，以积极的态度参与文化实践活动，成为伦敦一名富有影响力的著名诗人、批评家和现代艺术的指导者，成为各种重要的理论运动的中心，并且试图以伦敦为大本营，发起一场艺术复兴运动。庞德视美国为诗歌的沙漠地带，

---

① 赵一凡等主编：《西方文论关键词》，外语教学与研究出版社 2006 年版，第 465 页。

他选择了继续"流亡"，从英国到法国再到意大利，以积极、强烈的自我心理和身体体验强调自我。弗罗斯特则与此相反，作为已经置身于英国的移居者、边缘人和乡下人，他将自己的文化身份和价值观念融入自己的诗歌创作中，在异域他乡和现代都市里更加精心地构筑和守护自己那片纯洁、温情和神圣的新英格兰家园。弗罗斯特与新英格兰的亲密联系使他更加清醒地看待自己的文化定位问题，更加深刻地意识到现代都市文明对新英格兰乡村世界的巨大冲击。所以，作为一个文化主体，当弗罗斯特面对在两种文化之间进行身份选择时，与庞德的"流亡"相反，他自然而然地选择了"回归"，回到这片给他提供诗歌灵感的美国土地。尤其是弗罗斯特的好友爱德华·托马斯（Edward Thomas）在第一次世界大战中阵亡，这一痛苦的事实更加激发了弗罗斯特对家乡新英格兰那和平安宁的乡村生活的热切期待。海德格尔认为诗人的天职是还乡，还乡使故土成为亲近本源之处："接近故乡就是接近万乐之源（接近极乐）。故乡最玄奥、最美丽之处恰恰在于这种对本源的接近，绝非其他。所以，唯有在故乡才可能亲近本源，这乃是命中注定的。"① 正如弗罗斯特在《指令》的开篇处提到的："离开这所有繁复的一切，回到那失去细节而简单的年代。"② 弗罗斯特带着思乡的情绪，渴望回到自己的新英格兰，回到他获取生活中的乐趣以及诗歌创作灵感的本源之处。

新英格兰地带不仅是弗罗斯特诗歌创作的灵感和素材来源之地，也是弗罗斯特在现代文学群体中确立自己文化身份的关键所在。弗罗斯特从新英格兰乡间来到英国伦敦，从一个乡下人变成都市里的知识分子，他不断面对自己身份的转变。文化身份不是永恒的存在，是在文化、历史和权力的语境中产生的，对弗罗斯特而言，这种身份的改变成为美国历史语境中文化变迁的象征。诗人不仅跨出乡间而且跨出国门，逐渐与20世纪的主流文化靠近。弗罗斯特在英国逐渐被英国的文学社团接纳，他经常到叶芝位于伦敦的家里参加聚会，也到 T. E. 休姆（T. E. Hulme）

---

① ［德］马丁·海德格尔：《人，诗意地安居：海德格尔语要》，郜元宝译，广西师范大学出版社 2000 年版，第 69 页。

② Robert Frost, *Complete Poems of Robert Frost*, New York：Holt, Rinehart and Winston, 1958, p. 520.

家里参加类似的聚会。休姆是当时一位主要的诗歌理论家,身边围绕着一批包括庞德和艾米·洛厄尔在内的意象派诗人。弗罗斯特与这些主流文化圈里的诗人接触,这或多或少为他的诗歌创作带来影响,使他中后期的许多诗歌超出新英格兰的乡村世界,转向塑造一种意象和意境。例如在《与黑夜相识》一诗里,"我"已经熟悉这黑夜,在黑夜里冒雨出行又返回。"我"到过街灯照不到的郊野,见过城里最凄凉的小巷,走过巡夜者的身旁,低垂着眼睛,漠然无声。"我"曾径直站立,停止了脚步的声音,听到另一条街道传来断断续续的呼喊,但不是叫"我"回去或者说再见。诗歌中的黑夜、雨、最凄凉的小巷烘托出一种令人难忘的意境,叙述者看见守夜人,听到远处传来断断续续的呼喊,但这一切都与叙述者无关,黑夜中只有他伫立在最凄凉的小巷里,沉默成为叙述者面对这一切的唯一情绪。叙述者孤独地在街上行走,就像《旧约·传道书》上所说:"人怕高处,路上有惊慌;杏树开花,蚱蜢成为重担;人所愿的也都废掉。因为人归他永远的家,吊丧的在街上往来"(传道书 12:5)。而诗人在这首诗中写道:

> 在更远处,在脱离尘世的高空,
> 有一樽发光的钟悬在天穹。
> 它宣称时间既没错又不正确。
> 我早已经熟悉这黑夜。①

发光的"钟"(clock)成为分析这首诗歌意蕴的关键所在。其中有关"光"的寓意出自《圣经》,耶稣说:"我是世界的光。跟从我的,就不在黑暗里走,必要得着生命的光。"(约翰福音 8:12)耶稣又叮嘱保罗:"我差你到他们那里去,要叫他们的眼睛得开,从黑暗归向光明,从撒旦权下归向神"(使徒行传 26:18)。《圣经》中的"光"富于明朗的色调,成为美好与彻悟的代名词,它启示世人,引导他们走向理想境界。根据这种寓意来理解,弗罗斯特诗歌中的这樽"钟"不应是夜空中的月

---

① Robert Frost, *Complete Poems of Robert Frost*, New York: Holt, Rinehart and Winston, 1958, p. 324.

亮，或是悬挂"在脱离尘世的高空"的灯塔，也不是具有表盘与指针的报时工具，而应该是诗人在黑夜中设定的人类不可企及又不可逃避的一种存在，代表了一种比钟表、日历具有更深层意义上的时间，是一种可望抵达但还没有得到的将来。在《新约》中对时间的这种描述用"近了"一语来表达，耶稣宣告"神的国近了"（马可福音1：15），在保罗看来"黑夜已深，白昼将近"（罗马书13：12）。而在《熟悉黑夜》这首诗中，叙述者在黑夜中看到发光的"钟"悬在高空，在远离人间的天穹，此处的"钟"似乎具有弥赛亚般即将到来的特征，仿佛是耶稣宣告的"近了"，是保罗所指的"将近"，以黑夜中的光来表明一种未来正在临近。未来正在临近，但还没降临，这种未来意味着有过去的未来、现在的未来和将来的未来。而弗罗斯特在这首诗歌中的未来也是如此，"我"被抛在这种黑夜，看到更远处有樽发光的"钟"，它宣称时间既没有错又不正确，但"我"早已经熟悉这黑夜。诗歌的最后一行与第一行形成对应，叙述者早已熟悉这种黑夜，诗人在这里要强调的不是时间在流逝当中呈现出的黑夜正确与否，而是强调黑夜中这樽发光的巨钟本身，一种光明未来降临的可能。过去、现在与未来这三维形成一个立体的存在，于叙述者在黑夜伫立的瞬间呈现出来。叙述者此时在熟悉的夜色中看到发光的"钟"，如果说黑夜是人类局促生存境遇的象征，发光的"钟"却带给人类走出这种境遇的可能。这樽发光的"钟"恰似柏拉图"洞喻说"中的火光。据柏拉图阐释，假如一个洞中人被解除禁锢，得以突然站起来，转身环顾背后，四处走动，抬头看到火光，他必然备感惊奇。柏拉图和亚里士多德告诉世人希腊语中的惊奇（ἔκπληξη）即是希望，而这种希望的情绪是哲学的起源。弗罗斯特对此加以引申，其可贵之处在于，诗人在黑暗中将一樽"钟"悬在天边，在普遍失望、冷漠的情绪中带给人希望。爱默生认为："由于诗人追求真理、献身艺术，诗人在同时代人中间落落寡欢。然而诗人在这种求索的同时也得到一种安慰，他的追求迟早要把众人都吸引过来。因为所有的人都依赖真理生活，并且需要将真理表达出来。"[①] 布鲁姆也认为："诗由于诗人政治上的高贵性，在内容和

① Ralph Waldo Emerson, *The Selected Writings of Ralph Waldo Emerson*, New York: Modern Library, 1992, p. 288.

功用上都有了意义。诗并不是自足的;诗被灌注了生命,因为它与激发行动者最优秀部分同事物相联系。"① 从这个意义上理解,发光的"钟"被灌注了生命,带来一种存在的可见性,象征着弗罗斯特在黑暗的孤寂中寻找真理,在美国大工业社会的喧嚣中寻找人类生存的本质,试图给城市生活中那些疲惫的心灵带来安慰,以脱离尘世的高空上一樽发光的"钟"召唤大家走向一种黑暗之上的光明,实现内心的充实与完善,在世上求索幸福的未来。

　　弗罗斯特凭借其政治上的崇高境界,依靠唯有这种境界才能萌生的意象来创作诗歌,这是《火与冰》和《金色光华难长留》等诗歌的共同特征,其中呈现的不再是新英格兰乡村的琐细事物,而是一种需要读者深刻体验的哲理玄想,这也表明弗罗斯特这位"迁徙"诗人试图获得主流文化认同,同主流对话的努力和尝试。弗罗斯特旅居异国,栖身都市,生活的艰辛、都市人情的冷漠和自己作为农民诗人的边缘人的真切感受,必然让他在诗歌中渴望展现自己真实的内心世界,并与主流的知识分子形成潜在的对抗与拒绝。所以,当庞德告诉弗罗斯特应将一首诗歌缩减到50—48个字时,弗罗斯特气愤地认为庞德破坏了他诗歌中的韵律和思想。弗罗斯特坚持以传统的形式书写新英格兰世界,创作出朴素简单、清新自然、富于生活气息的诗歌,这是主流现代派诗人所不容的,而这也正是这位来自边缘文化的诗人在现代主流文化冲击之下确立自身诗人身份的关键所在。在美国现代文学史上,弗罗斯特的诗歌成就了新英格兰意象,以质朴、偏远的乡村景观和真实的生命形态使其成为一种具有乌托邦意义的文化范式,也正因为如此,弗罗斯特在美国现代文学史上占据了独特的位置。

　　新英格兰乡土也是弗罗斯特构建民族性和民族文化的起点。本土与异域、乡村与都市等不同文化的碰撞对这位来自新英格兰的"农民诗人"或多或少带来焦虑与希冀、痛苦与欢欣并存的切身体验。面对这种体验,从个人身份到民族文化身份的建构,弗罗斯特表现出强烈的归属感,即对乡土与国家的归属感。弗罗斯特在美国现代化进程中,在乡土文化与城市生活两者体验的反差和冲突中实现了精神上的返乡,去营造自己心

---

① [美] 阿兰·布鲁姆:《巨人与侏儒》,秦露等译,华夏出版社2003年版,第114页。

理上的乡土，进而寻找失去的文明，参与民族文化的现代重建。弗罗斯特对乡土的依赖不限于新英格兰，而扩展至整个美国，他曾多次强调民族性的意义。在 1934 年的一封信中，弗罗斯特提到："务必为美国争取一切。庞德、艾略特和斯泰因虽久居国外，但他们都是美国人。"① 在《致日本诗人》（"To Japanese Poets"）这封信中诗人说道："我首先得有民族性，然后才会有世界性。我首先得有个性，然后才可望有非常富于情趣的社会性。对世界而言，首先得有一个个界限明确的国家，然后才会有值得夸耀的国与国之间的感情。"② 弗罗斯特在《致韩国诗人》（"To Korea's Poets"）这封信中也提到："一个人可以不成为诗人却具有民族性，但一个人不具有民族性就不能成为诗人。"③ 在 1962 年肯尼迪总统的就职仪式上，弗罗斯特朗诵《一无保留的奉献》，这尤为引人注目。这首诗歌阐述了美国的历史与精神：从北美殖民地时期的移民开始，到逐渐不再留恋英国，到独立建国寻找到心灵上的归属，进而全心全意地为自己的国家作出奉献。

弗罗斯特选择新英格兰这片土地，还试图在这里重塑美国人自新大陆被发现以来所承传的文化精神。当代美国学者罗谢尔·约翰逊（Rochelle Johnson）等人认为："当欧洲第一支探险队和航海者发现美洲新大陆的航线时，用文学描述这片土地的尝试也同时开始。"④ 弗罗斯特在《移民》（"Immigrants"）一诗中就描述了越来越多的人聚集到这个大陆上：

> 所有这些使越来越多的人民
> 聚集到这个大陆的船
> 由五月花号护航

---

① Richard Poirier and Mark Richardson eds., *Robert Frost*: *Collected Poems*, *Prose*, *and Plays*, New York: Library of America, 1995, p. 736.

② Ibid., p. 817.

③ Ibid., p. 840.

④ Patrick D. Murphy ed., *Literature of Nature*: *An International Sourcebook*, Chicago: Fitzroy Dearborn Publishers, 1998, p. 3.

在渴望的梦中驶向这片海岸。①

自 1493 年哥伦布到达美洲后，大批探险者、旅行者和开发者怀着渴望来到这片新大陆。其中有不少来到北美的探险队员、军人和航海水手急于引起西班牙和英国等宗主国的注意，他们在著作中着力渲染北美大陆广袤的土地和丰饶的自然物产，详细描述印第安人简单的生活模式和丰富的神话传说。例如英国人托马斯·哈里欧特（Thomas Hariot）于 1588 年发表了《关于新发现的弗吉尼亚的简要真实报告》（*A Brief and True Report of the New Found Land of Virginia*），这是"最先把美洲描述成花园或者第二个人间天堂的传统作品之一"。② 文中详细描写印第安人的生存环境和生活方式，称赞印第安人具有创造的才能和杰出的智慧，并将美洲大陆上的自然、荒原、未破坏的图景以及印第安人质朴的生活方式作为新大陆的标志性特征。而新大陆的发现与英国国内几部典型的牧歌著作面世恰巧吻合，斯宾塞的《牧人月历》发表于 1579 年，西德尼的《阿卡迪亚》发表于 1590 年，迈克尔·德雷顿的《抒情诗和牧歌》发表于 1605 年。尽管没有明确的事实证明新大陆的发现与牧歌著作本身之间的直接联系，但不可否认的是，早期探险者描述新大陆的生活和环境，尤其是细致地展现印第安人的日常生活，他们进一步将新大陆视为一个富足、悠闲、自由与和谐的花园，这些描述与牧歌著作中对阿卡迪亚世界当中理想的自然环境和简朴的日常生活的叙述有不少相似之处。可以说，在探险者看来，这一时期的北美新大陆是重现的阿卡迪亚，一个"馨香的花园"，而弗吉尼亚的印第安人就是牧歌中的牧羊人。与此同时，在早期描述北美大陆的著作中，作家们历经航海中的暴风骤雨与旅途艰辛，又遇到并不友好的印第安人，于是他们除了将北美大陆视为花园或阿卡迪亚之外，还将新大陆视为一片"恐怖的荒野"，一个地狱般黑暗的地方。而无论是伊甸园还是咆哮着的沙漠，都是早期欧洲人对北美大陆

---

① Robert Frost, *Complete Poems of Robert Frost*, New York：Holt, Rinehart and Winston, 1958，p. 333.

② 参见 ［美］萨克文·伯克维奇主编《剑桥美国文学史》第 1 卷，蔡坚主译，中央编译出版社 2008 年版，第 51 页。

的想象性构建，鼓舞起人们开拓新大陆的勇气和力量。

1607 年，英国殖民者在北美大陆的新英格兰地区建立起这块土地上的第一个殖民地詹姆斯敦（Jamestown）。正当英国人沉浸在穿越大西洋的兴奋中时，莎士比亚创作出戏剧《暴风雨》（*The Tempest*，1611），试图描述一群高度文明化的欧洲人在一个史前的荒野世界中生活的情形。虽然这出戏剧并没有在字面意义上描述美国，但众所周知的是这出戏剧与美国有密切的联系。在这部剧中，莎士比亚无处不在展示一个"无人居住"的岛屿的位置，这个无人居住的岛屿可能是指任何一个地方，但是可以肯定的是莎士比亚接受了英国殖民者对新大陆的描述和报道。1609年，"海上冒险号"（*The Sea Adventure*）帆船驶向弗吉尼亚，航行途中遭遇暴风雨并与大陆失去联系，最终它驶向百慕大群岛并且安全靠岸。而莎士比亚剧中的普洛斯彼罗（Prospero）所处的境况在很多方面与航海者在北美新大陆上所遭遇的典型情形相似，尽管这并不意味着莎士比亚的这出戏剧与北美新大陆之间有特殊的联系，但这些事实能够表明莎士比亚知晓同胞们开拓这片北美新大陆上的进程。利奥·马克斯认为："《暴风雨》可以被视为美国文学的序幕。"[1] 剧中普洛斯彼罗的荒岛暗含着美洲即阿卡迪亚这一理想境界，而《暴风雨》中的英雄一方面同自然荒野作斗争，另一方面同旧大陆文明的腐化堕落作斗争，最终英雄实现了自然和文明之间的广义上的和谐，这种和谐恰巧是忒奥克里托斯和维吉尔等传统牧歌诗人所表现的主题。莎士比亚和他同代的殖民作家将北美新大陆这片未被玷污的地方当作一个阿卡迪亚式的牧歌境界，他们观察美洲大陆的自然环境和生活状况，发现旧大陆腐败的传统，从宫廷斗争的险恶到城市生活中的庸俗，与新大陆的宁静、自然、纯朴形成鲜明的对照。就在英国人沉醉在对北美大陆的美好梦想之际，伊丽莎白时期正处于牧歌文学兴盛的时代，一些英国牧歌以及戏剧、浪漫传奇中的牧歌情调渗透到美国文学中。英国的乌托邦传统——从托马斯·莫尔（Thomas More）的《乌托邦》（*Utopia*，1516）到弗兰西斯·培根（Francis Bacon）的《新大西岛》（*The New Atlantis*，1626，1643）以及詹姆斯·哈林顿

---

① Leo Marx, *The Machine in the Garden*: *Technology and the Pastoral Ideal in America*, New York: Oxford University Press, 1964, p. 72.

(James Harrington) 的《大西洋共和国》 (*The Commonwealth of Oceana*, 1656) ——也逐渐影响到描写新大陆经历的崭新文学中。而随着一批躲避宗教迫害的英国宗教徒到达新英格兰,人们更加坚信,北美大陆就是上帝赐予人类的最后一块福地,是上帝在荒野中建立的新伊甸园,在这块土地上建立起上帝的王国是上帝"选民"的神圣职责。例如托马斯·莫顿 (Thomas Morton) 在其著作《英国人的新迦南》 (*New English Canaan*) 中将新英格兰视为一片具有阿卡迪亚情调的乐土,是《圣经》中的"迦南"之地,是充满善良、欢乐和幸福的希望之乡,代表了上帝指引的使人在现世中获得拯救的途径。到达美洲的清教徒不能在欧洲旧世界里表达他们的观念,于是他们将新教对未来的预示放在美洲大陆这片新的世界上,以黄金的土地、第二天堂、乌托邦和阿卡迪亚等形象来阐释美洲新大陆,并以上帝的选民身份来开拓这片土地。

在英国人对美洲大陆进行想象性构建的同时,北美也出现一些关于这片大陆的早期客观描述。例如北美本土作家罗伯特·贝弗利 (Robert Beverley) 的著作《弗吉尼亚的历史与现状》 (*History and Present State of Virginia*, 1705) 以轻松从容的笔调明确地展现了印第安人及其田园牧歌般的和谐生活方式。贝弗利恪守维吉尔的传统,以看似简洁朴素实则精心推敲的文体和措辞,在著作中将弗吉尼亚描述成一个自然的花园,这里具有令人难以置信的繁衍能力,气候、空气、温度适中而宜人,森林、土地迷人而富饶,这里的印第安人是一个令人钦佩的种族,他们快乐、温和、钟情、慷慨、诚信、纯真。但这并不是这片大陆上发生的一切,相反,在这部著作的结尾处,贝弗利流露出失望、不悦和羞愧的情绪。贝弗利一方面被印第安人简单轻松的生活节奏和率真的品性所吸引,在印第安人身上找到伊甸园生活中的图景,而另一方面作为英国文化的产物,贝弗利依旧强调纪律、工作和表现,试图寻找一个接受文化熏陶的花园,寻找荒野与文明调和的理想状态,而这也正是自维吉尔以来的牧歌诗人们所寻找的状态。在 18 世纪晚期和 19 世纪初期,美国的牧歌思想得到充分表达。1785 年,托马斯·杰斐逊 (Thomas Jefferson) 发表了《维吉尼亚札记》 (*Notes on Virgina*),将牧歌理想从它一直所属的文学样式转移到现实当中。杰斐逊以牧歌诗人的身份虚构出一个"自耕农"的王国,他在这本著作中预见到弗吉尼亚 (以及整个美国) 将成为自给自足的农民世界，他们在自己拥有的土地上扎根，并珍视上帝赋予独立的"自耕农"的美德。杰斐逊强调牧歌理想作为一种信念可以被用来指引现实社会中的政治。他认为农民耕种土地，亲近自然，品德高尚，这是人类理想的代表和道德的化身，而他们的生活简单、宁静、质朴，代表着美国人民最朴素的社会理想。作为一名政治活动家和领导人，杰斐逊被认为是将贵族的头脑装在了平民的躯体上，被美国人民和历史学家称为美国农业文明的倡导者与缔造者。杰斐逊以田园牧歌式的生活构建美国的民主政治，这一伟大的观念既是美国先驱的生活实践，也是美国人民的一种社会理想和哲学追求，对后世美国人民的历史想象产生了深远影响。正如学者艾德丽安·科齐（Adrienne Koch）所说："无论怎样改变美国的生活和理想，我们确信，人们对杰斐逊思想的追溯将不会停止。"[1]例如福克纳以虚构的手法再现美国南方的历史，将那个虚构的位于密西西比州北部的约克纳帕塔法县县治所在地命名为"杰斐逊"，使杰斐逊的文学遗产成为认识现实的一种方式。杰斐逊的大名与民主观念和社会正义的理想联系起来，这种牧歌式社会理想也被比杰斐逊年轻 10 岁的伦理学家约翰·泰勒（John Taylor）所继承和发展。作为一个参议员和富有的种植园主，泰勒坚持在美国政治和大众生活中倡导"田园共和主义"（Pastoral Republicanism）。泰勒认为以耕作为根本的农事是一项崇高的事业，人民能在诚实的劳动中逐渐形成健康的体魄和高尚的性格，而整个社会的凝聚力"只能来源于从农业文明自然演化而来的有机统一的国家机制"。[2]泰勒坚持寻找一种以农耕文明为基础的共和政体，从而最终确立了农耕文明所孕育的"田园价值观念"（pastoral value）。在美国独立初期农民占人口绝大多数的情况下，杰斐逊和泰勒奉行田园共和政治体制，试图以田园牧歌式的社会理想抵制独立战争之后的金钱政治和官僚体制，这代表着大多数美国人民的文化价值观和崇高的社会理想，成为一种优秀的文化传统，得以在美国传承。

　　无论是欧洲探险者对北美新大陆的极力渲染，还是清教徒赋予新英

---

① Adrienne Koch, *Jefferson*, Englewood Cliffs, N. J. : Prentice-Hall, Inc. , 1971, p. 173.

② Robert Shalhope, *John Taylor of Caroline*: *Pastoral Republican*, Columbia, S. C. : University of South Carolina Press, 1980, p. 3.

格兰的精神意义,甚或是美国本土作家们对乡村生活的构想,都代表着人类对一片未受玷污的地域的理想和想象。人类对自然、荒野和乡村的描述随着爱默生、梭罗将其上升到哲学和神学的高度,被后世美国作家所继承。卡尔·荣格(Carl Jung)认为每个民族或种族拥有相同的身体结构、大体相同的地理和人文环境,共同进化生活了几千年、几万年甚至几十万年,必然拥有一种"集体无意识"(collective unconscious),这种"集体无意识"恰恰是民族或种族文化发展的内在源泉,它能唤起人类共有的感觉和经验,并在这种返回原始意象的过程中重新审视人类共同的经验。这种集体的、普遍的和非个人的集体无意识会对作家的个人创作产生重大影响,甚至会变成一种活生生的经验,造成一个时代的自觉意识和思想观念。而对弗罗斯特来说,从古希腊到现代美国,人类对一个地方进行的想象性构建沉淀在他的意识深处,使他有意无意地从自己的生活经验出发致力于再现美国本土的意识观念。

弗罗斯特出生在美国新旧社会相交替的时代,在这个时代里,一向深信杰斐逊重农主张的美国民族开始转变为一个金钱席卷一切的富豪政治的民族,衰老的农业美国正面临着一个年轻的资本主义美国的挑战,农业与商业、农村与城市、乡土自然与现代大都市的各种构想意图也交织在一起,并充满了激烈的冲突。尤其在弗罗斯特开始创作诗歌的早期即19世纪末期,美国频繁发生混乱局面,工人的斗争、农民的痛苦和公用土地开发殆尽后的忧虑等问题,促使美国人对一片未受玷污的地域的渴望之情迅速膨胀起来。而第一次世界大战以后,美国由于战争期间大发横财,经济迅猛发展,进一步机械化、社会化和信息化,人们逐渐将自文艺复兴以来奉行的天职观念转化为纯粹的经济利益观念。到20世纪20年代,美国真正进入挥霍性的消费时代,社会上滋生出一种普遍的乐观情绪,根深蒂固的"美国梦"即人人皆有机会发财致富的神话具有前所未有的吸引力,自由经济理想泛滥也导致物质追求的狂热和享乐主义的蔓延。然而在这个经济发展日新月异,科学技术突飞猛进的年代,技术的进步、机械的改良并没有给人们带来感情上的满足和有意义的价值准则,科学戳穿了古老的神话却并没带来新的理想。在这个属于青年人的时代里,人们树起批判"清教主义"的靶子,高举性解放的旗帜,把追求物质和痴迷享乐当成生活的理想和目标,把钞票当作人生成败的数据，抛开曾约束他们父辈的道德戒律，跟随着欲望的感觉忘情起舞，生活上放浪形骸。由于以爵士乐为先锋的新时髦冲击了传统文化，青年一代的观念、态度和信仰发生大幅度变化，许多来自下层社会的重要作家描述了这些青年无所适从、生活困顿以至于逐渐走向毁灭的情形。例如，西奥多·德莱塞（Theodore Dreiser）在其小说《美国的悲剧》（*An American Tragedy*，1925）中意在揭穿盛行于20世纪20年代美国文坛粉饰现实的谎言，写出了在美国这个"毁灭人性、造成人性异化"的资本主义文明世界里，一个天真纯洁的少年逐步走向毁灭的生命历程。小说中的主人公克莱德是个普通的美国青年，出生在一个街头传教士家庭，长相俊美、地位低微、生活贫苦、意志薄弱，又自命不凡、爱慕虚荣、野心勃勃。克莱德16岁出来谋生，在一家豪华旅馆当招待时，旅馆中奢侈的布置和那些腰缠万贯的旅客的生活令他震惊，他见到了另一类人的天堂生活，并渴望这种生活。三年后，克莱德在芝加哥的一个俱乐部当招待时遇到了富有的叔叔塞缪尔·格里菲斯。多年盼望的机遇来临，他毫不犹豫地接受叔叔提供的工作，很快就当上监工并爱上同样出身贫穷的女工罗伯塔·奥尔登。不久，当一位阔佬的女儿桑特拉向他表示爱情时，克莱德受宠若惊，他以为找到了爬向财产、爬向享受世间一切幸福的梯子。为了摆脱他一直玩弄并使她怀孕的女工罗伯塔，克莱德按照社会教给他的办法，巧妙地设计一场游湖的圈套，谋杀了罗伯塔。而由于没有财产和社会地位的维护，整个资产者社会反过来以"公正"的面目审判并毁灭了他。克莱德由纯朴青年逐步走向堕落，为了追求上层社会的富裕生活，不惜抛弃爱情和尊严，扫除向上爬的道路上横亘着的障碍，直到最后被判死刑。这个普通的美国青年克莱德，他苦闷、挣扎、彷徨、堕落直至毁灭，才走过22个春秋。克莱德的堕落和犯罪是一个发人深省的悲剧，他扮演了既害人又受害的双重角色，这是他个人的悲剧更是那个社会的悲剧。是20世纪美国这座资本主义工厂在克莱德这样贫穷天真的少年前悬挂了金钱、享受的诱惑，资产阶级的物质生活方式给了克莱德以深刻的教育，使他产生想尽一切办法跻身上层社会，使自己成为有产阶级一分子的念头。又是在这座工厂里各种邪恶对他锻造加工，花花世界里的腐败、堕落、卑鄙、自私，这些资本主义精神生活的苍白又给他年轻的心灵烙下深深的罪恶的痕迹。当他在残酷竞争中，在享乐腐化的价值观念引导下只剩躯壳在呼吸时，还是这座工厂把他踢进地狱的大门，成为美国"民主"制度的牺牲品。作者德莱塞饱含同情和无可奈何的心情，从道德立场上批判了主人公，从主人公本来并不堕落的出发点上批判了社会。可以说，德莱塞笔下的克莱德、弗朗西斯·菲茨杰拉德（Francis Fitzgerald）笔下的盖茨比，这些典型人物反映了美国这个时期农耕文明被工业化破坏，纯朴人性被金钱欲望磨灭，人类良知被放逐的种种悲剧。

在美国人逐渐淡忘"新大陆"所具有的诗意想象并沦为人类欲望的奴隶时，弗罗斯特的出现恰如一缕清风，一丝春雨，驱散了弥漫在人世间的一股铜臭，滋润了人们日渐干涸的心灵。弗罗斯特本人曾说："我来到城市并没有获得激情，而是远离了自然培育起来的激情。"① 而对于不少离开乡村迁居城市的读者来说，瞬息万变的商品、纵横交错的街道和密密麻麻的陌生人群，这些纷乱喧嚣的都市意象不断地将人撕成碎片，城市生活的压抑和痛苦使他们常常恋恋不舍地回顾往昔简单的农村生活。对他们而言，自然不再带有超然的意义，而是意味着纯朴、和平、美丽和神奇，而他们正好在弗罗斯特诗歌里找到最为恰当也最为简单和直接的表述。

在美国工业文明日益富裕却走上纷繁邪恶的道路之际，一个乡土之子唤醒了美国人对迅速消逝的往昔时代的怀念之情。卢梭曾主张人类恢复前现代意识，回到自然中去。卢梭的关于回归自然、眷恋自然的思想传入美国，在梭罗的作品与生活中显现出来，并且日益兴盛，广泛流传。弗罗斯特诗歌作品中留下了梭罗思想的影子，即回到自然中去，正如评论者认为的："纵观弗罗斯特的诗歌，生活于现代社会的他喜欢在远离尘嚣的乡村牧场寻觅现代美国正在逐渐失去的简朴和纯真，以及那逐渐销声匿迹的秩序和宁静。"② 弗罗斯特在《轻松地迈出重要的一步》（"A Serious Step Lightly Taken"）一诗里写道：

> 为我们的姓氏在此牧耕，

---

① Lawrance Thompson, *Robert Frost*, Minneapolis：University of Minnesota Press, 1959, p. 20.
② 刘守兰编著:《英美名诗解读》,上海外语教育出版社 2002 年版,第 198 页。

> 远离喧嚣但非绝离尘世，
>
> 使土壤肥沃，牛羊成群，
>
> 常修补篱笆，修葺屋顶。①

在 20 世纪的文化幻灭与反思的背景下，弗罗斯特通过诗歌表现现代人心灵上的压抑、不安与失落，以及由此产生的对往昔宁静生活的向往，从耕种土地、放牧牛羊，到修补篱笆、修葺屋顶。弗罗斯特在诗歌里创造了山林溪水、绿茵牧场和野草花卉，使饱受现代工业文明之苦的美国人读到这些自然界的美景精神焕发，不仅使他们重温新大陆起初被赋予的文化想象，重新感受用文学语言塑造的一个充满自信、开拓进取的美国形象，而且在第一次世界大战、战后短暂的经济繁荣、20 世纪二三十年代的经济危机、第二次世界大战等社会巨变中，弗罗斯特诗歌以乡村真诚、纯朴、和谐的景象抚慰都市人群备受伤害的心灵。庞德、艾略特等认为，现代生活中的一切都是空洞无效、单调乏味的，缺少人生绚丽多彩的可能性，任何看上去像自由或美好的东西，其实都只不过是掩盖着更加深沉的奴役和恐怖的一层薄薄的装饰而已。然而，正当美国传统文化与现代文明冲突之际，弗罗斯特却创造出关于新英格兰乡土的美好想象，恰好符合人们对温馨乡土的回想和对往昔世界的眷恋以及人类灵魂中对启示意义的需求。

弗罗斯特从自身作为一位农民的生活经历出发，把故乡的自然风情、生活琐事或个人情感写入诗歌中。当他旅居异域他乡或者栖身繁华都市时，他有意识地将新英格兰世界纳入自己整体人生视野来认识，依照自己对人生的理解和追求使新英格兰融入自己对人生感知的过程中，使之不再是一种真实的客观性存在的再现，而是诗人一种主观性的表达，成为弗罗斯特精神的资源宝库，或是他对世事和人生进行思考的起点。从描摹原型的新英格兰到审视文化意义上的新英格兰，弗罗斯特诗歌创作的演变表明，他虽然取材于自己熟悉的新英格兰世界，表现这里简单、质朴、自然的乡村风景和日常生活，但并不仅仅是一位地域诗人，他的

---

① Robert Frost, *Complete Poems of Robert Frost*, New York: Holt, Rinehart and Winston, 1958, p. 508.

新英格兰世界是一种隐喻，旨在表达对广阔的人类世界的构想。这种乐园和隐喻的模式正是弗罗斯特确立自己的文化身份，为公众构建民族身份，以及塑造自己有别于主流现代派诗人的独特所在。弗罗斯特发现了他所熟悉的乡土生活所具有的意义和价值，但他并没有止步于回归乡土和眷恋往昔，而是顺应历史潮流的发展，正视社会现实的冲击，在诗歌创作中表现出新的思潮和主题。

第四章

现代美国与黄金时代

　　自从罗伯特·弗罗斯特成名后，英美评论家们一直关注弗罗斯特诗歌作品中呈现出来的总体特征，争论他是一位传统诗人还是一位现代派诗人。例如弗兰克·伦特恰瓦（Frank Lentricchia）指出："与华莱士·史蒂文斯不同，弗罗斯特在作品中很少直接涉及后康德认识论中的一些问题；与哈特·克莱恩、威廉·卡洛斯·威廉姆斯和 W. H. 奥登不同，他很少引导读者直面现代的城市环境；与埃兹拉·庞德和 T. S. 艾略特不同，他没有以博杂的隐喻形式来表达他对现代与传统之间的对抗关系的理解。并且从弗罗斯特诗歌作品中的语言和韵律等各个层面的特征来看，弗罗斯特是一位非常传统的诗人。"[①] 莱昂内尔·特里林则强调弗罗斯特的诗歌包含着一些令人恐惧的意义："它以一种崭新的方式呈现人类生命中的一些可怕事实。我认为弗罗斯特是一位令人恐惧的诗人。更简单地说他是一位悲剧诗人。但是对他作出这样的评价是需要揭开其诗歌语言的伪装，深入挖掘，切入实质才能达到的。"[②] 特里林是强调弗罗斯特的诗歌具有"阴暗面"的第一位评论家，认为弗罗斯特的诗歌所展示的恐惧是随着人类社会中新事物的不断产生而出现的，这正是现代诗歌的标志。多萝西·霍尔（Dorothy Hall）进一步指出，弗罗斯特的诗歌没有超出现实世界的疆域，因而"在一个人们对社会总是持有怀疑态度

[①]　Manorama Trikha ed. , *Robert Frost: An Anthology of Recent Criticism*, New York: Distributed by Advent Books, 1990, pp. 66 – 67.

[②]　James Melville Cox ed. , *Robert Frost: A Collection of Critical Essay*, Englewood Cliffs, N. J. : Prentice-Hall, 1962, pp. 156 – 157.

甚至导致思想混乱的时代,他的诗能帮助我们阐明这个时代的总体困惑。"[①]

　　评论家们除了在单篇的论文中分析弗罗斯特的诗歌作品之外,还以专著的形式探讨弗罗斯特诗歌作品中的主题思想和艺术特色。例如阿诺德·默奇(Arnold Mersch)发表了《罗伯特·弗罗斯特诗歌中有关孤独与寂寥的主题》(*Themes of Loneliness and Isolation in the Poetry of Robert Frost*, 1969),威廉·汉诺姆(William Hanum)发表了《罗伯特·弗罗斯特的宗教态度》(*The Religious Attitudes of Robert Frost*, 1972),安迪·摩尔(Andy Moore)发表了《罗伯特·弗罗斯特关于当下科学、政治、社会哲学和教育的哲学观念》(*Topical Philosophy of Robert Frost*: *Science*, *Politics*, *Social Philosophy*, *and Education*, 1973),韦恩·马西(Wayne Massey)发表了《罗伯特·弗罗斯特诗歌中的黑暗面》(*Aspects of Darkness in the Poetry of Robert Frost*, 1974),凯瑟琳·哈里斯(Kathryn Harris)发表了《罗伯特·弗罗斯特与科学:论诗歌中隐喻的形成》(*Robert Frost and Science*: *The Shaping Metaphor of Motion in the Poems*, 1976),厄尔·威尔科克斯和乔纳森·巴伦则共同编辑了论文集《未走之路:重读罗伯特·弗罗斯特》。这些学者纷纷挖掘弗罗斯特诗歌所蕴藏的各种内涵和寓意,认为弗罗斯特与其他现代派诗人一样,关注人类社会尤其是西方社会在资本主义迅猛发展时期所面临的各种问题。作为一位描写乡村自然的传统诗人,弗罗斯特已得到人们的普遍认同,而随着英美评论家们对弗罗斯特诗歌作品的深入研究,弗罗斯特作为美国现代派诗人的地位也逐渐得到确立。

　　那么,罗伯特·弗罗斯特究竟是一位怎样的诗人?要准确地回答这个问题,我们就不能简单地给诗人贴上"传统诗人"或"现代派诗人"的标签,而应该联系诗人创作诗歌之际文学和文化方面的时代环境,全面而客观地审视弗罗斯特的诗歌,才能得出较为客观如实的结论。

　　[①]　Manorama Trikha ed., *Robert Frost*: *An Anthology of Recent Criticism*, New York: Distributed by Advent Books, 1990, p. 85.

第一节　传统与现代交替时期的弗罗斯特

　　一位诗人的诗歌创作风格往往不是恒久不变始终如一的，而是处于动态之中，这种变化使其创作生涯的不同阶段异彩纷呈各有千秋。弗罗斯特一生笔耕不辍，其众多作品呈现出来的风格也并不是一成不变的。诗人各个时期创作的作品有所不同，这既与诗人自身的人生阅历、个性气质和教育背景有关，也潜在地与民族文化传统、社会政治经济现实和意识形态等因素的不断影响有关。

　　在弗罗斯特创作生涯的后期，的确如某些评论者所批评的那样存在着诗歌作品良莠不齐的问题，但这并不能使人们否认诗人一生具有经久不衰的创造力。自 1894 年 11 月 8 日弗罗斯特在《独立报》（*Independent*）上发表第一首诗作《我的蝴蝶：一首哀歌》（"My Butterfly：An Elegy"）以来，诗人的创作生涯从 19 世纪末一直持续到 20 世纪中叶，长达半个多世纪。翻开人类文明的历史画卷，人们会发现这半个多世纪是美国历史也是世界历史上一段非同寻常的时期。在科学技术方面，飞机、卫星等现代新事物迅速加快人类前进的步伐；在学术研究领域，爱因斯坦的相对论改变了人类既定的宇宙观，各种新知识的力量砰然爆发，震撼了世界的各个角落；在思想意识层面，美国思想家在 19 世纪末宣扬的"仁爱世界"和"乌托邦理想"等理念日益被现代物理学、化学和心理学领域轰轰烈烈的知识革命击败，人们前所未有地意识到人类曾经作为一种承载能量的形式，其思想不过是一种绵绵不断的、无目的的意识流动，不过是性压抑的释放。正如卡尔·马克思（Karl Marx）所说，这个世界上的一切坚固的东西都已经烟消云散。人类在旧世界里所秉持的理想、信念和意志也在 20 世纪的时代风云变幻中刹那间灰飞烟灭。客观世界的变化影响到文学世界的变化，具体表现为以叔本华和尼采的非理性意志论、柏格森的直觉论、弗洛伊德和荣格的精神分析论，以及海德格尔的存在主义等为思想基础的现代主义文学受到人本主义和科学主义的冲击，日益突出表现世界的残酷和破碎、人生的异化、孤独和痛苦等思想主题。例如奥斯瓦尔德·斯宾格勒（Oswald Spengler）在其杰作《西方的没落》（*The Decline of the West*，1918，1922）中全面研究了现代民主政治、军国主义、技术主义和大都市经济等文化形态,揭示西方文化具有走向没落的历史必然性;尤金·奥尼尔通过《天边外》 (*Beyond the Horizon*,1920)、《琼斯皇帝》(*The Emperor Jones*,1920)和《毛猿》等戏剧作品反映了现代人类社会生活中存在的种种问题;弗朗西斯·菲茨杰拉德则在《人间天堂》(*This Side of Paradise*,1920)和《伟大的盖茨比》(*The Great Gatsby*,1925)等小说中再现"美国梦"幻灭的社会现状和人生悲剧。

从 19 世纪到 20 世纪,西方的文学经历了从传统转向现代的激烈变革,而在美国的诗歌发展史上,这种传统与现代的对抗关系表现得尤为明显。美国自 1640 年出版《海湾圣诗》(*Bay Psalm Book*,一译《英译圣诗全书》)以来,其诗歌始终在美国的文学发展历程中占据重要的位置。美国诗人爱默生与爱伦·坡引导美国诗歌走上脱离英国诗歌传统的道路,惠特曼与狄金森在这条道路上进一步以新的诗歌题材或形式探索出具有美国本土特色的诗歌样式。然而,随着狄金森与惠特曼这两位巨人于 1886 年和 1892 年先后去世,美国诗坛步入"沉寂时期"。随后,在 19 世纪末至 20 世纪初的二十年间,美国诗坛被一些模仿英国浪漫主义末流诗歌的"风雅派"(The Genteel Tradition)诗人所垄断。这时期,美国诗坛似乎失去了努力的方向,诗人也似乎失去探索美国本土诗歌特色的积极性和对诗歌发展未来的信心和憧憬。面对美国诗坛满足于模仿英国诗歌的现状,一些有志于探索美国诗歌出路的诗人纷纷作出努力,试图重新恢复美国已经丧失殆尽或暂时失传的美感、真理、勇气和光荣。在美国现代诗歌的发展历史上,1912 年是值得人们铭记的一年。在这一年里,美国女诗人哈特利·门罗(Harriet Monroe)在芝加哥创办了《诗刊》,这家并不起眼的杂志为有志于诗歌创新的诗人提供了出版园地。《诗刊》成为一批新诗人反对传统的诗歌技巧、创作目的和思想主题的革命中心,推动了美国现代主义诗歌运动的最初兴起以及此后的蓬勃发展。如果说19 世纪的美国文学还处于世界文学的边缘状态,那么 20 世纪早期美国现代派诗歌运动的兴起则使美国文学跨入了世界文学的行列。在世界跨入 20 世纪以后,各种流派与观点的激烈竞争反映到英美文坛上来,例如 1909 年至 1917 年英美诗人发起的注重视觉印象的意象主义(Imagism)运动,1912 年至 1915 年在英格兰发轫的强调绘画应捕捉活力与动感的旋涡主义（Vorticism）运动，1916年至1923年一群年轻的艺术家和反战人士领导的揭示第一次世界大战血腥本质、颠覆传统文化秩序的达达主义（Dadaism）运动。这些流派引起了美国文坛中的美学革命，促使美国现代诗人怀着对新时代的强烈期望而与过去告别，甚至摈弃那些不适合表现技术爆炸与全球暴力的文学形式，而以新的艺术试验反映世界大战和经济萧条等错综复杂的社会现实，以及现代战争、科学技术等带给人的纷乱环境和精神危机。

弗罗斯特出生和成长在19世纪，他的思想深处自然而然地留下美国当时洋溢着的乐观想象和理想主义精神，尤其是那个时代对个体、自由和美好社会的种种爱默生式构想，进而在诗歌作品中构建出新英格兰地域的乐园景象。与此同时，当许多现代文学艺术家纷纷通过提出标新立异的主张来显示主题深刻的时候，弗罗斯特没有投身到20世纪"爵士时代"的生活方式和写作风格，他始终坚持传统的诗歌样式，选择将诗歌写得简单朴素和令人难以置信。弗罗斯特似乎显得特立独行，但是任何人都无法逃脱四处弥漫的时代气息对自身思想观念的影响，弗罗斯特同样不可能生活在一个真空的世界。弗罗斯特处在20世纪这样一个时代语境里，他不可避免地面对人在宇宙秩序中以及在社会环境中遭遇的种种悲剧，这必然促使诗人以其敏锐的艺术灵感和直觉描绘人生世相，进一步在诗歌作品中呈现20世纪初期盛行的痛感个人弱小无力、意志消磨殆尽和上帝的选民已沦为奴隶的悲观情绪。

无论弗罗斯特个人的性格中有怎样的缺点，无论他是否能被人们尊奉为伟大的诗人，人们不能否认的是在20世纪的美国社会，弗罗斯特及其诗歌获得人们热烈的欢迎和普遍的称赞。其原因之一在于随着城市化进程日益加快，传统的生活方式遭遇到前所未有的改变，当人们无法适应由信息、科技主导的现代社会，生存变得更为困顿，情绪更为抑郁的情况下，"农民诗人"弗罗斯特带着诗集从新英格兰乡村走向美国文坛甚至走向世界的舞台。这使得都市中历经现代性思维浸染的人们在他的诗歌中发现消逝的乡村生活和淳朴人性，并在一定程度上满足现代读者对文学阅读的心理期待。值得庆幸的是，弗罗斯特并没有永久地沉醉于那片简单的乡村世界。恰恰相反，伴随着经济神话不断涌现和城市化高速发展的历史进程，弗罗斯特创作的乡土诗歌打破传统牧歌的固定形象和美学特征，揭露自然当中的荒凉甚至凶险以及现代美国社会当中存在的种种时弊。弗罗斯特的乡土诗歌搭上"现代性"的时代快车，这就使得弗罗斯特的诗歌为牧歌文学的发展提供了新的创作资源和审视世界的切入点，即在诗歌作品中表达传统思想与现代精神的冲撞，以及人们在从农村走向城市的进程中所见证的人性异化和世事苍凉。

第二节　从荒凉自然到现代美国

尼采曾指出牧歌"是怀念原始因素和自然因素的产物"。[①] 尼采强调抒情诗人的"自我"不是经验的"小我"而是本体的"大我"，象征性地表达人们怀念旧世界和自然界的原始情绪。对许多抒情诗人和读者而言，牧歌是一种美的极致，牧歌中的主人公诗意地生活着，他们尽情地享受美、纯粹、自由、悠闲与和平。牧歌诗人充满幻想地描写一个理想的世界，其创作缘由来自人类从意识深处渴求逃避丑陋现实的欲望，以及对原初时代自然界的怀念之情。但在弗罗斯特的诗歌中，自然并不完全是维吉尔笔下那繁茂美丽的乡村世界和远离城市的避难所。

弗罗斯特笔下的自然界经常呈现出幽暗阴沉、令人感到恐惧不安的力量。例如在他的诗作里有多处呈现暴风的意象。在《暴风可畏》（"Storm Fear"）里，风像一只野兽闷声闷气地咆哮，在黑暗中裹挟着雪不停地撞击矮屋东面的窗户。人躲在屋内，炉火已熄灭，两个成人和一个孩子在寒冷中彻夜难眠，屋外积雪很深，给人安慰的谷仓也变得遥远。在可怕的暴风面前，人变得渺小，甚至"我"开始疑惑是否还有力量随着日出而起并且拯救自己。在《风暴之歌》（"A Line-storm Song"）里，携着风暴的破碎的乌云在飞驰，大路上终日冷冷清清，白石块隆起，足迹荡然无存。评论家们对这首诗歌的理解各有不同，劳伦斯·汤普森对此诗赞赏备至，而约翰·坎普（John Kemp）认为这首诗的风格"过于浪漫而做作"。[②] 当然，与弗罗斯特的名篇佳作相比这首诗作缺乏敏锐性和

---

① ［德］弗里德里希·尼采:《悲剧的诞生》，周国平译，三联书店 2002 年版，第 29 页。

② Nancy Lewis Tuten and John Zubizarreta eds. , *The Robert Frost Encyclopedia*, Westport, Conn. : Greenwood Press, 2001, p. 189.

独特性，但是该诗构建出强劲的疾风带来骚动的意境，显得别具意味。在《雪》（"Snow"）这首叙事长诗中，诗人首先给对话者设置了一个暴风雪夜的场景，诗中的三个人站着仔细听着窗外狂风大作，暴风无拘无束地呼啸，卷着大雪猛烈撞击房屋。在《袭击》（"The Onset"）一诗里，聚足力量的暴风雪在夜晚倾泻下来，衬着黑魆魆的树林分外雪白，而叙述者最初感觉到的是就像被死神攫住似的听天由命，任凭死亡降临。在弗罗斯特笔下，暴风雪成为大自然邪恶力量的代表，人在暴风的狂啸怒吼下显得软弱无力，只能守候在低矮的小屋内。

诗人笔下的小屋常常是人在外界自然力量威胁下的安全港湾，但诗人所写的小屋多是隐没在一片杂草当中的茅舍，被世人遗弃。例如，在《荒屋》（"Ghost House"）诗中，"我"居住在一座荒僻的小屋，小屋远离被人遗忘的大路，以前只剩下断壁残垣，后来围栏残木在草场上复苏，果树桩已长成一片新林，林中有啄木鸟啄木的声音。但"我"不知道邻居是谁，他们与"我"同住在这荒郊野地，矮树丛下被苔藓覆盖的墓碑上刻着他们的名字。最近两位是少男少女，他们没有可传颂的故事，倒是一对最可爱的伙伴。在这首诗歌里，荒屋不仅被人遗忘，而且紧靠坟墓，还有刚离世的生命来到这里。荒屋、坟墓、刚死去的两个孩子组合在一起，酝酿出浓厚的荒僻、阴森的情感色彩。在《黑色小屋》一诗中，叙述者在荒草丛中看到一座被废弃的黑色小屋，这里凝聚着的不是未来而是过去的回忆，时间在此停滞，使人只看到过去。《人口调查员》（"The Census-Taker"）这首诗讲述了人口调查员在风疾云乱的傍晚来到山间的荒野，在一片光秃秃的空地上见到一个被废弃的小屋，周围了无人烟，只剩下倾颓的废墟。"荒屋"作为弗罗斯特诗歌中一个常见的意象倍显荒凉与孤寂，一方面荒屋成为宇宙中易受伤害的人类的化身，令人联想到战争或者在大自然当中遭到浩劫后的形象；另一方面房子代表着家，然而即使小屋没有被荒废，当四壁之外的大自然或社会势力肆意破坏时，家又经不起侵袭，显得不堪一击。

弗罗斯特的诗歌中还常常出现黑夜的意象。根据传记作家杰弗里·迈耶斯（Jeffrey Meyers）所记载："弗罗斯特经常整夜开着灯入睡。"① 杰

---

① Jeffrey Meyers, *Robert Frost*：*A Biography*，Boston：Houghton Mifflin，1996，p. 24.

伊·帕瑞尼的传记中也提到弗罗斯特对黑暗的畏惧,弗罗斯特坦言:"每当傍晚来临,我不得不在别人之前进入屋里,然后打开所有的灯,这是我从孩童时期起就养成的习惯。"① 弗罗斯特诗歌中的自然意象经常具有孤独、阴暗、悲伤以及在黑夜中沉思的意味,他的诗集《绒毛绣线菊》中的"夜曲五首"("Five Nocturnes")就从各个角度表达了诗人对黑夜的恐惧和对安全的渴望心理。其中《长明灯》("The Night Light")一诗里那个不具姓名的"她"总点燃一盏灯放在床边,即便她从噩梦中醒来,黑夜里有灯光照耀也好像上帝在守护她的灵魂。但对于叙述者来说,即使笼罩她的黑暗被灯光赶跑,"我"仍然感觉沉于黑暗之中:

> 我仍然日夜被黑暗笼罩
> 如我所料,在我前面
> 有最黑暗的夜令我胆寒。②

在"夜曲五首"之二《若是我烦忧》("Were I in Trouble")中,叙述者在偏远的高山上看到过路的旅行者那炫目的车灯闪出光彩,在这难得一见的亮光感染下,他感到自己并非一人。然而转念想到这黑夜带给他的依旧是无法排解的忧愁:

> 它使我感到不再那么孤单
> 因为若今宵黑夜令我烦忧,
> 那边的旅行者也无法消解我的忧愁。③

诗人对黑暗充满恐惧,但是诗人也爱好在晚间独自散步,"夜曲五首"之三《虚张声势》("Bravado")最为恰当地表达了诗人坚持在晚间散步和对黑暗充满恐惧的矛盾心理。诗中的叙述者一走夜路就小心翼翼

---

① Jay Parini, *Robert Frost: A Life*, New York: Henry Holt, 1999, p. 49.

② Robert Frost, *Complete Poems of Robert Frost*, New York: Holt, Rinehart and Winston, 1958, p. 529.

③ Ibid. , p. 530.

地抬头看天，担心天上的星星坠落凡尘而砸在头上。这个叙述者从内心深处对并不可能发生的事件过度担忧，这流露出诗人在黑夜中行走时所具有的极度的不安全感。在"夜曲五首"之四《查明有何事发生》（"On Making Certain Anything Has Happened"）中，叙述者表明不愿充当这夜空的观察者，而"夜曲五首"之五《在漫漫长夜》（"In the Long Night"）里的叙述者则渴望另一个白天来临。弗罗斯特诗歌中的叙述者对黑夜的恐惧不仅来自自然界也来自其他人，例如在弗罗斯特笔下经常有陌生人在黄昏时来敲门。《有文化的农夫和金星》（"The Literate Farmer and the Planet Venus"）一诗开篇伊始叙述者就在傍晚突兀地敲开一扇房门。在《雪》一诗中有个陌生人打扰了一对夫妇的睡梦，尽管他并没有给这对夫妇的生命和生活带来威胁，但毕竟是一个闯进他们生活的不速之客。在《爱情和一个问题》（"Love and a Question"）中，黄昏时分，一名异乡客拄着一根灰绿色拐杖，心事重重，愁眉不展，他来到门前与新郎寒暄，并用眼神乞求新郎让他借宿一晚。新郎看到藤上的荚果都已变紫，感到秋风里有冬天的寒意，面对陌生人于心不忍，可是新郎看到屋里的新娘，不知道是否该施舍金钱和面包，抑或虔诚地为穷人祈祷。陌生人的疲惫与新婚人的甜蜜形成鲜明对比，而陌生人在事实上打扰了一对新人的新婚之夜。

暴风、荒屋和黑夜的意象组合连同陌生人的突然到来，共同突出了人在这个世上的孤寂和惊恐。弗罗斯特笔下的人在暴风呼啸的夜晚，往往躲在荒屋内，显得尤为孤独可怜。孤独是文学中的常见主题，许多西方文学家和哲学家意识到，科学技术的进步促使人与自然、人与人之间的分离，现代官僚制度剥夺了个体的独立性，而传统理性大厦的瓦解，人对上帝的放逐使他们失去了最后的精神依靠，成为精神上的孤儿。现代西方人对孤独的感受更为深切，孤独自然成为20世纪西方文学中一种常见的主题。例如卡夫卡的小说《地洞》、尤奈斯库的《秃头歌女》通过寓言和荒诞的形式表明孤独与个体的生存如影随形。弗罗斯特的诗歌中同样存在隐秘的痛苦，《山间妻子》组诗中流露出人们在毁灭性力量面前的忐忑不安，《一个老人的冬夜》以日常的语气和平静的笔调叙述一个老人独自在空屋里蹒跚踱步的情形，《孤独》（"Bereft"）则叙说了一个人在暴风雪来临时备感孤独的思想和情感。当狂风吹着枯叶发出嘶嘶的响

声,躲在荒屋中的人向暴风雪透露了他的秘密,他因孤独而内心充满着恐惧:

> 我以前曾在何处听见过这风
> 像今天这样变成一种低低的轰鸣?
> 它为什么要使我站立在门边,
> 在这儿推开一扇倔强的门,
> 凝望山下白浪击岸的海滨?
> 夏日过去了,白昼过去了。
> 西天已聚集起大团大团的乌云。
> 在屋外门廊下陷的地板上面
> 一团枯叶旋转并发出嘶嘶之声,
> 想撞我的膝盖但未能得逞。
> 那嘶嘶声中有某种不祥的意味
> 说明我的秘密已走漏风声,
> 不知怎的四下里已有传闻:
> 说我在这幢房子里形单影只,
> 说我在生活中是孤家寡人,
> 说我除上帝之外已举目无亲。①

　　叙述者的屋子代表了其与世隔绝的处境,而当冷漠的自然诸如无情的暴风雪侵袭时,叙述者唯有在孤独中承受所有来自外在世界和人类自身想象的恐惧。海德格尔认为:"孤独有某种特别的原始的魔力,不是孤立我们,而是将我们整个存在抛入所有到场事物本质而确凿的近处。"②海德格尔认为情绪是此在(人)本源上的一种基本存在方式,人首先在情绪中,诸如担心、害怕和无聊中对自己有所觉悟有所发现,在人觉悟

---

① 参见〔美〕理查德·普瓦里耶、马克·理查森编《弗罗斯特集:诗全集、散文和戏剧作品》,曹明伦译,辽宁教育出版社 2002 年版,第 322 页。

② 〔德〕马丁·海德格尔:《人,诗意地安居:海德格尔语要》,邬元宝译,广西师范大学出版社 2000 年版,第 67 页。

到如何之际，此在（人）才得以存在并被展开。海德格尔把此在（人）在情绪中发现或展开的存在状态称为被抛状态，也就是说此在（人）在情绪中发现或展开的存在是一种被抛弃的存在。在这首诗歌里，此在（叙述者）首先在担心害怕的情绪中觉悟到自己在此，意识到自己在这所房子里形影相吊，在生活中孑然一身。而当听见屋外狂风轰鸣时，叙述者唯有感到自己已被抛弃，茫然无措，虽然有所房屋抵御暴风雪，但是形单影只、孤家寡人的状态表明，内心无法排解的孤独和恐惧使叙述者处于海德格尔所论及的一种无家可归的状态。弗罗斯特善于描述这种状态，常常在暴风雪、荒屋和黑夜中展现一个人无可奈何而又无比恐惧的内心世界。弗罗斯特描述的是他个人的内心感受，但也是整个时代心境的反映。在 19 世纪末和 20 世纪初期，人们面临着特殊的处境，发现以前由苏格拉底、柏拉图、善、人性和理念等筑造的貌似坚固的城墙在刹那之间被叔本华、尼采等主张的怀疑论与虚无论摧毁。以前那些保护人的内在心灵免受恶魔攻击的天使和圣人消失得无影无踪，人类唯有直面世间的恐惧，体会那令人胆寒的孤独。对现代人类而言，希望消失了，只有苟延残喘的生命孤独地留存下来。而弗罗斯特惯于在暴风雪的黑夜里展示现代人类的这种处境，这既传达出他个人所体验到的虚无和恐惧，又以日常生活中的场景表现人们共同具有的心理状态。

弗罗斯特诗歌中的自然界甚至比人们想象的更为凄凉。例如《意志》一诗里诗人写道：

> 我发现只胖得起皱的白色蜘蛛
> 在白色万灵草上逮住一只飞蛾，
> 一只宛如僵硬的白丝缎的飞蛾——
> 与死亡和枯萎相称相配的特征
> 混合在一起正好准备迎接清晨，
> 就像一个女巫汤锅里加的配料——
> 蜘蛛像雪花莲，小花儿像浮沫，
> 飞蛾垂死的翅膀则像一纸风筝。
>
> 是什么使那朵小花儿枯萎变白，

还有路边那无辜的蓝色万灵草?

是什么把白蜘蛛引到万灵草上,

然后又在夜里把白蛾引到那儿?

除邪恶可怕的意志外会是什么?

没想到意志连这般小事也支配。①

　　叙述者发现了白色的蜘蛛、飞蛾垂死的翅膀和枯萎变白的小花。在弗罗斯特的诗歌中,白色同黑色一样是恐惧的根源,例如《荒野》中幽暗的夜色和惨淡的白雪逼近,通过白色联想到自然界当中邪恶的意志。色彩是现代作家倾注浓厚兴趣的对象,在赫尔曼·梅尔维尔(Herman Melville)的小说《白鲸》(*Moby-Dick*,1951)里,具有毁灭性力量的巨鲸莫比·迪克的颜色是白色。在艾略特的《荒原》中,风吹过棕黄色的大地,叙述者在瑟瑟寒风中听见"白骨碰白骨的声音",看见"白身躯赤裸裸地在低湿的地上"和"白骨被抛在一个矮小而干燥的阁楼上"②,那"殉道堂的墙上还有/难以言传的伊沃宁的荣华,白的与金黄色的"③,以及"连续的钟声/白色的危塔"。④《荒原》中的这些白色同最残忍的四月、死去的土地、沉闷的幼芽、无荫的枯树和令人烦躁的蟋蟀声等构成荒原中的可怕景象,蕴含着资本主义文明堕落和人类精神空虚的时代精神。而在弗罗斯特的《意志》这首诗里,白色的蜘蛛本身在自然界中不同寻常,这只怪物又盘踞在一朵白花上攫住一只白色的蛾子,三个生物混合在一起不约而同地带上了"抽象的怪异的色彩"。⑤诗人在这首诗歌里提出假如自然环境中有一种意志,那么这种意志是"邪恶可怕的意志",假如自然中没有这种意志,那么令人可怕的事件也会随时随地意外地发生。

---

① 〔美〕理查德·普瓦里耶、马克·理查森编:《弗罗斯特集:诗全集、散文和戏剧作品》,曹明伦译,辽宁教育出版社 2002 年版,第 382—383 页。

② 〔英〕T. S. 艾略特:《荒原》,赵萝蕤、张子清等译,北京燕山出版社 2006 年版,第51 页。

③ 同上书,第 53 页。

④ 同上书,第 54 页。

⑤ Jay Parini ed. , *The Columbia History of American Poetry*, New York: Columbia University Press, 1993, p. 279.

　　自然界中的这种可怕不是人类可以选择的，因为它本身就存在着，表达出诗人对人类从自然中获得满足的怀疑与不安的心理。爱默生曾指出："在现实生活中自然的力量大于人的意志，这是一个显而易见的事实。人的意志对历史的影响显然没有我们所认为的那么大。"[1] 因此"我们将不再对意志的力量如此乐观，因为一旦我们把过去看清楚了，或拥有了现在的智慧，我们就能发现自己完全被自然法则所左右，我们根本无法动摇这些法则"。[2] 爱默生道出了人的意志在自然意志面前的苍白无力。事实证明，人以高于自然的姿态去控制自然的意志不可能实现，恰恰相反，人完全被自然法则所左右，人类在宇宙自然世界中处于渺小的位置。

人在自然面前的渺小恰当地反映在《雪问》（"Afterflakes"）这首诗歌中：

> 在一场大雪下得最紧的时候
> 我在雪上看见了我的影子，
> 于是我向后扭头仰望天空，
> 因为我们仍然爱望天询问
> 地上万事万物的原因。
>
> 如果是我投下了这团黑影，
> 如果我就是这黑影的原因，
> 那么衬着暴风雪无形的影子，
> 我有形的影子倒可以显示
> 我到底该有多黑。
>
> 我向后扭头仰望天空。
> 整个天空一片湛蓝；
> 暂停飘洒的纷纷雪花
> 不过是凝在薄纱上的霜结，

---

　　[1]　［美］R. W. 爱默生：《爱默生超验主义思想》，刘礼堂、李松译，崇文书局 2007 年版，第 19 页。

　　[2]　同上书，第 20 页。

阳光正透过薄纱闪耀。①

　　以叙述者在天空下的一团黑影表达了诗人对自然界充满畏惧。这是弗罗斯特的一首备受关注的抒情诗,最早在 1934 年的《耶鲁评论》(*Yale Review*)上发表,后来被收入 1936 年出版的诗集《山外有山》中。有评论者认为诗中的"黑"与后期基督教关于肉体和灵魂的论述有关。② 事实上,这首诗有助于读者对弗罗斯特诗作中诸多意象的源泉进行思考。诗中的"地"与"天"、叙述者影子的"黑"与雪花的"白"形成鲜明对照,大自然当中的降雪和刮风之"动"与冰霜和阳光之"静"结合在一起。在这种对比中,诗中叙述者的黑影更显得单薄而渺小,他向苍天询问何以自己的影子"有形"而暴风雪的影子"无形",这个疑问本身就显示出叙述者对大自然的恐惧和敬畏。而飘雪暂停时凝结成霜,阳光透过冰霜一切晶莹闪耀,叙述者感觉自身似乎成为了大自然当中的一个微小的雪花。整首诗歌都是叙述者在问"天",这里的"天"代表着大自然,而大自然以行动作为回答,从暴风雪袭来到天空湛蓝,雪花凝结成霜,四处晶莹闪耀,人世间的有限个体与大自然的浑然无限形成对比。在《难以形容》("Beyond Words")中,诗人在前两行从描写檐间冰柱转而道出叙述者的怨恨,诗歌总共只有四行,第三行却连续用了四个"你",借这一词语的重复以及第四行"你等着看吧"(You wait)的坚定语气将一股怨气表露无遗。诗歌标题是"难以形容",却以词语和句式加以形容,同时以冰的冷峻作为象征,道出了叙述者的满腔怨恨。人类是否能战胜自然,这是弗罗斯特在诗作中思考的问题。 《大概有些地带》("There Are Roughly Zones")一诗描写众人坐在屋子里谈论屋外的严寒,但每阵狂风吹过都对屋子造成威胁,诗人由此发问:

　　　　人靠着什么,是灵魂还是理智——

---

　　① 参见〔美〕理查德·普瓦里耶、马克·理查森编《弗罗斯特集:诗全集、散文和戏剧作品》,曹明伦译,辽宁教育出版社 2002 年版,第 384 页。

　　② Nancy Lewis Tuten and John Zubizarreta eds., *The Robert Frost Encyclopedia*, Westport, Conn.: Greenwood Press, 2001, p. 5.

使他的生存环境不受任何限制。①

　　诗人对此作出回答：人类的野心注定要扩展，一直扩展至北极地区，尽管人类的天性难改，但总有种种自然界的法则人类必须服从，人心无限制这一特点也必然遭到大自然的惩罚和人类自己的谴责。弗罗斯特的诗歌表明，自然是给人带来威胁的一种力量，在这种力量面前人的意志并不能超过自然的意志，人除了怨恨之外，更多的是对大自然的无奈和恐惧。

　　对人类而言，大自然曾是人类命名的对象。例如《圣经·创世纪》中上帝创造出万物，并按照自身形象造出人类的始祖亚当，然后耶和华神将那人安置在伊甸园，让人类给万物命名："耶和华神用土所造成的野地各样走兽和空中各样飞鸟都带到那人面前，看他叫什么。那人怎样叫各样的活物，那就是它的名字。那人便给一切牲畜和空中飞鸟、野地走兽都起了名。"（创世纪 2：19）大自然也曾是人类歌颂的对象，例如在浪漫主义诗歌中大自然与春天的生机和夏日的梦幻相连。而弗罗斯特的自然诗歌中经常表现出暴风雪或黑夜等苍凉景象，或将自然的力量想象成为一种对稳定和完整的威胁，表明人无法给大自然命名，相反人在大自然面前无能为力，常常被暴风、荒屋和黑夜等自然事物所驾驭。

　　即使弗罗斯特笔下的自然能给人类提供一种安慰，这种安慰也是短暂的。由此引起的伤感在《金色光华难长留》一诗中表现出来。"大自然的新绿"表达了人类对世界完美的期待，但这种完美难以长久，花开花谢不过是一刹那之间，自然界的美景总是悄然而去，乐园也随即陷入悲凉凄恻。诗人以金子般的光阴来象征一切美好的事物，但光阴转瞬即逝，从嫩芽到枯叶，从乐园的显现到乐园陷入悲凉，时间的改变带来死亡，安慰总是短暂的，金子般的光阴不会久留。

　　弗罗斯特诗作中的乡野境界能够为人类提供一种精神的慰藉，但他不是一位只吟咏田园之乐的诗人。与前代牧歌诗人相比，弗罗斯特的创新之处在于，他笔下的新英格兰世界并不总是像人们在传统牧歌中所期

---

① Robert Frost, *Complete Poems of Robert Frost*, New York：Holt, Rinehart and Winston, 1958，p. 401.

待的那样，以和谐宁静的自然环境为人类提供一种解除痛苦的慰藉。与之相反，他的诗歌中常常出现晚秋的悲凉和冬天的死亡。这在一定程度上表明，弗罗斯特面对机械主导的大工业在美国大行其道的局面，希望建立一个独立于城市之外的阿卡迪亚世界，却无法逃脱纷扰的现代社会，使得他在怀念乡村生活的同时，不可避免地看到城市环境给乡村世界和人类生活带来的孤独、隔膜和失落。

弗罗斯特笔下的新英格兰世界是一个欢乐与悲苦并存的地方，事实上，人们对新英格兰的想象也一直处于二元对立的矛盾状态中。例如早期的清教徒约翰·温斯罗普（John Winthrop）在 1630 年宣讲的布道文《基督教慈善的典范》（"A Model of Christian Charity"）中描绘了新英格兰的美好未来，展望清教徒们用宽容与爱在这片领土上建立一个全世界都关注的，就像《圣经》里描述的坐落在山顶上的"山巅之城"。但实际上，早期的清教徒们来到新英格兰以后，伴随着物质发展的进程，清教徒们展开种种暴力的征服和无休止的战争。1670 年，塞缪尔·丹佛斯（Samuel Danforth）宣讲了他的《对新英格兰的荒野使命的简单认识》（*A Brief Recognition of New England's Errand into the Wilderness*，1671），其中回顾了清教徒抛弃英格兰的浮华和财富，来到美洲大陆寻找单纯和虔诚的生活，将这片荒野变成富饶花园的历程。① 但美洲大陆的荒野当中有着狂风、霉毒、干旱、飓风、洪水、暴雨、流星、地震、可怕的闪电和火灾等，这些因素使得丹佛斯将新英格兰比作一个被荒野包围的封闭而恐怖的花园。从对"山巅之城"的美好幻想到对现实中一些罪恶的正视，从富饶的花园到邪恶的花园，这些二元对立的想象表达出人们对新英格兰地带的矛盾构想。这种矛盾也体现在弗罗斯特的诗作中，显示了诗人笔下的自然所具意义的复杂性。正如评论者所认为的："弗罗斯特的诗歌中充满自然的形象，但是认为弗罗斯特是一位'自然诗人'或是自然的颂扬者，则是歪曲了他的诗歌，忽视了他诗歌中的复杂性。"②

---

① 参见 [美] 萨克文·伯科维奇主编《剑桥美国文学史》第 1 卷，蔡坚主译，中央编译出版社 2008 年版，第 259 页。

② Philip L. Gerber ed. , *Critical Essays on Robert Frost*，Boston，Mass. : G. K. Hall & Co. , 1982，p. 155.

弗罗斯特描述自然的复杂性是与他所处社会及其思想的复杂性分不开的。弗罗斯特一生经历的思想演变受到各种影响，其中包括现代科学的影响。弗罗斯特在散文《人类的未来》（"The Future of Man"）中清楚地表明，科学并非一切但几乎无处不在。弗罗斯特的外孙女指出："弗罗斯特对科学十分着迷，如物理学和相对论的定律、弗洛伊德心理学、达尔文进化论以及更多常见的地理学、植物学、天文学和考古学领域里的知识在日常事物中的具体表现。"① 弗罗斯特受查尔斯·达尔文的影响尤其明显。达尔文的《探险号航海记》（The Voyage of the Beagle，1839）和《物种起源》（The Origin of Species，1859）对西方产生深远的影响，一方面动摇了几个世纪以来人们信奉的宗教观念，另一方面使人们认识到生活中存在着种种严酷的现实。《物种起源》出版 15 年后，弗罗斯特出生。在弗罗斯特成长的岁月里，经好友查尔斯·伯勒尔的介绍，弗罗斯特阅读了达尔文的著作，此后在哈佛大学求学期间他研究了达尔文的思想，还曾与笃信基督教的母亲一同探讨达尔文的理论。其中，达尔文的进化论给他带来深刻的信仰危机，并在他的著作中以各种方式表现出来。例如他的自然诗经常用拟人的手法描绘大自然，并以现实性来消解浪漫性，揭示世间万物的生存取决于其周围环境的事实。《大暴雨之时》（"In Time of Cloudburst"）、《偶观星宿有感》（"On Looking Up by Chance at the Constellations"）和《干嘛要等科学》（"Why Wait for Science"）等诗歌表现出弗罗斯特对自然界乃至对整个宇宙的认识，即宇宙不仅仅是漫无边界的而且是严酷无情的。在《星辰》一诗里，弗罗斯特描写星星聚集在夜空仿佛关注着我们的命运，担心我们会偶然失足，但星星既无爱心也无仇恨，像雪白的大理石的眼睛显得对人类漠不关心。这首诗歌是在弗罗斯特的长子去世后不久写成的。长子的夭折给弗罗斯特夫妇带来巨大的悲痛，使弗罗斯特始终谴责自己没有及时给孩子找一个好医生，让他觉得自己是谋杀孩子的罪魁祸首。弗罗斯特的妻子曾整夜守在病逝的孩子身旁绝望地哭泣，她说假如有上帝存在，上帝一定是恶毒的，弗罗斯特也想到天堂对人类遭遇的冷漠无情。于是在这首诗歌里，弗罗斯特写

① Lesley Lee Francis, "Robert Frost and the Majesty of Stones upon Stones", *Journal of Modern Literature*, Vol. 9, No. 1, 1981 – 1982.

到星星就像弥涅瓦雕像,弥涅瓦是罗马神话中掌管智慧、艺术、发明和武艺的女神,然而这位智慧女神并不能带给诗人安慰。弗罗斯特长子的死亡给他带来持久的哀痛,即使几十年之后诗人仍满怀哀伤,在戏剧诗《仁慈假面具》中,弗罗斯特通过约伯之口说道:

> 她遭受了某种损失,某种她没法
> 从上帝接受的损失——是什么呢?
> 乌托邦信仰、孩子、母亲的怨恨?①

　　这几行诗暗示了诗人内心深处依旧无法排解的丧子之痛。弗罗斯特的诗歌是诗人个体的主观认识,但也是一种客观世界的普遍再现,表达了他对宇宙、自然、人生和世态等方面的认识和感慨,诸如人类在优胜劣汰的竞争中显得冷漠无情,人自身处于孤立无援的无奈境地。

　　弗罗斯特自身的人生经历和他所处的时代社会也对他的诗歌创作产生重要影响。尽管艾略特在谈到鉴赏诗歌的经验时提到,读一首诗之前对于诗人及其作品了解得越少越好,他认为:"细致地准备历史及生平方面的知识,常常会妨碍阅读。"② 艾略特提倡艺术创作的非个人化原则,认为文学批评应少关注作家本人的生平。但文学批评家埃德蒙·威尔逊(Edmund Wilson)作为一个"文学记者"则注重将作家生平逸事与文学分析交织在一起,即主张将描写和复述作者生平事迹与从事神圣的批评任务巧妙地融为一体。在研究弗罗斯特诗歌时,威尔逊的文学思想有助于读者将弗罗斯特的生平事迹与对他的诗歌作品的分析结合起来,使读者在这种联系中发现,弗罗斯特是一个十分忧郁的人,他的大部分诗歌作品源自于他坎坷的生活经历,也源自于现代社会对他内心的猛烈冲击。有评论者指出:"诗人的著作与他个人的生活经历之间的联系是非常微妙、含糊的,但有时候我们会发现诗人的人生经历与诗歌文本之间有一

---

① Richard Poirier and Mark Richardson eds., *Robert Frost: Collected Poems, Prose, and Plays*, New York: Library of America, 1995, p. 398.

② [英] T. S. 艾略特:《艾略特诗学文集》,王恩衷编译,国际文化出版公司 1989 年版,第 72 页。

种非常紧密的联系。"① 正如弗罗斯特在一次演讲中提到："诗人抚摸着自己手指上的旧伤，在伤口上还留着往昔的烙印。"② 诗人一生屡屡遭受贫困生活的煎熬和亲人去世的悲伤，感受美国社会从农村向城市转型的种种阵痛，这些个人生活和社会巨变的烙印必然对诗人的诗歌创作产生深远的影响，使他将这些无法排解的伤痛融入诗作中。诗歌是一种内心的微笑和思考，是一种只可意会不可言传的对象，我们用或感性或理性的语言来再现诗歌中的意义和内涵都似乎显得牵强。但是任何文学都不是凭空产生的，诗人受各种文化结构或社会思潮的影响，必然在作品中留下种种映照现实的痕迹。弗罗斯特的诗歌烙上了各种来自现实的印记，这使得他的诗歌既成为表现忍耐、幽默、勇敢和自尊等良好品质的平台，也成为透视焦虑、恐惧、悔恨、反省、孤独以及农村雇工受到残酷剥削遭遇种种痛苦的窗口。

米沃什认为弗罗斯特是在田野务农，他创作出的隽永的诗作没有任何大城市的背景。③ 因而人们往往对弗罗斯特诗歌中的新英格兰地域产生浓厚的兴趣，认为这里为人类提供了生活的港湾和精神皈依之所，使人们在厌倦城市的纷繁与喧嚣之后从城市回归到一个消失了的乡村地带。然而，读者在弗罗斯特的乡村世界里依然可以看到城市生活的影子。例如《路边小店》（"A Roadside Stand"）和《我乡村信箱里一封未贴邮票的信》（"An Unstamped Letter in Our Rural Letter Box"）等诗歌展现了乡村地带与城市之间的对比。古希腊时期作家们在处理城市和乡村的对比问题时，几乎所有古典诗人都表达出对城市文明的赞扬，哲学家们甚至选择在城市的街道上对话，例如苏格拉底在《斐德罗斯》（Phaedrus）中宣称："田园草木不能让我学到什么，能让我学得到一些东西的是城市里的人民。"④ 而对弗罗斯特而言，他在诗歌中展开的城市和乡村的对比并

---

① Cleanth Brooks and Robert Penn Warren, *Understanding Poetry*, Beijing: Foreign Language Teaching and Research Press, 2004, p. 466.

② Jay Parini, *Robert Frost: A Life*, New York: Henry Holt, 1999, p. 69.

③ 参见［波兰］切斯瓦夫·米沃什《米沃什词典》，西川、北塔译，三联书店2004年版，第117页。

④ ［古希腊］柏拉图：《柏拉图文艺对话集》，朱光潜译，人民文学出版社2008年版，第78页。

不是凸显城市与乡村孰优孰劣，而是突出乡村与城市中存在的种种问题，尤其展现城市里的机器进入乡村后给乡村的环境带来的破坏，给乡村人带来的悲伤。例如在《精通乡村事务之必要》（"The Need of Being Versed in County Things"）中，那些不谙乡下事的人以为大自然关心人类和其他生物，而精通乡下事务的人知道大自然的冷漠。这首诗歌显示出乡下人比城里人更容易受到大自然的伤害。弗罗斯特频繁地将城市与乡村生活加以对照，他偏爱乡村生活，亲自参加农场的劳动，并称颂播种、耕田和伐木等乡村劳动。与此同时，弗罗斯特批判现代科学技术对乡村的侵蚀。例如《谋求私利的人》（"The Self-Seeker"）中的叙述者被机器伤着双脚，所幸有人切断轮槽的水源，这才保住头颅。诗歌里提到大锯锯木的时候是一种兴旺繁荣的声音，似乎象征着生机，但机器带来的并不总是生机，也带来了人被机器所伤的悲剧。叙述者需要律师来帮忙处理索求赔偿的问题，但诗中穿插了大量与索赔无关的戏剧性对话，随着索赔的行动在这种对话中消弭，谋求私利者也变成了令人同情的可怜者。《熄灭吧，熄灭!》讲述一个小男孩在电锯事故中失去手臂，他的生命从微弱、更弱到消失，而人们转身忙着各自的事情，显示出人世间的冷漠与麻木。这是作者断然拒绝在公众面前朗诵的一首诗歌，正如评论者认为的："他感受着一个农家少年身上发生的致命的事件，感受着生命随时都可能结束的不可理喻不可预料的痛苦与恐惧。"[①]

　　现代机器从城市侵入乡村，这引起了现代知识分子的普遍关注。例如有评论者曾总结 20 世纪 20 年代美国知识分子的共同点，发现他们大都主张性自由，摈弃社会礼仪，蔑视禁酒令和鄙视中产阶级，在他们身上虔诚的信仰与怀疑精神并存，他们往往喜欢揭露内幕，对机器和大规模生产的产品心存疑惧。[②] 亨利·史密斯（Henry Smith）在《处女地：作为象征和神话的美国西部》（Virgin Land：The American West as Symbol and Myth，1978）第 13—15 章中探讨了直到 20 世纪仍然支配着美国人思想感

---

　　① Cleanth Brooks and Robert Penn Warren, *Understanding Poetry*, Beijing：Foreign Language Teaching and Research Press, 2004, p. 21.

　　② See Chip Rhodes *Structures of the Jazz Age：Mass Culture，Progressive Education，and Racial Discourse in American Modernism*, London & New York：Verso Books, 1998, p. 5.

情的"神话"，那就是要把荒芜不毛的北美中心地带变成新的"世界花园"。然而这种梦想受到了工业化的浸染，正当美国人力图把旷野变成花园时，现代机械却突然闯进来。1829 年美国第一条铁路开通，在 19 世纪 30 年代，火车的速度、力量、喧嚣和烟雾攫住了美国人的想象。这种火与铁的运输工具成为一种时代精神，呈现在知识分子的笔下。例如，梅尔维尔在《白鲸》中写到在现代铁道上勇往直前的那匹雄劲的钢铁巨兽，惠特曼在《通向印度之路》（"Passage to India"）中描绘了火车疾驰的情景，弗罗斯特在《心开始蒙蔽大脑》（"On the Heart's Beginning to Cloud the Mind"）和《门洞里的身影》（"The Figure in the Doorway"）等诗作中同样描绘火车在轨道上飞奔，喷出阵阵浓烟。但弗罗斯特并没有表现出人类对这种现代工具的骄傲和自豪，相反在诗作中对它展开批判。例如《海龟蛋和火车》（"The Egg and the Machine"）讲述海龟在沙滩上生存的环境美丽而和谐，却由于火车的闯入而遭到破坏，以至于一位旅游者看到轰轰隆隆的火车驶来真希望像折树枝一样把某段铁轨弄弯，"以让这机器毁在壕沟里"。①

　　在 19 世纪和 20 世纪交接之际，科学时代已展现在人们的面前，工业的发展将过去生活在农场里只管天气和土壤的农民推向了听凭蒸汽机、电力、车轮和活塞摆布的城市，使这些不善于思考的人也不得不对自己的基本信念和价值观作出新的评价。尤其是随着社会的发展，传统生活方式面临消失的危险，资本主义生产方式的入侵使人们的生活更为艰难，这种掠夺性生产方式的影响普遍反映在乡村农工的命运上，使他们不得不为了生存而被迫在工业化的势力下毫无希望地挣扎。例如在《孤独的罢工者》（"A Lone Striker"）中，工厂的钟声"像一道道催命符"，虽然闻声者拼命奔跑，但仍有一人没有赶上大门关闭，他会遭到削减工作量或扣工资的处罚，受到老板斥责甚至被辞退，但是工厂里的机器不会因为没有他的缘故而闲置。他在这时想起另一个有树林和悬崖峭壁的地方，他想象自己站在悬崖顶上会看到树梢形成一片海洋，此时树枝的呼吸与他的呼吸和谐同步。但是他却置身于城市环境中，这里的工厂拥有现代

---

① Robert Frost, *Complete Poems of Robert Frost*, New York: Holt, Rinehart and Winston, 1958, p. 349.

化的速度,没有他工厂照样运转,而他离开工厂却无法生存。这位罢工者的生存境遇,也是时代社会的缩影。在美国历史上,工业化的生产和城市化的进程改变了人类的生存环境,导致成千上万的农民失去土地,不得不离开祖先居住的地方被迫到城市谋生。这些农民游走在充满倾轧和斗争的都市环境中,蒸汽机、工厂、铁路和工业区等都市景象前所未有地冲击着人们的感受力。种种新的人生体验,有好有坏,有美有丑,全都蜂拥而来。这一代移民从农村来到城市的境况曾是德莱塞的《嘉莉妹妹》(*Sister Carrie*,1900)等文学作品一再展现的主题,也是19世纪末以来千百万年轻人的一个原形。而弗罗斯特选择从农民的视角再现城市对农村的侵蚀,试图从一些平凡的经历中探寻出不平凡的意义,这就使得他的诗歌能够更加真切地反映这个特殊时期人们内心深处的一些阵痛。

当弗罗斯特这位"乡野之人"来到大城市后,他的大部分文学活动在城市的空间中展开,使得现代社会里的一切斗争与冲突、欢乐与痛苦交汇在一起,形成一个巨大的旋涡,集结在他的诗作中。有评论者认为:"弗罗斯特成为自己的模仿者,他充分地欺骗自己,使自己远离我们这个时代的复杂和纷争,远离政治、道德、宗教和哲学的危机。"① 事实上,虽然弗罗斯特没有去写城市生活中那些恢宏巨大的场景或者惊天动地的事件,也很少表现他所处时代的风云际会,但是他并没有远离这个时代的各种危机,而是凭着记忆或观察,随意着墨于日常生活中发生的事件,不露声色地把他对所处时代里种种复杂事态和诸多纷争的微妙感情勾画出来。

例如在《惧怕人类》("The Fear of Man")这首诗歌里,诗人讲述一位独自回家的姑娘走在城市的街道上,她不是担心高楼林立的城市会坍塌,而是畏惧在微弱的街灯下行走的人。在弗罗斯特的诗篇中,诗人除了表达个体在大自然中呈现的恐惧状态之外,还着力表现人与人之间无法交流与沟通的孤独主题。例如在《修墙》一诗中,"我"质疑墙存在的必要性,认为墙的存在有可能挫伤感情,而邻居虽然没有恶意,却一个

---

① Philip L. Gerber ed. , *Critical Essays on Robert Frost*, Boston, Mass. : G. K. Hall & Co. , 1982, p. 180.

劲儿垒墙，加剧了彼此的隔膜。在《家葬》一诗中，最亲密的夫妻之间也存在隔阂与误解。而在这首《惧怕人类》的诗歌里，姑娘对人类的惧怕成为现代社会的缩影。在莎士比亚的作品《暴风雨》中，自幼流落荒岛的少女米兰达第一次见到英俊的王子时，不禁惊呼世上竟有如此漂亮的人物，人类有多美妙，奇妙的新世界，竟有此等妙人！可是在现代文学作品里，人创造了社会，社会反过来成为压迫人的力量，成为人疏远的对象。例如美国作家舍伍德·安德森（Sherwood Anderson）的《小城畸人》（*Winesburg, Ohio*，1919）在主人公乔治·威拉德的成长历程中关注工业文明对农业小镇生活的冲击。俄亥俄州的乡村小镇居民虽然比邻而居，但基本上都是孤立的，他们对生活充满真诚的热情，却感到孤独和压抑，他们梦想得到解脱，男孩子想离家出走，成年男子想逃往大城市，可是在缺乏人情味的大都会里，所谓的自由只是梦幻泡影，于是所有的逃跑者都被迫回到充满误解与孤独、不安与不满的桎梏里去。阿尔贝·加缪（Albert Camus）的《局外人》（*L'Étranger*，1942）充分揭示了这个世界的荒谬性及人与社会的对立状况，通过主人公莫尔索参加母亲的葬礼到偶然成为杀人犯，再到被判处死刑的荒诞经历表明，人和世界分离，人对荒诞的世界无能为力，对一切事物都无动于衷。现代社会的多变性和人际交往的"无背景性"使人成为行走的符号，在茫茫过客的擦肩而过之间，人与人很难进行深层的沟通和心与心的交流。与这些现代作品相类似的是，弗罗斯特用诗歌的形式同样表达了人在社会中被孤立的状态，在现代社会里，人与自己分离，人也与他人分离，人甚至成为令他人恐惧的对象。

在《部门分工》一诗里，诗人运用拟人的手法描述蚂蚁群体的生活规则，以蚂蚁之间的分工来讽刺人类这个群体中的不同分工，从表面上看人是某种体制中的一个成分，彼此毫不相干各司其职，实则反映了现代体制对人加以控制的状况。19世纪的卡尔·马克思、索伦·克尔凯郭尔（Soren Kierkegaard）以及尼采等思想家早已看到现代社会对人类命运的控制。20世纪的思想家们继续展开这种批判，马克思·韦伯（Max Weber）在《新教伦理与资本主义精神》（*The Protestant Ethic and the Spirit of Capitalism*，1904）一书里将整个现代经济秩序视为一个庞大的铁笼，以不可抗拒的力量决定着这种体制当中每个人的生活。在韦伯看来，他的同代人只不过是些没有灵魂的专家，没有心肝的纵欲者。事实上，在现代都市里，成千上万猥琐的无名者正在进行索然无味的工作，在例行公事中不断磨蚀自己的灵魂，在龌龊的享乐中分裂自己的理想和意志。而弗罗斯特正是以幽默的手法再现了这些现代都市人的生存境遇，以蚂蚁来比喻人生，实践了弗罗斯特式的独特的社会批评方式。

弗罗斯特还常常运用讽刺的笔调，采取直接或间接的方式表现政治主题。他的诗集《小河西流》（1928）、《山外有山》（1936）、《见证树》（1942）和《绒毛绣线菊》（1947）等多表现诗人对城市问题和社会政治的关注。例如在《杰斐逊的一个问题》（"A Case for Jefferson"）中，弗罗斯特鄙视弗洛伊德式的社会态度。尽管弗罗斯特于 1948 年在哈佛大学的一次公开演讲中做了自我批评，说那首诗歌写得不好，并表示再也不想写那样的诗歌了①，但是这种品评时政的风格却是弗罗斯特后期诗歌创作中的典型特征。弗罗斯特多次在诗歌里揭露时弊，例如他的《培育土壤》以"一首政治牧歌"作为副标题，表达了诗人对美国 20 世纪 30 年代大萧条时期出现的政治思潮的担心，以及对富兰克林·罗斯福（Franklin Roosevelt）政见的嘲讽。在《致一位思想家》（"To a Thinker"）中，诗人写到一个刚刚宣布抛弃民主的人转而依靠独裁的权威，摇身一变又成为民主斗士。这首诗歌是在罗斯福总统执政以前创作的，但是这首诗歌很可能还是表达弗罗斯特对罗斯福总统在经济大萧条期间的施政纲领的批评。在《我们对失势者的同情》（"On Our Sympathy with the Under Dog"）中，两条狗互相撕咬，而参议员无人敢进场将它俩踢开，因为他们觉得这两条狗势均力敌就不会伤到自己。对弗罗斯特而言，政治和政治家通常反复无常、翻云覆雨，并且往往与战争的爆发联系在一起。《士兵》（"A Soldier"）这首诗歌就表达了诗人对好友托马斯在战场上牺牲的悲痛，以及对政治家引发战争的愤怒之情。在这首诗里，诗人将士兵描述成一支投掷出去的"长矛"，活生生的人被政府送到战场上，被当作一种战争中的武器。但战场上并没有任何英雄的行为，正如长矛投掷出去，在杂草中坠地生锈，这其中没有任何意义。

---

① See Nancy Lewis Tuten and John Zubizarreta eds., *The Robert Frost Encyclopedia*, Westport, Conn.: Greenwood Press, 2001, p. 50.

弗罗斯特还对国际形势进行了观察和思考。例如诗人在发表于 1947 年的诗歌《他们没有神圣的战争》（"No Holy Wars for Them"）中写到，强者能行善的国家寥寥无几，大国发动战争并在战后瓜分财产，而对小国和弱者而言谈不上什么战争，他们之间充其量只是一些恼人的纠纷。诗中的叙述者将自己等同于微不足道的弱小国家，只能"听从全球的使命"，总是从各方面感觉到无能为力，他所能做的只是表达对上帝寄托的希望。诗人尤其在诗歌中反映了原子弹爆炸事件。1945 年 7 月美国成功制造出原子弹，此后于 8 月向日本成功投掷两枚原子弹。原子弹的出现为战后的世界格局带来巨大影响，其直接后果是美国总统哈里·杜鲁门（Harry Truman）在战后对苏联采取了强硬态度。1946 年 1 月，联合国原子能委员会（U. N. Atomic Energy Commission）创建，试图控制核技术的扩散，而同年 3 月，英国首相温斯顿·丘吉尔（Winston Churchill）在美国发表"铁幕演说"①，认为美国高踞于世界权力的顶峰，拥有最强大的力量，应对未来负有令人敬畏的责任。7 月 25 日，美国在太平洋地区比基尼环礁（Bikini Atoll）的原子弹实验基地成功进行战后首次水下核子弹头爆炸试验，更加增添了美国在世界政治舞台上的强势地位。而弗罗斯特在一首简短的政治诗歌《美国 1946》（"U. S. 1946 King's X"）中将原子弹的威胁称之为"一个新的大屠杀"（a new Holocaust），以讽刺的笔墨写到美国已经发明了一种新的屠杀工具，并且用它赢得了一场战争。在《设计者们》（"The Planners"）一诗里，诗人写到政治问题并不能轻易地解决，在核爆炸发生的那些日子里，只有未出生的人、死者以及极少数人反对核爆炸造成的破坏。诗人愤恨地在这首诗的最后一行提出质问，认为那些社会的设计者至少应该意识到，人类的历史不应该被缩短。而在《爆炸的狂喜》里，叙述者向一位医生诉苦说过去人人都能从事农耕，用一种简单的方式挣钱谋生，而现在各国都在使用科学技术，等待一种炸弹送来的厚礼。原子弹技术结束了弗罗斯特早期对杰斐逊时代田园生活的想象，现在各国的狂喜将在一阵原子弹爆炸中烟消云散。尽管有评

----

① 1946 年 1 月，丘吉尔应邀访美。同年 3 月 5 日，丘吉尔在美国密苏里州富尔顿市（Fulton, Missouri）发表演说，主张英美结成同盟共同制止苏联的侵略。这篇演说可以被视为美国发动"冷战"的前奏曲。

论者认为:"在武装冲突和新型战争武器装备的威胁之下,弗罗斯特的诗歌依然回响着维吉尔式的宁静,为这个痛苦的世界带来经久不衰的慰藉。"[①] 但是与此同时,读者也看到《爆炸的狂喜》或多或少在原子能时代推翻了"维吉尔式的宁静"的想象,以"爆炸的狂喜"这种黑色幽默的笔调展现美国复杂迷惑的社会现实。

从乡村乐园走向现代美国社会,弗罗斯特的诗歌逐渐偏向于对现实的描写。有评论者认为,经济萧条、第二次世界大战和原子能时代出现的种种恐怖景象使弗罗斯特越来越喜欢采用辩论和讽刺的诗歌形式了。许多人认为弗罗斯特为针砭时弊而写的诗歌是他写得最差的作品,因为他提不出可以医治社会弊病的方法,只能一反素来以乡野环境为背景表达沉思的常态,耽于嘲讽各种空头改革而已。人们还认为弗罗斯特本是通过构建乐园给予读者安慰的诗人,而他后期那些反映荒凉的自然景象和现代美国社会弊病的诗歌必然会失去读者的阅读期待。这些看法有一定合理性,但是正如艾略特指出的:

> 一个有能力体验生活的人,在一生中的不同阶段,会发现自己处身于不同的世界;由于他用不同的眼睛去观察,他的艺术材料就会不断地更新。但事实上,只有很少几个诗人才有能力适应岁月的变嬗。确实,需要一种超常的诚实和勇气才能面对这一变化。大多数人要么死死抓住青年时期的经历——所以他们的作品就成了早期作品毫无真情的仿制品——要么干脆抛弃激情,只用头脑写作,浪费空洞的写作技巧。还有一种甚至更坏的诱惑:爱尊荣,成了只在公众中才能显示其存在的公众人物——挂着勋章和荣誉的衣帽架,行为、言论,甚至思想、感受都是按照他们以为公众是那样期待于他们的去做。[②]

---

① Earl J. Wilcox and Jonathan N. Barron eds., *Roads not Taken*: *Rereading Robert Frost*. Columbia: University of Missouri Press, 2000, p. 63.

② 参见 [英] T. S. 艾略特《艾略特诗学文集》,王恩衷编译,国际文化出版公司 1989 年版,第 169 页。

社会不断发展，人的思想感情也在不断变化。从农村到城市，时代变了，环境变了，诗歌内容也应有变化。值得庆幸的是，弗罗斯特能适应这种岁月的嬗变，他并没有停留在过去取得的成就上，在喧嚣的年代里依旧描绘一幅安静祥和的乐园境界，而是顺应社会的急剧变化，步入人生的又一个阶段，发现周围世界的不同之处，并以与此前不同的艺术素材和新的创作手法来反映这个世界。尽管弗罗斯特的思想并没有形成一种体系，他也并没有高屋建瓴地提出一套医治社会弊病的方法，借以展现一条引导社会前行的道路，尽管弗罗斯特只是从自我的真实感受出发，零星地在诗歌中嘲讽各种政治现象和社会事件，但是在他委婉的针砭和隐约的嘲讽之中，读者依然可以体会到诗人对时代的关注，这是我们不能将弗罗斯特简单地视为乡土诗人、自然诗人或传统牧歌诗人的关键所在。

在文学史上，古典主义总是冠冕堂皇地面对历史与现实，浪漫主义则虚构一个安息之所，传统的现实主义在批判现实的同时仍在从另一个角度对生活加以美化，达到惩恶扬善的职责，而现代主义以过于清醒的态度面对人生中的一切痛苦和丑陋，并毫不掩饰地将其表现出来。现代主义作家纷纷将侵略战争、经济萧条、贫富悬殊、愚昧无知、种族仇恨、精神贫瘠和悲观绝望等现象及其引起的情绪反映在作品中，揭露蔓延在20世纪西方社会里的种种邪恶。阿兰·布鲁姆认为："专家们从世上的伟大书籍中获取知识，而诗人们，无论他是否了解那些知识，都必须言说这个他们身处其中的世界。"[①] 克林斯·布鲁克斯和罗伯特·沃伦也指出："诗歌根本不是同生活相分离的，而是从根本上关注生活的。"[②] 诗歌的现代性意味着诗人们关注时代的种种现象和矛盾，然后将它们表现在自己的作品中。弗罗斯特在诗歌中同样从人的生存境遇出发，揭示战争、欲望、邪恶乃至现代科学技术给人类带来的种种痛苦，展示现代人尴尬、困惑、不安、孤独、失意等复杂情感交织在一起的内心世界和纷纭变化的现代生活画卷。在他笔下，自然既代表一种诱惑也代表着一种威胁，

---

① ［美］阿兰·布鲁姆：《巨人与侏儒》，秦露等译，华夏出版社2003年版，第42页。

② Cleanth Brooks and Robert Penn Warren, *Understanding Poetry*, Beijing: Foreign Language Teaching and Research Press, 2004, p. 9.

既是一种辉煌的景象也是一种破坏和毁灭的力量。正是在这个意义上,弗罗斯特与现代派诗人有殊途同归之处。

然而弗罗斯特往往被排除在现代派诗人之外,至少与庞德、艾略特等主流现代派诗人相比备受冷落。其原因主要在于两个方面:一方面是一些研究者将现代主义思潮等同于现代主义诸流派,在论及 19 世纪末叶、20 世纪前半期发展起来的现代主义思潮时,往往只关注象征主义、未来主义、表现主义、意识流、超现实主义、存在主义和荒诞派等先锋文学流派,然而弗罗斯特不属于这其中的任何流派,因此常常被排斥在现代派诗人之外;另一方面是弗罗斯特的诗歌创作手法与 20 世纪美国现代派思潮风起云涌的年代成长起来的众多诗人截然不同,他不进行诗歌形式的试验与变革,并反复声称自己满足于用"旧形式表达新内容",于是在整个英美诗坛特意追求创新的洪流中,他因其诗歌的外在面貌而无人问津也就不足为奇。而弗罗斯特一生冷眼观察世事的瞬息万变,执着地坚守自己的传统阵地,无论是他早期多关注自然的诗歌,还是后期多关注社会的诗歌,弗罗斯特都凭着自己的经验和切身感受,从新英格兰乡村自然景物和日常生活中汲取灵感和力量,展开对现代文明的批判,表达他对人类社会的关注和体会。

因此,尽管弗罗斯特不属于任何具体的流派,也不是一个自觉的文体家,没有在诗歌创新方面提出鲜明、激烈、振聋发聩的口号,没有以标新立异的姿态给文坛带来什么新的艺术和新的技巧,但是从 21 世纪的角度回顾他的诗歌创作实践,我们可以说弗罗斯特不是一个沉浸在新英格兰乡村的现实逃避者,而是一位密切关注现实,并以自己独特的方式反映现实的现代派诗人。

第三节　黄金时代的期待

在面临现实的困顿时,伟大的思想家们往往选择直面现实,以卓越的智慧为人类构想一个美好的社会。例如,孔子面对春秋时期天下大乱、贤圣不明和道德不一的时代,提出一种对远古选贤与能、讲信修睦社会的怀念,描绘出"大同"和"小康"世界。孔子认为"大道之行,天下为公"是为"大同","大道既隐,天下为家"是为"小康",他称尧舜时代为"大同"并作为最高理想，把文、武、周公时代称为"小康"，作为近期的目标。对孔子来说，回到上古时代的完美不是通过信仰的作用或神恩的干预，不是等待末世的启示或救世主的第二次来临，而是通过人在目前和现世中的努力，依靠道德的君子去恢复那失去了的完美时代。也有评论者指出："许多第一流的作家是能从人的不幸和苦难里抬起头，开始憧憬一个更美好的世界的。"① 对弗罗斯特而言，虽然他在诗歌创作中并没有明确指出一条拯救现代文明的途径，但他也没有陷在痛苦之中不能自拔，而是以冷峻的目光和坚毅的态度来对待生活中的种种不幸与痛苦，并从不幸与苦难中抬起头憧憬一个更美好的世界，以诗性的想象引领读者产生关于黄金时代的怀念和对辉煌未来的期待。

在西方文学史上，对于黄金时代的美好想象至少可以上溯到公元前 8 世纪希腊诗人赫西奥德（Hesiod）的《工作与时日》（*Work and Days*）。赫西奥德在这部作品中提出，奥林匹斯山上不朽的神创造了一个黄金种族的人类，这些凡人像神灵一样生活，没有劳累、忧愁、悲伤和衰老，而只有快乐和美好，他们友好、轻松地生活在一片富饶、宁静的土地上，羊群随处可见，幸福的神灵眷爱他们。希腊神话中的克洛诺斯统治着黄金时代，但被儿子宙斯推翻，黄金时代便宣告终结，人类的烦恼也随之开始。以宙斯为首的奥林波斯诸神创造了第二代种族，即白银种族，他们语言贫乏，不能避免犯罪和彼此伤害。随后又有第三代种族，即青铜种族，他们强大可怕但为黑死病所征服。第四代种族为比较高贵公正的英雄种族，他们经历不幸的战争和可怕的厮杀，但宙斯让活着的英雄远离人类，住在大地的边缘。此后的第五代种族为黑铁种族，他们白天无休无止地劳顿烦恼，夜晚不断有人死去，面对着各种罪恶陷入深重的悲哀之中。从黄金时代到黑铁时代，从幸福的天之骄子到罪恶的凡夫俗子，人类一步步远离神灵，陷入堕落的生活。随后，维吉尔在《牧歌集》中承继和发展了黄金时代的思想，他尤其在牧歌四中预言"黄金时代"的重新来临。维吉尔着意将黄金时代的图景与田园风光融为一体，在他描绘的太平世界里：

---

① 蓝棣之：《现代诗歌理论：渊源与走势》，清华大学出版社 2002 年版，第 5 页。

> 首先要长出那蔓延的常春藤和狐指草，
>
> 还有那埃及豆和那含笑的茛菪；
>
> 充满了奶的羊群将会得自己回家，
>
> 巨大的狮子牲口也不必害怕，
>
> 你的摇篮也要开放花朵来将你抚抱，
>
> 蛇虫将都死亡，不再有骗人的毒草，
>
> 东方的豆蔻也将在各地生得很好。①

　　这里的世界不是艾略特《荒原》中那个杳无人烟的不毛之地，而是一个草木茂盛、物产丰富、和谐安详的世界。维吉尔自从发表《牧歌》后，引起了屋大维（Octavian）和罗马统治阶级的普遍注意，开始受到屋大维和他的亲信们的庇护，此后一直过着平静和尊荣的生活。维吉尔成为屋大维的崇拜者，这使他在牧歌创作中表现出对屋大维和已死的恺撒大帝的赞颂。维吉尔的牧歌四通篇预言屋大维的统治带来"黄金时代"：

> 伟大的世纪的运行又要重新开始，
>
> 处女星已经回来，又回到沙屯的统治，
>
> 从高高的天上新的一代已经降临，
>
> 在他生时，黑铁时代已经终停，
>
> 在整个世界又出现了黄金的新人。②

　　维吉尔在牧歌中借"黄金时代"的预言称颂屋大维的统治，也更多地表达了维吉尔对罗马社会的赞颂和期待。

　　在这方面弗罗斯特堪称维吉尔的后世门徒，他同样在诗歌作品中热情洋溢地阐述他对"黄金时代"的预言。《迷路的信徒》（"The Lost Follower"）是诗人针对一些年轻人放弃诗歌而热衷于苏俄式社会改革而创作

---

　　① 参见［古罗马］维吉尔《牧歌》，杨宪益译，上海人民出版社2009年版，第33—35页。

　　② 同上书，第33页。

的。诗人在这首诗里提到，那些印在金色书页上洋溢着金色激情的诗行能为我们带来一个全新的阶段，诗人进一步阐明"我是说黄金时代"。①在《快到 2000 年》（"It is almost the Year Two Thousand"）这首诗中，诗人再次提到：

> 为开启这个古老的世界，
> 我们曾有过一个黄金时代。
> 其金并非挖自金矿的金，
> 于是某些人说有迹象
> 第二个黄金时代已来临。②

1961 年 1 月 21 日，弗罗斯特撰写的《致肯尼迪的就职仪式》（"For John F. Kennedy His Inauguration"）一诗在《纽约时报》（*New York Times*）上发表。诗人在这首诗中指出，年轻的总统肯尼迪能够引领美国进入一个"诗歌与力量的黄金时代"。③ 诗人热情称颂美国的历史和肯尼迪总统的当选，他认为美国的先贤们像先知一样无所不知，他们使每个人都向往这个以《独立宣言》为蓝图的国家，而在当今世界民族之林的秩序陷入混乱之际，这个国家充当着敢作敢为的一员，肯尼迪总统的当选则是一个民族投票的最伟大的结果，这个国家的预言家在令人振奋的空气中会看到"下一个奥古斯都时代"④ 的荣耀，一种充满力量、骄傲和青春抱负的荣耀。

如果说维吉尔认为"黄金时代的新人"是屋大维，那么对弗罗斯特而言，这位黄金时代的新人则是肯尼迪总统。弗罗斯特坚信这位新当选的年轻总统肯尼迪大胆而自信，定然会实现充满希望的"新边疆"（New

---

① Robert Frost, *Complete Poems of Robert Frost*, New York: Holt, Rinehart and Winston, 1958, p. 483.

② Ibid. , p. 488.

③ Richard Poirier and Mark Richardson eds. , *Robert Frost: Collected Poems, Prose, and Plays*, New York: Library of America, 1995, p. 437.

④ Ibid.

Frontier)① 计划，兑现他在接受总统候选人提名时所允诺的施政方针，引导美国进入一个充满"诗歌与力量的黄金时代"。据斯坦利·伯恩肖(Stanley Burnshaw) 回忆，在弗罗斯特 85 岁的生日庆典上，一位作家向诗人询问新英格兰是否已经失去了它的生命力，弗罗斯特回答说下一届总统将来自波士顿，"姓肯尼迪"。② 在弗罗斯特早期的诗歌创作中，诗人描写新英格兰这片土地上的生活与风景，并且在这里寄托了他对乡土乐园的想象，在他后期诗歌创作中，诗人多处揭示自然与社会中存在的种种荒凉与罪恶，但是诗人并没有丧失对人类社会美好未来的期待，即使在他生命的暮年时期，诗人仍然相信这个来自波士顿的年轻政治家作为美国历史上最理想的总统将给这个国家带来新的生命力，创造理想的政府，迎接黄金时代的来临。

在人类历史上，超越现实生活当中的痛苦并满怀对美好未来的期待成为艺术家关注现实的一种方式。在 20 世纪血与火的生活中，人们开始怀疑人类是否能够沟通，人性是否存在，几千年的文明是否有意义，生命本身是否有价值。这些疑问撒满天空，刺激着虚无主义的神经系统，给 20 世纪烙上疼痛的印记。叔本华认为人生受意志的驱使，只是一个欲望永远无法满足的追求过程，所以人生实际上是一场悲剧，人生就是痛苦。萨特认为世界是荒诞的，人对自己的处境难以理解，因此存在就是虚无，就是孤独、不安、痛苦，然而人是自由的，人必须行动，行动即选择，人要对自己的选择负责。面对这些痛苦与不安的思索，许多作家陷入悲观主义的深渊，一个又一个作家发疯或自杀，杰克·伦敦服毒自杀，意识流巨匠伍尔夫投河自尽，海明威用枪打碎自己的脑袋，奥地利的茨威格使用了煤气。而最敏感的是年轻人，20 世纪 40 年代末和 50 年代初，英国、法国、美国等欧美国家先后出现了"愤怒的一代""回归的

---

① "新边疆"是美国民主党总统约翰·肯尼迪政府的施政纲领。20 世纪 50 年代，美国经济增长缓慢，贫困问题严重，黑人运动逐步高涨，而西欧、日本进入经济发展的迅猛时期，苏联的科技发展也有迎头赶上甚至超过美国之势，在这时期，美国的优势地位逐渐丧失。美国国内外存在的困境迫使美国政府采取新的对策。1960 年 7 月 15 日，肯尼迪在接受民主党总统候选人提名的演说中就提出了"新边疆"的口号。1961 年 1 月，肯尼迪宣誓就任前后立即着手制定包括内政和外交两个方面的"新边疆"的施政纲领。

② Nancy Lewis Tuten and John Zubizarreta eds. , *The Robert Frost Encyclopedia*, Westport, Conn. : Greenwood Press, 2001, p. 285.

一代"和"垮掉的一代"，他们共同的特征是饱含对现实世界的不满与绝望情绪。在 20 世纪的西方社会，当漫天乌云，天空犹如黑夜时，人们诅咒乌云，期待着太阳光照耀大地，但是当人们一旦发现所期待的太阳不过是一堆高悬在空中的碎片时，人类心灵的炼狱漫长而痛苦。然而炼狱之门在哪里，现代艺术家们一如既往苦苦探寻。因此，在现代主义、后现代主义作品猛烈抨击社会浊流，弥漫着恐惧、焦虑、绝望的情绪背后，20 世纪作家们处处洋溢着揭露黑暗的激情，这种激情恰恰来自对光明的向往与自信。例如，艾略特在《荒原》第 5 节"雷霆的话"中描述大地缺水，岩石崩裂，世界成了"岩石堆成的"一片沙漠荒原，人们在恐怖与绝望中仰望头顶乌黑的浓云，表示耶稣的降临，以雷霆代表上帝宣言，指出拯救人类的唯一出路："舍己为人。同情。克制。"弗朗索瓦·莫里亚克（François Mauriac）在《爱的荒漠》（1925）中描写了那些因血缘及婚姻机遇而构成家庭的人所承受的孤独与隔绝，并竭力描画青春焦虑、肉体诱惑、物欲横流、自满伪善等人类罪恶。但是莫里亚克认为基督教的最大益处之一就是给人类的痛苦带来意义，而他以其全部作品阐明人性的深度只有在神性之光的照耀下才能显示出来。因此，在莫里亚克看来，尽管人类放逐上帝，爱的整体性和神圣性被摧毁，人面临着爱的荒漠，但是唯一将荒漠变成绿洲的途径是重新恢复基督教的爱的秩序，因为上帝即是爱，对于活生生的爱，没有什么不可能。D. H. 劳伦斯（David Herbert Lawrence）发誓要做一名"爱的祭司"，却生活在悲剧时代，在他看来，这个时代最大的悲剧不是世界大战的爆发或经济危机的侵袭，而是爱的伊甸园的失落，是工业文明侵蚀下两性关系的扭曲与异化。面对这样一种悲剧，劳伦斯在《虹》（The Rainbow，1915）这篇小说中寄托了自己的人生追求。笔下的主人公厄秀拉看到彩虹，五彩缤纷的彩虹架起从现实通往理想境界和未来世界的桥梁，尽管这只是作者的主观愿望，但标志着一个和谐新生的世界的降临。正是在这段关于彩虹的描写中，劳伦斯坚信自己为世界勾画的彩虹具有无穷的生命力，这道彩虹将穿越世界的腐朽，为阴暗的现代世界带来色彩和生机，激发人们对生命与爱的渴望，建立人与自然、人与人的和谐关系。加西亚·马尔克斯在《霍乱时期的爱情》（1985）中显示了对于爱情的信心。在这部小说的结尾部分，主人公费尔米纳与阿里萨在半个世纪后终于走到了一起。两位老人如同患上霍乱一般迷醉，他们已经超越了激情的圈套、幻想的残酷嘲笑和虚无缥缈的海市蜃楼，直接到达爱的真谛，以至他们乘坐的那艘挂着黄色霍乱旗帜的船在内河航道上开来开去，仿佛行驶到永恒。艾略特的《荒原》第4章命名为"水的死亡"，以弗来巴斯尸骨在水中沉浮的场景隐喻现代人在泛滥的情欲中毁灭。而在马尔克斯笔下，阿里萨等人在航行过程中不断看到水中有死尸漂过，河面上还漂着死鱼，同样在水中有死亡，但是爱情之舟以及"永生永世"的誓言表明，马尔克斯并不像艾略特那样对爱情悲观，认定现代社会是无爱的荒原。马尔克斯相信即使在人欲横流的现实中也有真爱存在，而对真爱的渴望和追求也将成为一种救赎力量，帮助人们摆脱孤独的境遇，从而获得新生。庞德面对战争、贫困、失业、高利贷、经济危机、欲望膨胀、信仰失落、心灵腐化和人类的秉性异化等社会问题，他关注欧洲乃至人类的前途和命运，热切渴望"巨人"拯救世界。庞德在现实中推崇精英政治，赞扬托马斯·杰斐逊等美国前总统的光辉思想，而由于自己的固执自信，庞德错误地认为贝尼托·墨索里尼（Benito Mussolini）是保护艺术和宗教的军事领袖，是能够拯救世界的"巨人"，认为纳粹具有重建西方秩序与意义的崇高决心。可以看出，20世纪的杰出作家们纷纷从不同角度为同时代的人们探寻一条通向未来的道路，艾略特和莫里亚克以宗教的眼光来观照现代世界，并把拯救的希望放在宗教上，劳伦斯和马尔克斯渴望用和谐的两性关系和真爱来摆脱孤独。而弗罗斯特与庞德一样，将人类的前途和命运寄托在精英政治之上，他讴歌肯尼迪总统的当选，并期待这位年轻的总统带来一个全新的时代。弗罗斯特生活在悲剧时代，但是不以悲观的态度对待它，而以自己独特的方式表达对现实痛苦的关注与超越，以及对美好未来的希冀与追求。从这个意义上理解，弗罗斯特理所当然应该被纳入精英知识分子的尊贵殿堂，享有与艾略特、莫里亚克、劳伦斯、马尔克斯、庞德等作家同等重要的地位。

与此同时，诗人也试图谋求自己和其他诗人在国际政治舞台上的位置。1961年春天，弗罗斯特曾说："你知道我的一项使命就是成为总统内

阁中的一名文科大臣。"① 他坦言："诗是我追求的目标，美国政府也是我
追求的目标。"② 1962 年，弗罗斯特获得"国会勋章"（The Congressional
Gold），他在华盛顿的影响在他一生中达到顶峰。作为肯尼迪的文学朋友
和政治支持者，弗罗斯特受到肯尼迪总统的邀请，并参与文化交换项目
代表美国出访苏联。对弗罗斯特而言，这一次出访是无比辉煌的时刻，
具有重大的政治意义。针对这次出访，杰伊·帕瑞尼在弗罗斯特的传记
中提到："苏联最有权势的人物会见了美国的一个文化圣像，他们自由地
交谈着一些重大的文化问题。"③ 《罗伯特·弗罗斯特在俄国》（*Robert
Frost in Russia*，1964）一书详细记载了弗罗斯特在俄国的种种经历，书中
写到诗人与苏联共产党总书记、部长会议主席尼基塔·赫鲁晓夫（Nikita
Khrushchev）进行了长达 90 分钟的谈话，谈话的主题是两个超级大国之
间全新的竞争关系。他们也讨论东西方的文化力量，分析经济竞争的意
义和战争带来的恐惧，以及运用力量维护传统、荣耀的必要性等问题。
这本书的作者 F. D. 雷夫（F. D. Reeve）指出："赫鲁晓夫这位俄国最有
权势的政治人物认为，他的职责是维护文化传统。弗罗斯特这位美国最
受崇敬的文化圣像认为，他的职责在于终其一生在世界上寻找诗歌力量
与权势力量恰当地融合在一起的理想社会。"④ 当赫鲁晓夫询问弗罗斯特
作为一位诗人思维有无特别之处时，弗罗斯特开始谈起他内心深处一直
想说的话题，即如何寻找东西方相互理解的方式这一问题。⑤ 弗罗斯特反
复对赫鲁晓夫说："一个伟大的民族产生伟大的诗歌，而伟大的诗歌创造
出伟大的民族。"⑥ 弗罗斯特阐明诗歌对一个民族发展的意义，诗人也阐
述诗对于民族与民族之间交流沟通的意义。早在 1954 年《致日本诗人》
这封信中诗人就指出："是诗歌使你们想到了我，也是诗歌使我想到了你

① Nancy Lewis Tuten and John Zubizarreta eds. , *The Robert Frost Encyclopedia*, Westport,
Conn. : Greenwood Press, 2001, p. 119.

② Richard Poirier and Mark Richardson eds. , *Robert Frost: Collected Poems*, *Prose*, *and Plays*,
New York: Library of America, 1995, p. 845.

③ Jay Parini, *Robert Frost: A Life*, New York: Henry Holt, 1999, p. 434.

④ F. D. Reeve, *Robert Frost in Russia*, Boston: Little, Brown and Company, 1964, p. 118.

⑤ Ibid. , p. 111.

⑥ Ibid. , p. 112.

们。我们是在艺术当中相互求索。"① 在 1957 年《致韩国诗人》这封信中诗人也表明:"在我看来,诗以及其他艺术是一个国家赖以生存的东西。艺术比其他任何事物都更能标志一个民族的特性。艺术可以使人们心灵相通,这种作用在语言不通的民族之间尤为明显。"② 弗罗斯特明确表示诗和艺术在实现民族沟通方面的作用,也重申诗歌与权势的力量,并肯定诗人在国家政治中的地位。

在诗歌与权力的关系中我们可以发现,庞德在艰难的流亡生涯中不断开辟现代派诗歌的新方向,从东方文明尤其是儒家思想中寻找西方的拯救之路。在他狂热的政治行为和百科全书式的诗作之间贯穿着一条隐含的主线,即庞德作为一位诗人具有重建现实世界秩序的雄心。如果说柏拉图在《理想国》中对诗和诗人进行谴责,主张将悲剧诗人赶出城邦,那么激进的庞德以及相对保守的弗罗斯特则代表了 20 世纪诗人重回城邦的努力。1958 年 5 月 21 日,弗罗斯特被任命为国会图书馆的顾问,在国会图书馆举行的一次新闻发布会上诗人宣布:"我不是柏拉图主义者,我不同意柏拉图所谓应该由哲学家担当统治者的观点。在诗人应受压制这一点上我也不赞同他的说法。诗人应该比哲学家更适合当统治者。"③ 弗罗斯特认为伟大的诗歌创造出伟大的民族,他相信诗歌与伟大的政府之间有着密切的关系,因此,他热切希望用诗歌来拯救国家,并希望肯尼迪带来一个诗歌与权力相结合的鼎盛时期。

席勒指出:"艺术家固然是时代之子,但如若他同时又是时代的学徒或时代的宠儿,那对他来说就糟了……他虽然取材于现在,但形式却取自更高贵的时代,甚至超越一切时代,取自他本性的绝对不可能改变的一体性。"④ 席勒不赞成艺术与眼前的现实生活直接相连,也反对把艺术当作道德教育的手段。伊格尔顿认为:"就现代文学理论的情况而言,诗成为范型更具有特殊意义。因为在所有文学类型中,诗显然是最与历史

---

① Richard Poirier and Mark Richardson eds. , *Robert Frost*: *Collected Poems*, *Prose*, *and Plays*, New York: Library of America, 1995, p. 817.

② Ibid. , p. 840.

③ Ibid. , p. 846.

④ [德] 弗里德里希·席勒:《审美教育书简》,冯至、范大灿译,上海人民出版社 2003 年版,第 70 页。

绝缘的一种：在这里，'敏感性'可以以最纯粹的、最少受到社会污染的形式自由活动。"① 诗歌作为一种精练的文学形式常被视为吟诵性情之作，与历史绝缘，但这并不意味着诗人无视历史的存在，正如弗罗斯特曾提出的："诗不能不承载一些历史与社会的内涵。"② 作为诗人，庞德渴望建立一个政府仁道地掌握金融并真正热爱文学艺术的理想国家，他把希望寄托在墨索里尼身上，而结局正好相反，法西斯政权肆虐世界自取灭亡，使庞德深陷现实的泥潭之中。作为诗人，弗罗斯特同样坚定自己的信念：一种"我们作为社会成员互相分享的信念，不管是先行者还是后来者，我们全都共享这个信念，以求创造这个国家的未来。"③ 现实世界充满混乱、迷惑和幻灭，人们难免陷入孤独、恐惧和绝望，但面对世间的恶，弗罗斯特依然相信善的力量，相信科学的进步和人类的未来，相信人们在并不完美的世界上依然保持着对生活和世界的爱。华兹华斯对资本主义社会深感不满，他将理想寄托于"回归自然"，回到中世纪去，过着宗法式的农民生活，浪漫主义诗人拜伦和雪莱则把理想寄托在古希腊古罗马的民主制"乐园"。现代诗人弗罗斯特同样表现出对往昔的怀念，但他并不把理想仅仅寄托于过去，而是期望现实当中的政府创造国家的未来，渴望肯尼迪政府重现维吉尔牧歌中的"黄金时代"，并实现国家与国家之间的文化往来，消弭隔阂，和平共处。

　　然而当弗罗斯特从苏联回到美国后，肯尼迪总统并没有再召见这位白发苍苍满怀希望的美国"圣像"。诗人在临终前终于意识到那个他热切期待的"诗歌与权力的黄金时代"并未降临。弗罗斯特以诗人的天真与热情看待诗及诗人在治乱救世中的意义，在某种程度上说，这与孔子与柏拉图的诗学观念具有一定的相似之处。孔子生逢春秋乱世，君不君、臣不臣、父不父、子不子。在孔子看来，天下大乱，外在表现是礼崩乐坏，内在表现是人心不古、麻木不仁。面对这种乱世，孔子信而好古，

---

① ［英］特雷·伊格尔顿：《二十世纪西方文学理论》，伍晓明译，陕西师范大学出版社1987年版，第57页。

② Robert Frost, *Complete Poems of Robert Frost*, New York：Holt, Rinehart and Winston, 1958，p. 810.

③ Richard Poirier and Mark Richardson eds.，*Robert Frost：Collected Poems，Prose，and Plays*，New York：Library of America，1995，p. 727.

终其一生寻找"克己复礼，天下归仁"及治乱救世、复兴礼仪之邦的良方。孔子认为治理乱世首先要治理人心，治心之方在于教育，教育通过三代之"文"，来教化万民，开启人心，使人心由坏变好，使世道由坏变好，使人人都从善如流。而诗是教人成仁的六艺之一，《诗》三百，一言以蔽之，曰"思无邪"。"无邪"成为一切"诗"的合法依据，这对后来的诗论奠定了重要的基础。柏拉图与孔子一样，生逢乱世，并目睹雅典城邦的衰败与灭亡。受苏格拉底的影响，柏拉图将这一切归之于德性的沦丧，需进行理性启蒙或理性教育。由于诗对人的非理性误导，柏拉图宣布理想国不欢迎诗人，尽管他们的言辞非常动听，故事讲得非常美妙。然而柏拉图在将"过去的一切诗人"赶出理想国的同时，却召唤着"另一种未来的诗人"进入理想国，只许歌颂神明的、赞美好人的颂诗进入城邦。无论是孔子删诗还是柏拉图非诗都采取了一种道德理性立场，都将"诗"纳入治乱救世、重建理性王国的总体教育规划中来设想，并提出明确的实践要求。弗罗斯特同样将诗及诗人纳入国家政治层面来考量，试图通过诗歌与权利的结合，期盼理想社会的到来。尽管"黄金时代"并没有到来，但弗罗斯特成为世界诗歌史上的一个文化符号，他是一位辛勤耕耘的农民，充满田园牧歌的想象，有着新英格兰的斯多葛精神，满怀炽热而忠诚的爱国主义精神以及朴实而深邃的哲学思想，这些美国人持久欣赏的品质集中体现在弗罗斯特对肯尼迪总统的深深期待之上。

在 20 世纪这个可以说是迄今为止政坛波涛最汹涌、最复杂，人类灾难最深重，世界格局最富于变化的时代里，弗罗斯特没有正面描写时代的洪流巨浪，而是从中截取一片微澜，一朵浪花，加以精细地审视和描绘，借以反映整个时代的风貌。弗罗斯特或平淡或嘲讽的诗歌蕴含着人类心灵深处承受的苦难，他对"黄金时代"的殷切期待折射出人类对优美和尊严的永恒追求。弗罗斯特关注这个喧嚣的社会，其诗歌创作从写实走向象征，从经验世界升华到超验世界，成就了他不同于乔伊斯、艾略特等主流现代派作家的风格，展现了他对现代社会的独特理解。当然，弗罗斯特并没有确切地指出一条拯救现代文明之路，但是他一生冷眼观察世事的瞬息万变，执着地坚守自己的传统信念，他的诗歌创作实践本身就指引出一条拯救现代文明的途径。弗罗斯特对现代人类处境的描述并不是鼓励人们脱离社会躲进某个避风港里，或者以超人的姿态在世上独来独往，而是竭力寻求个人与社会的融合，并相信诗歌的力量，探寻诗歌与大众的结合。

第五章

诗与大众

　　文学是一门语言的艺术,是艺术家借以刻画外在环境和表达思想情感的媒介,有助于创造人们对人生乃至世界的诗意感受。路德维希·维特根斯坦(Ludwig Wittgenstein)认为生活构筑语言,语言就是生活,讲述某种语言不仅是一种生活形式的组成部分,也在很大程度上体现了生活的意义和价值。维特根斯坦主张把日常生活语言从逻辑语法的牢笼中解放出来,使词的使用"有一种人人都懂的辩白"。① 维特根斯坦肯定了日常生活语言的意义。语言作为一座沟通人与人之间、人与外在世界之间联系的桥梁,使人们在语言的网络中,灵活自然地甚至不知不觉地达到人与人、人与外在世界的沟通和理解。而罗伯特·弗罗斯特尤其善于从人们司空见惯的日常用语中发掘出崭新的意义,巧妙地借助语言构筑其诗歌与现代读者大众之间的亲密联系。

第一节　语言与诗

　　伊格尔顿认为在日常语言的俗套中,我们对现实的感受和反应变得滞钝。所以,文学语言要以各种方法改变和强化人们司空见惯的语言,对普通语言加以凝聚、缩短、拉长和颠倒,这样,文学作品中被"陌生化"的语言就会使读者在这种"陌生化"过程中对语言产生强烈的意识,从而使读者更新那些习惯性反应,以敏锐的直觉来全新感知文本中描述

---

① 〔英〕路德维希·维特根斯坦:《哲学研究》,李步楼译,商务印书馆 2004 年版,第139 页。

的对象。① 伊格尔顿指出文学艺术家们需要在语言方面进行诸多探索，庞德、艾略特等主流现代派诗人同样主张在文本中以复杂的语言形式来增加读者阅读时的感知意识。

正如艾略特在评论玄学派诗人时指出的："就我们文明目前的状况而言，诗人很可能不得不变得艰涩。我们的文明涵容如此巨大的多样性和复杂性，而这种多样性和复杂性作用于精细的感受力，必然会产生多样而复杂的结果。诗人必然会变得越来越具涵容性、暗示性和间接性，以便强使——如果需要可以打乱——语言以适合自己的意思。"② 庞德、艾略特等主流现代派诗人认识到语言对于反映现代文明复杂状况的重要性。在他们看来，现代性作为对混乱现状的独特理解被打上了各种语言的印记，而读者对现代性的理解是对一种庞大、复杂的语言环境的理解。例如对艾略特而言，现代世界缺少一个中心，缺少一套共有的信仰和承诺来促成人与人之间顺畅而有效的交流。艾略特对现代世界的认识具体地体现在其创作实践中，他的诗作《荒原》容纳了各国的语言，也包括一系列错综复杂的专业性术语，各种技术流派、演说用语、商业文书和教科书之类的语言。现代派诗歌倾向于将不同文字、不同语言和不同历史时代的书写相互交织在一起，致力于寻找庞德的"日日新"、艾略特的"雷霆之声"、史蒂文斯的"虚构"或哈特·克莱恩的"美国的神话"。主流现代派诗歌用语艰深，甚至达到了令人惊骇的程度，而这种所谓"艰深"的意思在某种程度上是指它的语言与人们平时谈话的语言有所不同，极具专业性。艾略特等诗人极力维护诗人的特殊性，着意维护现代派诗歌的多样性和复杂性，因而他们在诗歌创作中追求深奥玄妙的文学语言。

文学是语言的艺术，诗歌是语言最精粹的一种文学体裁，对诗歌的艺术分析，首先是语言。有别于主流现代派诗人的弗罗斯特同样认识到

---

① 参见［英］特雷·伊格尔顿《二十世纪西方文学理论》，伍晓明译，陕西师范大学出版社 1987 年版，第 5 页。

② ［英］T. S. 艾略特：《艾略特诗学文集》，王恩衷编译，国际文化出版公司 1989 年版，第 32 页。

语言在诗歌创作中的重要性,他认为:"诗永远都是语言的新生。"① 弗罗斯特强调:"诗歌是人所能拥有的最难忘的语言体验。任何绘画都不可能产生光源,任何诗歌都不可能诠释自己,所以我试着用散文语言对诗做一番说明。"② 弗罗斯特认为诗歌不能诠释自身,因而他用一种散文式的语言来释义。这种散文式语言不是一种异化的语言,而是一种植根于日常生活的人们司空见惯的日常语言。弗罗斯特反复强调:"诗的全部作用就是让词语重新获得生命,就是让词语重新具有它们曾具有的意义。"③他认为:"新英格兰给予美国最多的东西就是我正在谈论的东西:一种对意义的执着——执着地要净化词语,直到它们重新具有它们应该具有的意义。清教徒就曾经致力于使词语完全具有这样的意义:净化词语,使词语及其意义获得新生。"④

　　弗罗斯特诗歌的语言是对日常交际使用的语言的变异,既遵循语言规范,又属于诗歌语言,具有熟悉而又陌生的美感。弗罗斯特善于使人们司空见惯的词语重新获得意义。在他的笔下,一些日常词汇被置于诗中。例如从词汇学的角度分析,《金色光华难长留》一诗里仅有 40 个单词,其中 33 个单词为单音节词,7 个单词为双音节词,全诗没有一个多音节词。这首诗里的大多数名词如 "nature" "green" "leaf" "flower" "hour" "grief" "dawn" "day" 等全是人们日常生活中经常使用的词汇。在这首诗里,诗人以 "first green" "gold" "early leaf" "a flower" "Eden" 等词语表示美好的事物,以 "hardest to hold" "an hour" "subsides" "sank to" "goes down" 等词语感慨美好事物极易逝去,并且以押韵的词语 "gold-hold" "flower-hour" "leaf-grief" "day-stay" 等表达金色的事物难以持久,鲜花只能绽放瞬间,嫩叶很快凋落,光阴易逝韶华难留的意味。同样,在表现田园生活的《牧场》这首诗歌里,从用词的角度分析,弗罗斯特运用的名词都取自乡间的具体事物:

　　① Richard Poirier and Mark Richardson eds. , *Robert Frost*: *Collected Poems*, *Prose*, *and Plays*, New York: Library of America, 1995, p. 774.

　　② Ibid. , p. 847.

　　③ Ibid. , p. 756.

　　④ Ibid. , p. 757.

I'm going out to clean the pasture spring;

I'll only stop to rake the leaves away

(And wait to watch the water clear, I may):

I sha'n't be gone long. —You come too.

I'm going out to fetch the little calf

That's standing by the mother. It's so young,

It totters when she licks it with her tongue.

I sha'n't be gone long. —You come too. ①

　　词语是构建诗句的材料，也是诗歌意象的物质外壳。弗罗斯特的诗歌艺术不仅仅停留在这些词语组成的语言层面上，他运用艺术的手法，部分地强调或改变着词语的意义，赋予它们以诗的情趣。例如牧场（pasture）、泉源（spring)、树叶（leaves）、清水（water）、牛犊（calf)、母牛（mother）、舌头（tongue）这些具体的名词无不令读者感受到新英格兰的田园气息。词语的组合构成诗篇，意象的组合构成意境。作为开篇诗，《牧场》中的牛犊、树叶等词语组合在一起，形成弗罗斯特诗歌中常常出现的意境，也构成了弗罗斯特诗歌的显著风格。诗人运用词语本身的意义来抒情状物，又艺术地驱使词语构成意象和意境，在读者头脑中唤起种种想象和联想，激起种种感情的波澜。就形容词而言，诗人也没有使用具有情感性、评价性的词语，而是仅仅采用两个描述性的形容词：清（clear）和小（little）。诗中所用动词都是一些动态动词，例如扫（clean）、停（stop）、耙（rake）、等（wait）、看（watch）、取（fetch）和舔（lick），这些动词指向一种明确的身体行为。这首诗平均每行不超过十个单词，从句子结构的角度分析，这首诗以简单句（simple sentences）为主，虽然其中也包含两个复合句（compound sentences）即第5—7行，但即使在这两个包含三个诗行的复合句里也没有令人感到突兀奇崛的复杂结构，整首诗歌看上去短小、均衡。

---

① Robert Frost, *Complete Poems of Robert Frost*, New York: Holt, Rinehart and Winston, 1958, p. 1.

　　面对 20 世纪初期复杂的文化体系,弗罗斯特并未像同时代的诗人们那样,为了表现新内容而刻意追求种种新的形式。有缘于此,许多诗歌评论者为弗罗斯特诗歌中真挚的抒情、简单的词汇、亲切自然的对话所吸引。例如,庞德曾对弗罗斯特最初出版的两部诗集《少年的心愿》和《波士顿以北》给予充分的肯定,认为弗罗斯特的诗歌语言是一种自然的口语,诗人善于像他所看见的事物那样逼真地描绘事物。戴维·桑德斯(David Sanders) 也认为:"《波士顿以北》中的大部分诗歌把我们从诗人的'自我'中引开,进入弗罗斯特时代的世纪之交的新英格兰普通劳动者生活中。"① 在弗罗斯特看来,诗人应该使用一种更加平实的语言,诗人与读者的沟通永远比使用标新立异的隐喻辞藻更加重要。因此,弗罗斯特常常将具有美国味的自然口语不加修饰地置于诗中,呈现新英格兰普通劳动者的对话或独白。《波士顿以北》这部诗集的标题就是诗人从一份报纸上摘录的一则商用广告用语,用来代替诗人原来设想的书名《新英格兰人》或《新英格兰公民》。弗罗斯特在诗歌创作中使用的语言给读者一种亲切感,这一特点体现在他给诗歌所下的定义上:"诗歌是实际生活当中讲话那种语音语调的复制品。"② 例如在《家葬》一诗中,妻子玛丽无法承受丈夫提及那夭折的孩子的新坟,于是悲愤难平,泣不成声,并痛苦地对丈夫吼道:"Don't, Don't, Don't, Don't." 这个词语连续重复四次,将人物内心的情感表露无遗,使读者真切地感受到诗中女主人公的丧子之痛。弗罗斯特善于让习以为常的字词增加语言的容量和弹性,使本来具有确定意义的词语带上复杂的意味和诗人的主观色彩,强化语言的启示性,使简单的日常语言呈现多义和传神的效果。现代语言学认为文字是在话语的基础上产生的,没有话语就没有文字。因此话语是第一性的,文字是第二性的。弗罗斯特多次强调话语的重要性,他认为好的词语存在于口头上而不是书面上,而日常语言具有地域性的特征,讲起来朗朗上口,适于吟诵,是一种充满生命力的鲜活的语言。因而弗罗

---

　　① Nancy Lewis Tuten and John Zubizarreta eds. , *The Robert Frost Encyclopedia*, Westport, Conn. : Greenwood Press, 2001, p. 233.

　　② Richard Poirier and Mark Richardson eds. , *Robert Frost*: *Collected Poems*, *Prose*, *and Plays*, New York: Library of America, 1995, p. 701.

斯特始终把大学和学院视为压制文学的机构，不遗余力地予以抨击。弗罗斯特为日常生活中的通俗语言辩解，并且认为："口语是任何一首好诗的根基，正如我坚信民族性是所有思想和艺术的根基一样。"① 与此同时，弗罗斯特主张在生活当中汲取语言。贺拉斯在《诗艺》中要求诗人："向生活寻找典型，向习俗汲取言词。"② 一句俗语有时比文雅的话更有启发性，它来自一般生活，使人立刻明白，熟识的东西更有说服力。而弗罗斯特在告诫诗歌学习者时同样强调："把日常话语融入你们的写作中，这是避免语言单调乏味的唯一出路。"③ 他反复强调自己"不爱读没学过的语言，不爱读翻译过来的文章"。④ 也正因为如此，弗罗斯特在诗歌创作中并不刻意追求日常语言被"陌生化"的效果，而是自然而然地将日常语言融入他的诗作中。

埃德蒙·威尔逊认为："每一位诗人都有自己的个性，每一时代都有自己的语调和词素的组合。而诗人的任务是去找寻和发明一种特别的语言，以表现其个性和感受。"⑤ 弗罗斯特寻找到适合表达他个性和感受的诗歌语言，他选择了距离自己的身体最近、距离抽象的知识最远的日常语言，选择清纯的词语，让熟悉的词语及其意义重新获得生命力。孔子曰："辞达而已矣"（《论语·卫灵公》），这一语道出了孔子对诗文撰写的基本要求。达者，通晓、明白之意，而弗罗斯特的诗歌呈现出的正是"清水出芙蓉，天然去雕饰"的通晓境界，有助于读者在阅读弗罗斯特诗歌的同时在人与自然、社会以及自身内心世界的互动中探索心灵和生命的奥秘。

---

① Richard Poirier and Mark Richardson eds., *Robert Frost：Collected Poems，Prose，and Plays*，New York：Library of America，1995，p. 693.

② 章安祺编订：《缪灵珠美学译文集》第 1 卷，缪灵珠译，中国人民大学出版社 1987 年版，第 57 页。

③ Richard Poirier and Mark Richardson eds., *Robert Frost：Collected Poems，Prose，and Plays*，New York：Library of America，1995，p. 688.

④ Ibid.，p. 881.

⑤ ［美］埃德蒙·威尔逊：《阿克瑟尔的城堡：1870 年至 1930 年的想象文学研究》，黄念欣译，江苏教育出版社 2006 年版，第 15 页。

第二节　"有意义的声音"

弗罗斯特选择用日常语言来描述天地万物和人生世相,力求通过多种感觉的沟通来表达宇宙的美、复杂的情感和淡淡而幽深的哲理思想,这就使得视觉、听觉、嗅觉、味觉和触觉等多种感觉在弗罗斯特诗歌文本中相互融合,从而使读者得以在熟悉的语言和诗歌所述对象的互动当中感知世界,体验情感和思考人生。

弗罗斯特借助个人的日常生活经验,通过眼、耳、鼻、舌、身等各种官能来创造艺术的感染力和美学价值。钱钟书先生在《通感》一文中曾具体论述道:"在日常经验里,视觉、听觉、触觉、嗅觉、味觉往往可以彼此打通或交通,眼、耳、舌、鼻、身各个官能的领域可以不分界限。颜色似乎会有温度,声音似乎会有形象,冷暖似乎会有重量,气味似乎会有体质。诸如此类,在普通语言里经常出现。"① 这段论述阐明了普通语言中存在"通感"。而弗罗斯特同样凭借他的想象力和对事物的敏锐直觉,以具体形象的语言来描写事物的形状和情貌,生动逼真地刻画客观事物在他头脑中形成的直觉或幻觉印象,通过视觉、听觉、触觉、嗅觉和味觉等感官的反应直接呈现出来。有评论者指出在弗罗斯特大量的诗作中,"人们可以看到人类所具有的每一种情感,表现着诗人阔大的情怀和睿智的心灵,以及每一个热爱生活的诗人特有的敏感。"② 读者可以在弗罗斯特的诗歌里发现,各种人们熟视无睹的形象一经被用于他的笔下便呈现出独特的魅力。例如他诗中的苹果"每一块褐色的斑点清晰可见"(every fleck of russet showing clear),白桦树上结下了一层"水晶般的冰壳"(crystal shell)。在他的诗作里人们可以通过耳朵听到外界的声音,如夜鹰发出可怕的叫声,身后传来唧唧作响的虫鸣;可以通过鼻子闻到各种气味,如场院里电锯锯木材时扬起的锯末在微风吹拂下散发出阵阵清香;可以通过舌头尝到各种各样的味道,如路旁的蓝浆果由于吸收了木炭的养分而有一股炭烟的味道;也可以通过身体触到近前的事物,如

---

① 钱钟书:《钱钟书论学文选》第6卷,舒展选编,花城出版社1990年版,第92页。

② 辜正坤主编:《世界名诗鉴赏词典》,北京大学出版社1990年版,第611页。

善良的玛丽站在沾满露水的牵牛花前，将手伸在紧绷的花藤之间，仿佛她奏出了一支无声的曲调。诗人在众多诗歌中呈现人的这些具体感觉，不仅如此，诗人有时还在同一首诗歌里将视觉、听觉和触觉等多种感觉融合在一起，以简单朴素的诗歌语言表达复杂隐秘的幽幽情思。例如《雪夜林边停留》一诗中有树林、积雪、冰湖、幽深和黑暗等一系列视觉意象，有铃铛的响声和簌簌的雪声等听觉意象，也有鹅毛般轻柔的雪花等触觉意象。夏尔·波德莱尔（Charles Baudelaire）认为诗要表现的是"纯粹的愿望、动人的忧郁和高贵的绝望"，诗人要"深入渊底，地狱天堂又有何妨，到未知世界的底层发现新奇"。① 弗罗斯特却并不寻觅擎天立地、璀璨永恒的境界，而是善于采用寻常的真切感情，将其化炼成诗，在淡淡的思索中达到一种抽象的审美享受。弗罗斯特立足于这个可见、可闻和可感知的世界，通过五官的各种感受实实在在地建立与大千世界的联系，使读者在这种看似平淡无奇的日常事物当中发现世界的绮丽新颖之处。

在这些感觉中，弗罗斯特尤为注重听觉。钱钟书曾在《谈艺录》一书里论及听觉在诗歌创作中的重要性："声音乃诗之极致，声音之能事往往足济语言伎俩之穷。"② 朱光潜也认为声音的这种重要性体现了诗与散文的本质区别，他在《诗论》中指出："情感最直接的表现是声音节奏，而文字意义反在其次。文字意义所不能表现的情调通常可以用声音节奏表现出来。"③ 弗罗斯特尤为注重诗歌的韵律，曾反复强调"有意义的声音"（sound of sense）是他诗歌美学的核心。弗罗斯特不追随英美文学界的意象派对视觉形象的强调，却坦率地称在用英语写作的作家中只有他自己一直致力于从"有意义的声音"中获取音乐性。④

弗罗斯特强调靠听觉捕捉声音，认为耳朵才是真正的作者和读者，要求读者用耳朵倾听他诗歌句子中多变的语音语调，从而理解其中蕴藏

---

① ［法］夏尔·波德莱尔：《恶之花》，郭宏安译，广西师范大学出版社 2002 年版，第 99 页。

② 钱钟书：《谈艺录》补订本，中华书局 1988 年版，第 608 页。

③ 朱光潜：《诗论》，北京出版社 2005 年版，第 337 页。

④ Richard Poirier and Mark Richardson eds., *Robert Frost：Collected Poems，Prose，and Plays*，New York：Library of America，1995，p.664.

的深邃内涵,倾听诗人内心的声音。他指出:"只有语音语调才能使诗歌免于单调的节奏,使散文体作品免于平铺直叙。"① 在具体的诗歌创作中,弗罗斯特尤为注重诗歌的语音语调。例如在《雪夜林边停留》一诗里,诗人采用典型的传统四行诗形式,全诗共四节,每节四行。传统四行诗的韵律一般为双韵,即"abab"或"abba" (也有时是"abcb"或"aabb"),但弗罗斯特将前一诗节中那个不押韵诗行的最后一个音作为下一诗节的主韵,使全诗的韵律为"aaba, bbcb, ccdc, dddd",于是构成连环韵,但诗人却在最后一节以"dddd"来替代"dded",打破了全诗的连环韵式,这样诗人在传统韵律基础上就独具匠心地创造出一种特殊的韵律。与此同时,诗人运用头韵和半谐音,如第二行的"His house"和"the ... though",第三行的"He ... here"和"see ... stopping",以及第四行的"watch ... words ... with"。从语音学的角度分析,可以进而发现诗中多次重复某些音素,包括以咝擦音(sibilant)② [s]开头的单词,例如"sweep, snow, stop, some, sound, sleep"巧妙地模拟了夜晚下雪时隐隐约约的"沙沙声",并使之不断重复,更加衬托出雪夜的宁静。诗中还出现不少以无擦通音(approximant)③ [w]开头的单词,例如"wind,wood, will, without"等呈现出在雪夜里风吹过时发出的"呜呜"声。而在构成以[t]结尾的"must, without, little"和以[d]开头的"darkness"等词汇的音素中,清辅音[t]和浊辅音[d]这对爆发音(plosive)④ 交替出现,形成了小马在夜色中踏雪前行的"嗒嗒"声。弗罗斯特认为:"音调是诗中最富于变化的部分,同时也是最重要的部分,没有音调语言便会失去活力,诗也会失去生命。"⑤ 诗的音乐美始终是它区别于其他文学体裁的一个重要标志。弗罗斯特尤其注重诗歌的音乐性,在这首诗中,头韵和半谐韵同一音素多次重复,首尾音的巧妙安排使得全

① Richard Poirier and Mark Richardson eds., *Robert Frost: Collected Poems, Prose, and Plays*, New York: Library of America, 1995, p. 713.

② 语音学术语,是摩擦音(frivative)之一种;其他咝擦音包括[z]、[ʃ]、[ʒ]。

③ 语音学术语,一译近音;其他无擦通音包括[j]。

④ 语音学术语,一译破裂音,又称口阻塞音(oral stop);其他爆发音包括[k, g]、[p,b]等。

⑤ Richard Poirier and Mark Richardson eds., *Robert Frost: Collected Poems, Prose, and Plays*, New York: Library of America, 1995, p. 670.

诗节奏分明，具有很强的乐感。在《割草》一诗里：

There was never a sound beside the wood but one，

And that was my long scythe whispering to the ground.

What was it whispered? I knew not well myself；

Perhaps it was something about the heat of the sun，

Something，perhaps，about the lack of sound——

And that was why it whispered and did not speak.

It was no dream of the gift of idle hours，

Or easy gold at the hand of fay or elf：

Anything more than the truth would have seemed too weak

To the earnest love that laid the swale in rows，

Not without feeble-pointed spikes of flowers

(Pale orchises)，and scared a bright green snake.

The fact is the sweetest dream that labor knows.

My long scythe whispered and left the hay to make. [1]

"sound，scythe，whispering，something，sun，speaker，seem，scare，swale"等词中的咝擦音（sibilant）［s］最为接近镰刀割草时发出的声音。诗人还通过单词、短语、押韵的重复来捕捉镰刀的律动，例如"whispering"出现了四次，从而通过语音的重音、音长、停顿、语速、音高和音域等韵律成分直接表达出诗人的情感态度，以及诗歌本身无法用文字传达的意义，实现了韵律与主题的完美结合。

弗罗斯特注重诗歌中的"有意义的声音"，他也将诗歌朗诵当作日常生活中的一件重要事情。早在弗罗斯特成名之前他就发现了诗歌朗诵的力量。弗罗斯特在平克顿学院（Pinkerton Academy）任教时经介绍认识了当地著名的公理会牧师查尔斯·梅里安（Charles Merriam）。梅里安牧师要求弗罗斯特在即将到来的宴会上朗诵诗人自己创作的诗歌。此前弗罗斯特从未在公众场合朗诵过任何作品，因此感到忐忑不安。但在梅里安

---

① Robert Frost，*Early Poems*，New York：Penguin Books，1998，p. 24.

的一再要求下，弗罗斯特同意在宴会上朗诵自己的作品。在宴会开始之前，诗人拿着他十年前创作的《一簇野花》一诗来到教堂，由于他十分紧张，一再退缩，梅里安牧师只好接过诗稿代替他大声诵读。这首诗得到梅里安牧师和当时在场观众的一致好评，出席宴会的其他平克顿学院教员也都情不自禁地向弗罗斯特表示祝贺。这是弗罗斯特第一次感受到众人称赞的力量。在以后的岁月里，在公众面前朗诵自己的诗作成为弗罗斯特时常做的事情。作为平克顿学院的一位教师，他的名声日益引起全州的注意，他多次应邀作报告，站在讲台上逐渐感到自在起来，获得了在公众面前表达自己观点的信心。1911 年，弗罗斯特前往位于普利茅斯市的新罕布什尔州立师范学校（New Hampshire State Normal School）就职担任心理学教员，他在这里幸运地认识了他以后的挚友西德尼·考克斯。他们常常到树林和田野间散步，共同阅读英美文学界一些重要诗人的作品以及威廉·詹姆斯和亨利·柏格森等哲学家的著作。在挚友的陪伴与鼓励之下，弗罗斯特逐渐认识到自己作为一位诗人的力量，他迫切地想跳出在新罕布什尔执教的狭小天地，作为一位诗人走向世界。1912 年，弗罗斯特度过他 38 岁的生日后，带上诗稿偕妻子和四个孩子前往英国伦敦，从此踏入英美文坛。回顾弗罗斯特在英美诗坛的成功之路，可以说对声音的强调是他一生从事诗歌创作始终坚持的，而他又在诗歌朗诵中找到自己作为一位诗人的信心，这是弗罗斯特作为一位诗人的幸运。

诺斯罗普·弗莱认为："诗一方面呈现出接近音乐的声响，另一方面又呈现出接近绘画的完整的形象布局。"① 对弗罗斯特而言，他更为注重音和义的和谐统一，提出了"有意义的声音"这个富于创造性的概念。这一概念与庞德的视觉意象形成鲜明的对照。有评论者认为："在美国现代主义兴起并走向辉煌的舞台上，'弗罗斯特'和'庞德'与其说是在基本问题上争执不休的两个作家的名字，不如说是互相冲突的两种文化力

---

① ［加］诺斯罗普·弗莱：《批评的剖析》，陈慧等译，百花文艺出版社 1998 年版，第 70 页。

量的标志。"① 弗罗斯特与庞德在很多方面存在差异。例如在注重听觉与视觉文化力量方面，弗罗斯特接受柏格森思想的影响，强调形式的清晰、修辞的运用、声音以及情感的意象和直觉，而庞德受休姆的影响，首先注重诗歌形式组织、空间设置、视觉意象和客观的呈现。庞德在 1908 年发表的《意象主义》（"Imagism"）一文中提出诗艺的最终成就是按照所见的事物来进行描绘。为此庞德要求："直接处理无论主观的或客观的'事物'"，"不要用多余的字句和不能说明任何东西的形容词"。② 庞德坚持个人生活经验的绝对再现，要求获得感官体验的同步感与现场感。以《地铁车站》（"In a Station of the Metro"）这首诗歌为例，庞德有效地在其中呈现出一种视觉的现场感。诗人从法国巴黎协和广场地铁站里走出来，在拥挤的人群中看到几张美丽的面孔，这些面孔使他突然产生了某种情感和表达这种情感的冲动，于是他利用日本古老的俳句形式来描绘这种情景。在这首诗中，庞德将"脸庞"（faces）和"花瓣"（petals）这两个视觉图像叠置构成了独特的意象，使现代巴黎街头的众人化为带花瓣的树枝，几张美丽的面孔成为数点花瓣。庞德直接描绘所存在之物，以鲜明、准确、含蓄和高度凝练的意象生动而形象地展现事物，并将诗人瞬间的思想感情溶化在诗行中，使诗歌成为记录人和现实生活场景的"快照"。这种追求如实而同步地再现感官体验，强调返回事物本身的视觉形式与弗罗斯特的"观察实验法"一样，都强调了用诗歌捕捉现代社会中瞬间的感觉和印象，使当下性的经验成为被关注的焦点，并使日常生活中的经验在对语言的创造中获得艺术的韵味，最终整合人类的审美感知，构建一种生命的具体性和丰富性。但意象派诗人强调在诗歌语言中渗透更多语言学内涵的可能性，直到最终他们在复杂的文本中找到一种内心情感与外在形式的同构关系。而弗罗斯特更注重再现一种生命的直觉，通过声音的流动去把握转瞬即逝的瞬间感觉，正如弗罗斯特一向主张的："情感表达之可能几乎全在于微妙的感觉和单词的重音自然而然

---

① ［美］萨克文·伯科维奇主编：《剑桥美国文学史》第 5 卷，马睿等译，中央编译出版社 2009 年版，第 11 页。

② 朱立元、李钧主编：《二十世纪西方文论选》上卷，高等教育出版社 2002 年版，第 133 页。

地相互融合。"① 弗罗斯特明确表述了自己与意象派诗人之间的差异。例如 1913 年 7 月 1 日，弗罗斯特与休姆、弗林特共同参加了一次重要会议，三天之后，弗罗斯特在写给他的一位学生约翰·巴特利特（John Bartlett）的信中提出，诗人不应该关注诗歌的视觉特质（visual textures），而应该关注诗歌的听觉结构（aural structures），并且认为经由声音变化的音调特质能够更加精确地模仿意识的流动，更加真实地展现诗人内在的情感。为了表明自己的意思，弗罗斯特还列举三个例子让巴特利特想象他的诗句就好像是从门背后发出的声音，以此表明借助于修辞手段，诗句的语调能够更有效地捕捉存在于日常生活中的微妙情感。②

弗罗斯特选择走一条与主流现代派诗人截然不同的诗歌创作道路，并使这种创作与柏格森的生命哲学建立起联系。在柏格森看来，生命的意识流冲破物质形式的阻碍表达自身，而弗罗斯特诗歌中的听觉想象同样能够突破种种格律和词语形式的限制而表达听觉自身。对弗罗斯特而言，诗歌是通过对时间和词语的安排来表达人类意识的一组持续的形象，采用突兀奇绝的语调比选择具体的词语更能表达这种意识，更能突破单一僵化的结构而在其中融入诗人的情感。因此弗罗斯特认为，一个真正的艺术家不仅需要关注那些崇高激扬的题材，而且需要用耳朵感知内心意识到的声音，学习捕捉不规则的声音，把握对情感的细微表达。弗罗斯特在信中多次强调作家应该注重诗句的声音效果，他认为："诗句的声调很少借助或者无需借助词语的意义便可以表达诗句所要表达的全部意义。"③ 在弗罗斯特看来，作为诗句的重要部分，精心设计的声音效果不仅是赋予诗歌戏剧性的一种方式，也是一种使诗歌更具意义更能使大众接受的一种表达形式。

弗罗斯特尤其注重创造诗句中的声音效果，他曾坦率地称自己是当今时代最善于在这方面精雕细琢的一位"匠人"。④ 在古希腊诗歌文献中，

---

① Richard Poirier and Mark Richardson eds. , *Robert Frost*: *Collected Poems*, *Prose*, *and Plays*, New York: Library of America, 1995, p. 666.

② See Richard Poirier and Mark Richardson eds. *Robert Frost*: *Collected Poems*, *Prose*, *and Plays*, New York: Library of America, 1995, p. 665.

③ Ibid. , p. 681.

④ Ibid. , p. 664.

诗人们普遍认为诗不同于技艺。诗人们的写作与吟唱凭借的是神力或神赋予的灵感，其基本行为状态是迷狂，诗人在迷狂状态中凭借神力代神立言。与之不同的是，艺人的制作凭借人智或师徒相传的技术，其基本行为状态是明白，艺人在清楚明白的状态下按照一定规则制作产品。随着希腊哲学思维的悄然兴起，神话时代的价值天平开始倾斜。希腊哲学对人性智慧（sophia）的依赖以对神性神力的怀疑为前提，"哲学"（philosophy）的兴起预示着神话时代的终结和哲学时代的开始，这在根本上意味着西方社会将个人与社会的行为基础从"神性"转移到"人性"，从"神启"转移到"人智"，从"神谕"转移到"理性知识"上来。这一转移直接影响到人们对诗与技艺的价值重估。柏拉图在《理想国》中对荷马史诗中的"胡言乱语"进行了详细的审查，这就将诗的"神性"面纱撕破，还其"非理性"真相，但是，只要证明诗是理性活动，理想国的大门依旧对诗敞开。自柏拉图之后，在神话信仰中确立起来的诗与技艺的对立开始解体。而在哲学的理性至上原则下，亚里士多德认为技艺是一种基于人类理性的有规律可循的活动，人类可以凭借自己的理性去建立各门技艺的科学，而诗是一门技艺，由此建立一门专门研究"诗艺"的"诗学"。在关于诗与技艺方面，弗罗斯特把诗歌创作看成一门独特的手艺，把诗人看成身怀绝技的人，他认为在诗歌创作过程中诗人展现的技艺可以是多种多样的。例如他认为诗歌的韵律是一种固定的排列，而"讲话的声音"（the speaking voice）在语调和节奏上却各有不同，因此诗人可以在固定的传统韵律当中巧妙地进行变换，令各种语调和节奏互相穿插。在具体的创作实践中，弗罗斯特孜孜不倦地探索各种"讲话的声音"，熟练地模仿现实生活中的各种语音，以笔下的人物发出的声音直接或间接地表明诗人所要表达的意义，达到出神入化的效果。

在英语诗歌中，强调节拍、措辞和音调之间的动态关系是一种司空见惯的现象，但是弗罗斯特倡导"有意义的声音"，这一理论使他创作出《波士顿以北》中的对话体长诗，使对话成为其诗作的显著特征。弗罗斯特在一次演讲中给读者提出的忠告是"用耳朵去搜集诗句"。① 他认为从

---

① Richard Poirier and Mark Richardson eds. , *Robert Frost：Collected Poems，Prose，and Plays*，New York：Library of America，1995，p. 689.

不经意的闲聊中获取的素材可以令一个艺术家达到最高的宗旨，甚至强调："我们往往在交谈之中实实在在地触及那种只有最好的文学作品才能达到的东西。"① 弗罗斯特在德里农场生活期间就开始热情地倾听周围人的讲话，记录乡间农民的讲话方式和声音效果，并致力于建立诗歌与谈话之间的联系，使之逐渐成为其诗歌创作的特征。弗罗斯特曾经说道："我追求的是谈话式的诗歌。如果你读一首诗的时候能听到其中的声音，那么这首诗就是我所喜欢的。"② 弗罗斯特的诗歌尤其是《波士顿以北》这部诗集中的作品采用了一种典型的谈话形式。例如《帮工之死》一诗共 175 行，记述了妻子玛丽（Mary）与丈夫沃伦（Warren）之间的对话，玛丽以宽厚仁慈之心看待雇工希莱斯（Silas）贫困潦倒的不幸处境，而农场主沃伦为人精明，满口讲的都是商业社会里抽象的责任、权力、公平、公正的原则，认为没有义务收留一个落魄的雇工。《山》一诗共 116 行，是叙述者和迎面碰到的赶车人之间的一番对话。《一百条衬衫领》（"A Hundred Collars"）共 194 行，记述了伍兹维尔（Woodsville）和马贡博士（Doctor Magoon）之间的对话。《家葬》共 119 行，记述孩子夭折后夫妻之间的对话。《蓝浆果》共 105 行，记述了叙述者与"你"关于路边蓝浆果的对话。《仆人之仆人》是一个女人的独白，全诗共 177 行，都是她在自言自语地讲述自己以及丈夫、父母、叔叔的不幸遭遇。

　　弗罗斯特的叙事诗一般篇幅较长，例如《规矩》共 116 行，《世世代代》（"The Generations of Men"）共 224 行，《当家人》（"The Housekeeper"）共 332 行，《恐惧》（"The Fear"）共 104 行，《谋求私利的人》（"The Self-seeker"）共 239 行，《火堆》（"The Bondfire"）共 114 行，《在最后阶段》（"In the Home Stretch"）共 226 行，《雪》共 391 行，《新罕布什尔》共 413 行，这些长诗记录了日常生活中的对话。不仅弗罗斯特的长诗以对话为主，他的短诗中也同样存在着明显的对话形式或隐含的对话寓意，甚至在《答复》一诗短短的两行当中都存在着对话的内涵：

---

① Richard Poirier and Mark Richardson eds., *Robert Frost：Collected Poems，Prose，and Plays*，New York：Library of America，1995，p. 684.

② Jay Parini，*Robert Frost：A Life*，New York：Henry Holt，1999，p. 88.

祝福你，孩子，在极乐岛之外

我从前曾遇见一位被赐福的人。①

　　尽管这首诗里既没有明确出现对话形式也并不存在对话主体，但从标题来看是一个人在回答另外一个人的提问，而且从回答的内容来看是儿子在询问父亲：人的生命中是否有真正的幸福与快乐，父亲对此作出了回答。诗中的焦点是"极乐岛"（Islands of the Blessed），该岛被认为在大地的最西端，相当于古希腊神话中的极乐世界。赫西俄德在《工作与时日》一书中描绘了一座极乐岛，那里是英雄族类死后生活的乐园，岛上的英雄们永远享有美好的黄金时代，他们绝不会进入白银时代、青铜时代或黑铁时代，可以说极乐岛是真正的乐园。与极乐岛相似的是荷马在《奥德赛》第四章中描绘的乐土（elysium），那里也是英雄们死后的居住地。维吉尔在《埃涅阿斯纪》第六卷中对乐土做了更为细致的描绘，维吉尔笔下的乐土位于幽谷中，是灵魂转生的地方。弗罗斯特在这首诗里也提及极乐岛，父亲并没有告诉儿子哪里可以找到幸福，而是代之以"极乐岛"这个神话中的境界。尽管幸福只是一个抽象的理念，但是父亲仍然祝福孩子，在简短的两行话语当中融入了无限的诗歌趣味和挚爱的思想情感。

　　弗罗斯特坚持在日常经验和生存于其间的语境中展开对话，不论是他的长篇叙事诗还是短篇抒情诗或哲理诗，都常常出现"我"或者"你"的字样，以一种平等的态度建立起人物与人物之间、诗人和读者之间的对话关系。弗罗斯特采用的这种对话方式与忒奥克里托斯、维吉尔牧歌中典型的"对答法"形式一致。古典牧歌通常采取对话形式，例如在忒奥克里托斯的诸多牧歌中，《阿多尼斯节日的妇女》（"The Women at the Festival"）叙述两位妇女相遇后喋喋不休的对话，她们计划外出，议论着彼此的衣着，为家人安排好一切以便在她们离开时家里有条不紊，接着她们便离开了家，穿过熙熙攘攘的街道；《心上人》（"The Beloved"）记述一个已不再年轻的诗人与自己心灵的对话；《丰收节》（"The Harvest

_____

① See Robert Frost *Complete Poems of Robert Frost*, New York: Holt, Rinehart and Winston, 1958, p. 499.

Festival")记述了诗人与两个朋友从城市漫步到乡间,途中遇到一位牧羊人,诗人与他作了简短的交谈;《欢会歌》("The Serenade")以对话形式记述一个青年牧人委托同伴提屠鲁照看他的羊群,他要去和阿玛吕利(Amaryllis)欢会;《收麦人》("The Reaper")记述两个庄稼汉弥隆(Milon)和布科(Bucaeus)在一起收麦子时的对话,弥隆问布科割的麦子为何弯又慢,原来布科害了将近十来天的相思病,弥隆知道原因后就让布科唱首情歌。在维吉尔的十首牧歌中,人物之间的唱和与对话同样是牧歌的主要表现方式。例如第一首牧歌即为两个牧人梅利伯和提屠鲁之间的对话,第五首牧歌讲述两个牧人梅那伽(Menalcas)和莫勃苏(Mopsus)之间的对话,第六首牧歌叙述两个牧童克洛密(Chromis)和莫那西(Mnasyllus)同年老的山神西阑奴斯(Silenus)之间的玩笑话,第七首牧歌叙述两个牧人柯瑞东(Corydon)和塞尔西(Thyrsis)之间的唱歌比赛,第九首牧歌叙述牧人吕吉达(Lycidas)和莫埃里(Moeris)之间的对话。由此可见对话是传统牧歌的显著特征,这些对话不是史诗中神与神、神与英雄之间的对话,而是牧羊人或庄稼汉等普通人物之间的对话,显示出牧歌表述的对象从神、英雄到人的转变。

　　对话是人类最基本的交流方式,是自我与他者、个人与社会进行沟通的途径,也是个人建构自我感受生活真实面貌的途径。伊格尔顿认为:"语言本来就是'对话的'(dialogic):语言只能从它必然要向他者这一角度加以把握。"[1] 艾略特也认为:"不能过分偏离我们日常使用和听到的普通的日常语言。无论是轻重音型的还是音节数型的、有韵的还是无韵的、格律的还是自由的,诗都不能同人们彼此间交流所使用的不断变化的语言失去联系。"[2] 弗罗斯特以普通人在日常对话当中的语言来构筑诗歌。尽管诗歌语言包含的内容要比普通语言所能传达的内容更为丰富醇厚,但正如华兹华斯在《抒情歌谣集》序言中所宣称的诗歌应该回归到普通语言上去。弗罗斯特也赞同这样的看法,并且认为:"所有的文学作

---

① 〔英〕特雷·伊格尔顿:《二十世纪西方文学理论》,伍晓明译,陕西师范大学出版社1987年版,第128页。

② 〔英〕T. S.艾略特:《艾略特诗学文集》,王恩衷编译,国际文化出版公司1989年版,第178页。

品迟早都得放下身段，接受日常生活当中的语言"①，在西方文化和文学史上，思想家们一向重视对话体（dialogue）这种文学创作形式，例如柏拉图的著作往往通过对话的形式探讨深奥的哲思。但是与这种文化精英层面的对话不同，弗罗斯特的这类诗歌展现的是普通人关于日常琐事的对话，构成了独特的长篇叙事诗形式。在西方诗歌的发展史上，自浪漫主义以来诗歌多为抒情诗所垄断，叙事诗、讽刺诗等诗歌体裁几乎被淘汰。尤其不容忽视的是爱伦·坡强调无论是小说还是诗歌其长度应该控制在读者一口气读完为止，这种观点对美国诗歌的发展产生重要影响，使得叙事长诗几乎变成一种不可思议的怪物。尽管现代诗人庞德的《诗章》、哈特·克莱恩的《桥》（*The Bridge*，1930）、威廉·威廉姆斯的《佩特森》（*Paterson*，1946－1958）、约翰·贝里曼（John Berryman）的《梦歌》（*The Dream Songs*，1969）以及查尔斯·奥尔森（Charles Olson）的《马克西姆斯诗篇》（*The Maximus Poems*，1985）等诗作篇幅较为宏大，但这些诗只不过是短诗的拼接黏合，而不能算作真正意义上的叙事诗。在这种情况下，弗罗斯特却以对话为主要形式构筑了一系列长篇诗作，像《帮工之死》这样的优秀长诗在美国诗歌史上就显得别具一格。

海德格尔认为人之存在建基于语言，而语言根本上唯发生于对话中。弗罗斯特选用传统的诗歌形式、节奏和格律来揭示人生和世界的本质，尤其是与西方传统牧歌中的"对答法"相契合，这是弗罗斯特诗歌的一个独特之处，值得读者进一步予以关注。在人类历史上，沟通和对话是人类文明的开端，它们早在两千多年以前就被先知们称颂为首要的人类价值，但是在现代社会里，由于人们一味强调个人的主观性和内心世界，使得人在日常生活中逐渐变得沉默和孤独，人与人之间的沟通与对话也逐渐由当年的寻常之事变成一种难以寻觅的奢望。而弗罗斯特在诗歌中再现普通人之间的对话，尽管他的作品没有达到诗人期望的意境，甚至时而显得有些呆板做作，但诗人有意识地再现日常环境中鲜活的语言，这种诗歌方式不仅为读者领略日常用语中的诗意，也为现代人类亟待追求的健康生活方式提供了一种难能可贵的启示。

---

① Richard Poirier and Mark Richardson eds. , *Robert Frost*：*Collected Poems*，*Prose*，*and Plays*，New York：Library of America，1995，p. 694.

第三节　诗人与大众

柏拉图在《理想国》中对诗和诗人进行了谴责,他认为诗不是对事物本源的理解,而是以假象代替真实,诗有道德和政治上的缺陷,诗怂恿欲望尤其是爱欲,因此柏拉图认为应该将悲剧诗人赶出城邦。然而事实上柏拉图对诗人尤其是荷马的崇敬使他从未停止过对诗与哲学之间关系的思考。在《斐德若篇》的结尾部分,苏格拉底请斐德若转达一条来自缪斯的信息:传给莱什阿斯(Lusias)以及凡是写文章的人们,传给荷马和凡是作诗的人们,传给梭伦和凡是发表政论制定法律的人们,他们应该使用更高贵的名号称呼他们高贵的事业,使用"爱智者"或"哲人"来称呼他们自身。① 柏拉图认为"哲人"这样的名号更符合荷马等诗人们的高贵事业。与此同时,柏拉图有时用"mousikos"② 来指称哲学家,因为缪斯(Mousa, Mousai)不仅是诗乐的主管,是诗歌之神,又是知识的象征,是哲学探索的倡导者。在柏拉图看来,诗与哲学具有结合的可能。在《法篇》里,柏拉图将包括自己在内的哲学家比作最好和最出色的诗人:"事实上,我们整个政治制度就建得相当戏剧化,是一种高尚完美生活的戏剧化,我们认为这是所有悲剧中最真实的一种。你们是诗人,而我们也是同样类型的人。"③ 柏拉图揭示了诗与哲学之间的内在联系,他运用诗歌的表达方法阐述深邃的哲学思想。从这种意义上讲,柏拉图实践了诗与哲学在文字表达上的深层融会,使他的《伊安篇》《斐多篇》和《会饮篇》等成为极富典雅诗文色彩的哲学"对话"。

亚里士多德在《诗学》中也指出:"写诗这种活动比写历史更富于哲学意味,更被严肃地对待;因为诗所描述的事带有普遍性,历史则叙述

---

① 参见〔古希腊〕柏拉图《柏拉图文艺对话集》,朱光潜译,人民文学出版社 2008 年版,第 139 页。

② 希腊文,意思是从事缪斯艺术的人,即诗人。

③ 〔古希腊〕柏拉图:《柏拉图全集》第 3 卷,王晓朝译,人民文学出版社 2003 年版,第576 页。

个别的事。"① 亚里士多德关于诗的概念与今日的诗歌概念有所不同，但其中也道明了诗与哲学之间的亲密关系，正如海德格尔指出的诗与哲学是近邻。海德格尔继承尼采的诗化哲学观，颠覆西方传统上关于诗与哲学的论争，赋予诗歌和哲学同等甚至更高的地位。海德格尔认为诗是对存在的命名和解释，是一种揭示真理的认知方式，而传统的哲学却一直遗忘存在本身。从实践意义上看，海德格尔突出诗人与哲学家之间的互补性，他在论及荷尔德林（Friedrich Hlderlin）等诗人时总是强调诗与思的紧密联系，而在谈到尼采等哲学家时又总是指出思与诗的高度结合。通过分析"诗"与"思"的关系，海德格尔明确提出哲学与诗的关系极为亲近，认为哲学与诗歌既纯粹拆开又最纯粹合一。在面对人类的困境时，海德格尔甚至把拯救"贫困时代"的使命赋予诗和诗人，表现出对诗和诗人的偏爱，认为只有依靠诗和诗人的指引，人类才能寻找到一条归家之路。

海德格尔从克服人类困境出发突出诗与诗人的作用。而爱默生认为，诗人有秘而不宣的智性知觉，是在思想中的人，是鹤立于庸人之中的完人，他向我们展现的不是他个人的而是人类共同的财富。纵观爱默生（1803—1882）所生存的年代，马克思（1818—1883）希望以现代无产阶级的暴力革命来使当时的社会摆脱险恶悲惨的处境，尼采（1844—1900）希望以超人的灵魂与精神的革命来改变社会现状，爱默生却看到了隐藏在"俗不可耐的繁荣"下面的时代的贫困，认为诗人"跨越所有经验的疆域，他是众人的代表，因为他具有超人的力量来领受自然的宝训并将之传授给众人"。② 爱默生将希望寄托于诗人，试图以诗人来拯救那个时代。在爱默生看来，诗人是现代的弥赛亚或耶稣，他在现代人的精神贫困中出现，为漂泊的现代人找到重建家园的财富，这种财富是从心中突然涌现出来的真正的宽裕舒坦之感。在这方面，弗罗斯特与爱默生的思想一脉相承。他曾说爱默生被誉为诗人哲学家或哲学家诗

---

① ［古希腊］亚里士多德、［古罗马］贺拉斯：《诗学·诗艺》，罗念生、杨周翰译，人民文学出版社1962年版，第29页。

② ［美］R. W. 爱默生：《自然沉思录》，博凡译，上海社会科学院出版社1993年版，第168页。

人这两点都是他最喜欢的说法,这句话表明弗罗斯特强调诗歌与哲学的密切关系,在推崇爱默生的同时为自己的诗歌观念寻找合理的依据。甚至已有评论者认识到一种诗意的流动和哲学的理念在弗罗斯特简单的诗歌形式当中相互交融,使他成为一位"诗人化的哲学家和哲学化的诗人"。①

　　作为美国工业化高速发展时代一位备受公众喜欢的诗人,弗罗斯特很少论述自己作为诗人的身份。但是他曾说自己是一个"活着的吟游诗人"②,并在《致一个思想家》("To A Thinker")一诗中阐明:"我是一位吟游诗人。"③ 弗罗斯特认为自己是一位 20 世纪的吟游诗人④,但他所要吟诵的不是英雄的丰功伟绩而是普通百姓的日常生活。弗罗斯特在《贫穷与诗》("Poverty and Poetry")一文中写道:"有二十多年我一直生活在乡下,那时我的邻居都是乡下人。"⑤ 他在这篇文章中还提到:"我通常或多或少地替我也许能称之为'我的人民'的人辩护……我所说的人民,可以说是指一个阶层,指我所属于的普通百姓。"⑥ 弗罗斯特在乡村生活多年,他的邻居都是乡野之人,这使他自然而然地在《孤独的罢工者》和《帮工之死》等诗作中持续关注一个可悲年代中那些备受忽视的可悲人群。正如兰德尔·贾雷尔所分析的:"在世的诗人当中没有任何一位比弗罗斯特更善于描写普通人的行为了。"⑦ 弗罗斯特笔下的人物,例

---

① Deirdre Fagan, *Critical Companion to Robert Frost: A Literary Reference to His Life and Work*, New York: Facts on File, 2007, p. 3.

② Richard Poirier and Mark Richardson eds., *Robert Frost: Collected Poems, Prose, and Plays*, New York: Library of America, 1995, p. 811.

③ Ibid., p. 432.

④ 吟游诗人(bard)原指在凯尔特人中写作颂词和讽刺作品的人,泛指部族中擅长创作和吟咏英雄及其业绩的诗人和歌手。早在公元 1 世纪时期,拉丁作家卢卡努斯就把吟游诗人说成高卢或不列颠的民族诗人或歌手。虽然在中世纪末这类诗人衰落了,但在威尔士这个传统被保存下来,并在每年举行的全国诗人和音乐家的赛会上都要为之庆祝一番。吟游诗人四处游荡,收集各种地方传说,四处传述。直到今日,要在全国艺术家年会上争名次的诗人,仍必须按照经典的吟游诗体,以头韵和行内韵的严谨格律写诗。

⑤ Richard Poirier and Mark Richardson eds., *Robert Frost: Collected Poems, Prose, and Plays*, New York: Library of America, 1995, p. 759.

⑥ Ibid.

⑦ Philip L. Gerber ed., *Critical Essays on Robert Frost*, Boston, Mass.: G. K. Hall & Co., 1982, p. 113.

如《帮工之死》中富于同情心的妻子玛丽、较为务实的稍微有点喜欢冷嘲热讽的丈夫沃伦、男孩威尔森和雇工塞拉斯,《一百条衬衫领》中的教授、收账人和《山》中的老农夫等都是平凡的人物。而弗罗斯特善于以一种主体情感把握生活中的细微现实,在平凡的人物里挖掘美,在他们的互动中发现瞬间的美好情感。事实上,弗罗斯特所有诗歌里最杰出的角色是他自己,他写的每件事情都因他自己的个性参与其中而文笔生色。弗罗斯特诗歌中常常提到的叙述者情深意切但从不逾越良好趣味的界限,富于深情但从不过分感伤,充满戏剧性但从不过分夸张,有时悲伤但从不沮丧,具有幽默感却从不油嘴滑舌。弗罗斯特贴近新英格兰的土壤,使读者看到那里的每个角落存在的美与哀伤。他面对真实的世界,在每一件平凡的日常事物中挖掘生命的意义,在审视内心的冲突和外在世界的无常中寻求哲学的自我发现,以此作为艺术创作和生命延续的动力。

有评论者认为:“不仅在弗罗斯特的诗歌中,而且在他的散文作品和书信中,有一种丰富而深邃的思想贯穿在他对人性本质的深层思索中。”[①]弗罗斯特对世界进行思考,而他面对的是真实的日常生活世界,以新英格兰的乡村或是在大城市里的生活为诗歌展现的对象。弗罗斯特善于将珍贵的价值赋予平常的题材,并且用质朴无华、不带感伤的语言对之加以处理而达到非凡的效果。这不同于叶芝以爱尔兰神话传说中的人物或梦中精灵为诗歌吟诵的主人公,在超越现实的世界中创造高雅艺术和象征的境界。这也不同于史蒂文斯坚信想象力是人类在尘世唯一可能得到的安慰,是对诸神隐遁后一片空白的唯一弥补,“是让我们能够在反常中感知正常,在混乱中感知秩序的力量”。[②]埃德蒙·威尔逊指出:“世纪末的作家有一个特色,渴望抽离日常生活,只活在想象之中。”[③] 19 世纪末,工业革命带来了浮躁的功利社会和大批的中产阶级,这使得诗人失

---

① Nancy Lewis Tuten and John Zubizarreta eds. , *The Robert Frost Encyclopedia*, Westport, Conn. : Greenwood Press, 2001 , p. 272.

② [美]华莱士·史蒂文斯:《最高虚构的笔记:史蒂文斯诗文集》,陈东飚、张枣译,华东师范大学出版社 2008 年版,第 384 页。

③ [美]埃德蒙·威尔逊:《阿克瑟尔的城堡:1870 年至 1930 年的想象文学研究》,黄念欣译,江苏教育出版社 2006 年版,第 26 页。

去往昔地位，也使得诗人失去了奋起反抗的决心，导致世纪末的诗人们淡出日常生活，默然在想象的世界当中寻找生命的力量和美丽。到了 20 世纪，艺术家们崇尚升华，用解放者的眼光来看待世界，把悠久传统和日常生活视为解放的对象，以抽象的终极关怀来否定具体的存在，从而否定日常生活的关怀。尤其令人感到悲凉的是诗人们高高站立在形而上的精神世界，把苍茫大地、日常生活和芸芸众生视为俗物。然而在 19 世纪末 20 世纪初的交接之际，弗罗斯特一方面秉承西方历史上诗人头上所具有的那圈光环，坚持诗与思的巧妙结合，另一方面诗人并不让自己远远地立于高处，而是怀着一颗平常心在平民栖居的世界上感受生活，从俗人俗物中寻找芸芸众生所具有的尊严与优美，这也是弗罗斯特一直与主流现代作家截然不同的一个特征所在。

在 20 世纪文学发展的历史进程中，现代派作家纷纷朝着高雅化和精英化的方向发展。在整个现代派文学范畴内，伍尔夫、福克纳、庞德、艾略特、乔伊斯和赖内·里尔克（Rainer Rilke）等作家无不站在实验主义的前沿以先锋的姿态融入现代文学的主流。作为精英知识分子，他们看到社会发展中所需要解决的问题，希望以一种理想化的形式推动社会的变化。但与此同时他们不屑于表现那些"不登大雅之堂"的通俗题材，甘愿致力于高雅文化，以激进的文学实验筑造精英知识分子的精神殿堂。尤其在诗歌创作领域，在 1920 年至 1950 年美国诗歌立意创新最重要的 30 年期间，美国诗坛出现了一系列诗歌宣言。例如艾略特在 1922 年写成《荒原》，庞德在 1925 年写成《诗章第十六章草稿》，克莱恩在 1926 年写成《白色大楼》（*White Buildings*）。这些诗歌似乎成为文学沙龙里的智力游戏，只有那些具备充分耐心的狂热青年在与赫拉克利特、荷马、奥维德、但丁、莎士比亚、多恩和孔子等先贤的联系中对这些诗篇作出些许解释。主流现代派诗人以其不肯流于凡俗的态度从事诗歌创作，希望为诗歌事业做出卓越的贡献，如同保罗·塞尚（Paul Cézanne）和巴勃罗·毕加索（Pablo Picasso）等画家对美术的贡献，阿希尔·克劳德·德彪西（Achille-Claude Debussy）和阿诺尔德·勋伯格（Amold Schoenberg）等作曲家对音乐的贡献，主流现代派诗人们也希望给现代诗歌带来全新的改变。这些现代派精英知识分子排斥大众，例如在庞德的笔下大众是"蜉蝣"。在诗集《人物》中，庞德写道:

> 上帝，要是你的子孙都长成如此细小的
>
> 蜉蝣，
>
> 我就吩咐你抓住混沌，生下
>
> 堆成山的卵，养出一代巨人，重新
>
> 扰乱这个地球。①

　　"蜉蝣"与"巨人"形成鲜明对照，庞德痛斥在生活中被世俗物欲所异化的芸芸众生，视之为毫无意义、了无价值的"细小的蜉蝣"，并且吩咐上帝"养出一代巨人"。如果说尼采曾预言和阐明超人存在的必然性，认为世人应当被超越，那么此处庞德以对"养出一代巨人"的呼唤作出了资本主义市场经济体系中精英知识分子远离"蜉蝣"，从而显示自己高贵地位的现代主义超人观。在尼采笔下最常见的大众形象是一群动物，有时还会是一群毒蛾或毁坏生机的雨点和杂草。尼采通过查拉图斯特拉之口宣称生者是腐败的虫食之物，并在《权力意志》（*The Will to Power*，1967）中将"高级人士"与"庸人"作为一种对照，认为"庸人"们正在建立起"最卑微最愚蠢者专制"，这将挑战"高级人士"的控制权，因此尼采呼吁"高级人士要向大众宣战"。艾略特也在《荒原》中写道：

> 并无实体的城，
>
> 在冬日破晓时的黄雾下，
>
> 一群人鱼贯地流过伦敦桥，人数是那么多，
>
> 我没想到死亡毁灭了这许多人。
>
> 叹息，短促而稀少，吐了出来，
>
> 人人的眼睛都盯住在自己的眼前。②

　　在拥挤不堪、雾霾迷蒙、魑魅游荡的城市中，伦敦桥上这些步履匆

---

① 参见赵毅衡《美国现代诗选》上册，外国文学出版社1985年版，第36页。

② 参见［英］T.S.艾略特《荒原》，赵萝蕤、张子清等译，北京燕山出版社2006年版，第47—48页。

匆的活人却使艾略特联想到但丁笔下地狱中的死人。在艾略特看来,这些人似乎没有了生命的遐想,甚至他们的叹息都短促而稀少,这些生者与死者无异。西格蒙德·弗洛伊德(Sigmund Freud)还把大众与"罪恶"相连,认为知识分子早已抑制住大众的无意识在他们灵魂中的增长,以无意识的需求来证明知识分子对大众的合理镇压与统治。总而言之,正如英国批评家、牛津大学默顿学院的教授约翰·凯里(John Carey)指出的:"现代主义文学和文化是围绕这样一个原则形成的,即排斥大众、击败大众的力量、排除大众的读写能力和否定大众的人性。"① 在这些精英知识分子看来大众缺少灵魂,而知识分子则以天生的贵族和永恒价值的传道者自居。他们甚至故意拒绝被大众欣赏的现实主义,抛弃逻辑的连贯性,追求非理性和模糊性,用难懂的语言、陌生的主题和高傲的态度从事创作试验,从而妨碍大众的阅读,进而将大众读者排除在文化领域之外,使文学变成少数人的文学,成为那些拥有突出聪明才智的精英知识分子品尝的琼浆玉液。到 20 世纪下半叶,随着电视的普及,以文字为主的文化转向了以电视为主的文化,这又促使知识分子创造一种新的反大众的文化模式。为此以雅克·德里达(Jacques Derrida)为代表的知识分子确立种种理论,吸引了一大批模仿者和渴望被看作知识分子先锋文化研究者的信徒。这些深奥的理论不同于易被理解的大众传媒,以令人费解的词语和特殊的文字用法雄踞于大众的理解能力之上。

高雅的主流现代派作家们对资本主义文化中的日常生活怀有敌意,而与大众拉开了距离。与此形成鲜明对比的是,弗罗斯特在 1913 年 11 月写给他的学生约翰·巴特利特的信中说自己绝不能像庞德那样以脱离群众为傲。弗罗斯特直言宣称:

　　　　不要对我太认真,如果我现在吹嘘自己是一位诗人。要时刻记住一个事实:有一种成功叫"受人尊敬",但那种成功无足轻重,只是让一小部分人知晓而已。但是,要让我所到之处的人都叫我诗人而不是别的什么,我必须跳出这个小圈子去面对成千上万购买我的

---

① 〔英〕约翰·凯里:《知识分子与大众:文学知识界的傲慢与偏见(1880—1939)》,吴庆宏译,译林出版社 2010 年版,第 23 页。

书的大众读者。我也许还做不到，但是我想自己会做到的。不要在
这点上怀疑我，我希望能写出所有人都能接受的诗歌。我不应因为
创作大众心目中的阳春白雪而沾沾自喜，就像我的半个朋友庞德那
样。我希望把自己的创作视野扩展开来，如果这是我能做到的事，
如果这是我动动脑筋就能完成的事。①

弗罗斯特明显表示自己要面向大众读者。华兹华斯认为："诗人者，
是一个对众人说话的人。"② 阿兰·布鲁姆也指出：诗人"需要知道怎样
和他的观众打交道，也需要知道在只看到事物是什么样的情况下改变视
角。观众是由不同层次的人组成的复杂的动物。人要对每个人说话，要
吸引简单的心灵也要吸引敏感的心灵。因此，他的诗就像他的观众一样
复杂而具有不同的层次。"③ 弗罗斯特立志面对成千上万的大众读者说话，
他在自己的诗歌中设定了一种假设的对话，这种对话不是与屹立云端的
上帝对话，也不是与来自未来世界的倾听者对话，而是与当下尘世的芸
芸众生对话。弗罗斯特善于扣动不同层次人士的心弦，他曾表示："我想
成为一位雅俗共赏的诗人。"④ 弗罗斯特在一定程度上取得了成功，正如
唐纳德·霍尔（Donald Hall）所说："教授可能选择艾略特，年轻人可能
模仿奥登，但是对于普通读者大众来说，罗伯特·弗罗斯特是一位活在
世上的伟大的美国诗人。"⑤ 尤其在第二次世界大战爆发后，弗罗斯特的
作品再次引起普通大众的注意。例如 1943 年，美国战时图书馆理事会将
五万份弗罗斯特的诗歌《步入自我》（"Into My Own"）分发给驻海外的
美国军队，以鼓舞士气。到 1955 年，弗罗斯特的《诗选》（*Selected Po-
ems of Robert Frost*）已出至第四版，他的诗歌受到美国民众的广泛好评。

---

① See Richard Poirier and Mark Richardson eds., *Robert Frost: Collected Poems, Prose, and Plays*, New York: Library of America, 1995, p. 668.

② 章安祺编订：《缪灵珠美学译文集》第 3 卷，缪灵珠译，中国人民大学出版社 1990 年版，第 11 页。

③ ［美］阿兰·布鲁姆：《巨人与侏儒》，秦露等译，华夏出版社 2003 年版，第 114 页。

④ Richard Poirier and Mark Richardson eds., *Robert Frost: Collected Poems, Prose, and Plays*, New York: Library of America, 1995, p. 668.

⑤ Donald Hall, *Their Ancient Glittering Eyes: Remembering Poets and More Poets*, New York: Ticknor & Fields, 1992, p. 13.

在美国现代主义兴起并走向辉煌的舞台上,弗罗斯特将美学的豪华盛宴与大众的阅读趣味结合起来。他没有追随当时华丽的形式主义诗风,他的诗歌没有荷马史诗的恢宏,没有雪莱抒情诗的激情,也没有庞德《诗章》中的深奥博杂。弗罗斯特只是选取一些普通的人或事作为诗歌描写的对象,进而洞察现代生活当中蕴藏的真谛,这是诗人所因循的艺术创作道路,也是弗罗斯特自身经历和社会环境影响的必然产物。

纵观美国的社会发展,从19世纪90年代起美国的消费活动和消费机构迅速膨胀,到20世纪50年代美国已顺利完成由产业经济到消费经济的历史转型。随着资本主义迅速发展,人类的社会生活和精神生活也发生了翻天覆地的改变。人口飞速膨胀,城市如雨后春笋般扩张,教育的普及和大众文化的兴起使大众成为文化消费的主体。在资本主义市场经济体制下,文学改变了过去立于庙堂的高雅地位,逐渐成为一种在市场上流通的商品。大众的兴趣和品位影响到知识分子的创作,使得越来越多的知识分子意识到大众对他们所代表的文化权威的挑战,对他们作为高瞻远瞩的启蒙者的角色和地位的威胁。知识分子也逐渐褪掉往日跻身于圣坛的光辉,成为向市场提供精神产品的生产者。瓦尔特·本雅明(Walter Benjamin)提到资产阶级的市场文化决定了文人提供这种精神产品的方式。本雅明就曾是一位靠出卖劳动力换取报酬的人,他常将街头小报和专栏文章当作资产阶级文化的先驱。事实上,在发达的资本主义时代,随着报纸以日新月异的面貌吸引各种各样的读者,文人创作的各种新奇的专栏必然应运而生。急迫的需求和巨额的收益两者一同造就了发达资本主义时代的文人的地位,使文人试图通过报刊专栏在资本主义市场里占有一席之地,从而在社会生活中占据一个位置。弗罗斯特就生活在资本主义迅速崛起的时代,在他"从文"的经历中,正是文学商业化的外部环境创造了一个乡野之人从新英格兰乡村走向美国现代文坛并最终走向世界的奇迹。在文学的商业化环境里,弗罗斯特能够以"卖文"作为谋生的方式和手段,并靠"卖文"逐渐获得作为一名文人所需要的文名,得以跻身文化界,并在大学任教,在政府谋职。在20世纪的作家群像中,弗罗斯特给人的印象似乎只知道挣钱,这招致许多人的鄙夷和不屑。但对弗罗斯特而言,追逐名望是他维持自己和家人生存的手段。当他还在新英格兰乡村默默无闻时,生活的艰难带给他无尽的痛苦和折磨，而当他的诗歌问世后，受到包括庞德在内的有识之士的好评，他迅速获得名望，并在一定程度上满足了家人的物质需求。弗罗斯特出身贫寒，不善经营，他天生没有有闲阶级的地位，也无法轻易获得遗产或资助，对于一位以这样的背景投身于艺术事业的人来说，如何协调持续不断的经济需求与艺术追求之间的关系是他在从事文学职业时需要解决的问题。

弗罗斯特渴望实现自己的美国文学梦，渴望通过艺术创作来养活自己和家人，这无可厚非。更进一步说，弗罗斯特在商业文化中走向成功显示了美国现代诗歌中的另一种传统。对庞德、弗罗斯特等现代派诗人而言，商业文化不仅仅是一种文化背景，也是他们在创作生涯中不可避免的文学活动中的一部分。在对待美国商业文化的态度上，尽管弗罗斯特对商业主义与功利主义的态度是含混而矛盾的，他在诗歌中更多只是向读者呈现商业主义与功利主义在美国文化中存在的事实，但是他在书信中表明他想做一个对大众文化产生影响的诗人，其基本策略是："希望在这一游戏中做到十分精湛，使其在不经意的人看来一目了然。"① 这句话清楚地表明弗罗斯特的大众文化愿望，他希望把诗歌写得十分精湛，但又能让人在不经意间一目了然，他希望通过类似《大西洋月刊》（Atlantic Monthly）那样大量发行的杂志发表作品而被广大读者所认识。同样面对商业文化，庞德、艾略特等当时胸怀大志的青年却毅然离开美国，去欧洲寻找美国缺失的文化资源。尽管庞德在 1910 年 6 月至 1911 年 2 月曾返回美国，他试图重新在美国寻找开创文学生涯的可能，但他发现商业控制了美国的文化，与英国或意大利相比美国并不适合一位严肃的艺术家。1912—1913 年，庞德以《我的祖国》（Patraia Mia）为标题在《新世纪》（New Age）杂志上发表一系列激进的社会和文学评论文章，在这些文章中，庞德频繁地将意大利的文艺复兴与美国的现状作对比，他孜孜不倦地鞭笞美国和美国诗人，痛斥美国的商业文化系统和"枯死的杂志"，他认为美国的大众市场杂志让艺术家们成为商人，使艺术家们忽

---

① Richard Poirier and Mark Richardson eds. , *Robert Frost: Collected Poems, Prose, and Plays*, New York: Library of America, 1995, p. 818.

视了自己的责任,并认为百分之九十的美国人为名利出卖灵魂。[①] 庞德认为美国是一片诗歌的沙漠,因而他选择"流亡",去有着深厚文化传统的欧洲寻找美国缺失的文化资源。庞德试图以精英的姿态从希腊、罗马、普罗旺斯和中国古典文化等各种文明中汲取文化资源,他高举"锐意创新"的旗帜,试图打破美国狭隘的文化氛围,追求具有世界性意义的现代主义诗学。与庞德的"流亡"不同,弗罗斯特选择了"回归",并且在美国的商业文化系统中走向了成功。弗罗斯特秉承"用旧形式表达新内容"的诗歌创作原则,面向大众读者群体,把美国现代派文学的精神与大众读者的趣味衔接起来,他的诗歌也获得了市场认可。庞德与弗罗斯特对待商业文化的不同态度导致了他们在诗歌定位、诗学原则和市场策略等方面产生明显的差异,并直接体现在他们的诗歌实践上。我们可以看到,庞德与弗罗斯特之间的纠葛显示出现代派诗歌内部存在的差异,表明美国现代派诗歌绝不是文学精英铁板一块的霸权运动,而具有了多样性和复杂性。

　　布鲁克斯认为:"无论是好是坏,现代诗现在已经把责任的重担放在了读者的肩上。"[②] 现代派诗歌普遍艰涩难懂,诗人或许自命不凡地想对读者加以限制,使读者需要了解和掌握整个文学、政治、哲学等知识传统,密切关注诗歌中语气的转换、反讽、陈述和暗示,这种倾向使得知识分子与大众读者之间的关系变得日益疏远。但是在第二次世界大战后,在追求群体力量、和平理想的新型社会中,强调个别精英的价值高于社会大众价值的理念已经被抛弃,取而代之的是人人都具有同等的重要性,都对社会负有不可或缺的责任这一新观念,这就使得大众的力量被凸显出来。在这种情况下,弗罗斯特那些采用日常语言书写大众人生的诗歌令读者倍感亲切,以至于弗罗斯特本人自觉地承担起大众代言人的角色,以大众为预设的读者,把美国现代派文学勇于创新的精神与大众读者的草根趣味衔接了起来。

　　[①]　See Ira Nadel, *The Cambridge Introduction to Ezra Pound*, Beijing: Shanghai Foreign Language Education Press, 2008, p. 8.

　　[②]　[美] 克林斯·布鲁克斯:《精致的瓮:诗歌结构研究》,郭乙瑶等译,上海人民出版社2008 年版,第74 页。

第四节　"始于欢欣,终于智慧"

弗罗斯特生存在一个工业主义和现代技术飞速发展的时代,资本主义文明猛烈冲击着人们习以为常的传统生活方式,两次世界大战也使文艺复兴以来人类对人性和未来的观念受到致命打击,人类所生存的外在世界和内心世界逐渐丧失了凝聚的中心而陷入混乱之中。这也是西方知识分子重新反思西方文化传统,重新审视价值观念的文化建构时期。在这种重建过程中,弗罗斯特立足于对美国的热爱,发现美国本土特色的诗歌传统,以在混乱的丧失了人生意义与信仰的现代社会中表达他对人生意义的思索。弗罗斯特清醒地面对现实,从新英格兰乡村世界中找到了相对于城市而言的牧歌世界,但这个世界并不能作为永恒的安慰,这里的自然也充满着邪恶。维吉尔牧歌世界中的田园风光与黄金时代融为一体的完美景象并没有在弗罗斯特诗歌中重现,诗人所热切期待的那个"诗歌与力量的黄金时代"也没有在肯尼迪政府的统治下到来。

弗罗斯特不是一位强有力的思想家或革命者,他不可能从对社会进行根本性变革的角度来探寻新秩序的建立,而只能从传统当中寻求某种宁静和安全。弗罗斯特回顾往昔,如同叶芝驶向古代的拜占庭,弗罗斯特回到了古希腊古罗马,从日渐被人遗忘的西方牧歌传统中探寻现代社会所亟须的某种价值和秩序。弗罗斯特信奉杰斐逊的农业主义,但他并不否认现代的都市文明,他在诗歌中并没有明确把乡村与城市描写成截然对立的两个方面。从弗罗斯特一生的创作实践来看,诗人一方面试图创造独特的艺术成果,另一方面试图以这种诗歌艺术引领大众在一定程度上遏制现实的混乱。

席勒曾认为现代社会导致感性与理性的分裂,只有通过美与艺术才能使感性和理性达成统一,从而获得完整的人性,以此建立和谐美好的理想社会。在其著作《审美教育书简》里,席勒开出"济世良方",指出通过审美艺术来恢复人类天性中的完整性,并且认为艺术家不是以严峻的态度对待他的同时代人,而是在游戏(Spiel)中通过美来净化他们,使他们在闲暇时得到娱乐,不知不觉地从他们的娱乐中排除任性、轻浮和粗野,再慢慢地从他们的行动乃至意向中逐步清除这些毛病,最后达到性格高尚化的目的。席勒相信政治上的改进要通过性格的高尚化,而性格的高尚化又只能通过艺术,"一言以蔽之,要使感性的人成为理性的人,除了首先使他成为审美的人以外,别无其他途径"。① 而弗罗斯特同样相信诗可以拯救人类,相信艺术能克服混乱,赋予其秩序,哪怕只是暂时的秩序,也代表着诗人对现实的探索,对超越现实悲剧和危险世界里种种悲惨状况和危险形势的努力。弗罗斯特在《诗歌运动的轨迹》("The Figure a Poem Makes")一文中指出:"一首诗自有其运动的轨迹,它始于欢欣,终于智慧。"② 欢乐是一种冲动或惊奇,是一种在熟视无睹的日常生活中找到的惊奇,而智慧是对人生的领悟,不一定是一种重大的领悟,但或许是在混杂的世事中得到暂时安慰的一种启示,一种"对混乱的短暂遏制"。③ 弗罗斯特在诗歌中表现出对现实生活乐观积极的态度,例如诗人在《指令》一诗的最后两行写道:

> 这儿就是你的泉源之处。
> 喝下去你便可超越混乱重获新生。④

这是诗人对艺术力量源泉的深刻认识,即摒弃那些浪漫主义休闲式的诗歌,转而以诗人的眼光关注平凡朴实的现实生活,在乡村氛围和城市世界的互动中使诗歌的艺术境界达到升华。

弗罗斯特没有像庞德等主流现代派诗人那样从世界各地的古代文明或神话传说中探寻一种构建秩序的方式,而是立足于美国本土,用美国的语言和文化风格致力于描写美国本土的生活风貌。在这一点上,弗罗斯特与威廉·威廉姆斯有相同之处。威廉姆斯长期生活在新英格兰,他既没有自我流放到异国他乡,也没有因循晦涩难懂的经院主义的诗歌创

---

① 〔德〕弗里德里希·席勒:《审美教育书简》,冯至、范大灿译,上海人民出版社 2003年版,第 181 页。

② Richard Poirier and Mark Richardson eds., *Robert Frost: Collected Poems, Prose, and Plays*, New York: Library of America, 1995, p. 777.

③ Robert Frost, *Complete Poems of Robert Frost*, New York: Holt, Rinehart and Winston, 1958, p. vi.

④ Ibid., p. 521.

作道路。他终生坚守自己是一个美国诗人的自我定位，主张诗歌创作深深扎根于现实中，力求关注日常生活和凡人琐事，把很多传统上不能入诗的题材写入诗中，不遗余力地开拓美国本土的诗歌风格。威廉姆斯的《红色手推车》（"The Red Wheel Barrow"）正是写平平淡淡的一组景象所带给读者的惊喜。诗人写到那么多东西倚靠一辆红色手推车，晶莹闪亮于雨水中，旁边有几只白鸡。诗人所要展现的是骤雨初歇时农家院子里的情景，以一幅静物写生的手法，寥寥数笔，把雨痕着物的澄澈景象栩栩如生地展现在读者眼前。红色手推车、雨珠和白鸡都是极为平常的事物，然而，诗人却能以极其细腻的感受能力，在平凡、单调的生活中捕捉到一种美，整首诗清新自然，色彩鲜明，动静结合，使邻家院子里的雨霁天晴时分那番熟悉景象永恒地定格在美国文学史上。在1946—1958年发表的五卷本长诗《佩特森》（Paterson）中，威廉姆斯以家乡附近的一座工业城镇来象征美国社会和美国民族，试图借助于诗歌的力量弥合资本主义工业化在人与自然、传统与现代之间造成的异化和分离。但与威廉姆斯有所不同的是，弗罗斯特以新英格兰乡土作为对美国社会和民族进行深入思考的立足点，并且坚持运用传统的诗歌形式和韵律。在弗罗斯特看来，作诗不用韵律就如同打网球不设球网，而正是韵律等传统的诗歌形式起着球网的作用，能给人一种秩序感与和谐感。传统的十四行诗和民谣体等诗歌形式也是叶芝和奥登等诗人常用的形式，但弗罗斯特尤为注重推陈出新，使无韵诗或不押韵的五音步抑扬格等传统的英诗常规成为其诗歌创作中的基本样式。弗罗斯特并不赞同在诗歌形式和表现手法方面标新立异，他曾坦陈自己不属于任何流派。从弗罗斯特第一部诗集中的《步入自我》一诗里那个走进黑暗的树林寻找自我的年轻人，到他的最后一部诗集中的《冬天的树林里》（"In Winter in the Woods"）一诗里那个身披夕照霞光的老人，弗罗斯特在诗歌创作中一直特立独行，沿着一条行人稀少的路径默默地探寻自身的价值和艺术的真谛。在弗罗斯特50多年的诗歌创作生涯中，他历经时代的风云变幻，也遭遇英美文坛各种潮流的侵袭，但无论是面对第一次世界大战期间的意象主义，20世纪20年代流行的为艺术而艺术的理论，30年代出现的文学为社会目的服务的思想，还是处于40年代盛极一时的超级爱国主义氛围，弗罗斯特的美学立场始终如一。他恪守以历史悠久的牧歌作为诗歌创作灵感之泉源的初衷,试图在坚守传统诗歌样式的创作中,引领大众超越纷纭混乱的环境,使古典的形式重获新生,在现代主义的语境中求得一种牧歌式的恬淡与和谐。

弗罗斯特强调诗歌是人类智慧的结晶,他一向认为"诗中必须要有智慧"。[①] 他在这里所说的智慧是指一首诗歌应达到一种净化的作用,不是达到惊天动地的变革之类的净化,而是个体在对混乱现状的抵御当中片刻之间从内心深处涌起的一种感受,一种通过机智、讽刺、悖论和辩证性等艺术手法达到的现代知性。所谓知性不是理性、哲理、逻辑或知识,而是由单纯抒情转化而来的明晰而深邃的思想和睿智。在传统理性主义看来,理性是至上的,文艺复兴以后,上帝的地位发生了动摇,人们纷纷把目光投向理性和科学,将其奉为社会的希望。然而在世界进入20世纪以后,战争的灾难,世界性的经济危机,科技的发达带来伤害,机器的大规模使用,一切让人们笼罩在前所未有的凄风苦雨之中。人们发现科学和理性并没有消除战争、压迫和贫困,两次世界大战携科学技术之威力酿成了前所未有的残忍恶果。科学增加了人的权力却没有增加人的德行,反而增强了人作恶的能力,这一切使人们对理性的效能产生了深深的疑虑。因此,当人类发现了理性的缺憾并宣告上帝已死之后又在塑造新的上帝,实际上将阐发的重心落在那个神秘莫测而至高无上的"自我"身上。

在西方文化中,从古希腊开始都在认识自我,认识自我的局限,如何超越自我以及如何塑造自我。例如俄狄浦斯智力超群,能够猜出斯芬克斯关于人的谜语,却无法识破自己"杀父娶母"的悲剧性命运,他无法认识到自我的命运。这个故事包含了一系列关于自我的问题,例如自我本性是什么,是善还是恶,自我的身份是什么,是弃儿还是王子,是功臣还是罪人,自我与他人的关系是什么,是儿子还是丈夫。命运之网笼罩着俄狄浦斯的人生,他越是反抗越是陷入命运之网,人的局限性在他身上展露无遗,这也表明自我认知的艰难。文艺复兴时期开始逐渐明晰身份,确证生存还是毁灭,这是一个值得思考的问题。从哈姆莱特的

---

① Richard Poirier and Mark Richardson eds. , *Robert Frost: Collected Poems, Prose, and Plays*, New York: Library of America, 1995, p. 890.

迷惑到浮士德的追寻，再到浪漫主义的感性个体，到自然主义的生物个体，文学总是一个不间断地追问自我和表达自我的过程。20世纪的西方文学继承了古希腊人对自我的拷问和疑惑。笛卡儿提出"我思故我在"，人能够通过理性思考来确认自我存在。可是到了20世纪，由笛卡儿缔造并且由众多思想家倡导的理性神话破灭，过去那种理性、明确、稳定的自我认知逐渐飘摇。尼采认为上帝死了，叔本华认为人生不过是一场悲剧，柏格森认为人生是一条绵延的河流，弗洛伊德认为人生不过是性压抑的释放。在种种非理性思潮影响下，现代人开始探索自我的各个层面。对20世纪的西方作家而言，自我迷失、异化也是他们自己的生命体验，而他们希望通过文学这种表现形式，展示现代个体的特殊境遇，剖析自我的危机。例如在卡夫卡的小说里，人变成虫子，活在地洞里，或者像《城堡》中的主人公一样，明明看到城堡在前方，却找不到前行的方向。在奥尼尔的《毛猿》里，人还不如动物。在群体社会中，自我逐渐被遮蔽，自我开始变得彷徨、孤独、弱小，越来越缥缈，迷失在茫茫的人群中，甚至找不到存在的位置。很多文学作品在思考人是什么、将怎样活着、将怎样安放生命这类问题。例如罗曼·罗兰希望参透自我的谜语，借自己和他人的眼来了悟生命的意义。很多西方作家以这样一种愿望，面对荒诞的世界，面对迷茫的自我，希望明确自我的存在意义。他们创造丰富的人物形象，与笔下的人物一起，走进心灵的迷宫，对现代境遇中的自我迷失、异化、孤独、痛苦、禁闭等作出探寻自我的选择。罗曼·罗兰塑造了贝多芬等精神巨人，海明威告诉读者人生来不是被打败的，索尔·贝娄笔下的人物打破精神的沉睡，既做虚无主义的批判者，又做物质喧嚣中的担当者，去过值得过的生活。在纷乱动荡的世界里，这些作品展开对社会现实、历史文化、道德价值、存在意义的独特思考，给读者带来感动，也带来情感关怀。

　　现代诗人把由"自我"感受发展而来的知性当作在混乱世界中寻求秩序的途径。史蒂文斯在《现代诗》（"Modern Poetry"）一诗中提到"心智在行动"①，而在弗罗斯特的诗作中同样存在这种"心智"。对弗罗斯

---

① ［美］华莱士·史蒂文斯：《最高虚构的笔记：史蒂文斯诗文集》，陈东飚、张枣译，华东师范大学出版社2008年版，第151页。

特本人而言，他的诗歌创作使他在感情生活的危机中得到安慰。弗罗斯特是一个令人难以置信的悲剧式人物：他的长子死于霍乱，次子自杀身亡，一个女儿死于难产，另一个女儿住进疯人院，他的妻子遽然去世。但在所有的不幸当中，诗人始终在众人面前带着圣诞老人般的微笑，安静地朗诵自己的诗歌。有人以此认为弗罗斯特是一个虚伪的人，传记作家汤普森曾说弗罗斯特实际上是一位精神病人，三个孩子的夭折使他受到很大刺激，使他总是觉得自己有罪，因而经常做噩梦。但是在苍凉的人生中，弗罗斯特没有流露出过度的伤感情绪，而是以冷峻的目光和坚毅的态度来对待生活中的种种不幸与痛苦。他选择自己承受一切，把个人的痛苦经历都沉淀在心里，不声不响地去理解与领会，并将写诗当作一种解脱和安慰，一种在混乱的宇宙中生存的方式。尽管弗罗斯特的诗歌成就遭人质疑，但他那股强劲的生命力却令读者感动。弗罗斯特曾说自己："无论多么悲痛也不抱怨，悲而不怨。"① 正如学者所认为的："在弗罗斯特的诗歌中，读者从来就没有听见他自我哀叹命运的不公，也从来没有看到弗罗斯特在公开的场合对自己的不幸与悲痛有过任何捶胸顿足的表露。他拒绝把自己的不幸与悲剧戏剧化。他的苦难、他的贫穷、他的损失、他的沮丧和他的负担在他的诗歌向来就不是和盘托出，而是巧妙委婉地被写进他那些情感真挚的抒情诗和他独特的'牧歌'（eclogues）。"② 弗罗斯特基于自己不幸的人生经历创作诗歌，表达同时代西方文学中的常见主题，但是弗罗斯特诗歌中没有说教，只有挥之不去的动人情感，流淌在平缓、沉静、朴素和从容的语言中。

在一个思想贫乏而技术占统治地位的时代，人类尤其需要诗。在西方哲人看来，诗与思相连；在中国哲人看来，诗"可以兴，可以观，可以群，可以怨"（《论语·阳货》），可以"动天地，感鬼神"（钟嵘《诗品·序》），是"经国之大业，不朽之盛事"（曹丕《典论·论文》）。而在弗罗斯特看来，诗歌是一种审视世界的可贵方式。弗罗斯特从身边的平凡事物中取材，从中折射出他所处时代里普通人的生存处境、温馨朴

---

① Richard Poirier and Mark Richardson eds. , *Robert Frost*：*Collected Poems*，*Prose*，*and Plays*，New York：Library of America，1995，p. 891.

② 黄宗英：《弗罗斯特研究》，上海外语教育出版社 2011 年版，第 357 页。

素的人性、面临生存危机的疑惧和焦虑，以及在不尽如人意的生存状态中对生活的自信和执着。在维吉尔的牧歌中，提屠鲁让梅利伯推迟他的漂泊异乡之旅，邀请他留下做客，安睡一晚，此处有绿色树叶铺成的床。这一标志性的礼节正是弗罗斯特对一首诗歌情感结局的定义："始于欢欣，终于智慧。"维吉尔在这首牧歌中弥合了希望与恐惧的沟壑，在这首牧歌的结尾，牧人唱着情歌赶着羊群回家，描绘了一幅安静祥和的风景画面。而弗罗斯特的诗歌在表达这种最质朴、最真切的生活情态时，将方言的恰当运用与文本的开放性实验融合在一起，将底层民众的生活与关于社会演变和历史发展的思想融合在一起，从而使他的诗歌文本既具有文本的文学性，又具有了社会与历史的内涵。

弗罗斯特立足于第一次世界大战之后美国人独特的美学思想以及大众文化语境中，拒绝精英化的诗歌美学，重新定位诗歌的读者群体，试图在诗歌中运用人们熟知的对象、语言和形式，把读者对战争、经济危机等的恐惧和战后潜在的欲望转化成社会可以接受的内容。弗罗斯特的诗歌确实给读者带来了快乐，履行了诗人在贫困时代里的使命，行之有效地实现了诗歌的社会功能，这种可贵的实践有别于其他现代派诗人以精英自诩的文学生涯，显示了弗罗斯特独特的睿智和执着的精神。

结　语

　　罗伯特·弗罗斯特这位出生在美国旧金山、家境贫寒的诗人命途多舛，少年时期初试锋芒却未能在诗歌创作方面施展抱负，成名后遭到无数评论家的误解甚至批判，但他矢志不渝，苦苦奋斗，终于在87岁高龄时达到荣耀的顶峰。弗罗斯特以其传奇的一生，在文坛毁誉参半的地位，独特的诗歌艺术以及丰硕的创作成果引起了国内外文学研究者和爱好者的广泛关注。

　　纵观弗罗斯特的诗歌创作，从16岁写诗，一直持续到89岁高龄去世，在漫长的创作历程中，其诗歌风格并非一以贯之。就其诗歌创作内容而言，在20世纪20年代以前的早期阶段，弗罗斯特的诗歌多属于田园诗和农事诗，主要表现抒情诗人或叙述者对"自我"的思索；到20年代至30年代，诗人多在商业浪潮和日常生活中感悟人生；到40年代，诗人又多思考现实中家庭和国家的苦难，表达他对战胜苦难的信念；到60年代，弗罗斯特成为约翰·肯尼迪总统的忠实拥护者，其晚期诗歌多表达诗人对社会的思考，诸如人在社会中的奉献精神、爱国情怀和人生责任。弗罗斯特的诗作，尤其是早期诗作中确实有大量篇幅描写新英格兰地域的荒屋、残雪等乡村景物和摘苹果、收落叶等农耕生活场景，许多评论者据此认为弗罗斯特就是一位描写牧场、泉源、采花、取水等乡村世界的诗人，由此将他确定为一位乡土诗人或自然诗人，甚至对他的诗歌鄙夷不屑，认为他是一位远离时代痛苦现实的新英格兰农民诗人。弗罗斯特后期的大量诗作又针砭时弊，嘲讽各种改革，于是许多评论者认为这些诗歌是弗罗斯特脱离新英格兰地域而创作的，反映了诗人对都市权势的认同及其创造性日益衰退的趋势，甚至有评论者认为这些诗歌失去了读者的阅读期待，在日后的文学史上必然惨遭遗弃。纵观弗罗斯特的主要诗作，诗人在其诗歌中构建的新英格兰乡土世界的确是深入理解其诗歌的重要因素。但读者若据此给弗罗斯特贴上"农民诗人"或"自然诗人"的标签，这对诗人的声誉则是在作出过于仓促和简单化的结论，与此同时，评论者以为弗罗斯特的艺术生命和创作影响随着他离开新英格兰乡土而终结，这一看法也有待商榷。

　　哈罗德·布鲁姆认为文学批评虽然作为一门古老的艺术源远流长，"却总是并且仍将是一种精英现象"。① 此语道出了多年来一直存在的事实，即书写文学史的权力一向掌握在以评论家和大学教授为代表的精英知识分子手中。在美国现代诗歌史上，庞德、艾略特和威廉姆斯等人确立的自由体诗歌成为美国大学里的文学精英主义者所推崇的诗歌样式，而弗罗斯特通俗易懂的诗歌虽然广受大众的欢迎，却很难入精英知识分子的法眼。事实上，弗罗斯特与许多主流现代派诗人一样在现代大都会的中心开创职业生涯，他的诗歌也囊括战争、暴力和冲突等主题，表达社会和时代的变化。只是弗罗斯特选择从乡村的角度来审视现实生活，他善于发掘现实生活中往往被常人忽视的美和诗意。在弗罗斯特的艺术创作实践中，他将现实社会中存在的异化、痛苦、不幸和灾难等融化在人类对"美"与"善"的情感追求中，使读者在他笔下那些毫不拘泥于技巧堆砌或刻意雕琢的诗行之间感受诗人广阔的创作视野和丰富的文学想象。弗罗斯特的诗歌旨在从情感上唤起人们战胜困顿与苦难的信念，引领人们在混乱的现实中追求生活本身的美和诗意。弗罗斯特的诗歌内涵丰富，正如迈克尔·迈耶（Michael Meyer）所评论的："弗罗斯特的诗歌需要读者们细心而自觉地深入到简朴的诗歌语言当中，去发现隐藏在表层底下的那些含混暧昧、难以捉摸的意义。"② 像弗罗斯特这样一位不肯追随主流现代派潮流的诗人确实很难被纳入文学的尊贵殿堂，但幸运的是，经过兰德尔·贾雷尔、莱昂内尔·特里林和厄尔·威尔科克斯等评论家的悉心阐释，人们逐渐摒弃用"农民诗人"或者"自然诗人"这

---

① ［美］哈罗德·布鲁姆：《西方正典》，江宁康译，译林出版社2005年版，第12页。

② Michael Meyer, *Poetry: An Introduction*, Boston: Bedford Books of St. Martin's Press, 1995, p. 359.

样的标签来简单地界定弗罗斯特的诗人身份,而是从多元文化的角度对其诗歌作出全面客观的评价和分析。在这些评论家的影响下,弗罗斯特的声誉不断得到提升,终于被视为一位具有非凡感染力和复杂内涵的诗人,堪与叶芝和艾略特等诗坛大家媲美。

时至今日,当人类仍然面临着社会危机、文化危机和生态危机等现实困境时,当工业化、机械化和城市化的变革日渐扫除古朴的田园世界时,弗罗斯特的诗歌因其切近现代社会这一深刻变革的主题而具有不可磨灭的永恒魅力。作为美国现代文学史上一位当之无愧的重要诗人,弗罗斯特值得深入探讨。本著作即是在借鉴国内外弗罗斯特研究成果的基础上,深入发掘弗罗斯特诗歌中的牧歌特征,并且以牧歌为主线将弗罗斯特不同时期创作的诗歌有机地融合在一起,从而扩展其诗歌的思想跨度,分析其诗歌深层含义的一次尝试。在具体论述中,本著作总结牧歌的传统性、乡土性、现实性和大众性等特征,并且主要结合这四个方面的特征挖掘弗罗斯特诗歌的内涵,分析诗人在大师云集的现代文学史上的独特价值,揭示这位现代诗人的诗歌作品在过去、现在以及未来文学与人类生活中的启示意义。

关于传统性,本著作主要概述牧歌的定义和源起,分析弗罗斯特对西方文学传统的习得,及其诗歌与西方传统文学文本尤其是牧歌文本之间的联系。牧歌是一个含混的概念,它的内涵和外延在西方文学史上不断被扩展。维吉尔之后的牧歌多指通过写实与虚构的手法描述乡村生活,借此与当下的现实生活形成鲜明对照,表达诗人对现实的关注和对理想生活的向往。弗罗斯特的诗歌并不像人们普遍认为的那样是一种毫无历史内涵的通俗化诗歌,相反,现代诗人弗罗斯特以一种自然、感性和诗性化的方式不拘一格地承袭西方文学传统,他的诗歌文本保留了《圣经》、柏拉图思想等西方文学传统当中丰富多彩的记忆。而在与传统文学文本的互文性关系中,无论是评论家们的评论还是弗罗斯特自己的言语流露,都证明了弗罗斯特的诗歌与忒奥克里托斯、维吉尔的牧歌作品之间具有一定的联系和契合。因此,在研究处于传统与现代之间的承上启下的诗人罗伯特·弗罗斯特的诗作时,研究者有必要建立弗罗斯特诗歌与传统牧歌之间的联系,进而运用牧歌这一文学术语全面而客观地对弗罗斯特诗歌作出分析。

关于乡土性，本著作主要结合牧歌构建的阿卡迪亚世界，分析弗罗斯特作为一位农民诗人对新英格兰的描写，并结合新英格兰在美国文化历史上的地位，发现新英格兰在弗罗斯特诗歌以及美国文化中的意义。弗罗斯特将传统的乡村题材纳入诗歌创作中，这一创作途径源于诗人自己的人生经历，也源于爱默生对自然的研究和对日常事物的命名给他带来的影响。弗罗斯特从一个真实的新英格兰农民角度进行创作，但他笔下的新英格兰并不完全是对真实实物的描述，而是诗人运用写实与虚构的手法构建出的一个地点相对封闭、时间相对停滞的诗歌中的"新英格兰世界"。这个新英格兰与牧歌中的阿卡迪亚所具有的隐喻意义颇为相似。弗罗斯特采用了牧歌这种形式，使新英格兰成为阅读其诗歌的核心。可以说，从作为诗歌意境原型的新英格兰到作为文化母体的新英格兰，弗罗斯特诗歌中的新英格兰不仅是为诗人的创作源源不断地提供灵感和素材的地方，也是诗人确立自己的文化身份，为公众构建民族身份，以及使自己有别于主流现代派诗人的独特所在。

关于现实性，本著作主要结合牧歌的现实性特征，分析弗罗斯特在诗歌中揭露的荒凉自然以及现代社会当中存在的种种时弊，同时指出诗人对未来的希冀与追求。诗人不是一位远离时代、远离痛苦的乡村自然诗人，而是以自己的独特方式在诗歌作品中表达对现实的关注和思考。受达尔文进化论等思想的启迪，以及诗人自身经历和所处时代的影响，弗罗斯特并不将新英格兰乡土乐园视为人类恒久的安慰图景，恰恰相反，他在诗作中打破了乡土乐园所具有的固定形象和美学特征，呈现乐园当中的荒凉甚至凶险，借此揭示现代政治、社会生活、国际形势等方面存在的矛盾和斗争。弗罗斯特不是一位不敢正视现实的逃避者，而是一位密切关注现实，并以自己独特的方式反映现实的现代派诗人。与此同时，诗人以诗性的想象流露出对"黄金时代"的期待心理，诗人相信约翰·肯尼迪总统是维吉尔牧歌中的"黄金的新人"，必能带来一个"诗歌与力量的黄金时代"，这折射着人类精神结构中永恒的尊严，表达了诗人对现代社会的独特理解。

关于大众性，本著作主要结合牧歌中的对话性，分析弗罗斯特诗歌的艺术特色，以及诗人备受大众欢迎的原因，以此阐述弗罗斯特所奉行的诗人使命。人们普遍认为弗罗斯特的诗歌自其问世以来就是一种通俗易懂的口语诗，这缘于弗罗斯特坚持运用的语言不是一种被异化的语言，而是一种植根于日常生活，从人们司空见惯的日常用语中发掘出崭新意义的语言。在具体的创作实践中，弗罗斯特孜孜不倦地探索各种讲话的声音，熟练地模仿现实生活中的各种语音，以笔下的人物说出来或喊出来的声音直接或间接地表明诗人所要表达的意义，达到出神入化的效果。弗罗斯特注重日常语言和"有意义的声音"，试图以一种平等的态度建立人物与人物之间、诗人和读者之间的对话关系。弗罗斯特采用的这种对话方式与忒奥克里托斯、维吉尔牧歌作品中典型的"对答法"形式相一致，这是弗罗斯特诗歌值得关注的一个独到之处。可以说，弗罗斯特的诗歌通俗易懂，给读者带来快乐，并给读者带来知性的启迪。弗罗斯特自觉地承担起大众代言人的角色，以大众为预设的读者，把美国现代派文学勇于创新的精神与大众读者的草根趣味衔接了起来。

总而言之，迄今为止现代社会给予弗罗斯特更多的还只是承认而非理解，而从牧歌角度审视其创作艺术是进一步达到全面而客观地理解弗罗斯特诗歌的一个有效的途径。弗罗斯特并不是通过模仿古人的牧歌类型来丰富他在诗歌创作中所需要的动人词语和表达技巧，而是凭借个人的生活经验和辨识才能，立足于新英格兰这个具体的地域着眼于广阔的人类世界，致力于对其隐秘的内涵予以关注和思考。有缘于此，弗罗斯特将乡村景物和日常生活作为一种独特的诗歌审美对象，创造出简朴、平淡、自然的诗歌，流露出他对人类社会的美好构想。与此同时，弗罗斯特诗作中的自然并不完全是维吉尔笔下那个繁茂美丽的乡村世界和远离城市的避难之所。弗罗斯特没有逃避人类社会，恰恰相反，诗人直面自然界和人类社会当中存在的种种苦难和邪恶。但是弗罗斯特在面对现实的困厄时并没有绝望，而是继承和发扬维吉尔牧歌中关于黄金时代的社会构想，渴望在代表战后成长起来的新一代的肯尼迪政府的引导下，美国社会迎来一个诗歌与力量的黄金时代。尽管白发苍苍的弗罗斯特在临终前终于意识到，那个他热切期待的黄金时代并没有来到美国社会，但弗罗斯特成为美国社会中的一个文化符号。作为一位辛勤耕耘的农民，他富于田园牧歌的想象，具有炽热而忠诚的爱国主义精神以及朴实而深邃的哲学思想，这些美国人持久欣赏的品质集中体现在弗罗斯特对人类理想社会的殷切期待上面。弗罗斯特的诗歌在表达最质朴、最本真的生活情态时，也将方言与文本的开放性实验混合在一切，将底层民众的生活与关于社会和历史的深刻思想融合在一起。作为一位现代的牧歌诗人，弗罗斯特一生的诗歌追求总体上是成功的。席勒指出，牧歌不应该引领我们回到童年去获得精神力量沉睡时的一刹那宁静，而应该引领我们达到成年使我们以高贵的理智去享受更高层次的和谐与幸福："这种牧歌要在文明的社会中，在最熙攘热闹的生活，最发达的思想，最优美的艺术，最高度的社会教养等等条件下，叙述牧夫野老的纯洁心情，总之，它要把再也不能回到阿卡迪亚世外桃源的人们带到厄琉斯洞天福地。"① 席勒目光敏锐地透过纷繁复杂的现象直抵所审视事物的本质，指出了牧歌发展需要拓展的要义，即遏制现实生活当中的混乱，把沉溺于世俗痛苦中的众人引向良善灵魂的安息之所。而弗罗斯特正是从这里出发，依靠一种内心的诉求将美国人对战争的恐惧、对经济危机的疑虑以及第一次世界大战后潜在的焦虑转化成一种诗意栖居的愉悦。从这种意义上讲，弗罗斯特的诗歌从古典牧歌这一典范出发，为传统牧歌在现代社会里的发展寻找到新的开拓空间。

弗罗斯特的诗作已经进入美国文学的正典，这在美国诗歌史上甚至在世界诗歌史上都具有不同凡响的意义。沃尔特·惠特曼在他的一首诗歌里曾说："他只是举起了一根手指，发出了信号。"② 这句话用在弗罗斯特身上同样合适。弗罗斯特的诗歌并没有什么奇特之处，但他向世人发出了至关重要的信号。弗罗斯特的诗歌中有浪漫主义者对痛苦的敏锐感受，有现实主义作家观察世事的冷峻目光，还有现代主义者对人类命运危机的深沉思索。与此同时，弗罗斯特以本国的文化传统为营养，以周围的现实生活为描写对象，以本土的视角观察世界表现生活。他的诗歌不在于阐述一种纷繁复杂、晦涩艰深的哲学思辨，而在于描述人类普遍存在的生活经验。因此他的诗歌所呈现的内容具体、实在、可感性强，很容易为不同文化背景的读者所接受，这就使得弗罗斯特这位从新英格兰乡村走出来的农民诗人逐渐成为走进美国民众心灵深处甚至走向世界

---

① 章安祺编订：《缪灵珠美学译文集》第 2 卷，缪灵珠译，中国人民大学出版社 1987 年版，第 275 页。

② ［美］沃尔特·惠特曼：《草叶集》，赵萝蕤译，重庆出版社 2008 年版，第 874 页。

的人民诗人。

弗罗斯特一度成为诺贝尔文学奖的候选人,虽未当选,但在某种程度上也显示出人们对他诗歌的认可。尤其是随着美国自由诗的制度化和正宗化传统逐渐削弱它在 20 世纪初期所具有的革命性活力,弗罗斯特诗歌中呈现出来的传统形式、乡土背景、现实情怀以及简易、朴实、清新的诗歌风格日益凸显出来,对 20 世纪中后期诗歌发展产生了深远的影响。曾有学者认识到繁荣于美国大学创作班里的诗歌千篇一律地流露出的是平庸的形式,沉闷的风格。一批年轻诗人对此深感失望,他们试图恢复诗歌艺术的活力,采用一种令众人始料不及的方式,即重新启用被主流现代派诗人们抛弃的格律和叙事诗体。例如,罗伯特·罗威尔(Robert Lowell)在其代表作《生活研究》(*Life Studies*,1959)的创作过程中决定脱离艾略特阵营,发展一种新的风格:文笔亲切、形式开放,诗行长短不一,音步不拘一格,押韵贴切自然,听起来像是娓娓道来的话语,表现的是个人的生活经历和与当代社会密切相关的内容。为了重新启用被现代派诗人们抛弃的格律和叙事诗体,格律诗集《英美新诗人》(*The New Poets of England and America*)于 1957 年出版,而且尤为值得注意的是,恪守英美诗歌传统形式和格律的老一辈诗人弗罗斯特为此书撰写了序言。20 世纪 50 年代以后,富有民族特色和平民特色的乡土诗歌通过自白派、垮掉派、放射派和超现实主义的创作实践大放异彩。从 60 年代起,美国社会出现反越战运动(The Anti-War Movement)和黑人权利运动(The African-American Civil Rights Movement)等激进的人权运动,进一步促使艺术家以一种贴近现实的方式关注现实和反映现实。20 世纪后半期兴起的"新形式主义"(New Formalism)也力图避免现代派诗歌和同时代实验诗歌中的晦涩和抽象,转而直接或间接地向弗罗斯特诗歌的语义的明晰性、形式的音乐性和读者定位的大众性靠拢,这也在一定程度上见证了与主流现代派诗歌截然不同的弗罗斯特诗歌的持久魅力。

美国诗坛呈现出的这一发展趋势对中国诗坛也产生了影响。弗罗斯特诗歌与汉语诗歌,尤其是与 20 世纪 90 年代以来提倡直面社会现实,表现日常生活的汉语诗歌有相通之处,弗罗斯特及其诗歌因而受到中国诗人的推崇。例如出生在昆明的诗人于坚认为:"重建日常生活的尊严,就是重建大地的尊严,让被遮蔽的大地重新具象、露面。这是诗人的工作。

这是诗人这一古老行当之所以有存在之必要的根本。"① 诗人于坚在具体
创作中善于挖掘日常生活中微不足道的细节，以不事雕琢的口语自然道
出，其诗朗朗上口，别有一番风味。于坚在《穿越汉语的诗歌之光》一
文里也曾指出，"穿越汉语"的诗歌写作亦即用汉语来表达本真、原初的
日常经验。为此，于坚坚持"第三代诗歌"理念，即诗歌在品质上是自
由的、独立的、原创的和天马行空的，它的想象力来自诗人对生命的感
受和对存在的领悟。于坚也陈述了他对于"诗与知识"之间关系的观点：
诗歌是最直接的智慧，它不需要知识和主义的阐释，诗人也不是知识的
写作而是神性的写作。于坚强调诗歌应该反映一个时代的心态，而诗人
应该像上帝一样思考，像市民一样生活。于坚自己坚持平民化、生活化
和戏剧性的写作，一反诗坛积重难返的空疏、绮靡、矫情的抒情诗风与
不知所云的诗歌梦呓，有效地扩宽了诗歌写作的疆界。这一诗歌观念和
诗歌创作的产生有诗人自身文化语境因素的影响，当然也有来自弗罗斯
特等国外诗人的影响。例如于坚曾承认："弗罗斯特（Robert Frost）、拉
金（Philip Larkin）、奥顿（W. H. Auden），这些写作日常生活经验密切的
诗人对我影响最大。我不大喜欢浪漫主义的、乌托邦式的、玄学派的
诗人。"②

　　当然，弗罗斯特诗歌对中国诗歌发展的启示不仅在于其对个别诗人
诗歌创作的影响，也在于其对中国当代诗歌的整体发展具有十分可贵的
借鉴意义。在中国传统农耕文明中，乡村、田园和自然山水成为中国艺
术的价值选择，同时，城市也是中国文化的容器和艺术观念的物化形式。
但是历代的文学艺术家们在情感上更乐于皈依乡村自然的审美价值，这
种选择并不是真正意义上的乡居生活，而是城市中的人对乡村自然的想
象性建构。在城市与乡村之间，中国文人为实现政治抱负走向城市，但
在精神领域依然保持着对故土的眷恋与深情。然而，随着当代中国步入
急速的城市化进程当中，在这个商品浪潮席卷一切的精神洪荒时代，越
来越多的人终日囿于城市的樊笼之中，以至于连思想也自我封闭起来，
除了办公室、街道广场那一点地方，时尚、购物消费那一点兴趣，以及

---

①　于坚：《拒绝隐喻》，云南人民出版社 2004 年版，第 190 页。
②　同上书，第 220 页。

自己的欲望和身体之外，似乎与蓝天、白云、土地、原野、溪流、江河以及昆虫、植物都隔绝了。海子曾执着地抒情咏赞，而农耕时代已一逝不返，"洪灾肆虐洗掠故乡，姐妹们远嫁或流落他方"。这种城乡生活方式的改变也具体表现在诗歌世界里，一些诗人的笔下往往呈现出的是浮泛的城市生活，咖啡馆里发泄情欲的叫嚣，而自然和乡村等主题被远远排斥在都市诗人的视野之外。城市是功利、欲望和快乐的聚集地，但童年式的乡村记忆依然重要。在城市与乡野之间，是居于乡野渴望都市，立于都市回望乡村，还是寻求城乡二元的融合统一，这是大众对生活方式的选择，也是当代诗歌所需要面对的审美选择。而弗罗斯特的人生经历和诗歌创作在一定程度上弥合了城乡之间的审美矛盾。他既是新英格兰的农民，描绘乡野百姓的生活实态，在诗歌中呈现荒凉自然和人世悲凉，他又是一位城市文人，关注城市里种种倾轧与冲突，并构建无思无虑、和谐统一的乡村想象。弗罗斯特的诗歌显得平淡，但这种平淡并不是枯索无味，而是在平淡中可见深情，在质朴中饱含韵味。弗罗斯特的诗歌能让我们追忆并重新领略现代社会里正在逝去的乡村童年，也能表达人的内心世界在遭遇外部世界的巨变时引起的真实感触，以及人作为个体对自己命运和存在的深刻思考。与此同时，在中国很多人一向认为诗歌属于精英文学，而如今随着大量良莠不齐的诗歌的出现，人们又认为诗歌是情感的泛滥之作，存在着对诗歌或仰慕或拒绝这两种极端的态度。另外，中国当代诗歌在接受西方影响时也容易走向极端，忽视了中国悠久的诗歌传统和丰富的诗歌资源。有鉴于此，分析弗罗斯特雅俗共赏的诗歌在外来与本土、传统与创新二者当中纵横自如、取舍得当的成功尝试，有助于为中国当代诗歌的发展带来一些启示意义。

　　当然，要求诗人创作的每一首诗歌都完美无瑕也是不现实的。弗罗斯特在其诗歌创作中出现过或多或少的失误。例如《摘苹果之后》对乡村事务过于细致的描述在某种程度上淡化了这首诗歌所具有的历史性意义，弗罗斯特对"有意义的声音"这一美学原则的过分追求也导致了《新罕布什尔》这样的叙事长诗在一定程度上失去了诗性风格，对现实生活中各种底层人物的讲话声音的刻意模仿，也使得《谋求私利者》等作品里呈现喋喋不休的对话。但是我们要理性地看待弗罗斯特诗作中存在的这些瑕疵，既不能对诗人过分褒扬，也不能因某些尝试当中的偏差就否定诗人所取得的成就。弗罗斯特的诗歌在美国广受欢迎，这绝非偶然。中国诗人对弗罗斯特诗歌创作中的成功之处要继承和发扬，对其失败的地方也要引以为戒。除此之外，我们还应该看到弗罗斯特选择了一条古人开辟的道路，在现代社会这条道路早已湮没在荒草荆棘之中，而唯有他自己孤独前行。弗罗斯特坚持不进行诗歌形式的试验与变革，并反复声称自己满足于用"旧形式表达新内容"，于是在特意追求创新的洪流中，他的诗歌因其外在面貌平凡而无人问津也就不足为奇。但值得庆幸的是，1973 年创办的罗伯特·弗罗斯特学会（The Robert Frost Society）以及其主办的刊物《罗伯特·弗罗斯特评论》（*The Robert Frost Review*）极大地推动了英美文学界的罗伯特·弗罗斯特研究。截至目前，国内外的罗伯特·弗罗斯特研究已呈欣欣向荣之势，其研究成果蔚为壮观，这或许是后人向这位美国现代诗人所致的最诚挚的敬意。

参考文献

一　中文资料

［美］R. W. 爱默生：《自然沉思录》，博凡译，上海社会科学院出版社 1993 年版。

［美］R. W. 爱默生：《爱默生超验主义思想》，刘礼堂、李松译，崇文书局 2007 年版。

［美］M. 艾布拉姆斯：《文学术语词典》，吴松江等编译，北京大学出版社 2009 年版。

［美］埃默里·埃利奥特主编：《哥伦比亚美国文学史》，朱通伯等译，四川辞书出版社 1994 年版。

［英］T. S. 艾略特：《艾略特诗学文集》，王恩衷编译，国际文化出版公司 1989 年版。

［英］T. S. 艾略特：《荒原》，赵萝蕤、张子清等译，北京燕山出版社 2006 年版。

［法］加斯东·巴什拉：《火的精神分析》，杜小真、顾嘉琛译，三联书店 1992 年版。

［法］加斯东·巴什拉：《水与梦：论物质的想象》，顾嘉琛译，岳麓书社 2005 年版。

［法］罗兰·巴特：《罗兰·巴特随笔选》，怀宇译，百花文艺出版社 2005 年版。

［古希腊］柏拉图：《柏拉图全集》，王晓朝译，人民文学出版社 2003 年版。

［古希腊］柏拉图：《柏拉图文艺对话集》，朱光潜译，人民文学出版社

2008 年版。

[美] 马歇尔·伯曼：《一切坚固的东西都烟消云散了——现代性体验》，徐大建、张辑译，商务印书馆 2003 年版。

[美] 萨克文·伯科维奇主编：《剑桥美国文学史》，史志康等译，中央编译出版社 2008 年版。

[英] 以赛亚·柏林：《浪漫主义的根源》，吕梁等译，译林出版社 2008 年版。

[法] 夏尔·波德莱尔：《恶之花》，郭宏安译，广西师范大学出版社 2002 年版。

[美] 约瑟夫·布罗茨基：《文明的孩子：布罗茨基论诗和诗人》，刘文飞等译，中央编译出版社 2007 年版。

[美] 约瑟夫·布罗茨基、所罗门·沃尔科夫：《布罗茨基谈话录》，马海甸等编译，东方出版社 2008 年版。

[美] 阿兰·布鲁姆：《巨人与侏儒》，秦露等译，华夏出版社 2003 年版。

[美] 哈罗德·布鲁姆：《西方正典》，江宁康译，译林出版社 2005 年版。

[美] 哈罗德·布鲁姆：《影响的焦虑》，徐文博译，江苏教育出版社 2005 年版。

[美] 哈罗德·布鲁姆：《误读图示》，朱立元、陈克明译，天津人民出版社 2008 年版。

[美] 克林斯·布鲁克斯：《精致的瓮：诗歌结构研究》，郭乙瑶等译，上海人民出版社 2008 年版。

曹明伦：《弗罗斯特诗选》，四川文艺出版社 1986 年版。

曹明伦：《关于弗罗斯特若干书名、篇名和一句名言的翻译》，《中国翻译》2002 年第 4 期。

车成安主编：《外国文艺思潮辞典》，吉林教育出版社 1990 年版。

陈建国：《诗歌·自我·人生——弗罗斯特和威廉姆斯之比较研究》，《外国文学研究》1997 年第 1 期。

程爱民：《弗罗斯特的诗歌艺术》，《外国文学》1994 年第 4 期。

程光炜：《我以为的 90 年代诗歌》，《郑州大学学报》（哲学社会科学版）1998 年第 1 期。

刁克利：《弗罗斯特的选择与事业——从〈未选之路〉说起》，《中国人民大学学报》1997 年第 4 期。

[加] 诺斯罗普·弗莱:《批评的剖析》,陈慧等译,百花文艺出版社 1998
　年版。

范圣宇主编:《爱默生集》,花城出版社 2008 年版。

方平:《一条未走的路:弗罗斯特诗歌欣赏》,上海译文出版社 1988
　年版。

非鸥:《罗伯特·弗罗斯特诗选》,陕西人民出版社 1990 年版。

傅浩:《论英语自由诗的格律化》,《外国文学评论》2004 年第 4 期。

傅浩:《创造自我神话:叶芝作品中的互文》,《外国文学》2005 年第
　3 期。

傅浩:《自由诗》,《外国文学》2010 年第 4 期。

方平:《不是怜悯,是尊重——人道主义在〈帮工之死〉中闪现》,《外
　国文学研究》1983 年第 2 期。

辜正坤主编:《世界名诗鉴赏词典》,北京大学出版社 1990 年版。

[英] E. H. 贡布里希:《艺术发展史》,范景中译,天津人民美术出版社
　1988 年版。

郭军:《克里斯蒂娃:诗歌语言与革命》,《外国文学研究》2003 年第
　1 期。

[古希腊] 荷马:《荷马史诗·奥德赛》,王焕生译,人民文学出版社
　2003 年版。

[美] 沃尔特·惠特曼:《草叶集》,赵萝蕤译,重庆出版社 2008 年版。

[德] 马丁·海德格尔:《人,诗意地安居:海德格尔语要》,郜元宝译,
　广西师范大学出版社 2000 年版。

黄宗英:《弗罗斯特研究》,上海外语教育出版社 2011 年版。

黄宗英:《完美的缺憾——弗罗斯特与诺贝尔文学奖》,《当代外国文学》
　2010 年第 2 期。

黄宗英:《罗伯特·弗罗斯特诗歌创作想象模式管窥》,《河北师范大学学
　报》(哲学社会科学版) 2010 年第 4 期。

何庆机:《自我的追寻:罗伯特·弗罗斯特叙事诗的命名模式与张力》,
　《外国文学研究》2009 年第 4 期。

何庆机:《自我与信念:罗伯特·弗罗斯特诗歌研究》,科学出版社 2010

年版。

江枫：《美国现代诗钞》，青海人民出版社1986年版。

［美］乔纳森·卡勒：《结构主义诗学》，盛宁译，中国社会科学出版社
　　1991年版。

［美］马泰·卡林内斯库：《现代性的五副面孔：现代主义、先锋派、颓
　　废、媚俗艺术、后现代主义》，顾爱彬、李瑞华译，商务印书馆2002
　　年版。

［英］约翰·凯里：《知识分子与大众：文学知识界的傲慢与偏见，1880—
　　1939》，吴庆宏译，译林出版社2010年版。

蓝棣之：《现代诗歌理论：渊源与走势》，清华大学出版社2002年版。

李鑫华：《弗罗斯特诗歌复杂性探析》，《国外文学》2004年第3期。

刘小枫、陈少明主编：《诗学解诂》，陈陌等译，华夏出版社2006年版。

刘守兰编著：《英美名诗解读》，上海外语教育出版社2002年版。

刘海平、王守仁主编：《新编美国文学史》，上海外语教育出版社2002
　　年版。

刘树森：《历史语境中的诗人与民族诗歌话语的建构——惠特曼与金斯堡
　　比较研究之一》，《国外文学》1998年第2期。

［英］戴维·洛奇编：《二十世纪文学评论》，葛林等译，上海译文出版社
　　1993年版。

罗念生：《罗念生全集》第5卷，上海人民出版社2004年版。

罗尚荣、王冬梅：《论弗罗斯特的二元诗学观》，《江西社会科学》2005
　　年第4期。

林焕文、徐景学主编：《世界名人辞典》，黑龙江朝鲜民族出版社1987
　　年版。

［波兰］切斯瓦夫·米沃什：《米沃什词典》，西川、北塔译，三联书店
　　2004年版。

聂珍钊、罗良功编：《20世纪美国诗歌国际学术研讨会论文集》，华中师
　　范大学出版社2009年版。

［德］弗里德里希·尼采：《悲剧的诞生》，周国平译，三联书店2002年版。

［德］弗里德里希·尼采：《查拉图斯特拉如是说》，钱春绮译，三联书店
　　2007年版。

［古希腊］欧里庇得斯：《欧里庇得斯悲剧集》，周作人译，中国对外翻译出版公司 2003 年版。

钱钟书：《谈艺录》补订本，中华书局 1988 年版。

钱钟书：《钱钟书论学文选》第 6 卷，舒展选编，花城出版社 1990 年版。

［英］彼得·琼斯编：《意象派诗选》，裘小龙译，漓江出版社 1986 年版。

区鉷、罗斌：《罗伯特·弗罗斯特诗歌的图征性》，《外国文学评论》2009 年第 3 期。

［法］蒂费纳·萨莫瓦约：《互文性研究》，邵炜译，天津人民出版社 2002 年版。

［美］华莱士·史蒂文斯：《最高虚构的笔记：史蒂文斯诗文集》，陈东飚、张枣译，华东师范大学出版社 2008 年版。

［美］罗伯特·斯比勒：《美国文学的循环》，汤潮译，北京师范大学出版社 1993 年版。

［美］苏珊·桑塔格：《沉默的美学：苏珊·桑塔格论文选》，黄梅等译，南海出版公司 2006 年版。

［古罗马］苏埃托尼乌斯：《罗马十二帝王传》，张竹明等译，商务印书馆 2000 年版。

［美］亨利·戴维·梭罗：《瓦尔登湖》，徐迟译，外文出版社 2014 年版。

［美］理查德·普瓦里耶、马克·理查森编：《弗罗斯特集：诗全集、散文和戏剧作品》，曹明伦译，辽宁教育出版社 2002 年版。

陶洁主编：《美国诗歌选读》，北京大学出版社 2008 年版。

王家新：《当代诗歌：在“自由”与“关怀”之间》，《文艺研究》2007 年第 9 期。

汪民安、陈永国、张云鹏主编：《现代性基本读本》，河南大学出版社 2005 年版。

吴晶：《美国 PAMLA 第 107 届年会外国文学研究动态一窥》，《外国文学动态》2010 年第 1 期。

吴富恒主编：《外国著名文学家评传》第 4 卷，山东教育出版社 1990 年版。

伍蠡甫、胡经之主编：《西方文艺理论名著选编》，北京大学出版社 1985 年版。

［英］路德维希·维特根斯坦：《哲学研究》，李步楼译，商务印书馆 2004

年版。

［美］埃德蒙·威尔逊：《阿克瑟尔的城堡：1870 年至 1930 年的想象文学研究》，黄念欣译，江苏教育出版社 2006 年版。

［英］雷蒙·威廉斯：《现代悲剧》，丁尔苏译，译林出版社 2007 年版。

［古罗马］维吉尔：《牧歌》，杨宪益译，上海人民出版社 2009 年版。

［英］彼得·沃森：《20 世纪思想史》，朱进东等译，上海译文出版社 2006 年版。

夏可君：《荷尔德林的文论与现代汉诗写作的法度》，《中国人民大学学报》2009 年第 5 期。

夏征农主编：《辞海》（1999 年版缩印本），上海辞书出版社 2000 年版。

肖明翰：《混乱中探寻秩序》，《国外文学》1997 年第 1 期。

［德］弗里德里希·席勒：《审美教育书简》，冯至、范大灿译，上海人民出版社 2003 年版。

［德］沃尔夫冈·伊瑟尔：《虚构与想像：文学人类学疆界》，陈定家、汪正龙等译，吉林人民出版社 2003 年版。

［古希腊］亚里士多德、［古罗马］贺拉斯：《诗学·诗艺》，罗念生、杨周翰译，人民文学出版社 1962 年版。

于坚：《拒绝隐喻》，云南人民出版社 2004 年版。

杨金才主撰：《新编美国文学史》第 3 卷，上海外语教育出版社 2002 年版。

杨仁敬：《20 世纪美国文学史》，青岛出版社 1999 年版。

杨凌雁：《庞德与弗罗斯特的现代派诗风》，《外国文学研究》1999 年第 1 期。

袁行霈：《中国诗歌艺术研究》，北京大学出版社 1987 年版。

［英］特雷·伊格尔顿：《二十世纪西方文学理论》，伍晓明译，陕西师范大学出版社 1987 年版。

曾艳兵：《西方后现代主义诗歌的渊源及其特征》，《山东师范大学学报》（人文社会科学版）2002 年第 5 期。

赵一凡等主编：《西方文论关键词》，外语教学与研究出版社 2006 年版。

赵毅衡：《美国现代诗选》上册，外国文学出版社 1985 年版。

周式中、孙宏编：《世界诗学百科全书》，陕西人民出版社 1999 年版。

章安祺编订：《缪灵珠美学译文集》，缪灵珠译，中国人民大学出版社

1987 年版、1990 年版。

张长辉:《始于欢乐,终于智慧——试论罗伯特·弗罗斯特的诗歌艺术》,《作家》2009 年第 24 期。

张叉:《罗伯特·弗罗斯特诗歌中的时代内涵》,《四川师范大学学报》(哲学社会科学版) 1999 年第 1 期。

张剑:《当代英国诗歌的发展:1970—1990》,《外国文学评论》1997 年第 3 期。

张子清:《二十世纪美国诗歌史》,吉林教育出版社 1995 年版。

张曙光:《从现代主义到后现代主义:二十世纪美国诗歌》,黑龙江大学出版社 2007 年版。

朱立元主编:《当代西方文艺理论》,华东师范大学出版社 2005 年版。

朱立元、李钧主编:《二十世纪西方文论选》上卷,高等教育出版社 2002 年版。

朱光潜:《诗论》,北京出版社 2005 年版。

二　英文资料

Eileen Allison, *Robert Frost's Poetic Treatment of Human Relationships*, Ann Arbor, MI: UMI, 1971.

Paul Alpers, *What Is Pastoral*? Chicago: University of Chicago Press, 1996.

George Bagby, *Robert Frost and the Book of Nature*, Knoxville: University of Tennessee Press, 1993.

John Barrell and John Bull eds., *The Penguin Book of English Pastoral Verse*, Middlesex: Penguin, 1982.

Earl J. Wilcox and Jonathan N. Barron eds., *Roads not Taken: Rereading Robert Frost*, Columbia: University of Missouri Press, 2000.

Reuben Brower, *The Poetry of Robert Frost: Constellations of Intention*, New York: Oxford University Press, 1963.

Cleanth Brooks and Robert Penn Warren, *Understanding Poetry*, Beijing: Foreign Language Teaching and Research Press, 2004.

Stanley Burnshaw, *Robert Frost Himself*, New York: G. Braziller, 1986.

David Warren Butler, *Robert Frost and the Clearing in the Wilderness*, Ann Arbor, MI: UMI, 1973.

Sukanta Chaudhuri, *Renaissance Pastoral and its English Developments*, Oxford: Clarendon Press, 1989.

Helen Cooper, *Pastoral: Medieval into Renaissance*, Ipswich: D. S. Brewer, 1977.

Reginald Cook, *Robert Frost: A Living Voice*, Amherst: University of Massachusetts Press, 1974.

Mario D'Avanzo, *A Cloud of Other Poets: Robert Frost and the Romantics*, Lanham: University Press of America, 1991.

James Melville Cox ed. , *Robert Frost: A Collection of Critical Essay*, Englewood Cliffs, N. J. : Prentice-Hall, 1962.

Sidney Cox, *A Swinger of Birches: A Portrait of Robert Frost*, New York: New York University Press, 1957.

Martindale Charles ed. , *The Cambridge Companion to Virgil*, New York: Cambridge University Press, 1997.

Mario D'Avanzo, *A Clouds of Other Poets: Robert Frost and the Romantics*, Lanham: University Press of America, 1991.

Mordecai Marcus, *The Poems of Robert Frost: An Explication*, Boston, Mass. : G. K. Hall, 1991.

William Empson, *Some Versions of Pastoral*, London: Chatto & Windus, 1935.

Ralph Waldo Emerson, *The Selected Writings of Ralph Waldo Emerson*, New York: Modern Library, 1992.

Peter Van Egmond ed. , *The Critical Reception of Robert Frost*, Boston: G. K. Hall &Co. , 1974.

Deirdre Fagan, *Critical Companion to Robert Frost: A Literary Reference to His Life and Work*, New York: Facts on File, 2007.

Robert Faggen ed. , *The Cambridge Companion to Robert Frost*, Shanghai: Shanghai Foreign Language Education Press, 2004.

Robert Faggen, *Robert Frost and the Challenge of Darwin*, Ann Arbor: University of Michigan Press, 1997.

Lesley Lee Francis, *Robert Frost: An Adventure in Poetry*, *1900 – 1918*, New Brunswick, NJ: Transaction Publishers, 2004.

Lesley Lee Francis, *The Frost's Family's Adventure in Poetry*, Columbia: University of Missouri Press, 1994.

Lesley Lee Francis, "Robert Frost and the Majesty of Stones upon Stones", *Journal of Modern Literature*, Vol. 9, No. 1, 1981 – 1982.

Robert Francis, *Frost: A Time to Talk: Conversations and Indiscretions*, Amherst: University of Massachusetts Press, 1971.

Robert Frost, *Early Poems*, New York: Penguin Books, 1998.

Louis Untermeyer ed. , *The Letters of Robert Frost to Louis Untermeyer*, New York: Holt, Rinehart, and Winston, 1963.

Robert Faggen ed. , *The Notebooks of Robert Frost*, Cambridge, Mass. : Harvard University Press, 2007.

Mark Richardson ed. , *Collected Prose of Robert Frost*, Cambridge, Mass. : Harvard University Press, 2008.

Philip L. Gerber ed. , *Critical Essays on Robert Frost*, Boston, Mass. : G. K. Hall & Co. , 1982.

Robert A. Greenberg and James G. Hepburn eds. , *Robert Frost: An Introduction*, New York: Holt, Rinehart and Winston, 1961.

Walter Wilson Greg, *Pastoral Poetry and Pastoral Drama*, Montana: Kessinger Publishing, 1906.

Elizabeth Harrison, *Female Pastoral*, Knoxville: The University of Tennessee Press, 1991.

Donald Hall, *Their Ancient Glittering Eyes: Remembering Poets and More Poets*, New York: Ticknor & Fields, 1992.

Robert Bernard Hass, *Going by Contraries: Robert Frost's Conflict with Science*, Charlottesville: University Press of Virginia, 2002.

Tyler Hoffman, *Robert Frost and the Politics of Poetry*, Hanover, NH: University Press of New England, 2001.

Norman Norwood Holland, *The Brain of Robert Frost: A Cognitive Approach to Literature*, New York: Routledge, 1988.

Huang Zongying, *A Road Less Traveled By: On the Deceptive Simplicity in the Poetry of Robert Frost*, Beijing: Peking University Press, 2000.

Walter Jost, *Rhetorical Investigations: Studies in Ordinary Language Criticism*, Charlottesville: University Press of Virginia, 2004.

Katherine Kearns, *Robert Frost and a Poetics of Appetite*, Cambridge: Cambridge University Press, 1994.

John C. Kemp, *Robert Frost and New England: The Poet as Regionalist*, Princeton: Princeton University Press, 1979.

Adrienne Koch, *Jefferson*, Englewood Cliffs, N. J. : Prentice-Hall, Inc. , 1971.

Edward Lathem and Lawrance Thompson eds. , *Robert Frost: Farm-Poultry Man*, Hanover, NH: Dartmouth College Press, 1963.

Robert Frost, *Complete Poems of Robert Frost*, New York: Holt, Rinehart and Winston, 1958.

Frank Lentricchia, *Robert Frost: Modern Poetics and the Landscapes of Self*, Durham, NC: Duke University Press, 1975.

Bryan Loughrey ed. , *The Pastoral Mode: A Casebook*, London: Macmillan, 1984.

John Lynen, *The Pastoral Art of Robert Frost*, New Haven: Yale University Press, 1960.

Peter V. Marinelli, *Pastoral*, London: Methuen, 1971.

Leo Marx, *The Machine in the Garden: Technology and the Pastoral Ideal in America*, New York: Oxford University Press, 1964.

Louis Mertins, *Robert Frost: Life and Talks-Walking*, Norman, OK: University of Oklahoma Press, 1965.

Jeffrey Meyers, *Robert Frost: A Biography*, New York: Houghton Mifflin, 1996.

Michael Meyer, *Poetry: An Introduction*, Boston: Bedford Books of St. Martin's Press, 1995.

Patrick D. Murphy ed. , *Literature of Nature: An International Sourcebook*, Chicago: Fitzroy Dearborn Publishers, 1998.

Ira Nadel, *The Cambridge Introduction to Ezra Pound*, Beijing: Shanghai Foreign Language Education Press, 2008.

Judith Oster, *Toward Robert Frost: The Reader and the Poet*, Athens: University of Georgia Press, 1991.

Jay Parini, *Robert Frost: A Life*, New York: Henry Holt, 1999.

Jay Parini ed. , *The Columbia History of American Poetry*, New York: Columbia University Press, 1993.

Annabel Patterson, *Pastoral and Ideology: Virgil to Valery*, Berkeley: University of California Press, 1987.

Richard Poirier, *Robert Frost: The Work of Knowing*, New York: Oxford University Press, 1977.

Richard Poirier and Mark Richardson eds. , *Robert Frost: Collected Poems, Prose, and Plays*, New York: Library of America, 1995.

F. D. Reeve, *Robert Frost in Russia*, Boston: Little, Brown and Company, 1964.

Chip Rhodes, *Structures of the Jazz Age: Mass Culture, Progressive Education, and Racial Discourse in American Modernism*, London & New York: Verso Books, 1998.

Mark Richardson, *The Ordeal of Robert Frost: The Poet and His Poetics*, Urbana: University of Illinois Press, 1997.

Roger Sales, *English Literature in History 1780 – 1830: Pastoral and Politics*, London: Hutchinson, 1983.

Don Scheese, *Nature Writing: The Pastoral Impulse in America*, New York: Twayne, 1996.

Robert Shalhope, *John Taylor of Caroline: Pastoral Republican*, Columbia, S. C. : University of South Carolina Press, 1980.

John H. Timmerman, *Robert Frost: The Ethics of Ambiguity*, London: Associated University Presses, 2002.

Lawrance Thompson, *Robert Frost*, Minneapolis: University of Minnesota Press, 1959.

Lawrance Thompson and Edward Lathem, *Robert Frost: Poetry and Prose*,

New York: Holt, Rinehart and Winston, 1972.

Lawrance Thompson, *Robert Frost: The Early Years 1874 – 1915*, New York: Holt, Rinehart and Winston, 1966.

Lawrance Thompson, *Robert Frost: A Biography*, New York: Holt, Rinehart and Winston, 1982.

Lawrance Thompson, *Fire and Ice: The Art and Thought of Robert Frost*, New York: Henry Holt & Company, 1942.

Richard Thornton ed. , *Recognition of Robert Frost*, New York: Henry Holt & Company, 1937.

Manorama Trikha ed. , *Robert Frost: An Anthology of Recent Criticism*, New York: Distributed by Advent Books, 1990.

Nancy Lewis Tuten and John Zubizarreta eds. , *The Robert Frost Encyclopedia*, Westport, Conn. : Greenwood Press, 2001.

David W. Tutein, *Robert Frost's Reading: An Annotated Bibliography*, Lewiston, N. Y. : Edwin Mellen Press, 1997.

Louis Untermeyer, *Robert Frost: A Backward Look*, Washington: The Library of Congress, 1964.

John Evangelist Walsh, *Into My Own: The English Years of Robert Frost*, New York: Grove Press, 1988.

后　记

　　我第一次遇见罗伯特·弗罗斯特及其诗歌是在读中学时的一次英语课堂上，还记得那时老师朗诵了诗歌《牧场》。对我而言，弗罗斯特的诗歌亲切温暖，词汇简单易懂，增添了我走进英语诗歌殿堂的雄心和勇气。随着年龄增长，历经世事，学识不断进步，思想日益成熟，弗罗斯特及其诗歌也渐渐停留在我的脑海里，走进我的内心深处。

　　罗伯特·弗罗斯特的诗歌创作方式更多是一种直观的、印象的、心灵的启迪，而非逻辑的、实证的、理论体系的建立。本著作选择以弗罗斯特诗歌为研究对象，与其说是一种学理研究，不如说是一种情感表达，因为我对弗罗斯特诗歌的理解也更多是在自我感受的基础上作出的审美判断。

　　读弗罗斯特的诗歌，我感受颇多。首先，弗罗斯特悲痛的人生让我心生同情，而他悲而不怨的信念让我崇敬。有人说，人是哭着来到世界上的，注定要承受世间的苦难。诗人弗罗斯特承受着世间的种种苦难：在他 11 岁时，父亲因病去世，他与妹妹随着母亲四处搬迁，过着颠沛流离、寄人篱下的生活；在他 26 岁时，心地善良、智慧聪颖的母亲饱受癌症的折磨不幸去世；在他 55 岁时，妹妹因神经过敏、精神错乱死于精神病院。他恋爱了，虽然有过短暂的甜蜜幸福，却是以离家出走、扬言自尽的要挟换得女友与他重归于好，这种自欺欺人的茫然冲动给他们的爱情和婚姻笼上了挥之不去的阴影。他成家后，妻子头胎难产，几乎毙命，长子埃利奥特（Elliot）四岁夭折，次子莱斯利（Lesley）饱受精神病的折磨，老三卡罗尔（Carol）因精神病自杀，老四伊尔玛（Irma）因患精神病被送进疯人院，老五玛乔丽（Marjorie）死于难产，最小的孩子贝蒂娜（Bettina）夭折。很难想象，弗罗斯特生来遭受各种挫折和悲剧的考验，从少年开始，"死"字便停留在他的世界里。这种苦难人生影响到他的诗歌创作，在他的作品里，死亡、疾病、婚姻痛苦、冷漠和道德沦丧比比皆是。弗罗斯特用诗歌这一艺术形式排遣存在的焦虑和慌乱，在作品里流露出阴郁和悲观。但是弗罗斯特曾说自己"无论多么悲痛也不抱怨，悲而不怨"。可以说，写诗成为弗罗斯特生命的需要，他一方面抒写心中的忧郁，另一方面编织幸福的憧憬。即使他的作品和人格遭到攻击，弗罗斯特始终保持一个大诗人的和蔼形象，在众人面前带着圣诞老人般的微笑，安静地朗诵自己的诗歌。他的人生如此，他的诗歌亦如此。面对复杂喧嚣的社会现实，艾略特描绘一片"荒原"，以表达他激烈的批判，而弗罗斯特却将沉重的文学主题还原给"日常生活"，并凭借美和诗意创造乱世中的阿卡迪亚世界。他的诗歌平和、恬淡，他的幽默温补、味甘，那新英格兰的山花野草因被他赋予了恬淡的情感而变成奇卉异葩，并以真诚的感召力，奇妙地打动着读者的心。我曾被弗罗斯特的诗歌深深打动，那是在我父亲走后。我的父亲在与癌症苦苦抗争之后，受尽凡人无法忍受的种种磨难之后，带着无限的无助和不舍走了。一经离别，已是三年，风风雨雨，清晨黄昏，日日攒集的悲痛时时顺着我的每个感官知觉倾泻出来，撕裂我的内心，撞击我的神经。从来没有想到我终究要痛彻心扉地提到"死"字，这个让我恐惧的字眼竟然与我父亲有关。确切地说，在我的世界里，在我的内心深处，还没有任何角落准备让"死"停留，感觉我的人生才刚刚开始，感觉一切还是鲜花盛开，艳阳高照，"死"却突然袭来，如晴空霹雳，黑压压一片，只击得我耳目失去知觉，周遭混沌。纵然时刻告诉自己，生活依旧继续，纵然封存所有悲伤，假装欢笑快乐，刻意避免谈到痛苦的话题，可是丝丝缕缕的情感或许在瞬间如泄闸的洪水，喷涌而出。在我满腔凄切之际，是弗罗斯特，没有钢铁般的意志和光明的理性指引，却像患难与共的知己，朝夕相伴，倾心交谈。在阅读过程中，我深切地感受到他的人生故事和诗歌作品释放益人心智的能量，这一能量引领我走进那个悲而不怨的诗歌世界，那里神秘、安静、清澈，让我任意在字里行间抒发忧郁，也跟随诗人编织未来的憧憬。

　　我从农村走向城市，弗罗斯特也是如此，所以读他的诗歌仿佛是故友重逢，天然有一种亲切感。弗罗斯特诗歌的外部形象多种多样，有荒野上的小屋、草地里的红朱兰、夜幕里的钟声、孤独地走在城市街道的姑娘，但不论表现的空间怎样变幻，他的诗歌有令人感到温暖的魔力，那就是对乡土的情感表达。无论是《白桦树》里的"我"，还是《牧场》中的"你"，"我"和"你"随时在变换着各种角色，既是具体的又是抽象的，既是个别的又是普通的。在现代、科技、迅捷的时代，一句"我不会去太久——你也来吧"仿佛为现代人举起了返璞归真、回归自然的牧歌大旗。这一简单又充满柔情的呼唤，让多少游走在城市街头、住在钢筋水泥之间的人涌现出对田园的憧憬，以及对故土的依恋。弗罗斯特有他的新英格兰，我也有我的快乐老家，正是在他的诗歌里，让我时时在困顿的境遇里想起那简单而美好的童年时代。童年生活的老家是典型的盆地地形，群山环绕其外，大河穿越其中，河两岸无数人家，我家便在山的南面，水的北面，德安村。喜欢也敬畏老家屋后的那片山，主体的山是一块巨石，如一面从天而降的屏障，陡峭直立。巨石之下，是一片山坡，像人体骨骼上的肌肉，山坡绵延，长满了野草莓和各色的映山红。常常在野草莓长出的日子，到山坡上把一个个或红或白的野果塞进嘴里。最喜欢映山红漫山遍野时的深红颜色，屋后一大片，站在屋前，河对岸，那绵延不绝的山坡上到处是映山红的影子。那些山，那些水，怎么能完全忘记，又怎么能全部说清呢？沧海桑田，世事变幻。我宁愿相信老家的人在乡村中，在大自然中，在山泉水和红蜻蜓的滋润与陪伴中，循环往复地被春夏秋冬所怀抱，代代相续，孕育快乐。而我，站在过去、现在、未来的时间线上，听着窗外城市的喧嚣，在一句"我不会去太久——你也来吧"中梦回童年，心中涌起一种叫作关于老家的感觉，这或许也是弗罗斯特带给我的启迪吧。

　　弗罗斯特出身贫寒，无论怎样举家辗转，他都执着于诗歌创作。欧阳修曾指出："非诗之能穷人，殆穷者而后工也。""诗穷而后工"意指人在困顿没有出路的处境中，往往能写出好的文学作品。这与屈原的"发愤以抒情"，司马迁的"发愤著书"，杜甫的"文章憎命达"，韩愈的"欢愉之辞难工，而穷苦之言易好"的观点一脉相承。弗罗斯特坎坷的历程和卓越的诗歌成就是"诗穷而后工"的典型证明。诗人在贫穷凄惶中艰难挣扎，他回忆曾在圣诞节来临之际，驾着马车到镇上，期望用农产品给孩子们换回些礼物，然而他空手而归，大雪纷飞、夜幕降临，似乎连马儿都变得心情沉重。诗人的生活境遇、情感状态直接与他的诗歌创作联系起来，于是有了《雪夜林边停留》中的"在这一年中最漆黑的夜晚"这一令读者感伤的诗句。诗人执着于诗歌创作的梦想，无论面临怎样的痛苦、忧伤、贫困甚至死亡，他始终平静地审视着尘世生活。有人说，人是两种动物，雄鹰和蜗牛。雄鹰在展翅之间就能飞上金字塔的尖顶，而蜗牛倾其一生，或许依旧在路上爬行。弗罗斯特并非天才，这个农夫、诗人和哲学家并没有异常的禀赋，他在诗歌的道路上，苦苦奋斗，终于在他暮年时期迎来他一生中最辉煌的时刻。弗罗斯特对诗歌的执着令人感动，而更让人感动的是，这位白发苍苍的老人以诗性的想象流露出对"黄金时代"的期待心理，诗人相信约翰·肯尼迪总统是维吉尔牧歌中的"黄金的新人"，必能带来一个"诗歌与力量的黄金时代"。尽管诗人在临终前终于意识到那个他热切期待的"诗歌与权力的黄金时代"并未降临，但诗人对诗歌矢志不渝的信念是我们今日前行的力量源泉。不可否认的是，我们生活在一个知识专业化的时代，也正置身于一个文学史上的灾难时代。列车一日千里，风驰电掣，窗外的风景从我们眼前一晃而过，速度制造了一个疯狂的时代，也为我们的文学披上了功利的色彩。今日"文学有何用"的询问弥漫四周，已少有人达到"相与析疑义，奇文共欣赏"，"何时一尊酒，重与细论文"的阅读境界，也罕有人能像曹雪芹那样拥有足够的时间和耐性编织出一部旷世奇书，或像乔伊斯那样埋头于创作一部不受世人理解的天书。在这样一种文学境遇中，弗罗斯特以他的生命实践告诉我们，诗歌不仅仅是精英知识分子品尝的琼浆玉液，诗歌也可以雅俗共赏，可以书写与每个人日常生活息息相关的主题，可以在日常生活中培养简单的哲学思索习惯，然后去体验生命中的真实时刻，不断去体验惊奇的感觉，然后怀抱希望，继续摸索前进，直接走向弗罗斯特所认为的诗歌本质：它始于欢欣，终于智慧。诚如大家推崇陶渊明一样，弗罗斯特令读者喜欢，其原因也在于他代表着在平凡中寻找诗意的态度。在弗罗斯特诗歌的引领下，我们每个人可以投入于真实世界中，从乡村到城市、听闻、观看、沉思、默想，举凡人世的一切，于不慌不忙悠悠游于时间之中，皆无声无息顺其自然。人们得以沉思默想和外在世界和睦相处，心灵因而获得力量和滋养，进而超越纷纭混乱的环境,求得一种牧歌式的恬淡与和谐,这也是弗罗斯特作为一位现代牧歌诗人带给我们的宝贵财富。

弗罗斯特在《一簇野花》里提到:"感到一种精神与我共鸣,从此劳作不再孤身一人。"弗罗斯特的诗歌对我而言,其意义正是如此。在我的灵魂静静开放的此时此刻,就在这短暂的片刻之中,感到一种精神与我共鸣,从此劳作不再孤身一人。缘于对弗罗斯特及其诗歌的亲切感觉,我撰写了此书,力求在扩展弗罗斯特诗歌的思想跨度,分析其深层含义方面作出尝试。

本书能够完成,首先感谢孙宏教授。孙教授知识渊博,风度儒雅,治学非常严谨。孙教授撰写的专著《回顾与反思:社会变迁语境下的凯瑟研究》(中国社会科学出版社 2014 年版)是我时时仰望的一座丰碑。每当我思绪混乱、毫无进展之时,便拜读这部皇皇巨著,从中汲取灵感,获得重新执笔的力量。孙教授秉承"土君子"的理想,处世从容淡定,宠辱不惊,关注政治而超乎世事之上,他不仅本人是知识与修养完美结合的典范,也在为我指点迷津的过程中教导我谨慎领悟为人与为文方面的道理,以其言传身教引领我于浮躁中排除杂念,静心研习,于喧嚣中承继读书人的正义。在我撰写此书的过程中,孙教授常常细致入微地指导我探求学术的具体方法,不厌其烦地阅读我的初稿,一一详尽指出书中存在的各种问题。在此,我谨表达对孙宏教授最诚挚的敬意。

衷心感谢谭君强教授、郭军教授、杨慧林教授、杨恒达教授、耿幼壮教授、陈世丹教授、曾艳兵教授等的谆谆教诲,他们高才博艺,为人亲切随和,在我的学术道路上给予我源源不竭的温暖和鼓励。

衷心感谢李英、李金云、张计连、聂子楠等同窗好友的深切情谊,她们乐观自信,博学多览,为我撰写此书提供了丰富的资料和精彩的建议。

衷心感谢我的家人,感谢2016年女儿的降临,在我劳顿之际,哪怕纯粹看看女儿那清澈明亮的大眼睛,我的心里便溢满幸福和欢喜。

人生路上,有许多关心和帮助我的人,感激不尽,唯铭记恩情,向着未来,努力前行。

汪翠萍

2016 年 12 月 28 日于西安